KB002026

김대건

조선의 첫 사제

김대건

조선의 첫 사제

교회인가 2022. 6. 03. (서울대교구)
1판 1쇄 발행 2022. 6. 20.
1판 2쇄 발행 2022. 10. 26.

저자 이충렬
감수 조한건

발행인 고세규
편집 김동현 디자인 이경희 마케팅 윤준원 홍보 박은경
발행처 김영사
등록 1979년 5월 17일(제406-2003-036호)
주소 경기도 파주시 문발로 197(문발동) 우편번호 10881
전화 마케팅부 031)955-3100, 편집부 031)955-3200 | 팩스 031)955-3111

값은 뒤표지에 있습니다.
ISBN 978-89-349-6180-2 03810

홈페이지 www.gimmyoung.com 블로그 blog.naver.com/gybook
인스타그램 instagram.com/gimmyoung 이메일 bestbook@gimmyoung.com

좋은 독자가 좋은 책을 만듭니다.
김영사는 독자 여러분의 의견에 항상 귀 기울이고 있습니다.

성 김대건 안드레아 신부 정본 전기

김대건

조선의 첫 사제

이충렬 지음

조한건 신부 감수(한국교회사연구소 소장)

김영사

추천사

"영웅적 신앙의 모범적 증인", 성 김대건 안드레아 신부님

1846년 25세의 젊은 나이에 순교하신 김대건金大建 신부님은 한국 천주교인들에게는 커다란 의미가 있는 분입니다. 천주교 신자들에게 김대건은 한국인 첫 사제요, 순교성인이요, 한국 성직자들의 대주보大主保로 알려져 있습니다. 신자가 아닌 이들에게는 모두 낯선 표현입니다. '사제司祭'란 천주교 미사를 집전한다는 의미에서 신부神父를 가리키는 호칭이고, '순교성인'은 순교한 이들이 절차에 따라 성인이 되었을 때의 호칭이며, '대주보'란 '큰 수호자'라는 뜻의 한자어로 옛 천주교 용어입니다.

19세기 교회박해 상황에서 김대건 신부님이 얼마나 많은 역경을 헤치면서 첫 번째 한국인 신부가 되었고 순교에 이르렀는지를, 전기 작가 이충렬 실베스테르 씨는 역사적 사실과 확실한 문헌적 근거를 바탕으로 생생하게 복원했습니다. 이번 전기에 의하면, 김대건 신부님은 용인의 구석진 교우촌에 숨어서 신앙 생활을 하던 열다섯 살 때 조선에서 사목 활동을 하던 파리외방 전교회의 모방 신부님에 의해 신학생으로 발탁되어, 9천 리 떨어진 마카오에 임시로 설치된 조선 신학교에서 최양업 신학생과 함께 철학과 신학 과정을 공부했습니다. 김대건 신부님은 8년여 동안 신학교 생활을 하면서, 라틴어와 프랑스어로 소신학교 인문학 과정과 대신학교 서양 철학, 신학 공부의 과정을 마치고 1년 동안의 부제(사제 이전 품계) 활동 후 24세의 젊은 나이에 한국인 최초로 사제 서품을 받았습니다. 이 과정에서 여러 라틴어 편지와 한문 편지, 한글 편지를 남겼습니다. 특히 삽화를 그리고 라틴어로 쓴 〈순교자들에 대한 보고서〉는 당시 조선의 신자들이 얼마나 위험하고 어려운 환경 속에서 신앙을 지키려 노력했는지를 생생하게 알 수 있는 귀한 자료입니다.

김대건 신부님은 조선 교우들에게 보내는 마지막 글(회유문)에서 "이런 황망한 시절을 당하여, 마음을 늦추지 말고 도리어 힘을 다하고 역량을 더하고, 부디 서로 우애友愛를 잊지 말고 도우라. … 비록 너희 몸은 여럿이나 마음으로는 한 사람이 되어, 사랑을 잊지 말고 서로 참아 돌보고 불쌍히 여기며, 주의 자비하신 때를 기다려라"라며, '천주님을 사랑하고, 이웃을 사랑하면서 함께 신앙을 지키라'는 당부를 하셨습니다. 새남터 형장에서는 모여 있는 군중을 향해 "이제 영원한 생명이 시작되려고 합니다. 여러분이 죽은 뒤에 행복해지기를 원하면 천주교를 믿으십시오"라고 큰 소리로 외쳤고, 칼을 들고 자신의 목을 칠 준비를 하는 희광이를 향해 "자, 그럼 치시오. 나는 준비가 되었소. 나는 이제 천당에 올라가 지금처럼 당신들을 보게 될 것이오. 여러분도 천주교인이 되어 나와 함께 있도록 하시오"라며 마지막 순간까지 하느님의 나라를 세상에 알리셨습니다.

김대건 신부님이 보여준 깊은 신앙심과 큰 용기는 오늘을 사는 신자들에게 많은 감동을 주기에 충분합니다. 그래서 프란치스코 교황님께서는 2021년 김대건 신부님 탄생 200주년을 맞아 "김대건 신부는 영웅적 신앙의 모범적 증인이며, 한국 백성들이 박해와 고통을 겪었던 어려운 시기에도 지칠 줄 모르고 복음을 전하던 사도"라는 메시지를 발표하셨습니다.

이번 정본定本 전기를 감수한 한국교회사연구소 소장 조한건 신부님은 "김대건 신부님의 삶 속에 조선 후기의 천주교 역사, 박해 시기를 살아가던 교우촌 생활과 신앙생활을 잘 담아냈고, 그동안 김대건 신부의 삶에서 공백으로 남아 있던 부분도 철저한 고증을 통해 복원함으로써 '정본 전기'라고 인정하기에 부족함이 없다"라고 증언했습니다.

이 책이 나오기까지 수고하신 작가님과 자료를 제공해주신 한국교회사연구소, 김영사 관계자 여러분과 독자들에게 하느님의 은총이 가득하기를 기원합니다.

부디 책의 마지막 장을 덮으실 때 '조선 청년 김대건'의 열정을 기억해주시기 바랍니다.

2022년 6월

정순택 베드로 대주교

천주교 서울대교구장, 평양교구장 서리

†정순택

차례

3부

신앙의 요람 교우촌

4부

부르심을 받은 소년

5부

신학생의 길

6부

멀고도 험한 조선으로 가는 길

7부

조선의 첫 번째 사제

8부

사목 활동을 시작하다

9부
순교자가 된 조선의 첫 사제

10부
"김대건 신부는 영웅적 신앙의 모범적 증인"
–프란치스코 교황

서문

짧고 길었던 25년의 삶

김대건 신부가 스물다섯 살의 젊은 나이에 순교했다고 하면 깜짝 놀라는 이가 많다. 우리나라 첫 번째 신부라는 사실은 알지만, 구체적인 삶에 대해서는 잘 모르기 때문일 것이다. 이 책은 여기에서 출발한다. 200년 전, 이 땅에 무슨 일이 있었던가? 김대건은 어떤 사람이며, 무엇이 그를 사제의 길로 이끌었을까? 어떻게 조선의 첫 번째 사제가 되었으며, 왜 사제 서품 1년 1개월 만에 순교의 길을 걷게 된 것일까? 그리고 한국 천주교에서는 왜 김대건 신부를 모든 성직자의 모범으로 공경하는 것일까?

그동안 김대건 신부에 관한 많은 책과 연구 결과가 있었다. 그러나 그의 소년 시절과 마카오에서의 신학 공부 과정은 거의 베일에 가려진 채, 그의 편지 자료를 통해 마지막 3년 정도의 삶만 알려졌다고 해도 과언이 아니다.

김대건 신부의 전기傳記를 쓰겠다는 생각을 하고 가장 먼저 접촉한 곳은 천주교서울대교구의 (재)한국교회사연구소였다. 한국교회사연구소는 1964년 고故 최석우 몬시뇰(가톨릭의 고위 성직자 칭호)이 설립한 후부터 현재까지 로마 교황청과 조선 후기 조선교구를 담당한 파리외방전교회에 보관되었던 김대건 신부 관련 자료뿐 아니라 조선 시대의 관련 문헌들을 수집, 축적했다. 그리고 뜻을 함께하는 교회사 연구자들이 모여 수많은 연구 결과와 출판물을 만들어낸 기관이다. 그 결과 1996년 김대건 신부 순교 150주년을 기념해 '성 김대건 신부 전기 자료집'을 출간했다. 《성 김대건 안드레아 신부의 서한》《성 김대건 신부의 활동과 업적》《성 김대건 신부의 체포와 순교》 등 김대건 신부 관련 1차 자료를 총망라한 세 권의 자료집인데, '전기 자료집'이라는 부제를 붙였다. 전기를 쓰기에 부족함이 없는 자료집이라는 뜻이었다.

그러나 세월이 흘러도 김대건 신부의 공식 혹은 정본定本 전기라고 할 수 있는 책은 출간되지 않았다. 그래서 3년 전 어느 가을날, 한국교회사연구소 조한건 소장 신부님과 송란희 학술이사, 전 국사편찬위원장이자 연구소 고문이신 조광 교수님을 뵙고 2021년 김대건 신부 탄생 200주년 희년禧年에 맞춰 '정본 전기'를 쓰고 싶다는 의사를 조심스럽게 말씀드렸다. 다행히 흔쾌히 자료 협조를 승낙하셨고, 한국교회사연구소와 김영사 사이에 '김대건 신부 정본 전기 출간을 위한 업무 협약'을 체결한 후 집필 작업을 시작했다.

전기 작업은 자료와의 싸움이라 해도 과언이 아니다. 수많은 자료를 취합해서 연보가 완성되어야 주인공의 삶이 머릿속에 들어오고 그래야 자신감 있게 삶을 복원할 수 있어서다. 만약 중간에 공백이 있으면 삶의 흐름이 자연스럽게 연결되지 않을 뿐 아니라 온전하게 복원할 수 없는데, 그동안 알려진 김대건 신부의 자료에는 공백이 많았다. 출생지가 충청도 솔뫼라는 사실은 알려졌지만, 어린 시절의 삶과 용인 한덕골 교우촌에서의 소년 시절 그리고 마카오 파리외방전교회 극동대표부에 임시로 설립된 조선 신학교에서 배운 교과과정과 교재, 심지어는 외국어를 모르던 조선의 소년이 어떻게 라틴어를 배워 능숙하게 편지를 쓸 수 있었는지에 대한 부분은 공백이었다.

그동안 전기를 쓰면서 느낀 건, 주변 인물들이 남긴 자료의 중요성이다. 다행히 한국교회사연구소와 수원교회사연구소에서 김대건 신부를 사제의 길로 이끌어준 스승 신부들의 편지를 번역한 자료집을 발간했고, 그 외 조선 후기 조선 천주교와 관련된 교황청과 파리외방전교회 자료들의 번역 작업도 상당히 이루어져 있었다. 그리고 이 자료들 속에 김대건 신부의 소년 시절과 마카오 유학 시절의 구체적인 교육과정을 알 수 있는 단서들이 있어, 김대건 신부의 25년 삶을 복원할 수 있었다. 그러나 흩어져 있는 자료를 찾아 맞추는 작업에는 더 많은 시간이 필요했다. 그렇다고 공백이 있는 채로 '정본 전기'를 출간할 수는 없었다. 결국 목표로 했던 김대건 신부 탄생 200주년인 2021년 8월 21일에 맞춰 전기를 출간하겠다는 계획을 미루고, 나름으로 찾을 수 있는 자료는 다 찾은 후에 집필을 하느라 예정보다 1년 가까이 늦어졌다. 그러나 늦어진 만큼 더욱 완성된 '정본 전기'의 틀을 갖출 수 있었다.

그 대표적인 예가 그동안 흐릿한 사본을 통해 존재만 알려졌던 '김대건 신부 서약서'(교황청 복음화성 문서번호 Fondo S. O. C. P. vol. 78, f 405)의 소개다. 이 자필 서약서는 2021년 한국교회사연구소가 교황청을 통해 입수한 원본 이미지 자료로, 김대건 신부가 첫 번째 조선인 사제로서 교황청이 정한 절차를 완벽히 밟았다는 사실을 증명해주는 중요한 의미가 있다. 그리고 한국교회사연구소의 번역을 통해 이 서약서가, 김대건 신부가 1845년 8월 17일 상해 김가항金家巷 성당에서 사제 서품을 받은 후 '라파엘호'를 타고 조선으로 출발하기 하루 전인 1845년 8월 30일에 작성되었고, 페레올 주교가 확인 서명을 했다는 사실도 알 수 있게 되었다.

한국교회사연구소에서 김대건 신부 탄생 200주년을 기념하는 희년을 맞아 기존에 연구소에서 출판한 세 권의 전기 자료집을 25년 만에 개정 출간한 《성 김대건 안드레아 신부님 탄생 200주년 기념 자료집》 세 권도 이전의 잘못되었던 번역과 사실관계를 바로잡는 데 큰 도움이 되었다.

김대건 신부의 몸속에는 조선 천주교의 박해를 상징하는 순교의 피가 흘렀고, 그의 어깨에는 조선 천주교의 재건이라는 무거운 짐이 있었다. 청년 김대건은 그 무게를 오롯이 감당했기에 조선의 첫 번째 사제가 되었고, 두려움 없이 순교의 길을 걸었다.

원고를 마감하자 긴 시간 여행을 하고 온 것 같다는 생각이 들었다. 사실 200년 전 김대건 신부를 비롯한 조선 천주교인들의 삶과 신앙을 복원하는 일은 생각보다 어려웠다. 무엇보다도 당시 사용하던 천주교인 특유의 용어와 기도문이 현재와 달랐고, 어느 정도 기록이 남아 있는 최양업 신부 시대와도 달랐다. 김대건 신부 시절은 기도문이 조선말로 번역되기 이전이었기 때문이다. 이 부분은 윤의병(바오로) 신부가 박해 시기의 교우촌 생활을 생생한 증언을 바탕으로 복원해 1939년 1월부터 1950년 6월까지 현존하는 국내 최고最古 잡지인 〈경향잡지〉에 연재한 후 한국교회사연구소에서 출간한 소설 《은화隱花》를 참고하면서 당시 천주교인들의 삶과 언어를 복원하려고 노력했다.

이 책은 한국교회사연구소의 자료 제공과 철저한 사실관계 확인 및 감수가 없었다면 완성되지 못했을 거라고 해도 과언이 아니다. 조한건 소장 신부님, 송란희 학술이사님, 국사편찬위원장을 역임하시고 현재 연구소 고문이신 조광 교수님께 감사를 드린다. 아울러 귀한 시간을 내주셔서 추천사를 써주신 천주교 서울대교구 정순택 대주교님께도 깊은 감사를 드린다.

김영사에서 여덟 번째 책이다. 이번에도 흔쾌히 출판을 맡아주신 김강유 회장님과 고세규 사장님, 집필하는 2년 반 동안 함께하며 원고의 완성도를 높이도록 도와준 편집부 김동현 팀장을 비롯한 김영사 관계자분들께도 감사드린다.

이 책이 가톨릭 신자들에게는 김대건 신부의 삶을 통해 자신의 신앙심을 담금질하는 계기가 되고, 일반 독자들에게는 조선 후기 시골 소년의 성취를 통해 이 시대를 살아가기 위한 자신감을 얻는 데 조금이라도 보탬이 되면 좋겠다는 마음 가득하다.

이 책의 인세의 반은 그동안 김대건 신부님 자료를 수집하고 연구한 (재)한국교회사연구소의 연구기금으로 기부된다. 앞으로도 계속 한국천주교회사를 위해 노력해주시기를 바라는 마음 가득하다. 이 책을 삼가 성 김대건 안드레아 신부님 영전에 바친다.

2022년 6월

이충렬

일러두기

1. 외래어는 국립국어원 외래어 표기법을 원칙으로 삼았습니다.
2. 근대 천주교 용어 중 현재에도 이해 가능한 용어는 당시 분위기를 전달하기 위해 그대로 사용했습니다. 그러나 신공神功(기도), 공과功課(기도문), 매괴신공 玫瑰神功(묵주기도), 도리(교리), 종도신경(사도신경) 등 의미를 바로 알기 어려운 용어는 현재 통용되는 말로 바꿨습니다.
3. 이 전기에서는 '하느님'을 모두 '천주天主'로 표현했습니다. 1964년 9월 1일부터 '하느님'을 '천주'와 함께 쓰기 시작했고, 그 이전에는 '하느님'을 공용하지 않았기 때문입니다.
4. 고지도 중 〈대동여지도〉는 국립중앙박물관, 나머지는 규장각 한국학연구원 소장 자료입니다. 이외에 출처를 표기하지 않은 자료는 모두 한국교회사연구소 제공 자료입니다.

1

가야만 하는 길

1

폭풍 속으로

1845년(헌종憲宗 11년) 8월 31일 상해上海의 한 선착장. 물결을 따라 흔들리는 라파엘Raphael호에 오르는 김대건 신부의 얼굴엔 긴장한 기색이 역력했다. 이 작은 배가 다시 무사히 황해를 건널 수 있을까. 마포나루에 도착하면 관헌들의 눈을 피해 무탈하게 상륙할 수 있을까. 만약 그들의 눈을 피할 수 없다면 형장의 이슬로 사라지기 십상인 위험한 길이지만 그래도 조선 천주교를 위해 가야만 하는 길이 아닌가….

라파엘호는 큰 바다를 건너기 위해 만들어진 배가 아니었다. 길이 25자(7.5m)에 불과한 작은 황포돛배였다. 강화도나 연평도 쪽으로 나아가 조기를 잡기 위해 만든 배였지만, 더 큰 배를 구할 길이 없었다. 차선책으로 뱃사공을 구할 때 물길잡이 역할을 할 사공 외에 배를 수리할 소목공小木工 한 명과 배 안에 물이 차면 물을 퍼낼 힘센 농민 출신 선원 두 명을 구해 함께 타고 왔다.[1]

결국 황포돛배는 황해를 건너올 때 거센 풍랑에 돛이 부러지고 갑판도 무너져 내렸다. 그러나 파도가 높아 수리할 엄두를 내지 못하고 표류하다가 우여곡절 끝에 상해에서 10킬로미터 떨어진 양자강揚子江 하구에 있는 오송吳淞항에 도착해 수리를 마치고 다시 조선으로 가기 위해 상해로 온 것이었다.

상해에서 라파엘호를 타고 제물포로 가는 일행은 모두 열네 명이었다. 보름 전 상해에서 사제 서품을 받은 김대건 안드레아 신부와 조선교구(당시 조선대목구[2]) 제3대 교구장인 페레올Ferréol(1808~1853) 주교, 얼마 전 조선 선교사로 임명된 다블뤼Daveluy(1818~1866, 조선 이름 안돈이安敦伊)[3] 신부 등 세 명의 사제와 일곱 명의 조선인 평신도 대표 그리고 교우 한 명을 포함한 네 명의 뱃사람이었다. 평신도 대표들은 이번에 사제 서품을 받

1 페레올 주교의 1845년 10월 29일 자 서한. 한국교회사연구소 엮음, 《성 김대건 안드레아 신부의 활동과 업적》, 한국교회사연구소, 2021 개정판, 363쪽.

2 대목구는 '교황 대리 감목구'의 줄임말이다. 아직 교구로 설정될 여건이 성숙하지 않은 지역 교회를 뜻하는데, 한국 천주교에서는 '대목구'라고 약칭한다. 대목구가 발전하면 교구로 승격된다.

3 1845년 페레올 주교, 김대건 신부 등과 함께 조선에 입국했으며, 훗날 제5대 조선대목구장에 임명되었다.

은 김대건 신부와 함께 페레올 주교를 모시러 조선에서 건너온 이들이었다. 1839년 기해박해己亥迫害로 세 명의 선교사가 순교한 이후 6년 동안 조선에는 사제가 없었다. 천주교에서 사제가 없다는 것은, 가장 중요한 미사를 드릴 수 없어 신자들이 신앙생활을 정상적으로 할 수 없었다는 뜻이다. 그래서 페레올 주교는 2년 전에 제3대 조선대목구장에 임명되자 조선의 천주교인들이 미사를 드리며 정상적인 신앙생활을 할 수 있도록 자신과 김대건 당시 부제副祭[4]가 조선으로 들어가는 일을 서둘렀다. 그러나 의주 관문의 검문이 삼엄해 프랑스인인 페레올 주교가 통과하는 건 불가능했다. 결국 페레올 주교는 8개월 전인 지난 1월 1일, 김대건 부제만을 한양으로 보내면서 바닷길을 개척하라는 임무를 맡긴 후 자신은 파리외방전교회 대표부가 있는 마카오로 가서 소식을 기다렸다. 그리고 김대건 부제는 4월 30일 마포포구를 출발해 황해를 건너 5월 28일 상해에서 10킬로미터 떨어진 오송항에 도착했다. 그 소식을 들은 페레올 주교는 다블뤼 신부와 함께 오송항에 와 김대건 부제와 조선인 교우들을 반갑게 만났다. 페레올 주교는 수리 중인 황포돛배를 보며 이렇게 조그만 배를 타고 상해에 도착했다는 사실이 믿기지 않는다며 '천주의 안배按排'라는 말을 되풀이했다.

4 가톨릭교회의 교계제도에서 사제 바로 아래의 성직자 품계.

그리고 2주 전인 8월 17일, 페레올 주교는 상해 연안에 있는 김가항金家巷 성당에서 김대건 부제의 사제 서품식을 거행했다. 이로써 한 명의 주교와 두 명의 신부가 조선을 향한 뱃길에 함께 오르게 된 것이다. 김대건 신부는 오송항에서 수리가 끝난 황포돛배를 타고 페레올 주교와 다블뤼 신부가 조선에서 필요한 물품을 준비하고 있는 상해로 건너가 출항 준비를 마쳤음을 알렸다. 배에 오른 페레올 주교는 김대건 신부를 선장으로 임명했다. 또 이 작은 황포돛배에 여행자의 수호천사인 라파엘 대천사의 이름을 따서 '라파엘호'라 이름 붙이고, 배가 무사히 황해를 건너 조선에 도착할 수 있도록 지켜달라고 축복을 청하는 기도를 했다.

라파엘호는 닻을 올렸다. 그러나 포구를 벗어나자마자 하늘에 먹구름이 몰려오고 소나기가 퍼붓더니 세찬 맞바람까지 불어닥쳐 뱃머리를 돌려야 했다. 9월경에는 상해 앞바다에 비가 많이 내린다는 중국인들의 말처럼, 8월 31일부터 거의 매일 비가 내리더니 바람이 거세지면서 기온이 떨어져 내리던 비가 우박으로 바뀌곤 했다. 바다는 무섭고 거칠었다. 그래도 김대건 신부는 날씨가 개는 날이면 조선으로 가기 위해 닻을 올렸지만 번번이 포구로 되돌아오기를 세 번이나 거듭했다. 김대건 신부는 라파엘호를 제물포와 직선거리로 가까운 산동山東반도 쪽으로 끌고 갈 대형 중국 선박을 찾았다. 항해의 위험을 최소화하려면 항해 거리를 줄이는 것이 최선이었기 때문이다. 대형 선박이 굵은 밧줄로 라파엘호를 연결해 산동반도까지 예인해주면 그곳에서 한강 입구로 향할 생각이었다. 다행히 프랑스 선교사 페브르Jean-Faivre(1803~1864) 신부를 태우고 산동으로 가는 중국인 교우 선장이 라파엘호를 끌어주겠노라 했다. 그러나 중국인 선장은 하루 이틀에 그칠 비가 아니니 부근에서 가장 안전한 양자강 하류 어귀에 있는 숭명도崇明島 포구로 가서 때를 기다려야 한다고 했다. 라파엘호는 중국 배를 따라 숭명도 포구로 이동하여 이미 그곳에 정박해 있던 100여 척의 배들과 함께 비가 그치기를 기다렸다.

숭명도에서 기다린 지 일주일이 지난 9월 9일, 김대건 신부는 문득 새벽잠에서 깨었다. 아직 어스름이 깔린 갑판 위로 오른 그는 먼바다를 바라다보았다. 일주일 넘도록 비바람이 몰아치던 바다가 오늘은 잔잔했다. 이 정도 날씨라면 출항할 수 있을 것 같았다. 김대건 신부는 날이 밝자 중국 배의 선장을 만나 상의하고 페레올 주교에게 출항해도 좋다는 허락을 받았다.

중국 대형 선박에 굵은 밧줄로 연결된 라파엘호는 미끄러지듯 숭명도 포구를 떠나 산동반도로 향했다. 양자강을 벗어나자 선원들은 돛을 올렸다. 라파엘호의 황포돛은 순풍을 받아 안고 한껏 부풀어 올랐다. 김대건 신부의 눈에 산동반도 쪽으로 향하는 중국 배들이 거대한 선단처럼 무리 지어 항해하는 모습이 들어왔다.

'아, 드디어 조선으로 가는 건가….'

김대건 신부는 그제야 라파엘호가 조선을 향해 가고 있음을 실감하면서 벅찬 가슴이 황포돛처럼 부풀어 올랐다.

한편 페레올 주교와 다블뤼 신부는 아직은 보이지 않는 조선 쪽을 바라보며 상념에 젖어 있었다. 가장 위험한 선교지 중의 한 곳으로 알려진 조선! 이미 중국인 주문모周文謨(1752~1801) 야고보 신부와 한 명의 프랑스인 주교 그리고 두 명의 프랑스인 신부를 비롯해 수많은 천주교 신자가 피 흘린 순교의 땅이었다. 그럼에도 박해를 피해 산속으로 들어간 신자들이 신앙을 지키며 자신들을 기다리고 있다는 생각에 두려움보다는 하루빨리 그리고 무사히 도착했으면 하는 마음뿐이었다. 여덟 명의 조선인 신자들도 모두 한마음이었다.[5]

페레올 주교와 다블뤼 신부를 조선으로 모셔 가겠다고 얼마 전 김대건 부제와 함께 상해에 온 현석문玄錫文(가롤로, 1799~1846), 이재의李在誼(토마스, 1785~1868), 최형崔炯(베드로, 1814~1866), 임치화林致化(요셉), 노언익盧彦益, 임성실林聖實, 김인원金仁元은 모두 순교자들의 아버지요 아들이거나 친척이었다. 천주를 믿는다는 이유로 가족을 잃었지만, 그들은 죽음을 두려워하지 않고 신앙생활을 이어나가고 있었다.

---

5 출발할 때는 교우가 일곱 명이었으나, 상해로 오는 배 안에서 물길잡이 사공이 김대건 부제에게 세례를 받아 여덟 명이 되었다.

라파엘호와 비슷한 규모의 배였을 것으로 추정되는 1871년에 촬영된 황포돛배

◆ 신미양요辛未洋擾 때 이탈리아계 영국인 펠리체 베아토Felice Beato(1832~1909)가 강화도에 도착한 미군함 콜로라도Colorado호에서 찍은 사진으로, 2022년 현재까지 알려진 조선의 황포돛배 사진 중 가장 오래된 것이다.

※ 출처: Getty Museum, 〈The First Korean Junk Bringing Dispatches onboard the U.S.S. Colorado, Immediately on Her Casting Anchor〉(1871. 5. 30.)

항해는 순조로웠다. 시원하게 불어오는 바닷바람과 뱃머리에 부딪치는 파도 소리 외에는 아무런 소리도 들리지 않았다.

그러나 잔잔하던 바다가 성난 바다로 변하는 데는 하루도 걸리지 않았다. 오후가 되자 잔잔하던 바다에 거센 비가 몰아치며 큰 파도가 뱃전으로 밀려왔다. 그때부터 라파엘호는 파도를 타고 오르내렸다. 중국 선박에 연결된 밧줄 덕분에 북쪽으로 향하고는 있지만, 선원들과 신자들은 배 안으로 들이치는 빗물과 바닷물을 쉴 새 없이 퍼내야 했다. 성난 바다는 시간이 지날수록 더욱 몸부림쳤지만 라파엘호는 굵은 밧줄 덕분에 계속 산동반도를 향해 나아갔다.

거친 파도는 다음 날에도 잠잠해질 줄을 몰랐다. 오히려 새벽부터 어제보다 더 거센 폭풍우가 몰아쳤다. 라파엘호는 높고 깊은 파도의 마루와 골을 오르내렸다. 위기였다. 김대건 신부는 안전을 위해 갑판 아래 선실에 내려가 있던 두 사제에게 갑판 위로 올라오라고 라틴어로 소리쳤다.

"페레올 주교님, 다블뤼 신부님. 어서 갑판 위로 올라오세요! 선실 안쪽이 더 위험합니다. 갑판이 무너질지도 몰라요! 어서요, 어서!"

앞서 황해를 건너올 때 배가 파도의 마루에서 골로 곤두박질치면서 갑판 한쪽이 무너져 내리는 걸 경험했기 때문이었다. 김대건 신부가 외치는 소리에 두 사제가 급히 갑판 위로 올라왔고, 곧이어 갑판 한쪽의 판자가 아래로 떨어져 내렸다. 일촉즉발의 위기에서 벗어난 페레올 주교와 다블뤼 신부는 갑판 위에서 옷 소매를 걷어붙이고 선원들과 함께 바가지로 물을 퍼냈다. 그러나 폭풍우는 거세어져만 갔고, 중국 선박과 라파엘호는 파도의 방향을 따라 중국 해안 쪽으로 떠밀려가고 있었다. 이번에는 김대건 신부가 중국어로 소리쳤다.

"이보시오! 선장! 여기를 좀 내다보시오!"

라파엘호가 점점 해안 쪽으로 접근하자 김대건 신부는 중국 선박을 향해 고함을 치며 손짓을 했다. 그러나 그의 외침이 파도 소리에 묻혀 전달되지 않자 신자들과 페레올 주교, 다블뤼 신부에게 모두 함께 고함을 지르자고 했다. 고함이 함성으로 바뀌자 중국 배의 뒤편에 선원이 나타났다.

"부탁이 있소. 지금 이 배에 타고 계신 페레올 주교님과 다블뤼 신부님을 당신들 배에 좀 옮겨 태워주시오. 부탁하오!"

김대건 신부는 애타게 소리쳤지만, 그 소리도 다시 파도 소리에 묻혔다. 그는 페레올 주교와 다블뤼 신부에게도 다급한 목소리로 말했다.

"페레올 주교님, 다블뤼 신부님, 두 분은 중국 선박으로 옮겨 타셔야 합니다. 이대로 가다가 파도에 휩쓸려 중국 해안으로 밀려가면 모두 체포될 겁니다. 그러면 저를 비롯한 조선인 신자들과 선원들은 조선과 중국 사이에 체결된 조약에 따라 조선으로 압송될 게 뻔하고, 주교님과 신부님도 저희들 때문에 곤란하실 수 있습니다. 그러니 주교님과 신부님께서는 저 중국 선박으로 옮겨 타시고, 그 즉시 라파엘호와 연결된 밧줄을 끊어주십시오.

저희는 이대로 천주님의 섭리에 따라 항해하겠습니다."

"안드레아(김대건 신부의 세례명) 신부…."

페레올 주교는 아득한 눈길로 김대건 신부를 바라보며 잠시 고뇌에 빠졌다. 조선대목구 대목구장인 주교와 선교사를 보호하기 위해서라는 걸 모르지 않아서였다. 김대건 신부의 판단은 옳았다. 그러나 자신들을 조선으로 모셔 가겠다며 이미 숱한 고비를 넘기며 상해까지 온 그들만 험한 파도 속으로 떠나보내는 건 쉬운 결정이 아니었다. 김대건 신부는 간절한 눈길로 페레올 주교를 바라보았다. 그리고 조선에서 상해로 올 때 사용한 허름한 나침반과 바다의 위험에서 보호를 받기 위해 지니고 있던 바다의 별[6]이 그려진 성모 상본을 내보이며[7] 간곡히 말을 이었다.

"천주님과 성모님께서 저희를 보호해주실 것이니 염려 마시고, 어서 중국 선박으로 옮겨 타십시오."

그사이에도 파도는 계속 몰아쳤다. 페레올 주교는 이런 극한 상황에서는 조선대목구의 앞날을 위해 김대건 신부의 의견을

---

6 '바다의 별(스텔라 마리스Stella Maris)'은 성모님의 오래된 호칭 가운데 하나다. 이 호칭은 북극성을 가리키기도 하고 바닷길을 안내하고 보호해주는 성모를 가리키기도 한다. 당시 가톨릭 국가의 해안 지역에 사는 선원 신자들은 성모님이 선원들과 배를 보호해주는 '바다의 별'이라는 믿음이 표현된 오른쪽과 같은 그림(성화)을 상본(작은 카드)으로 만들어 지니고 다녔다.

7 1845년 7월 8일 고틀랑 신부의 서한, 《성 김대건 안드레아 신부의 활동과 업적》, 2021 개정판, 337쪽.

따르는 게 좋겠다는 결정을 내렸다. 김대건 신부와 일행은 페레올 주교와 다블뤼 신부를 뱃머리 앞으로 보낸 후 중국 배를 향해 다시 함성을 질렀다. 마침내 중국 선원의 모습이 보이자, 김대건 신부는 두 사제를 중국 선박으로 옮겨달라고 소리치며 손짓을 했다. 잠시 후 중국 선박이 라파엘호 옆으로 다가왔다. 김대건 신부는 중국 선박에서 내려준 밧줄을 페레올 주교와 다블뤼 신부의 허리에 묶은 후 위에서 끌어당기라는 신호를 보냈다. 그때 큰 파도가 두 배를 덮치면서 중국 선박과 라파엘호를 붙들어 맸던 밧줄이 끊어졌다. 순간, 라파엘호는 중국 배에서 멀어져갔다. 다시 고함을 지르자 중국 선박은 라파엘호를 향해 다가오면서 밧줄을 던졌다. 하지만 파도를 뚫지 못하고 바닷속으로 빨려 들어갔다. 천주교 신자인 중국 선박의 선장은 두 번 더 라파엘호로 다가와 밧줄을 던졌으나 파도는 밧줄을 계속 삼켰다. 그사이에 파도는 점점 더 높아졌고, 중국 선박도 파도의 마루와 골을 오르내리다 중국 연안을 향해 뱃머리를 돌렸다. 중국 선박이 아무리 크다고 해도 높은 파도를 거슬러 이동하다가는 배가 뒤집힐 수도 있다는 걸 모르는 선장은 없기 때문이었다.

중국 선박과 밧줄이 끊긴 라파엘호는 포효하는 폭풍우를 맞으며 파도의 마루로 치솟았다가 다시 곤두박질치기를 되풀이했다. 배에는 점점 더 물이 차올랐고, 거센 바람에 돛이 찢기고 키도 부러졌다. 김대건 신부는 선원들에게 도끼를 들어 두 개의 돛대를 찍어 넘기라고 지시했다. 배를 가볍게 하고, 자칫 돛이 쓰러지며 배를 크게 파손시키지 않기 위한 사전 조치였다. 앞으로의 항해보다는 성난 파도와 폭풍우 속에서 살아남는 게 우선이었다. 돛대가 배의 앞부분 일부를 파손시키면서 바다로 떨어졌다. 페레올 주교는 선원들에게 돛대를 건져 올리자고 했지만, 파도를 헤치고 돛대를 건져 올릴 기운이나 용기가 남아 있는 선원은 없었다.[8]

이제 라파엘호의 운명은 어찌 되는 것인가? 페레올 주교는 사제들과 신자들을 모아놓고 천주께서 이 배와 자신들을 보살펴달라고 간절히 기도했다. 신자들이 하나둘 눈물을 흘리자, 선원들은 페레올 주교의 기도가 세상에 대한 하직 인사일지 모른다고 생각하며 울부짖었다. 밤이 깊어지면서 바다가 잠잠해져 갔다. 김대건 신부와 일행은 모두 넋을 놓고 앉아 있다가 갑판 위에서 그대로 잠이 들었다.

다음 날 아침, 바다는 평화로웠다. 금방이라도 라파엘호를 삼킬 듯 무섭게 달려들던 파도는 더 이상 보이지 않고 잔잔해진 물결 위로 햇살이 부서졌다.

'어디쯤일까?'

따가운 아침 햇살에 눈을 뜬 김대건 신부는 사방을 둘러봤

8 당시 상황은 페레올 주교의 1845년 10월 29일 자 서한 중에서 발췌. 《성 김대건 안드레아 신부의 활동과 업적》, 2021 개정판, 365~373쪽.

다. 그러나 보이는 건 바다뿐이었다. 어디로 온 건지는 모르겠지만 중국 연안에서 멀어진 것 같아서 감사의 기도를 드렸다. 그는 페레올 주교와 다블뤼 신부의 안위를 확인한 후, 신자들과 선원들이 모두 무사한지 확인했다. 그 험한 폭풍우에도 다행히 모두 무사했다. 그뿐 아니라 전날 폭우 속에서 잘라낸 돛대도 뱃전에서 멀지 않은 곳에 흔들리며 떠 있었다. 돛대가 바다로 떨어질 때 밧줄 일부가 배에 걸리면서 라파엘호와 함께 표류한 것이었다. 김대건 신부는 가슴을 쓸어내렸다.

"날씨가 좋아지는 대로 소목공께서는 돛대와 키를 수리해주시오. 그러면 다시 돛을 달고, 이 나침반이 가리키는 방향을 따라 동쪽으로 키를 잡으면 마침내 조선에 당도할 것이오."

김대건 신부의 차분한 설명에 일행은 모두 안도의 한숨을 내쉬며 상해에서 마련해 온 음식과 물을 꺼내 요기를 했다. 파도를 따라 배 안으로 들어온 바닷게와 해파리 그리고 이름을 알 수 없는 해충海蟲 들이 마르면서 악취를 풍겼지만, 음식을 먹을 수 있다는 것만으로도 감사한 일이었다. 이제 조선에 갈 수 있을 거란 희망이 생긴 것이다.

2

조선의 섬이 보입니다

김대건 신부는 기운을 되찾은 선원들과 함께 돛대를 건져 올렸다. 도끼날에 잘려나갔던 돛대는 원래보다는 조금 짧아졌지만 라파엘호를 조선으로 인도하는 데 큰 문제가 될 정도는 아니었다. 소목공은 능숙한 솜씨로 키를 새로 만들고 선원들은 여러 갈래로 찢어진 돛폭(돛의 천)을 기웠다. 돛폭이 거센 폭풍우 속에 갈기갈기 찢어지거나 날아가지 않은 건, 천에 황토 진흙을 발라 만든 덕분이었다. 망망대해 위에서 배를 수리하는 동안 다행히 바다는 조용했다. 라파엘호는 사흘 만에 수리를 마쳤고, 그때부터 김대건 신부는 나침반을 보며 물길잡이 선원에게 동쪽 방향을 알려줬다.

바다가 잔잔해져서였을까, 멀리 중국 배들이 보이곤 했다. 물고기를 잡으러 나온 어선인지 물건을 옮기는 화물선인지는 구별할 수 없었다. 하지만 하루에 10척에서 15척의 배가 보였다. 숭명도에서 출항한 지 일주일이 지났지만 사흘은 폭풍우에 시달리고 사흘은 배를 수리했기 때문에 아직은 중국 해안에 가까운 곳인 것 같았다. 김대건 신부는 정확한 위치를 확인하고자 중국 배를 향해 조난을 알리는 '흰색 깃발'을 흔들었다. 그러나 가던 길을 멈추고 라파엘호를 도와주러 오는 배는 없었다.

상해에서 제물포까지는 바닷길로 2천 리(약 800km)였고, 황포 돛배는 바다에서 바람만 잘 만나면 하루에 150리(60km)~200리(80km)를 갈 수 있었다.

"바람만 도와준다면 앞으로 열흘이나 보름쯤 후엔 조선에 당도할 겁니다. 다들 기운 내십시오. 천주님께서 우리를 지켜주실 겁니다."

김대건 신부는 이렇게 말하며 일행에게 희망과 용기를 잃지 말자고 격려했다. 페레올 주교는 이런 악천후와 악조건을 뚫고 조선을 향할 수 있는 건 천주님이 보우하시고 인도해주신 덕이라며 다시 한번 감사 기도를 드렸다. 김대건 신부는 계속해서 나침반을 바라보며 물길잡이 선원에게 라파엘호의 키를 동쪽으로 향하게 했다. 그러다 바람이 역풍으로 불어 라파엘호가 조금씩 남쪽으로 밀려갔지만, 김대건 신부는 사공들에게 서북쪽을 향해서 가자며 독려했다. 열흘쯤 후, 나침반과 먼 바다를 번갈

라파엘호가 계획했던 항로와 실제 항로

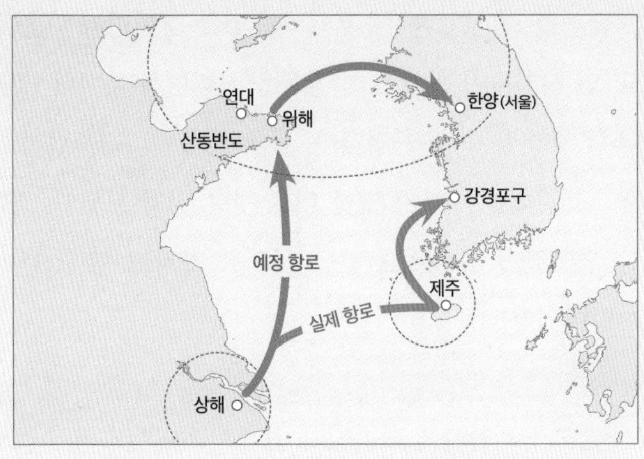

◆ 상해(8월 31일 출발) → 숭명도(9월 9일 출발)를 경유한 라파엘호는 산동반도 쪽에서 한강 어귀로 갈 예정이었지만, 예정 항로에서 오른쪽으로 표류(9월 15일)하여 제주도를 마주한 반도의 남쪽에 있는 섬에 도착했다(9월 28일).

페레올 주교는 1845년 10월 29일 강경포구 쪽에서 파리외방전교회 신학교의 바랑 신부에게 보낸 서한에서, 처음에 도착한 곳이 "제주도를 마주한 반도의 남쪽에 있는 섬"이라고 서술했다(수원교회사연구소 엮음, 《페레올 주교 서한》, 천주교 수원교구, 2013, 341쪽). 그러나 이 섬이 구체적으로 어딘지를 알려주는 자료는 없다. 현재 제주교구에서는 1998년 12월 서두옥 전 제주대 교수가 중국 상해와 제주도 사이의 해양·기상 특성을 기초로 조사 분석해 제주교구에 제출한 〈성 김대건 안드레아 신부 제주도 표착지에 관한 연구〉에 근거해 이 섬이 제주도 옆 차귀도이며 맞은편에 있는 용수포구에서 배를 수리하고 미사를 드렸다고 추정하지만, 문헌적 근거가 없다. 페레올 주교는 위의 서한에서, 이 섬에서 떠난 라파엘호가 "배 안으로 계속 물이 많이 들어와 안전하게 항해하기가 어려워 한양까지 가지 못하고 전라도의 강경포구에서 좀 떨어진 외딴곳에 닻을 내렸다"고 밝혔다. 표착한 섬에서 수리하지 못하고 떠났다는 '결정적 단서'다.

아 보던 김대건 신부는 페레올 주교에게 들뜬 목소리로 말했다.

"주교님, 이제 곧 조선의 서쪽 해안에 있는 섬들이 보일 겁니다. 그 섬들을 지나면 한양으로 갈 수 있는 강어귀가 나올 겁니다. 그러면 신자들이 먼저 내려 상황을 살피면서 무사히 내릴 만한 장소를 물색할 수 있을 겁니다. 조금만 더 기다려주십시오."

다음 날 김대건 신부가 말한 대로 작은 섬이 보였다. 김대건 신부는 물길잡이 선원에게 일단 섬으로 가자고 했다. 1845년 9월 28일이었다.

라파엘호가 해안가에 다가가자 섬에서 주민 몇 명이 보였는데, 다행히 흰옷을 입은 조선 백성들이었다. 배에서는 마침내 기쁨의 탄성이 터져 나왔다.

김대건 신부는 신자 중 연장자인 현석문에게 부탁했다. 현석문은 6년 전인 1839년 앵베르Imbert(1797~1839, 한국 이름 범세형范世亨) 주교가 순교하기 전에 조선 천주교회의 책임자로 임명한 믿음 좋은 신자였다.

"지금 선원들과 배에서 내려 이곳이 어느 섬인지부터 알아봐 주시죠."

페레올 주교와 다블뤼 신부는 기대 반 걱정 반의 표정으로 김대건 신부를 바라봤지만, 김대건 신부도 이곳이 어디쯤인지 가늠이 되지 않았다. 초조한 시간이 지나고 신자들이 돌아왔다.

"안드레아 신부님. 이 섬은 제주도를 마주한 반도의 남쪽에 있는 섬으로 한양에서 1천 리나 떨어져 있다고 합니다."

"아…."

김대건 신부의 입에서 탄식이 흘러나왔다. 그리고 잠시 고개를 떨궜다가 페레올 주교와 다블뤼 신부에게 이곳이 어디인지를 통역하자 낙담하는 표정이 역력했다. 김대건 신부는 현석문에게 물었다.

"이곳 사람들이 우리 배를 수상하게 여기지는 않더이까?"

"안드레아 신부님, 한양으로 올라가다가 풍랑을 만났다고 둘러대었더니 크게 의심하지는 않았습니다."

김대건 신부는 페레올 주교와 다블뤼 신부에게 현석문이 알아 온 내용을 통역해주며, 이제 북쪽을 향해 떠나면 된다고 했다. 페레올 주교가 일단 섬에서 식량을 구해 싣고 가자며 중국에서 가져온 은화를 건네자 현석문은 섬사람들에게 의심을 살 염려가 있다며, 전대에 조선에서 가져온 돈이 있다고 했다. 잠시 후 섬에서 식량을 구해 온 신자들이 근심 어린 표정으로 김대건 신부에게 말했다.

"안드레아 신부님, 섬사람들 중에 우리가 많은 식량을 구하는 것을 의아하게 생각하며 고개를 갸우뚱하는 사람들이 있었습니다. 한시라도 빨리 떠나는 게 좋을 것 같습니다."

불과 몇 달 전인 6월 25일, 영국 군함 사마랑Samarang호가 제주도 앞 우도牛島에 정박한 후 제주도 연안을 측량하고, 7월 15일에는 우도를 떠나 거문도 등 다도해 일대를 돌아보고 우도로 돌아갔다가 7월 말경 일본으로 떠난 일이 알려져 조정에서는 제주도와 남해안 부근의 섬에 경계령을 내린 상태였다.

김대건 신부와 페레올 주교, 다블뤼 신부는 이 섬에서 오래 머물면 자칫 예기치 않은 위험에 처할 수 있다고 동의한 후, 출항 준비를 서둘렀다. 생각 같아서는 풍랑을 맞아 군데군데 떨어져나간 갑판을 수리하기 위해 섬에서 나무를 구하고 싶었지만, 섬사람들의 의심을 사면 좋을 일이 없을 듯했다. 김대건 신부는 서둘러 선원들에게 닻을 올리라고 지시했다.

라파엘호는 북쪽을 향해 뱃머리를 돌린 후, 배에 탄 어느 누구도 알지 못하는 섬들 사이의 미로와 다름없는 위험한 항로를 헤쳐나갔다. 그러나 섬에서 서둘러 떠나느라 배를 수리할 나무를 구하지 못했기에 신자들은 배 안으로 계속 들어오는 물을 퍼내느라 정신이 없었다. 안전하게 항해하기가 어려운 데다 배의 닻줄까지 끊어질 지경이었다. 만일 닻줄이 끊어지면 배를 해변에 좌초시켜야 했다.[9] 그런 상황이 오면 해변에서 처음 만나는 사람들이 관군을 부르느냐 마느냐에 따라 운명이 결정될 수밖에 없었다. 페레올 주교와 김대건 신부, 다블뤼 신부가 할 수 있는 일은 좌초되지 않게 해달라는 기도뿐이었다.

김대건 신부는 키를 잡은 선원에게 '오른쪽' '왼쪽' 하며 섬

---

9 《성 김대건 안드레아 신부의 활동과 업적》, 2021 개정판, 375쪽.

과 섬 사이 바닷길을 헤쳐나갔다. 이마에서는 땀이 비 오듯 흘렀지만, 그의 눈동자는 섬과 섬 사이를 보느라 시간이 어떻게 흐르는지도 몰랐다. 다행히 바다에 어둠이 내리기 전에 라파엘호는 섬들 사이를 빠져나왔다. 그제야 김대건 신부는 땀을 닦으며 어둠이 내리는 바다를 바라봤다.

'무사히 한강 어귀까지 갈 수 있을까?'

그는 라파엘호가 무사히 한양에 도착할 수 있게 해달라고 간절하게 기도했다.

길을 떠나다

3

고향 솔뫼를 떠나다

"재복再福(김대건의 아명)아, 저기 할아버지 곁에 꼭 붙어 앉거라."

꼬마 김대건의 손을 잡고 배에 오르던 대건의 아버지 김제준金濟俊(1796~1839)은 앞서 배에 오른 자신의 아버지 쪽을 가리켰다. 포구에 정박한 채 잔물결에 흔들리는 배 안에는 대건의 할아버지와 어머니, 손위 누이가 앉았고, 마지막 세간을 싣는 삼촌이 뒤이어 배에 오르고 있었다.

"아범아, 이제 모두 배에 오른 게냐?"

"예, 이제 아우가 배에 올랐으니 떠날 준비를 마친 듯합니다. 아버님."

김제준은 배에 오른 식솔들과 배 안 가득 실린 세간을 한번 돌아본 후 사공에게 일렀다.

"자, 그럼 출발하시게."

배 뒷머리에 있던 사공이 삿대로 강바닥을 힘껏 떠밀자 배는 미끄러지듯 강물 위에 올라탔다. 천천히 멀어지는 포구를 바라보고 있자니 얼마 안 지나 범근내(삽교천)를 빠져나왔다. 그러자 넓은 바다가 눈앞에 펼쳐졌다. 다행히도 바다는 잔잔했다. 하지만 생전 처음 배를 타는 대건은 할아버지 곁에 꼭 붙어서 몸을 움츠렸다. 사공 두 명이 팔뚝에 힘줄이 도드라지도록 황포돛을 올리자 배는 물살을 갈랐다. 황포돛은 시원하게 불어오는 바닷바람을 안고 한껏 부풀어 올랐다.

태안반도 북쪽과 아산만 일대는 바다가 잔잔해서 한양까지 가는 뱃길이 위험하지 않았다. 조선 시대에는 바닷물이 범근내를 통해 내포內浦 지역[1]에까지 들어와 한양을 오가는 바닷길이 발달해 있었다. 진상품과 세곡을 운반하기가 육로에 비해 수월해서였다. 그런 연유로 내포 사람들은 생활에 필요한 품목과 맞바꾸기 위해 농산물과 수산물 특히, 인근에서 생산되는 소금을 싣고 한양으로 갈 때 육로보다 빠른 바닷길을 선호했다.

배가 순풍을 타고 바다로 나아가자, 배 뒷머리에서 키를 잡은 사공은 한강 노들나루로 가기 위해 북쪽을 향해 방향을 잡았다. 대건의 가족은 그제야 나고 자란 고향을 떠난다는 생각에

1 내포는 충청 서북부 지역을 통칭하는 용어로 이중환의《택리지擇里志》에 따르면 가야산 일대의 열 고을인 홍주, 결성, 해미, 서산, 태안, 덕산, 예산, 신창, 면천, 당진을 내포라고 불렀다.

〈대동방여전도大東方輿全圖〉의 솔뫼 부분도

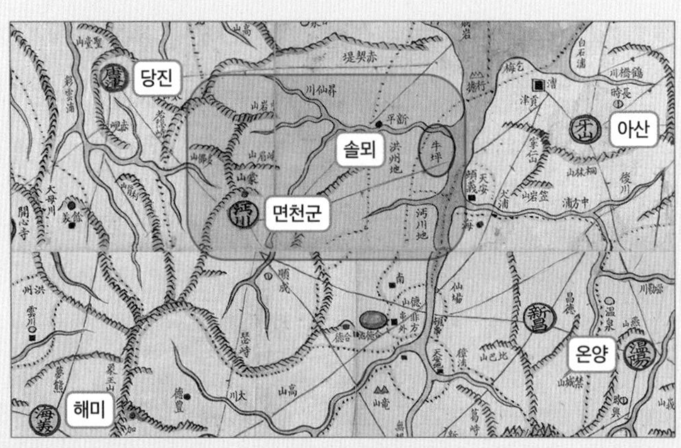

◆ 홍주목 면천군 범천면 송산리 옛 지도(19세기 중반).

각자 고심에 잠겼다. 이때가 1827년(순조純祖 27년) 여름, 김대건이 여섯 살 때였다.

여섯 해 전인 1821년 8월 21일, 조선 최초의 신부가 될 김대건은 조상 대대로 살아온 고향 솔뫼에서 김제준과 장흥 고高 씨(1798~1864)의 장남으로 태어났다. 그가 태어난 솔뫼는 충청도 홍주목洪州牧 면천군沔川郡 범천면泛川面 송산리松山里(오늘날의 충청남도 당진시 우강면 송산리)다. 산에 유난히 소나무들이 우거져 있다 해서 '솔뫼', 충청도 사투리로는 '솔미'라고도 불렸다.

솔뫼는 아늑하고 조용한 마을이었고, 대건의 집안은 한미하긴 하지만 양반의 가문이었다. 집 앞에는 보리밭이, 동편에는 뽕밭과 물을 길어 먹을 수 있는 샘이 있어 사는 데도 큰 불편이 없었다. 그러나 그의 가족은 정든 고향을 두고 낯선 한양으로 떠나야 했다. 그의 집안이 뿌리 깊은 천주학쟁이 집안이라며 마을 사람들이 곁을 주지 않은 지 오래였기 때문이다. 당시 천주교인은 천주학쟁이, 천주학꾼, 서학꾼으로 불리는 나라의 '죄인'이었다. 집 안에서 천주교 교리서나 기도문이 나오면 양반 상놈 가릴 것 없이 포졸들에게 끌려가고, 집 안 살림살이는 체포한 포졸들이 나눠 가졌다. 당시 천주학쟁이들의 재산은 포졸들의 몫이었다. 사정이 이러하니 대건의 집안에 곁을 주지 않는 것은 당연했다.

김대건의 집안이 처음 천주교를 받아들인 건 증조부 김진후金震厚(1738~1814) 때부터였다. 고향인 솔뫼가 있는 면천군에서 작은 벼슬을 하던 그는 '내포의 사도使徒'라고 불리며 충청도 지방의 천주교세 확대에 지대한 역할을 한 이존창李存昌(1752~1801)에게 감화되어 50세 때 입교했다. 이존창은 여사울(충청남도 예산군 신암면 신종리)을 중심으로 활동하던 초기 조선 천주교회의 중추적인 인물이다. 김진후는 입교한 후 벼슬을 버리고 신앙생활에 전념하다가 훗날 대건의 할아버지가 되는 둘째 아들 김택현金澤鉉(1766~1830)을 이존창의 딸 멜라니아와 혼인시켰다. 김택현과 이 멜라니아는 선대 어르신들의 영향으로 신앙심이 깊었다. 아침저녁으로 단정히 무릎을 꿇고 기도를 올렸을 뿐 아니라 묵주기도, 주기도문, 성모송, 사도신경 같은 천주교 기도문을 열심히 바쳐서 버선코가 늘 납작할 정도였다. 두 사람 사이에서 태어난 아들이 김제준이고, 이존창은 대건의 진외조부가 된다.

천주교에 대해 본격적인 박해가 시작된 것은 1800년 6월 28일 정조가 승하한 후부터였다. 천주교에 온건한 정책을 펴던 정조가 승하하고 뒤이어 불과 열한 살의 순조가 왕위에 오르자 영조의 계비繼妃 정순왕후貞純王后는 수렴청정을 하며 정국을 주도했다. 정순왕후는 1801년(신유년) 1월 10일 천주교에 대한 금교령禁敎令을 내렸다. 천주교 4대 박해의 하나인 신유박해辛酉迫害가 시작된 것이다. 이때 김대건의 진외조부인 이존창은 다산 정약용丁若鏞(1762~1836)의 셋째 형인 정약종丁若鍾(1760~1801) 등과 함께 체포되어 참수斬首되었다. 이들과 함께 이승훈李承薰(1756~1801), 이가환李家煥(1742~1801)과 같은 당시 조선 천주교의 중추적 인물과 천주교를 서학으로 해석하던 진보적 학자 약 100명이 처형되고 정약전丁若銓(1758~1816)과 정약용 형제 등 400명이 유배되었다. 또한 1794년부터 조선에 들어와 6년 동안 활동하며 신자 수를 만 명에 가깝도록 전교한 중국인 신부 주문모도 새남터에서 참수형을 당했다.

김대건의 증조부인 김진후도 솔뫼에서 100리(40km) 떨어진 서산 해미읍성 감옥에서 10년 동안 고초를 겪다가 결국 1814년 76세의 나이로 옥사했다. 김대건 신부 집안의 순교는 여기서 그치지 않았다. 김진후의 셋째 아들로 솔뫼를 떠나 경상도 영양의 우련밭(오늘날의 경상북도 봉화군 재산면 갈산리)에 살면서 전교 활동을 하던 대건의 작은종조부인 김종한金宗漢(족보에는 김한현金漢鉉)은 1815년 을해박해乙亥迫害 때 체포되어 1816년 대구 관덕당에서 참수형을 당했다. 김종한의 사위인 손연욱(대건의 당고모부)도 이듬해인 1817년에 체포되어 해미에서 7년 동안 옥살이를 하다가 1824년에 옥사했다. 이렇듯 대건이 태어나기 전부터 이미 여러 순교자를 배출한 집안이었으니, 솔뫼에서의 하루하루가 쉽지 않았던 터였다. 그나마 이런 상황에서도 대건의 가문이 솔뫼에서 살아갈 수 있었던 건 양반 집안이었기 때문이다. 더불어 당시 홍주 목사가 포악하지 않았던 점도 크게 작용했다.

대건은 신유박해가 일어난 지 20년이 지났을 때인 1821년에 태어났지만, 천주교를 금한다는 정순황후의 교지는 여전히 유효했다. 그래서 대건의 가족은 마을 사람들이 눈치채지 못하도록 천주교를 멀리하는 듯 행동해야 했다. 죄인 아닌 죄인으로 살아야 하는 나날이었다.

대건의 가족은 솔뫼에서의 삶이 여러모로 불편했지만, 그 당시 사람들이 그랬듯이 막상 고향을 떠나 살 엄두를 내지 못했다. 이러지도 저러지도 못하는 답답한 세월을 보내던 즈음, 1827년 2월, 전라도 곡성에서 천주교인에 대한 박해가 벌어졌다는 소식이 들려왔다. 정해박해丁亥迫害였다. 당시 조정에서는 신유박해로 사학邪學인 천주교를 대부분 정죄했다고 판단하고 박해를 적극적으로 이어가지는 않았다. 그러나 중앙의 상황과 달리 지방에서는 천주교도에 대한 지방관들의 과잉 색출이나 밀고 등에 의한 박해가 각 지역에서 크고 작게 벌어지고 있었다. 곡성에서의 박해 역시 밀고에서 시작되었다. 이후 4월 중순에는 전주에서도 밀고가 있어 이번에는 전라도가 박해의 소용돌이에 휩싸였다. 다행이라면 조정에서 주도한 박해가 아니라 5월이 되자 그 기세가 잦아들었다. 하지만 2월부터 5월까지 500명에 달하는 천주교인들이 체포되었다. 16명이 참수형에 처해졌고, 그중에는 전라도 교인들과 연고가 있던 경상도 상주에 살던 6명과 충청도 단양 출신 2명도 있었다.[2]

남쪽에서 일어난 정해박해 소식은 소문을 타고 충청도나 경상도의 교인들에게 전해졌다. 신유년의 박해를 겪은 천주교인들은 불안했다. 언제 어디서 포졸에게 붙잡힐지 모를 일이었다. 잡혀가면 온갖 고문을 당하다가 배교하거나 순교를 당하는 게 당시 천주교인들의 삶이었다. 특히 박해 때마다 희생자가 나온

---

2 이장우 외 지음, 《한국천주교회사 2》, 한국교회사연구소, 2010, 179~186쪽.

김대건 집안의 불안감은 더했다. 그러던 어느 날, 대건의 할아버지 김택현이 큰아들 제준에게 큰 결심을 한 듯 무겁게 입을 뗐다.

"아비야, 우리가 천주께서 도우셔서 지금까지는 무탈하게 지내고 있다만, 이번 군난窘難(당시 천주교인은 박해를 군난이라 불렀다) 소식을 들으니 아무래도 이제 이곳을 떠나야 할 때가 된 것 같구나."

"예, 아버님. 저도 그래야 하지 않나 생각하던 차입니다."

대건의 아버지 김제준은 어려서 신유박해 때 외할아버지를 잃었다. 또한 할아버지와 작은아버지마저 순교하는 등 조선 천주교의 암흑기를 직접 겪으며 성장했기에 박해에 대한 두려움이 무척 컸다.

"군난도 군난이지만, 여기서는 남이 들을까 봐 삼종경三鍾經(삼종기도)은 고사하고 경문經文(기도문)도 마음 놓고 통경하지 못하니 수계상 불편하기 이를 데 없구나. 근 30년을 교우들과 연락마저 끊긴 채 살고 있으니 지금 우리 조선에 신부님이 다시 오셨는지도 알 수가 없고, 이러다가 성사聖事 한번 받아보지 못하고 뼛골을 놓을까 걱정이 이만저만한 게 아니다. 이곳 고향 땅을 떠나서라도 가끔 교우들을 만나서 교중 소식을 들을 수 있는 곳이 있다면 그런 곳으로 가고 싶구나."

"아버님. 그러시면 어디 염두에 두신 곳이라도 있으신지요?"

"내 일전에 버그내장터[泛斤川場]에 갔을 때 옹기장수가 된

버그내장터 표시가 있는 〈1872년 지방지도〉

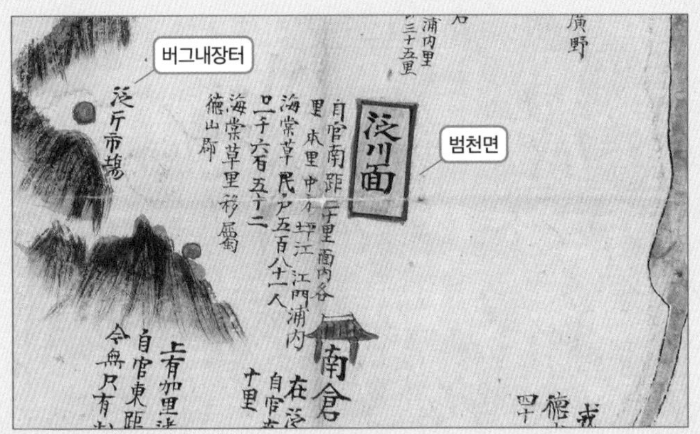

◆ 《임원경제지林園經濟志》(1830)의 〈예규지倪圭志〉 면천군 편에 보면, "면천군에서 동쪽으로 20리 떨어진 범천면泛川面(현재 우강면)에 버그내장이 1일과 6일 자에 개설된다沔川; 泛斤川場 在邑 東二十里 泛川面 一, 六日設"라고 했다. 범근천泛斤川을 이두식으로 읽으면 버그내이고, 삽교천의 옛 이름이다. 현재의 버그내장터는 지도에 표시된 곳이 아니고 훗날 옮겨 간 합덕의 운산리에 있다.

옛 교우를 만나 눈인사를 하지 않았겠느냐. 그랬더니 이이가 지나가는 말로 '요즘 한양에는 유식한 교우들이 천주교를 다시 일으킬 계획을 세우기 위해 한곳에 모여 머리를 모으고 있다'더구나. 옹기장수들이 사는 점말(옹기촌)은 교우촌이나 다름없고, 그들이 여기저기 장을 돌아다니며 교중 소식을 듣고 있으니 틀림 없는 말일 게다. 한양에 가면 교중 소식을 좀 더 자세하게 들을 수 있을 터이니, 아비가 한번 다녀오겠느냐."

"예, 아버님. 제가 다녀오겠습니다."

옹기촌! 천주교 박해 때 체포를 피한 신자들은 깊은 산속으로 들어갔다. 산속에 모인 천주교인들은 산비탈에 움막을 짓고 경사진 언덕을 찾아 옹기가마를 만들었다. 흙을 부드럽게 만들기 위해 무거운 매통 자루로 내리치는 일이나 어둡고 좁은 가마 안으로 들어가 옹기그릇 하나하나에 받침을 괴고 며칠 동안 아궁이에 불을 때는 일은 고되고 힘들었다. 하지만 그들이 산속에서 식량을 구할 수 있는 방법은 붉은 흙으로 옹기를 빚고 굽는 일뿐이었다. 신자들은 구워낸 옹기를 지게에 지고 이 마을 저 마을, 이 장터 저 장터를 다니며 곡식과 바꾸면서 박해에 대한 소문도 전해 듣고 그 와중에 전교도 했다. 대건의 할아버지 김택현도 그런 옹기장수를 버그내장터에서 만나 천주교 재건 운동 소식을 들은 것이다.

신유박해 때 중국인 주문모 신부가 순교한 후 조선은 1833년 12월 중국인 유방제劉方濟(1795~1854, 원래 이름은 여항덕余恒德) 신부가 입국할 때까지 32년 동안 '사제가 없는 땅'이었고, 김대건이 열두 살이 될 때까지 그런 상황이 계속되었다. 그래서 신유박해 때 목숨을 건진 신자들 중 일부에서는 조선 천주교의 재건을 위해 북경北京교구에 밀사를 파견해 신부를 보내줄 것을 끈

질기게 청원하고 있었다. 그러나 그런 자세한 내막은 극비리에 진행되었기에 일부 열성 신자들만 알 뿐이었다.

"그런데 아버님…, 한양 어디로 가서 누구를 만나면 되올는지요?"

"글쎄다. 그건 나도 알 수가 없구나. 며칠 뒤 장이 서는 날 다시 가서 알아보겠다만, 내포에 살던 교우들 중에 한양 노들나루와 가까운 청파에서 장사를 하는 이들이 있다는 풍문은 들은 바 있다."

당시 청파는 노들나루나 동작나루를 통해 한양과 호남, 호서를 오가는 사람들이 꼭 거쳐 가는 길목이었다. 그래서 천주교인들이 많았던 충청도 내포와 공주 출신 사람들이 그곳으로 옮겨와 사는 수가 꽤 있었다.

"예, 아버님. 알아보시면 제가 버그내포[3]로 가 한양에서 들어오는 배를 타고 다녀오겠습니다."

버그내포는 솔뫼에서 소들 평야[牛坪]를 따라가면 10리(4km) 쯤 되는 곳에 있던 포구로 조선 말기에는 규모가 큰 포구였다.

얼마 후 대건의 할아버지는 옹기장수를 통해 한양과 지방을 연결하기 위해 청파에서 주막을 열고 있는 교우의 소식을 알아

3 범근내포泛斤乃浦, 훗날 부리포富里浦. 1970년대 후반 방조제로 삽교천이 막히기 전까지는 내포 지역의 중심 포구 중 하나였다. 《세종실록지리지世宗實錄地理志》에 나오는 범근천泛斤川에 관한 기록을 살펴보면, 서강까지 수로로 510리(204km) 거리였다.

왔다. 대건의 아버지 김제준은 버그내포에서 배를 타고 한양으로 떠났다. 주막 주인은 조심스럽게 여러 가지를 물어보았고, 제준이 순교자의 자손임을 확인하자 반갑게 맞아주었다. 곧 그를 주막의 한 방 안으로 들이며 소리를 낮추어 이렇게 전했다.

"하이고, 교우님, 반갑소. 먼 길을 달려오셨구려. 고향에서 눈치 보며 사는 일이 여의치 않거든 이참에 한양으로 옮겨 오시는 건 어떻겠소?"

주막 주인은 자신을 찾은 제준의 사정을 알겠다며 이사하기를 권했다. 가끔 경기도와 충청도에서 올라오는 교우들이 있는데, 집값이 저렴한 숭례문 밖 청파나 약현 그리고 아현에 자리 잡는 경우가 많다고 했다. 이런 곳으로 옮겨 온 이들은 칠패시장七牌市場(현재 서울역 부근 봉래동)이나 그 부근에서 장사를 하는데, 양반 체면만 버린다면 먹고사는 문제는 해결될 거라고 조언했다.

4

한양 청파에서 서당에 다니다

솔뫼로 돌아온 대건의 아버지는 할아버지와 상의한 끝에 청파로 옮겨 그곳에서 교중 소식을 알아보기로 했다. 일은 서둘러 진행되었다. 솔뫼 집과 집 앞에 있던 얼마 안 되는 땅뙈기도 팔았다. 한편 아버지는 다시 한양에 올라가 주막 주인의 도움으로 청파에 아담한 초가집 한 채를 마련한 후 돌아와서 이삿짐을 꾸렸다. 고향을 떠날 준비를 마치고 버그내포에서 배를 빌렸다. 다른 사람들과 섞여서 배를 타면 내포에 온갖 소문이 나돌까 싶어서였다.

마을 사람들의 배웅도 없이 떠나는 길이었다. 대건의 가족은 그렇게 쓸쓸하게 우평牛坪(소들) 평야를 지나 버그내포에서 기다리던 배에 올랐다. 배 안은 대건의 가족과 바리바리 싼 이삿

〈수선전도首善全圖〉 청파 부분

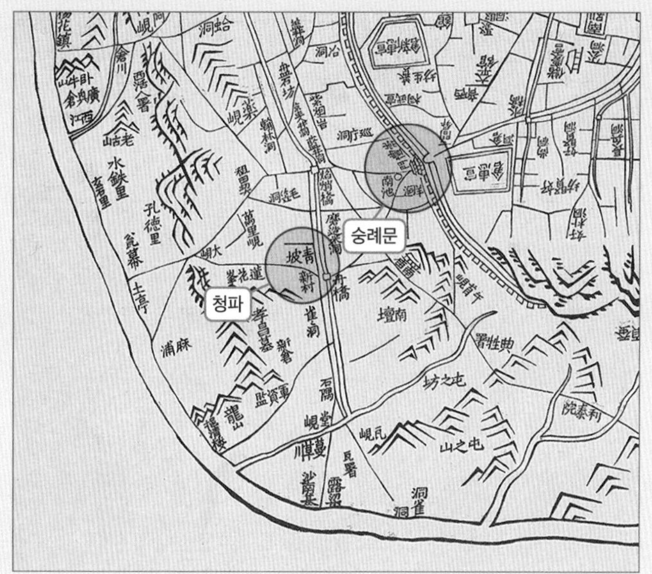

© 국립중앙박물관

◆ 김대건의 가족이 솔뫼에서 청파로 옮겨 간 이유는 1839년(헌종 5년)의 기해박해를 전후하여 순교한 천주교인들에 관한 기록인 《기해일기己亥日記》의 〈김제준 이냐시오 조條〉에서 엿볼 수 있다. "조부가 본 읍 옥중에 10여 년을 갇혀 있다가 치사한 고로, 고향에서 수계하기가 불편한지라"라는 기록을 찾을 수 있다.

청파에서 거주했다는 사실은 부친 김제준이 기해박해 때 체포되어 1839년 8월 13일 문초를 받을 때 "저는 본디 청파에서 살다가 용인 땅으로 이사하였습니다"라고 자백했다는 기록에 근거한다.

짐으로 한가득이었다. 이제 고향을 뒤로하고 떠나는 순간, 배에 탄 가족들은 아무 말이 없었다. 멀어지는 고향을 외면하듯 모두 먼 바다만 바라보았다. 이때 대건은 고개를 돌려 우평 평야의 푸른 들판을 바라보았다. '왜 떠나는 것일까?'라는 생각이 들었지만, 할아버지나 아버지에게 물어볼 엄두는 나지 않았다. 아버지는 주막 주인의 조언처럼 되는대로 장사라도 해야겠다고 생각했지만, 장사 경험이 없었으니 수심이 가득한 표정이었다. 어머니 역시 아는 이도 하나 없는 낯선 곳에서 어떻게 살아갈지 걱정하느라 얼굴 가득히 그늘이 져 있었다.

대건의 아버지 김제준이 구한 집은 네 칸짜리 초가집이었다. 청파에서 남쪽으로 흐르는 만초천蔓草川에 놓인 돌다리인 청파 배다리[舟橋] 부근에 있었다.

청파 배다리에는 새벽부터 저녁까지 왁자지껄하는 소리가 끊이지 않았다. 수레 지나가는 소리와 무거운 짐과 보따리를 이고 진 사람들이 악다구니 쓰는 소리가 끊임없이 이어졌다. 청파는 한양 남부에서 삼남 지방을 잇는 병조 직할의 역촌驛村이었던 것이다. 게다가 인근의 용산 및 마포가 수로 교통의 요충지여서 오가는 사람이 많았다. 청파는 한강을 건너 한양 도성문인 숭례문으로 가는 길목이었고, 17세기 후반에 만들어진 용산방龍山坊에 포함되면서 한성부로 편입되었으니, 그래도 한양에 속한 곳이었다. 한강 주변이 상업 중심지로 전환되면서 거주민이 증가한 결과였다.

칠패시장은 숭례문과 소의문(서소문) 사이에 넓게 자리 잡고 있는 매우 큰 시장으로, 종루시전鐘樓市廛, 동대문 배오개에 있는 이현시장梨峴市場과 더불어 3대 시장 중 한 곳이었다. 지방에서 한양으로 올라오는 인구가 많아지고 용산, 노량진, 마포와 가까워 생선뿐 아니라 각 지방에서 올라오는 특산 농산물을 사고파는 크고 작은 가게와 좌판, 행상이 날이 갈수록 늘어나고 있었다.

김제준은 이사를 마치고 세간을 다 정리한 뒤에도 무엇을 해야 할지 갈피를 잡지 못하고 있었다. 칠패시장을 몇 번 돌아봐도 도대체 무슨 장사를 어떻게 해야 할지 엄두가 나지 않았던 탓이다. 게다가 그는 양반 출신이라는 자부심이 강했다. 고향에서도 얼마 안 되는 논밭을 양반 체면에 직접 농사를 지을 수 없어 소작을 줬을 정도였다. 그런 까닭에 선뜻 양반 체면을 버리고 장터에서 장사를 할 엄두가 나지 않았다. 하지만 시간이 지날수록 갑갑한 일이었다. 애타는 마음에 주막 하는 교우를 찾아가 조언을 구했지만 용기를 내 좌판이라도 벌이면서 경험을 쌓으라는 소리만 돌아왔다.

그렇게 김제준은 한양에 올라온 지 두 달이 지나도록 장사를 시작하지 못하고 세월만 흘려보내고 있었다. 보다 못한 동생 김제철金濟哲(1803~1835)이 대신 나섰다.

"형님, 아니 되겠소. 이 아우가 이것저것 생각해보았소. 남자들이라면 누구나 쓰는 망건을 파는 망건 장사는 어떨까? 왕골이나 볏짚으로 만든 물건과 나막신 등을 파는 초물전草物廛을 해볼까? 아니면 대나무로 만든 물건을 받아다 파는 죽물전竹物廛을 할까? 그런데 지금으로서는 어느 한 가지를 파는 것보다 여러 가지 잡물을 취급하는 잡상雜商을 하는 게 나을 성싶소. 형님 생각은 어떻소이까?"

제철의 말에는 일리가 있었다. 지방에서 올라오는 여러 물건을 취급하면서 어느 물건이 장사가 잘되는지 경험을 쌓겠다는 심산이었던 것이다. 김제준은 동생의 생각이 그럴듯하다 싶어 솔뫼에서 전답을 팔아 초가집을 사고 남은 돈 중에서 일부를 꺼내 장사 밑천으로 내주었다.

한편 청파로 온 대건의 생활에도 변화가 있었다. 아버지의 눈에 비친 대건은 새로운 걸 보면 신기해하는 호기심 많은 소년이었다. 게다가 솔뫼 시절 할아버지에게서 《천자문千字文》을 배울 때나 어머니에게서 한글을 배울 때도 늘 열심이었다. 제법 총명하고 부지런히 배우는 아들을 위해 뭔가 해야 한다고 생각했다. 그는 잠시 숨을 고르면서 대건이 다닐 만한 서당을 알아봤다. 솔뫼의 마을 서당에서는 천주학쟁이 집안 아이라고 받아주지 않아 《천자문》 다음에 배우는 《동몽선습童蒙先習》은 아직 배우지 못한 터였다. 직계 3대가 천주교를 믿느라 과거를 보거나 출사하는 일과는 거리가 멀었지만, 천주교의 교리를 이해하기 위해서는《천자문》의 다음 단계인《동몽선습》까지는 배워야 했다. 당시 천주교 교리서는 중국에서 들어온 한문 교리서가 대부분이었기 때문이다. 한문을 이해하는 지식인층만 그 뜻을 알 수 있었고, 한문을 모르는 신자들은 그 지식인들에게 의지해서 교리를 배우던 실정이었다. 김제준은 가격家格이 한미해도 양반의 후손인 대건이 한문으로 된 천주교의 기본 교리서는 이해할 수 있기를 바랐던 것이다.

주막 주인은 김제준의 집에서 멀지 않은 곳에 있는 서당을 소개해줬다. 김제준은 대건을 데리고 마을 서당을 찾아갔다.[4] 대부분의 마을 서당 훈장이 그렇듯 청파 마을 훈장도 몰락한 양반이었다. 그래도 한양에 거주한 덕분에 문과 과거의 첫 관문인 소과小科 생원시에 입격入格했지만 그 이상은 오르지 못하고 훈장을 하면서 말년을 보내는 노인이었다. 훈장은 김제준이 김해 김씨 안경공파安敬公派 후손이라는 말에 고개를 끄떡이며 근엄한 표정으로《천자문》첫 장을 펼쳐 대건에게 읽어보라고 했다.

"천지현황天地玄黃, 우주홍황宇宙洪荒. 일월영측日月盈昃, 진수렬장辰宿列張."

"뜻을 새겨보아라."

---

4 김대건 신부가 어린 시절 서당에 다녔다는 근거는 1844년 12월 15일 페레올 주교에게 보낸 서한에서 찾을 수 있다. 그 서한에서 김대건 신부는 자신이 어릴 때 서당에 다녔다고 기술했다. 김대건 지음,《성 김대건 안드레아 신부의 서한》, 2020 개정판, 한국교회사연구소, 102~103쪽.

"하늘은 위에 있으니 그 빛이 검고 그윽하며, 땅은 아래에 있으니 그 빛이 누르다. 하늘과 땅 사이는 넓고 커서 끝이 없다. 해는 서쪽으로 기울고 달도 차면 점차 이지러진다. 별자리가 하늘에 넓게 벌려져 있다."

"역시 양반 가문인 김해 김씨 안경공파 자제라 그런지 열심히 했구나."

훈장의 칭찬에 대건의 아버지는 흐뭇하기 이를 데 없었다. 한양에 와서 처음으로 마음이 놓인 순간이었다.

"이 정도면 《천자문》은 다 뗀 셈이니 《동몽선습》부터 배우면 되겠소. 마침 얼마 전에 '수편首篇'을 시작한 아이들이 있으니, 그 아이들과 함께 배우면 되겠소이다. 이미 공부한 앞부분은 내가 따로 시간을 내어 가르칠 터이니 염려하지 마시오."

말을 마친 훈장은 헛기침을 하며 뜸을 들였다. 삭전朔錢(월사금)을 아이 앞에서 말할 수 없다는 표시였다. 김제준은 대건에게 나직이 일렀다.

"먼저 집으로 건너가 할아버지께 가 있거라."

대건은 서당에서 물러 나와 집으로 타박타박 걸음을 옮기며 다시 한번 청파 배다리 부근의 혼잡한 거리를 놀란 눈으로 바라보았다. 대건은 다음 날부터 서당에 다니며 《동몽선습》의 본문 첫 번째 편인 '부자유친父子有親'을 배웠다. 훈장은 아이들에게 글자를 붙여서 소리 내어 읽게 했다. 글의 뜻을 이해하게 하면서 사람의 도리를 깨우치게 하려는 의도에서였다.

"부자父子는 천성지친天性之親이라 생이육지生而育之하고, 애이교지愛而教之하며, 봉이승지奉而承之하고, 효이양지孝而養之하나니, 시고是故로 교지이의방教之以義方하여, 불납어사弗納於邪하며, 유성이간柔聲以諫하여, 불사득죄어향당주려不使得罪於鄕黨州閭하나니."

아이들이 목소리를 하나로 하여 읽기를 마치면 훈장은 그 뜻을 새겨주었다.

"부모와 자식은 하늘이 정해준 친한 관계이기 때문에 부모는 자식을 낳아서 기르고 사랑하고 가르쳐야 하며, 자식은 부모를 받들어 부모님의 뜻을 이어가고 효도하면서 봉양해야 한다. 이런 연유로 부모는 자식을 올바른 도리로 가르쳐서 부정한 곳에 발을 들여놓지 않게 해야 하며, 자식은 부모에게 부드러운 목소리로 말려서 고을에서 죄를 얻지 않게 해야 한다는 뜻이니라. 즉 효도는 사람의 도리 중에서 가장 근본이고, 모든 행실의 근원이 된다는 내용이니라. 알겠느냐?"

"예."

훈장은 수업이 끝날 때마다 집에 가서 반복해서 읽으면서 암송해 오라고 했다. 그리고 다음 날 암송을 시키고 통과해야 다음 진도를 나갈 수 있었다. 만약 암송을 못하면 암송할 때까지 반복해서 읽도록 했다. 다행히 대건은 공부에 재미를 붙이면서 열심히 진도를 따라갔다.

박해에 대한 두려움 때문에 김제준의 신앙심은 그다지 깊지 않았다. 부친인 김택현의 신앙심이 그보다 훨씬 깊었다. 그는 한양으로 옮겨 오면 알음알음으로 교우들과 교유하면서 신앙을 나누고 교중 소식을 자주 접할 수 있으려니 기대했다. 하지만 교중 소식은커녕 말을 나눌 교우들 얼굴도 볼 수 없자 더욱 답답해했다. 얼마 전 큰아들에게 주막 주인 교우에게 가서 집안 내력을 다시 한번 말해주면서 의심할 바 없는 교우 집안이니 한양에서 모이는 모임이 있으면 말을 넣어달라는 부탁을 하라고 했다. 이 말을 들은 주막 교우는 안타깝다는 표정으로 이렇게 전했다.

"얼마 전에 숭례문 안에 사는 교우에게 충청도 내포에서 '치명자致命者'[5] 집안 교우 일가가 올라왔다는 말을 전했으니 좀 더 기다려보시오."

하지만 그 말이 있고도 한참이 지나도록 주막 교우에게서는 연락이 없었다. 하릴없이 이제나 소식이 오길 기다리는 중에 김택현은 코앞에 교우들을 둔 한양에까지 와서도 교중 소식을 듣지 못하자 조급증이 나서 다시 큰아들을 불렀다.

"아비야, 네가 다시 한번 주막에 가보거라. 내가 고향을 떠나 한양까지 온 건 오직 영혼 하나 구하자고 온 것이다. 혹시라도

5 조선 시대에는 순교를 치명, 순교자를 치명자라고 불렀다. 치명은 '위주치명爲主致命'의 약자로서 '천주를 위해 목숨을 바친다'라는 뜻이다.

신부님이 조선에 계시면 지난 30년 동안 못 본 성사를 봐야 하지 않겠느냐. 그래야 죄가 좀 가벼워질 터인즉 이대로 죽는다면 영혼이 지옥에 떨어질까 두렵구나. 그러니 그 주막 교우에게 가서 다시 한번 말을 넣어보거라."

당시 천주교인들에게 '영혼 구원'은 절대적인 의미였다. 대건의 할아버지도 마음이 답답할 때마다 '영혼 구원'을 되뇌었다.

"예, 아버님. 그러지 않아도 오늘쯤 다시 가보려던 참입니다."

김제준은 그길로 주막을 찾아갔지만, 계속 기다려보라는 대답만 돌아올 뿐이었다.

김택현의 가족이 한양에 올라왔을 때는 버그내장터에서 만난 옹기장수 말대로 정하상丁夏祥(1795~1839)과 중심 신자들이 성직자 영입을 추진하고 있었다.

5

정하상과의 운명적 만남

당시 한양의 중심 신자들은 1801년 신유박해로 뿔뿔이 흩어진 신자들을 다시 모으기 위해서는 조선에 신부가 있어야 한다고 판단했다. 앞서 신유박해 이전의 초기 신자인 이여진李如眞(?~1830)이 1811년 중국을 방문해 북경 주교와 교황에게 성직자 영입을 요청하는 편지를 전달했다. 그러나 별 진전이 없자 1813년 다시 한번 북경을 방문했다. 하지만 결과는 마찬가지였다. 당시는 중국에서도 크고 작은 박해가 끊임없이 이어져 중국 교회도 활동이 제한된 상태였다. 또한 교황청 역시 프랑스 혁명(1789~1799) 후의 급속한 변화 속에서 교황 비오 7세가 1812년부터 프랑스에 억류되었다가 1814년에야 다시 로마로 돌아온 상황이었다. 따라서 조선 신자들의 간절한 요구에도 아무런 조치도 취할 수 없는 상태였다.

시간이 흘러도 소식이 없자 이번에는 주문모 신부와 함께 활동하다가 순교한 교회 지도자들의 2세들이 조선 천주교 재건과 성직자 영입에 앞장섰다. 주문모 신부를 도와 열심히 활동하던 정약종의 아들 정하상과 권철신權哲身(1736~1801)의 조카 권기인權己人(權相立, 1767~1814) 등이 대표적 인물이었다.

1816년, 스물한 살의 청년 정하상은 마부로 위장하여 북경으로 떠나는 사신단인 동지사冬至使[6] 사행단에 합류했다. 당시에 교황청과 연락이 닿을 방법은 북경교구에 파견된 사제를 만나는 길이 유일했다. 그래서 정하상은 뒷돈을 주고서라도 사행단의 일행이 되기로 했던 것이다. 어렵사리 마부 자리를 얻은 정하상은 3천 리(1,200km)가 넘는 먼 길을 걸어 북경으로 향했다. 한양에서 출발한 사행단은 평양을 거쳐 의주에서 압록강을 건너고, 봉황성鳳凰城과 책문柵門을 지나고 낭자산狼子山을 거쳐 북경의 관문인 산해관山海關을 지나 북경에 이르렀다. 통상 45일에서 55일이 걸리는 사행길이었고, 마부와 같은 하인에게는 만주 벌판에서 장막을 치고 불을 피우면서 새우잠을 자야만 하는 험로였다. 하지만 정하상은 풍찬노숙風餐露宿의 힘든 생활을 버티며 마침내 북경에 도착했다. 이때부터 사행단이 다시 한양으로 떠날 때까지는 한 달 정도의 시간이 있었다. 정하상은

6 조선 시대에 동지 때마다 명나라와 청나라에 보내던 사신使臣.

사행단이 북경에 체류하는 동안 북경 천주당을 찾아갔다.

그곳에서 그는 북경교구를 관리하던 리베이로 누네스Ribeiro Nunes(1767~1826) 신부를 만났다. 북경교구에 온 지 얼마 안 된 리베이로 신부는 사제가 없는 상황에서도 신앙생활을 이어가고 있다는 조선 교우들의 신앙에 깊은 감명을 받았다. 그러나 리베이로 신부는 조선 천주교 신자들의 사제 파견 청원을 들어줄 수 있는 처지가 아니었다. 리베이로 신부는 정하상에게 이 청원은 자신이 해결할 수 없으나, 마카오에 있는 북경교구 주교에게 반드시 전달하겠다고 했다. 힘든 여정을 견디고 찾아간 정하상 역시 아무런 확답은 받지 못했지만, 조선에 사제가 없어 아직 세례를 받지 못했다는 정하상에게 리베이로 신부는 '바오로'라는 세례명으로 세례를 주었다.

정하상이 조선으로 돌아간 후 리베이로 신부는 약속대로 마카오에 있는 북경교구의 주교에게 조선 천주교인들의 간절한 청원을 전달했다. 이에 북경교구는 남경南京에 있던 두 명의 선교사를 선발하여 조선으로 파견했다. 하지만 조선 국경의 검문이 심해 외국인 선교사들의 조선 입국 시도는 성공하지 못했다.

1824년, 정하상은 다시 길을 떠났다. 동지사 사행단이 떠날 때 역관 출신 유진길劉進吉(1791~1839)과 함께 다시 북경을 찾은 것이다. 그는 북경교구의 사정이 여의치 않은 걸 알고 떠나기 전에 1811년 북경 주교와 교황에게 성직자 영입을 요청하는 편지를 썼던 이여진, 한문을 잘 쓰는 유진길과 함께 교황청으로

대교황 청원문

◆ 유진길과 정하상, 암브로시오(세례명) 등 조선 신자들이 한문으로 쓴 '대교황 청원문'(위쪽)과 북경교구의 라틴어 번역본(일부). 편지에 사용한 대표자 이름인 암브로시오라는 세례명은 신자들이 발각을 우려해 사용한 가명으로 추정하고 있다.

※ 자료 제공: 한국교회사연구소, 교황청 복음화성

보내는 '대교황對敎皇 청원문請願文'을 작성했다. 교황에게 1801년 신유박해 이후의 조선 천주교 상황을 설명하면서 사제의 파견을 요청하는 내용이었다. 이 청원문은 1825년 북경 주교의 주선으로 마카오에 있는 교황청의 선교 담당 부서인 포교성성布敎聖省(현 복음화성福音化省) 동양부에 접수되었고, 여기서 라틴어로 번역된 후 교황청으로 보내졌다. 그러나 이 청원문이 교황청에 전달되기까지는 기나긴 시간이 필요했다. 그야말로 바다를 건너고 국경에 국경을 넘어야 했기 때문이다.

정하상이 충청도 내포에서 순교자 이존창의 사위 가족이 한양으로 왔다는 소식을 몇 단계를 거쳐 전해 들은 건, 교황청이나 북경교구로부터의 연락을 애타게 기다리고 있을 때였다. 답답한 마음으로 하루하루를 기도로 버티던 그에게 이 소식은 더할 나위 없이 반가웠다. 신유박해 이전에 자신의 아버지, 정약종과 함께 조선 천주교에서 중요한 역할을 함께하다 체포되어 순교한 이존창의 사위와 그 가족이 교우들을 만나 교중 소식을 듣기 위해 한양에 당도했다니, 당장이라도 찾아가 얼싸안고 싶었다. 오랜 탄압의 와중에서도 신앙을 지키는 일이 얼마나 힘든 일인지 자신이 누구보다 잘 알고 있었기에 그들에게 느끼는 동병상련의 감정은 남달랐던 것이다. 그러나 극도로 몸을 사리면서 북경에서 올 연락을 기다리는 상황이라 주막 교우에게 자신의 거처를 알려줄 형편이 아니었다.

하지만 그 교우가 이존창의 사위이고 그의 가문에서 몇 명의 순교자가 나왔을 정도라면, 지금 구하기 힘든 교리서와 기도문을 갖고 있을지 모른다는 생각이 퍼뜩 들었다. 생각이 여기에 미치자 그는 주막 교우와 연결되는 교우에게 그들이 사는 곳을 은밀히 알아봐 달라고 부탁했다. 얼마 후 정하상은 아무도 모르게 청파 배다리 부근에 있는 이존창 사위의 집을 찾아갔다. 그가 사립문 앞에서 서성거리며 주변을 살피자, 마당에 있던 김제준이 긴장한 얼굴로 물었다.

"뉘시오? 누구를 찾으시는 게요?"

"혹시 이 집이 내포에서 오신 김해 김씨 댁이 맞는지요?"

"그렇소만…."

김제준이 한껏 경계하는 목소리로 대답하자, 정하상은 다시 한번 주위를 살핀 후 목소리를 낮춰 말했다.

"이 댁 어르신께서 내포에서 오셨다는 말씀을 듣고 왔습니다. 좀 여쭤볼 말이 있는데, 어르신께서 어떻게 생각하실지 모르겠습니다."

김제준은 내심 주막 주인의 통지를 받고 찾아온 교우라는 생각이 들었다. 그는 주변을 살핀 뒤 사립문을 좀 더 열어 객을 마당에 들이며 역시 낮은 목소리로 아버지께 고했다.

"아버님, 손님이 오셨습니다."

아들이 고하자 겨우 밖을 내다볼 만큼 방문이 열리고, 그 틈으로 김택현이 밖을 살폈다. 눈빛이 살아 있는 정하상을 보자 그는 안으로 들어오라는 손짓을 보냈다. 정하상은 고개를 숙이며 방으로 들어갔다. 문지방을 넘으며 정하상이 먼저 입을 열었다.

"요 아래 주막에서 어르신께서 내포에서 오셨다는 말씀을 전해 듣고 찾아왔습니다."

김택현은 가슴이 벌렁거렸다. 그러나 주막 주인의 통지를 받고 왔다 해도 찾아온 사람이 참 교우인지, 밀고를 하는 변절자인지, 그도 아니면 변복을 한 포졸인지는 아직 확인할 길이 없었다. 하여 경계심을 늦추지 않은 채 물었다.

"아, 주막에서 전해 들으셨다…. 무슨 용무인지 말씀해보시오."

"실은 저의 선친께서 생전에 가까이 지내시던 어른이 내포에 사셨습니다. 헌데 서로 소식이 끊긴 지 오래라 그 어른의 안위가 몹시 궁금하던 차라…, 혹 아시는 분인지 여쭤보려고 왔습니다."

"내가 내포에서 온 건 맞소이다. 하지만 나는 면천에서도 한적한 솔뫼에서 살았고 바깥출입을 삼갔던 터라 아는 사람이 많지 않다오. 허나 조상 대대로 내포에서 살았으니 누굴 찾는지 말씀해보시오."

정하상은 잠시 숨을 고른 후 천천히 입을 열었다.

"선친과 가깝게 지내시던 분이 내포에 사셨는데, 별호를 단원端源이라 쓰셨습니다."

김택현은 자신의 장인 이존창의 별호를 알 정도면 찾아온 사람의 선친이 교우임에 틀림없을 거라 생각하면서도 마지막으로 한 번 더 물었다.

"내 잘은 모르나, 단원 어르신이라면 존함은 들어보았소. 그런데 선친께서는 그분과 어떤 사이셨길래 자제분이 찾으시오?"

그 순간, 정하상은 마주 보는 이가 이존창의 사위가 맞는구나 하는 확신이 들었다. 그는 자신이 교우라는 표시로 무릎을 꿇고 성호를 그었다.

"어르신, 실은 어르신과 일가가 한양으로 옮겨 오셨다는 소식을 듣고 찾아온 교우입니다. 제 선친은 신유년에 단원 어르신과 함께 치명 순교하셨다는 이야기를 어머님에게서 들었습니다."

김택현은 가슴이 울컥했다. 한양에 와서 교중 소식을 들을 수 있는 교우를 만났다는 사실이 실감 나지 않았다.

"참말로 교우요?"

"예, 어르신. 천주를 공경하는 교우 맞습니다. 조금도 의심하지 않으셔도 됩니다. 다만, 시절이 하수상하여 제가 어르신께 예의를 갖춰 인사드리지 못함을 너그럽게 헤아려주시면 고맙겠습니다."

정하상은 자신의 이름을 밝히지 못하는 점에 대해 정중히 이해를 구했다. 김택현은 그제야 안도의 한숨을 내쉬며 성호를 그은 후 정하상의 손을 잡았다. 그리고 이름을 밝히지 못할 정도라면 한양에서 중요한 일을 하는 교우가 틀림없는 것 같다는 생각도 들었다.

"반갑소, 정말 반갑소. 이렇게 한양에 와서 천주를 공경하는 교우를 만나니 캄캄하던 영혼의 앞길이 활짝 열리는 것 같소. 내 이날을 얼마나 기다렸는지 모르오. 모든 것이 천주의 특별한 안배이신 줄 알겠소."

고향을 떠나올 때부터 얼마나 기다리던 순간이란 말인가. 김택현은 가슴이 메어왔다. 잠시 숨을 고른 후 그는 자신이 단원 이존창 어른의 사위라고 밝혔다. 더불어 자신의 선친도 신유년 군난 때부터 수차례 감옥을 오가다 결국 해미의 옥중에서 옥사하셨고, 자신의 동생 역시 경상도 영양의 우련밭으로 내려가서 지내다가 을해년(1815년) 부활첨례를 바치다 붙잡혀 대구 관덕당에서 치명하고, 조카사위마저 10년 전에 해미에서 치명한 사연을 들려주었다. 자신의 사연을 전하는 동안 노인의 눈에서는 참았던 눈물이 떨어졌다. 정하상의 눈시울도 붉어졌다. 온 세상을 얻는 것보다도 자신의 영혼을 구원하겠다고 입교한 천주교인이면 각오해야 했던 잔혹한 박해였다. 배교를 하지 않고 동료 교우들의 이름을 말하지 않는다고 행해졌던 잔인한 악형惡刑 속에 얼마나 많은 천주교인이 피를 흘렸던가.

"저도 신유년 군난 중에 아버님과 형님이 위주치명 하셨는데, 어르신 가문은 더 심한 풍파를 당하셨다는 말씀을 들으니 고개가 숙여집니다. 천주께서 특별한 안배로 어르신을 위로해 주실 겁니다."

"내가 솔뫼에 살면서 근 30년 동안 신부님을 뵙지 못하였소.

하여 성사는 고사하고 세례도 받지 못하여 내 영혼이 죄 중에 살고 있소이다. 그런데 버그내장터에서 만난 옹기장수에게 들으니, 한양에 가면 유식한 교우들이 천주교를 다시 일으킬 계획을 세우기 위해 머리를 맞대고 있다지 않겠소. 그래서 내 이렇게 한양까지 왔소이다. 헌데 한양에 와서도 몇 달 동안 교중 소식을 듣지 못해 답답했는데, 이렇게 찾아와 주어 고맙소. 내 한 가지만 묻겠소. 지금 조선에 신부님은 계시오? 세례도 받아야 하고…, 임종 때 종부성사(현재는 병자성사)를 받고 세상을 떠나는 게 소원인데 그냥 이렇게 죄 중에 죽게 될까 봐 앞이 캄캄하고 가슴이 탁 막힐 지경이라오. 아들 둘도 아직 세례를 못 받았으니 내 마음이 오죽하겠소?"

김택현의 말을 들은 정하상은 가슴이 먹먹해졌지만, 아무런 대답을 해줄 수 없었다.

"어르신…, 신유년 이후 조선에는 신부님이 안 계십니다."

김택현은 한숨을 길게 내쉬었다. 한양에서 조선 천주교를 다시 세우는 노력이 지속되는 중인데도 여태껏 목자를 잃은 '실목지환失牧之患'이 계속되고 있다니, 자신은 물론 후손들의 영혼 구원의 길이 요원해지는 느낌을 지울 수 없어 절로 한숨이 나왔다.

"하지만 어르신, 만사를 천주 성의에 맡기고 굳은 신념과 용맹한 마음을 주시기를 자주 기도하십시오."

실의한 표정이 역력한 노인을 바라보며 정하상은 하루빨리 조선 땅에 사제를 모셔 와야겠다는 의지를 다졌다.

"아무렴. 30년도 기다렸는데 몇 년이라고 못 기다리겠소. 그런데 혹시 한양에는 교우들이 모여 교리도 듣고 기도도 하는 공소公所[7]가 있소이까?"

"아직은 모든 게 어렵고 조심스러운 세상입니다. 지방에서는 산속에 들어가 옹기를 굽거나 화전을 일구어 농사를 짓는 분들이 모여 사는 곳이 있습니다만, 아직 한양에서는 포졸들의 기찰譏察이 심해 교우들이 모인다는 건 꿈도 못 꿀 일입니다. 모두가 때를 기다리고 있을 뿐입니다."

정하상의 말에 김택현의 표정은 한층 어두워졌다. 이때 정하상이 조심스럽게 입을 열었다.

"어르신, 모든 일이 다 천주의 안배대로 될 겁니다. 천주를 만유 위에 사랑하는 철석같은 마음으로 오직 예수 뒤를 따라가면 만고만난萬苦萬難을 이길 수 있습니다. 그런데 지금 조선에는 교리서나 경문서(기도서)가 몹시 부족합니다. 신유년 군난 때 모두 빼앗기고 불태워져 종적을 찾기가 어렵습니다. 혹시 집 안에 몰래 숨겨두셨던 교리서나 경문서가 있으신지요?"

사제도 없고 더욱이 지도자가 직접 나서지도 못하던 당시, 신

---

7 공소는 본당 사제가 상주常住하지 않는 가톨릭 신앙공동체를 말한다. 조선 시대에는 주로 마을의 교우회장이 자신의 집을 공소로 정해 신자들이 모이게 했다. 신부가 봄과 가을에 한 번씩 공소를 찾아가 교리를 가르치며 성사를 거행하고 미사를 봉헌했다.

자들이 신앙심을 유지할 수 있는 길은 기도서와 교리서에 기대는 것뿐이었다. 그러나 신유박해 때 천주교 서적이 압수되면서 천주교 교리를 가르치고 배우기가 어려워졌다. 그뿐 아니라 아침저녁으로 하는 기도문은 종류도 많고 길이도 길어 기도서가 없으면 온전하게 전하기 힘들었다. 교리서와 경문서를 구하는 정하상의 말에 김택현 역시 안타까운 표정을 지으며 대답했다.

"사정이 딱하기는 나도 매한가지요. 선친께서 포졸들에게 끌려가실 때 책이란 책은 모두 빼앗겼다오. 다행히 뒤란에 있는 소금 항아리 속에 감춰두셨던 《성경직해광익聖經直解廣益》 중 〈예수성탄성경〉 〈삼왕래조三王來朝성경〉 〈부활성경〉[8] 이렇게 세 권이 전부라오. 선친께서 내포 지방을 다니시며 전교하실 때 소금 가마니 속에 넣어 다니시던 책입니다."

김택현이 갖고 있던 필사본에는 성경에서 수난 구절을 모은 〈성경 슈난〉이 없었다.

"어르신, 어려운 부탁이지만 가지고 계신 《성경》을 제게 빌려주실 수 있으신지요? 가져가서 다른 분이 필사한 책과 비교해보고 다시 돌려드리겠습니다."

"천주를 공경하는 교우님께서 필요하시다면 빌려드리겠습니다. 물론 교우님이 누구인지 밝히지 못하는 걸 보니 그럴 만

---

8 〈마태오복음(개신교에서는 마태복음)〉 중 예수의 탄생과 세 명의 동방박사 경배, 부활에 대한 부분이다.

《성경직해광익》

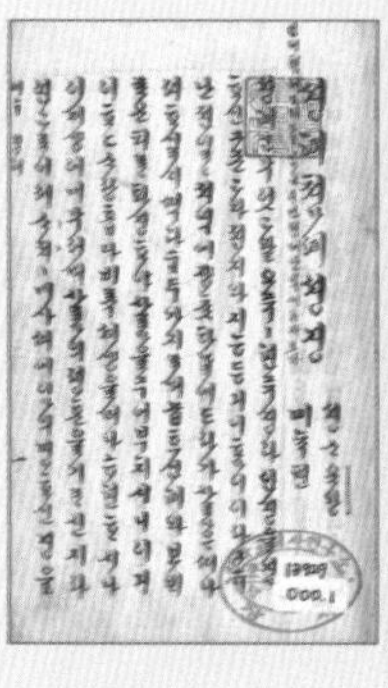

◆ 솔뫼에는 "김대건 신부의 증조부 김진후는 박해와 감시를 피해 소금 가마니 속에 성경을 감추어 넣고 아산만의 조수가 들고 나는 내포 평야를 누비며 전교에 힘썼다"(〈경향신문〉 1973년 6월 8일 자, 3면)는 구전이 내려온다. 당시 '성경'은 《성경직해광익》을 뜻했다.

◆ 《성경직해광익》은 조선 천주교 최초의 한글 번역 복음서이며 해설서였다. 성탄과 부활을 중심으로 전례 시기에 맞게 복음을 발췌한 성경이기 때문에 4복음서가 뒤섞여 있다. 따라서 박해 시기 천주교 신자들은 찢기고 남겨진 부분 성경에 의존하면서 신앙생활을 하고 있었다. 성탄과 부활이 가장 중요했기 때문에 중요한 부분의 성경은 더욱더 잘 보존하려고 노력했을 것이다. _조한건 한국교회사연구소장 신부

한 이유가 있을 터라 내 더는 묻지 않겠소. 그러나 《성경》은 선친의 유품이기도 할뿐더러 우리 집안의 가보와 같은 책이니 반

드시 돌려주셔야 하오."

"고맙습니다, 어르신. 한두 달 말미를 주시면 반드시 돌려드리러 다시 오겠습니다. 설혹 제가 못 오고 다른 이가 오더라도 그럴 만한 사정이 있었겠거니 하고 너그러이 헤아려주시면 고맙겠습니다."

"알겠소이다. 그렇다면 나도 교우님께 부탁이 있소. 가끔씩 다른 사람을 통해서라도 교중 소식을 좀 알려주시오. 아들과 손주에게도 교리와 경문을 제대로 가르치고 싶은데 공소를 몰라 그러질 못하니, 영혼 사정에 대한 염려가 이만저만이 아니오. 공소 방에서 회장에게 교리를 공부해야 조선에 신부가 오셨을 때 세례성사를 받지 않겠소. 제발 교중 소식 좀 전해주시오."

"어르신, 무슨 말씀이신지 알겠습니다."

정하상은 김택현이 건네준 《성경》을 도포 안에 갈무리한 후 다시 한번 고맙다는 인사를 남기고 종종걸음으로 사라졌다.

6

청파를 떠나다

정하상이 다녀간 후 김택현은 사립문을 내다보는 일이 잦아졌다. 이제나저제나 교중 소식을 전해줄 교우를 기다리느라 하루에도 몇 번씩 내다보았지만 소식은 쉬이 오지 않았다. 한편 대건의 숙부 김제철은 형을 대신해서 장사를 하노라며 부산을 떨었다. 그러면서 허구한 날 형에게 장사 밑천이 적어 물건을 제대로 준비할 수 없다면서 돈타령을 했다. 장사 경험이 없는 김제준은 그럴 때마다 동생의 말을 따랐고, 솔뫼에서 가져온 돈도 바닥을 보이기 시작했다. 그 와중에 서당에 다니는 아들 대건이 글공부에 재미를 붙여 열심히 글 읽는 모습을 보는 것이 김제준에게는 유일한 기쁨이었다. 그즈음 김제준과 장흥 고 씨 사이에서 둘째 아들 난식蘭植이 태어났다. 대건의 동생이었다.

정하상이 빌려 갔던《성경》을 돌려주러 청파 배다리 대건의 집을 찾은 건 그가 말한 대로 약 두 달 후였다. 사립문을 기웃대는 정하상을 보자마자 김택현은 방에서 나오며 반갑게 그를 맞았다.

"어서 이리로 올라오시오."

정하상이 목례를 하며 방으로 들어가자 김택현이 성호를 그었다. 누가 들을까 싶어 교우 소리는 못 하고 방으로 들인 후 천주께 감사의 인사부터 올린 것이다.

"어르신, 그간 강녕하셨습니까? 빨리 찾아뵙지를 못해 송구합니다. 책이 여러 권이라 옮겨 쓰는 데 시간이 제법 오래 걸렸습니다."

"그러셨을 테지요. 얼마나 도움이 된 건지는 모르겠으나 수고 많으셨소. 그나저나 반가운 교중 소식은 있소이까?"

그때 대건이 서당에서 돌아오며 방문 앞에서 할아버지께 인사를 올렸다.

"할아버님. 서당에 다녀왔습니다."

"재복이 왔느냐, 그래 오늘도 공부를 열심히 했느냐?"

재복은 집에서 김대건을 부르는 아명이었다.

"예. 할아버님."

"재복아, 방으로 들어와 손님께 인사드리거라."

대건은 방으로 들어가 정하상에게 넙죽 절을 올렸다.

"소인, 재복이라 하옵니다. 어르신께 문안 인사드리옵니다."

"그래, 네 나이가 올해 몇 살이냐?"

"신사년辛巳年(1821년)생이옵니다."

"그럼 여섯 살이구나, 서당에서는 무엇을 배우느냐?"

"스승님께서 《동몽선습》을 가르치십니다."

"그래? 그럼 요즘 어느 문장을 강독講讀하고 있느냐?"

"오늘은 '군신유의君臣有義'를 읽었습니다."

"군신유의라…. 그래? 다 외웠더냐?"

"예, 어르신."

"그럼 첫 문장을 외워볼 수 있겠느냐."

"군신君臣은 천지지분天地之分이라 존차귀언尊且貴焉하며 비차천언卑且賤焉하니 존귀지사비천尊貴之使卑賤과 비천지사존귀卑賤之事尊貴는 천지지상경天地之常經이며 고금지통의古今之通義라."

"옳거니, 잘 외웠구나. 그럼 뜻도 새길 수 있겠느냐?"

"예. 임금과 신하는 하늘과 땅처럼 분명히 구분되는 관계입니다. 임금은 높고 귀하며 신하는 낮고 천하니 존귀한 이가 비천한 이를 부리고, 비천한 이가 존귀한 이를 섬기는 것은 천지간의 어디에나 통용되는 도리이며 예나 지금을 막론하고 통용되는 의리입니다."

"그래, 뜻도 잘 새겼구나. 네가 공부를 열심히 하는구나."

"일찍이 조부님께서 《천자문》을 가르쳐주셔서 그럭저럭 쫓아가고 있습니다."

정하상은 대건의 대답에 고개를 끄덕이며 김택현을 바라봤다.

"어르신, 손주가 겸손하고 예의도 바르며 글공부도 열심히 하는 모양입니다. 평소에 어르신께서 공부를 열심히 시키셨나 봅니다."

"아니라오. 솔뫼에 살 때《천자문》을 펴놓고 읽도록 한 게 전부라오."

김택현은 문안에서 온 교인이 손주를 칭찬하는 소리가 싫지만은 않았다. 낯선 어른 앞에서 예의를 갖춘 손주를 흐뭇하게 바라보며 물러가 있으라 일렀다. 할아버지의 말씀을 들은 대건은 할아버지와 정하상을 향해 다시 한번 큰절을 한 뒤에 조용히 물러났다. 정하상은 김택현의 아들과 손주의 영혼 걱정을 들으며 하루빨리 천주교 조직이라도 재건해서 이 집의 아들들과 손자들에게도 천주의 존재를 비롯해 삼위일체, 천지조성, 강생구속, 상선벌악 등 천주의 진리를 가르칠 수 있으면 좋겠다고 생각하며 마음을 다잡았다.

정하상과 조선 천주교 신자들이 1824년 말(혹은 1825년 초) 중국을 통해 교황청으로 보낸 '대교황 청원문'이 교황청에 전달된 것은 1827년에 이르러서였다. 청원문을 받은 교황 레오 12세와 교황청 포교성성은 선교사도 없이 자발적으로 천주교를 믿게 된 과정과 크고 작은 박해와 많은 순교자가 발생했음에도 신앙을 지켜냈을 뿐 아니라 사제 파견을 간곡히 요청하는 조선 천주교 신자들의 깊은 신앙에 크게 감명받았다. 그때부터 교

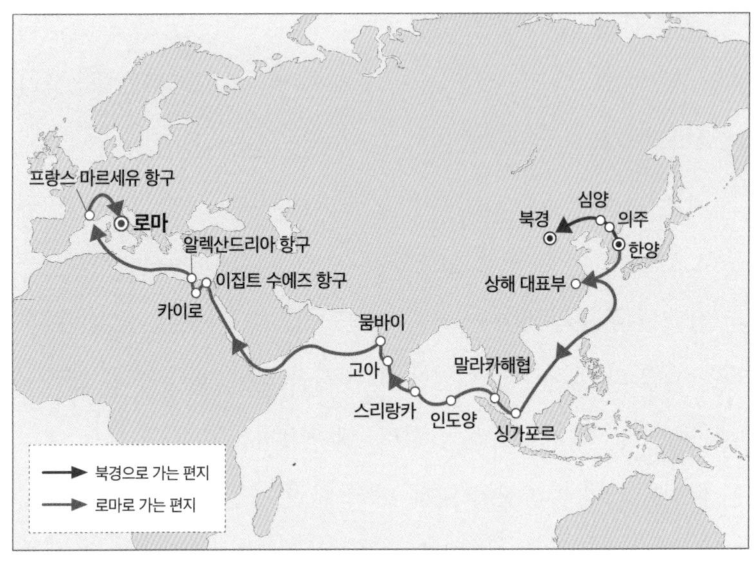

'대교황 청원문' 전달 경로

황청은 조선을 담당할 선교회를 찾았다. 당시 해외 선교는 주로 수도회들이 담당했기 때문이다.

교황청 포교성성은 조선의 신자들을 위해 파리외방전교회와 접촉했다. 파리외방전교회는 1658년 교황청 포교성성 직할로 창립된 선교회로, 시암Siam(오늘날의 타이, 곧 태국), 베트남의 통킹Tonking, 인도의 퐁디셰리Pondicherry, 중국의 사천四川과 마카오 대표부에서 약 48명의 선교사가 활동하고 있었다. 교황청의 요청을 받은 파리외방전교회는 자신들도 마카오에 있는 극동대표부에 연락해서 조선 입국이 가능한지 알아볼 테니 교황청에서도 마카오 대표부에 파견된 신부에게 더 많은 정보를 알아보도록 하면 좋겠다는 회신을 보냈다.[9] 조선 천주교인들이 기다림으로 애를 태우고 있을 때, 청원문을 받은 교황청에서도 청원문에 답하기 위해 파리외방전교회와 접촉을 계속하는 등 혼신의 힘을 다하고 있었다. 다만, 그 소식이 조선 천주교회에 전달될 경로가 없었던 것이 안타까울 뿐이었다.

해가 바뀌고 1828년 봄이 되자 대건은 일곱 살이 되었다. 그는 여전히 서당에 다니며 글공부를 하고 있었다. 3월 어느 날, 정하상이 김택현을 다시 찾아왔다. 김택현은 그에게 요즘 큰아들 김제준의 영혼 사정이 걱정이라며 천주의 자식 노릇을 잘하도록 교리를 좀 가르쳐달라고 부탁했다. 서른세 살의 정하상은 김제준보다 한 살 위였다. 정하상은 김제준을 따라 방으로 들어가 무릎을 꿇고 성호를 그었다.

"인부因父, 급자及子, 급성신지명及聖神之名. 아맹亞孟."[10]

낮은 목소리로 정하상이 읊조리자 맞은편에서 김제준도 따라 했다.

당시 천주교의 기본적인 기도문인 '성호경聖號經'과 3대 기도문인 '주님의 기도', '성모송', '영광송'을 비롯한 모든 기도문은 1838년 〈텬쥬셩교공과(천주성교공과天主聖教功課)〉가 출간될 때

9 이장우 외 지음, 《한국천주교회사 2》(한국교회사연구소, 2010), 203~213쪽.

10 "성부와 성자와 성령의 이름으로 아멘." 즉 성호경의 한자 표현이다.

까지 번역이 안 되어 있었다. 기도문을 한글로 번역해서 사용하려면 주교의 승인(인준)이 필요했기 때문에 중국 천주교에서 사용하는 한문 기도문을 한글로 읽고 암송했고, 한문을 모르는 신자들은 유식한 교우들의 도움으로 그 뜻을 헤아릴 수 있었다.

"교우님, 잘 외우셨습니다. 순교자 집안에서 자라신 분답습니다. 그러면 '성모경聖母經'(지금의 성모송)과 '성삼광영경聖三光榮經'(현재의 영광송)도 외우시는지요?"

"어릴 때는 외웠는데 지금은 성호경만 기억합니다."

"그러셨군요. 순교자 가족이니 보는 눈이 많아 신앙생활 하시기가 쉽지 않으셨으리라 생각됩니다. 그러면《요리문답要理問答》[11] 책을 공부하신 적이 있으신지요?"

"부끄럽지만, 솔뫼 부근에는 공소가 없었습니다."

정하상이 어디부터 시작해야 좋을지 잠시 생각을 할 때 김제준이 머뭇거리다 물었다.

"교우님, 그런데 저희 집안은 조부님을 비롯하여 아버님도 천주를 지극히 공경하고 계신데, 저희는 왜 이렇게 힘이 들까요? 천주님은 이 세상에서는 상을 안 주시나요?"

---

11 "조선 교회가 창설되기 직전에 북경에서 간행되어 널리 읽히고 있던 '성사 요리'가 조선에 전래된 때는 교회 창설 직후부터 1801년 이전의 어느 때로 생각된다. 이 책은 중국을 왕래했던 우리 신앙의 선조들 가운데 어떤 이나 주문모 신부 등에 의해 조선에 전래되었다고 생각된다." 조광 고려대 명예교수, 〈[신앙 유산] 주고받는 말속에서 밝혀진 믿음: 성교요리문답〉(《경향잡지》, 1992년 4월호).

말을 마친 김제준은 땅이 꺼져라 한숨을 내쉬었다. 동생 제철의 장사가 날이 갈수록 어려움을 겪고 있어서였다.

"교우님, 혹시 무슨 어려운 일이라도 있으신지요?"

김제준은 한양에 올라와 동생을 시켜 장사를 시작하게 된 경위와 경험 부족으로 빈털터리가 된 상황을 설명했다. 그러고는 다시 한번 한숨을 내쉬며 말꼬리를 흐렸다.

"교우님, 그런데 장사는 아무나 하는 게 아니라 다 행습行習이 있어야 한다는 걸 너무 늦게 깨달은 것 같습니다…."

사정을 들은 정하상은 김제준과 한숨을 내쉬면서 천천히 입을 열었다.

"교우님, 그러나 저는 이렇게 어려움을 당하게 된 데는 분명 천주의 뜻이 있다고 생각합니다. 제 생각에는 만사를 천주의 안배하심에 맡기시는 게 좋을 듯합니다."

"그게 무슨 말씀이시오?"

"교우님, 아버님께서는 제게 신앙생활을 이어갈 수만 있다면 산속의 교우촌에라도 가시겠다고 여러 차례 말씀하셨는데, 그동안은 제가 차마 말씀을 드리진 못했습니다. 교우촌이라는 곳이 깊은 골짜기 속에 있는 데다 화전 농사를 지으며 살아가야 해서입니다. 그런데 말씀을 듣고 보니 천주께서 교우님 가족을 산속 교우촌으로 보내시려는 뜻이 있는 것 같다는 생각이 듭니다."

김제준의 눈에서 눈물이 떨어졌다. 빈손으로 산골짜기에 가서 농사를 지으며 살아야 한다는 게 나이 드신 아버지에게 큰 불효를 저지르는 것 같았다. 그리고 대건의 글공부도 더 이상 시킬 수 없다는 생각에 마음이 짠했다. 그때 옆방에 있던 김택현이 헛기침을 하며 방으로 들어섰다.

"내 옆방에서 다 들었다. 그런 힘든 일을 마음에 품고 지내느라 마음고생이 심했겠구나. 하지만 교우님 말씀대로 이번 일에는 분명 천주의 뜻이 있다고 생각된다. 주 예수 말씀에 사람이 온 세상을 다 얻는다 할지라도 제 영혼에 해를 받으면 무슨 소용이 있느냐고 했다. 지금 여기서 이렇게 빚쟁이들 단련을 받는 것보다는 한양을 떠나 교우들 있는 곳에 가서 마음 편하게 수계하고 아침저녁 기도를 비롯해 삼종기도를 드리며 영혼 구원에 힘쓰면서 조선에 신부님이 오실 날을 기다리는 게 좋을 것 같구나. 자, 교우님 생각은 어떠시오?"

"예, 어르신. 지금 아드님들이 무뢰배들의 간계에 빠져 헤어날 도리가 없게 된 듯합니다. 하오니 경기도 쪽의 적당한 교우촌에서 영혼 구원에 전심하시는 것도 방법이라 생각됩니다."

정하상이 경기도 교우촌을 안다는 말에 김택현은 눈이 번쩍 뜨여 얼른 되물었다.

"교우님, 그럼 어디 아는 곳이 있으시오? 그런 교우촌을 알면 말씀 좀 해주시오. 교우님이 말씀해주신 곳이라면 믿음 좋은 교우들이 모여 사는 곳이지 않겠소. 그런 곳에서 교우들과 함께 신앙생활을 할 수 있다면 이 늙은이는 더 바랄 게 없습니다."

"그러나 어르신, 산골짜기 교우촌의 생활이 험한 농사일이라 몹시 고될 수도 있습니다….”

“교우님, 이대로 성사 한번 못 받아보고 죽는다면 영혼엔들 무슨 시원한 수가 있겠소이까. 한 번은 송장이 되어 썩어질 육신이니, 매일 아침저녁 기도와 삼종기도를 드릴 수만 있다면 무슨 일을 못 하겠소. 영혼 대사가 늘 양심에 보채오던 중에 이런 일을 당했으니, 더 큰 천주의 엄벌이 내리기 전에 영혼 사정, 육신 사정을 서로 이야기하며 돌봐줄 교우들이 있는 산속으로 들어가겠소이다.”

김택현의 목소리는 단호했다.

“예, 어르신. 며칠 말미를 주시면 제가 좀 더 알아본 후 다시 들르겠습니다.”

정하상은 성호를 그은 후 방에서 나와 종종걸음으로 숭례문 쪽을 향해 발길을 옮겼다.

3

신앙의 요람 교우촌

7

용인 한덕동 성애골에 자리 잡다

"용인현으로 옮기시는 게 좋을 것 같습니다."

며칠 전 대건의 아버지 김제준에게서 길거리에 나앉게 생긴 사정을 듣고 방도를 찾아보자던 정하상이 다시 찾아와 건넨 첫마디였다.

"어…, 어디로 옮기라고요? 용인현이오? 거긴…."

밑도 끝도 없는 정하상의 말에 불안해진 김제준의 눈동자는 순간 흔들렸다. 고향 솔뫼를 떠나 한양 청파에까지 온 지 얼마 되지도 않았을뿐더러, 식솔들을 전부 이끌고 생전 가본 적도 없는 용인현으로 옮기길 권하는 정하상의 말에 순간 정신이 아득했다. 곁에 있던 김택현도 말없이 그의 말에 귀를 기울였다.

"그렇습니다. 경기도 용인현으로 옮기시는 게 어떻겠냐 말씀드렸습니다. 그곳에 교우촌이 좀 있습니다. 한덕동이라고 한덕골, 광파리골(광팔곡), 성애골을 아우르는 곳입니다. 그중 한덕골에서는 외교인(비신자)들과 섞여 살고 있고, 교우들만 모여 사는 광파리골과 성애골 교우촌은 외교인들이 들어와 농사를 짓기 힘들 정도로 깊은 산골이긴 합니다. 특히 광파리골과 성애골은 산기슭을 허물어 화전 농사를 짓는 곳입니다. 그 어디에 빈집이 있을지는 모르겠습니다만, 일단 가서 사정을 말씀하시면 거처는 마련해줄 겁니다. 그곳이라면 분명 주일은 지키실 수 있을 테지요."

김제준은 정하상의 말을 듣고 떨군 고개를 들지 못했다. 외교인들은 들어가지도 않는다는 산골짜기로 들어가 화전을 일구어야 한다는 말이 너무 막막하고 두려웠다. 변변히 농사를 지어본 적 없는 처지에 화전이라니…. 게다가 이슬을 피할 빈집이 있는지조차 불확실한 상황에서 고령의 아버지와 갓난아이까지 있는 식솔을 모두 이끌고 가야 한다니 가장으로서 무참한 기분이 들어서였다.

김제준은 나지막이 한숨을 내쉬었다. 그러나 지금의 상황에서는 선택할 다른 방도가 없다는 걸 알고 있는 김택현이 오히려 단호하게 말했다.

"교우님께서 길거리에 나앉게 된 우리 식구의 살길을 알려주시니 고마울 따름이오. 깊은 산중에서 교우들과 함께 마음 편히 수계하면서 지내리다."

“예, 어르신. 처음에는 낯설고 힘드실 테지만, 천주께서 안배하시리라 믿습니다. 교우촌에 닿으시거든 ‘한양 사는 정 바오로의 소개로 왔다’고 하시면 오해받으실 일은 없을 겁니다.”

“그리 말씀해주시니 고맙소. 그곳에 가면 주일은 지낼 수 있다니, 교우님께서 알려주신 곳에 가서 열심히 구령에 힘쓰겠소.”

정하상은 무릎을 꿇고 성호를 그었다. 이어 이 가족이 한덕동에 무사히 도착하여, 간절히 바라던 신앙생활에 정진하게 해주십사 기도를 올린 후에 방을 나섰다. 마당에 내려선 정하상은 잠시 머뭇거렸다. 김택현의 가족이 험한 산골 교우촌까지 무사히 닿을 수 있을까 내심 염려가 되었던 터였다. 그러나 천주의 안배하심을 믿는 수밖에 달리 방도가 없다고 생각하며 다시 한 번 허리를 숙여 인사한 후 사립문을 열고 휘적휘적 잰걸음을 옮겼다.

당시 용인현에는 여러 곳에 교우촌이 형성되어 있었다. 1801년의 신유박해 때부터 관원들과 포졸들의 감시와 추적을 따돌리려던 한양과 충청도 지방의 천주교 신자들이 조용히 숨어든 곳들이었다. 용인현 지역에는 굴암산 아래 상동천면에 있는 한덕동(광파리골과 성애골, 한덕골)과 병목골, 국수봉에 교우촌이 들어서 있었다. 또한 용인현에 이웃해 있는 양지현에도 어은산 아래 남곡리의 은이, 배마실, 음다라니, 무량골, 터골 등이 교우촌이었다. 교우촌이 용인현과 양지현 경계 부근 여러 곳에 형성되었던 데는 까닭이 있었다. 그곳의 산들이 유난히 깊은 데다가 포졸들은 관할 현을 넘어서까지 추적하는 법이 없기 때문이었다.

몇몇 순교자 집안의 가족들이 비신자들 사이에서 숨죽이고 살아야만 하는 고향이나 고향 인근보다는 고생은 되더라도 좀 더 자유로운 신앙생활이 가능한 산골짜기로 들어온 것이 시작이었다. 그러던 것이 1820년경에는 양지의 은이와 용인의 굴암에 공소가 생기면서 교우촌의 중심지로 떠오르기 시작했다. 세월이 흐르면서 교우촌 사이에는 인적·지역적 연락망이 형성되었고, 한양의 천주교 재건 운동의 중심 교우들과도 연락이 닿으면서 왕래하게 되었다. 정하상이 대건의 가족에게 용인현의 한덕동 교우촌으로 옮길 것을 제안하게 된 까닭이었다.

일곱 살의 대건은 가족들을 따라 교우촌으로 향하는 길에 올랐다. 1828년(순조 28년) 3월 말경이었다. 대건은 할아버지의 손을 잡고 배에 올랐다. 그 뒤로 아버지, 누나, 어머니와 갓 태어난 동생, 숙부가 함께 동재기나루에서 나룻배를 타고 한강을 건넜다. 봄이 오는 한강의 강바람엔 아직 찬 기운이 가시지 않은 때였다. 청파에서 용인까지는 150리(60km) 길이었다. 어른 걸음으로는 이틀이면 닿을 거리였지만, 환갑을 넘긴 김택현과 어린 대건, 게다가 갓난아이까지 있는 일가에겐 어림도 없는 일. 아무리 빨리 걸어도 하루에 50리(20km) 이상 걷는 건 무리였다.

아버지와 숙부는 이불과 솥, 옷 보따리를 등에 메고 앞서 걸었다. 갓난쟁이 난식을 등에 업은 어머니는 옷 보따리와 그릇 보따리를 이고 걸었다. 누나는 조그만 옷 보따리 하나를 들고 그 뒤를 따랐다. 맨 뒤로 대건은 할아버지를 따라 타박타박 걸음을 옮겼다. 김제준은 길을 나서며 어린 대건에게는 "다시 먼 곳으로 이사 가는 길이다"라고 했다. 하지만 대건도 그동안 집으로 찾아온 무뢰배들이 소란을 피우는 통에 뭔가 안 좋은 일로 쫓겨 가는 것임을 짐작하고 있었다.

대건의 가족은 청파를 떠난 지 사흘이 지나서야 용인현에 발을 들였다. 정하상이 상세히 설명해준 덕에 길을 놓치는 일은 없었다. 용인현에 들어서 사람들에게 상동천면으로 가는 길을 물으니 용인 읍치邑治에서 남쪽으로 40리쯤 떨어진 곳에 있는 굴암산 아래로 가야 한다며, 양지현에 붙은 산골이니 무너미 고개(수유현水踰峴)를 넘으라고 했다. 힘들게 무너미 고개를 넘어 한참을 들어가자 남촌이라는 마을이 나왔고, 그곳에서 개울을 따라 골짜기를 굽이굽이 돌아가자 한덕골이 나왔다. 그곳에서 다시 광파리골을 묻자 굴암산과 성륜산을 가리키며 더 안쪽으로 들어가야 한다고 했다. 광파리골은 좌우로 큰 산들에 둘러싸여 있고, 산 중턱에 초가집이 드문드문 있는 작은 마을이었다. 적막하기 이를 데 없는 깊은 산중이라 쉽사리 찾아올 만한 마을이 아니었다.

김제준은 마을 어귀에 짐을 부렸다. 그런 다음 마을로 들어가 맨 처음 나오는 초가집 앞에서 헛기침을 했다. 이내 점잖아 보이는 중년의 사내가 빼꼼이 문을 열고 내다보았다.

"처음 뵙겠습니다."

김제준의 인사에 집주인은 경계의 눈초리로 낯선 이를 살피면서 먼 뒤쪽에 식솔들이 있는 걸 발견하고는 한결 누그러진 목소리로 대답했다.

"피차 그렇소이다."

"저는 한양 청파에서 살다가 온 김제준이라 합니다. 여기가 광파리골 맞는지요?"

"예, 여기가 광파리골인데 예까지는 어찌 오셨소이까? 보아하니 일가가 함께 오신 듯한데…."

광파리골이 맞는다는 말에 김제준은 내포 솔뫼에서 청파로 옮겼다가 오갈 데가 없게 된 사연과 아는 분이 여기 가면 빈집을 구할 수 있을지도 모르니 가보라 해서 왔다는 사연을 간략하게 전했다.

"아는 분이라…, 그분이 뉘시오?"

"정 바오로라는 분입니다."

김제준의 말에 집주인은 순간 눈이 커졌다가 다시 진정하면서 고개를 주억이며 물었다.

"그렇다면 혹 천주학 하시오?"

김제준은 잠시 그를 바라보다 더 이상 갈 곳이 없다는 생각에 사실대로 말했다.

"치명자 자손입니다."

"오, 이런! 교우님이셨구려! 나도 천주를 공경하는 사람이니 염려 마시오. 그나저나 가족들이 먼 길 오시느라 고생이 자심하셨을 텐데, 누추하지만 여기 마당으로라도 들어오라고 하시오. 저는 후딱 가서 이 마을 회장님을 모셔 올 터이니."

그의 말에 김제준은 긴장이 풀리며 제대로 찾아왔다는 안도의 한숨을 내쉬었다.

"예, 고맙습니다. 교우님."

김제준은 가족들이 있는 곳으로 달려갔다. 그리고 마을 초입에서 초조하게 기다리던 김택현에게 먼저 고했다.

"아버님, 이제 교우를 만났으니 염려 놓으셔도 되겠습니다. 주인장이 아버님과 가족들을 마당으로 모시라고 하였습니다. 곧 마을 회장님을 모셔 온다니, 제대로 찾아온 모양입니다."

아들의 말에 김택현은 성호를 그으며 천주의 안배에 감사의 기도를 올렸다. 기도를 마친 대건의 가족이 초가집 어귀에서 엉거주춤할 무렵 주인장과 마을 회장이 한걸음에 달려와 성호를 그으며 인사를 했다.

"치명자의 자손님들을 뵙게 되어 반갑습니다. 저는 이 마을 회장인 오 베드로입니다. 여길 소개해주셨다는 정 바오로 교우님은 제가 한양에 올라갔을 때 몇 번 뵌 적이 있습니다."

당시 세례명을 갖고 있으면 오래된 교우였다. 주문모 신부가 조선에 체류하던 1794년부터 순교한 1801년 사이에 세례를 받았다는 의미이기 때문이다. 김택현도 성호를 그은 후 회장의 손을 맞잡았다. 그 시절 교우촌의 회장은 자기 집을 공소로 내어놓고 주일이나 첨례(지금의 축일)에는 신자들을 모아 공소예절을 바치고 교리를 가르치는 신앙생활의 목자였다.

"교우님들을 만나 이렇게 성호를 마음 놓고 그을 수 있다니 꿈만 같습니다. 저는 김해 김가 택현이라고 합니다. 부친과 장인 그리고 손아래 동생까지 모두 위주치명 하셨지만, 저는 내포 면천의 시골에 사느라 신부님을 뵙지 못해 아직 세례조차 못 받았습니다."

"어르신, 조선에 신부님이 안 계신 지 30년이 가까우니 그간의 영혼 사정이 어려운 건 말해 무엇 하겠습니까. 자세한 말씀은 천천히 나누시고 먼 길 오시느라 고단도 하시고 시장도 하실 터이니 저희 집으로 건너가시지요. 간단하게라도 먼저 요기를 하시면서 말씀 나누시지요."

회장의 말에 대건의 가족은 그를 따라 조금 떨어진 초가집 마당으로 들어갔다. 회장댁 안주인이 나와 대건의 모친의 손을 잡으며 눈물을 찍어냈다. 사흘을 걸어오느라 행색이 말이 아닌 모습을 보고는 안쓰러우면서도, 치명자 자손을 만난 반가움에 말보다 눈물이 앞선 터였다. 그때 동네 사람들이 한두 명씩 회장 댁으로 찾아와 인사를 하고는 부엌으로 가서 불을 지피고 밥을 짓기 시작했다. 얼마 후 나온 밥상에는 노란 조밥과 꽁보리밥, 반찬이라고는 장물 김치(고춧가루가 없는 전통 물김치)와 고추

장, 된장만이 올라 있었다. 하지만 대건의 식구들은 밥이 어디로 들어가는지도 모를 정도로 맛있게 먹었다.

저녁을 먹은 후 김택현은 회장에게 고맙다는 인사를 전한 다음 정중히 물었다.

"회장님, 이 마을이 아늑하고 교우님들이 모여 살고 있으니 신앙생활을 하기에 정히 좋을 것 같습니다. 혹시 이 마을에 빈 집이 있을는지요?"

"교우님, 이곳 광파리골은 워낙 깊고 외진 데라 몇 년째 들고 나는 사람이 없습니다. 그래서 앞서 교우님처럼 이곳에 왔던 분들도 이곳에 터를 잡지는 못했습니다. 그 대신 여기서 남쪽으로 좀 더 들어가면 해실이 고개 못 미쳐 있는 성애골에 가서 자리를 잡았습니다. 그곳 교우님들이 도와 집도 짓고 농사도 지으며 살고 있습니다. 하여 제 생각에는 오래 머물 집을 구하실 양이거든 성애골이 나을 듯합니다. 물론 성애골 교우님들도 주일과 첨례에는 다 이곳에 모여 함께하니까 한동네나 진배없습니다. 그렇다고 지금 당장 떠나실 일은 아닙니다. 여기는 산중이라 해가 일찍 떨어지고 밤에는 짐승들이 많으니, 불편하시더라도 오늘은 저희 집에서 주무시고 내일 저와 함께 성애골로 올라가시지요. 제가 앞장서 길을 잡겠습니다."

"아, 회장님께서 이토록 마음을 써주시니, 한시름 덜었습니다. 조급했던 마음이 한결 편안해진 듯합니다. 이게 다 천주의 배려인 줄 알겠습니다."

한덕동의 성애골과 광파리골

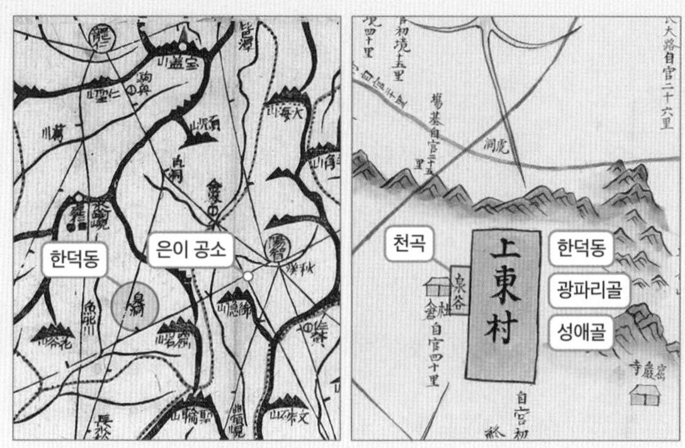

◆ 〈대동여지도〉 중 한덕동과 어은산, 은이 부근(왼쪽)과 〈1872년 지방지도〉 중 용인현 상동촌면 부분.

천곡泉谷(천동泉洞, 샘골) 옆에 있는 한덕동은 '광파리골'(광팔곡廣八谷)과 '성애골', '한덕골' 일대를 통칭하는 마을 이름으로, 현재는 용인군 이동면 묵4리에 편입되어 '한덕마을'로 불린다.

김대건 신부가 어린 시절 성애골 교우촌에 살았다는 근거는, 샘골(천곡泉谷) 부근에서 태어나고 성장한 천주교인 고故 김진용 마티아가 한국교회사연구소에서 발행하는 《교회와 역사》(제218~219호, 1993년 7~8월)에 기고한 〈金大建 神父 家族 避難地에 關한 연구 – 용인 한덕동을 중심으로〉다. 그는 1984년 성애골과 광파리골 현장 답사 때 청취한 증언을 통해 성애골의 위치와 지형 그리고 김대건 신부 가족이 살던 곳이라고 전해오는 위치를 특정했다. 성애골에 전해지던 구전 중에는 집의 위치뿐 아니라, "김 신부 가족이 처음에는 기거할 집이 없어 광파리골 근처 성애골 골짜기에 들어가 나무와 나무에 칡으로 얽어매고 억새풀을 덮고서 살았었다"는 내용도 있고, 성애골에 12가구가 살았다는 증언도 포함되었다.

회장이 공소로 쓰는 넓은 방을 내어주자 대건의 가족은 지고 온 이불로 잠자리를 만든 후 고단한 육신을 눕혔다. 회장의 말처럼 산중의 해는 생각보다 짧았다. 해가 넘어가니 금세 앞이 보이지 않는 적막강산이 되었다. 밤이 깊어갈수록 숲속의 스산한 바람 소리에 산짐승의 울음소리가 섞여 기괴하게 울려왔다. 김제준은 이런 곳에서 어떻게 살아갈지 막막해서 잠이 오지 않았다. 교우촌의 현실은 상상한 것 이상으로 열악했던 것이다. 그는 어린 대건을 바라보았다. 이 아이의 글공부는 이대로 끝이란 말인가. 이런 산중에서 아침이면 나무하러 나가고, 낮에는 식구들을 도와 밭일을 하는 게 이 아이의 운명이란 말인가. 정녕 다른 길은 없단 말인가. 그렇다면 아직 엄마 품에 있는 난식은…? 꼬리에 꼬리를 무는 상념으로 그는 거의 뜬눈으로 밤을 지새우면서 날이 새기만을 기다렸다. 성애골이란 곳도 여기와 다를 바 없겠지만 당장 문제는 빈집이 있는가 하는 것이었다.

광파리골에서 깊은 계곡을 따라 15분쯤 더 걸어 들어간 곳에서 앞서 길을 안내하던 회장이 뒤를 돌아보며 말했다.

"저, 안쪽 골짜기가 '성애골'입니다."

길이 익숙한 회장은 앞장서서 골짜기 안으로 들어섰다. 제법 높은 산이 삼태기처럼 삼면을 둘러싸고 있었다. 골짜기를 지나고 개울물을 따라 조금 더 안으로 들어가자 산기슭에 초가집 10여 채가 보였다. 바깥세상으로 통하는 길은 개울물뿐인 깊은 산중! 회장은 김택현 일가에게 마을 초입에서 잠시 기다리라고 하고는 산밭을 일구고 있던 사람에게로 다가갔다. 회장은 밭 주인과 한참 동안 이야기를 나누었다. 둘은 간간이 대건의 가족이 있는 쪽을 바라보기도 했다. 마침내 이야기를 마친 두 사람은 엉덩이를 툭툭 털며 대건의 가족에게 다가왔다. 밭에서 일하던 사람도 광파리골 회장과 비슷한 연배로 보였다. 그는 김택현 앞에서 먼저 성호를 그은 후 허리 숙여 인사를 했다.

"치명자 가족 교우님들을 반갑게 뵙겠습니다. 저는 박 요한입니다. 먼 길 오시느라 수고가 많으셨습니다."

김택현도 성호를 그은 후 자신과 자신의 가족을 차례로 소개했다.

"신유년에 내포에서도 위주치명을 하신 교우들이 많다고 들었는데, 그간 고초가 심하셨겠습니다."

"천주의 안배로 아직 살아 있지만, 영혼 사정은 말이 아닙니다. 신유년 박해 이후 위주치명 한 분도 많거니와 살아남은 교우들도 뿔뿔이 흩어진 지가 오래되었습니다. 그러다 고향에 머물며 아무 소식도 듣지 못하고 지내느니, 교우 소식도 듣고 조선에 신부님이 들어오셨는지도 알아보려고 연전에 가솔을 이끌고 한양 청파로 올라갔지요. 헌데 그곳에서 무뢰배들을 만나 오갈 데가 없는 신세가 되어 여기까지 흘러왔습니다. 이제 교우님들 사이에 묻혀서 구령 대사에만 전심할 수 있으면 더 바랄 게 없겠습니다. 바라건대 교우님들께서 저희 가솔을 가엾이 여겨 여기서 농사지으며 주일과 첨례를 지키면서 교리도 들을 수 있도록 도와주시면 고맙겠습니다."

"어르신, 조금 전에 광파리골 회장에게 대략 사정은 들었습니다. 한양에서 활동하는 교우가 소개해서 내려오셨다면 어르신에게 그만한 믿음이 있으셨다고 생각됩니다."

그렇게 이야기를 나누는 사이 동네 남정네들과 아낙들이 무슨 일인가 하고 하나둘 이쪽으로 모여들었다.

"그런데 보아하니 점잖은 분들이신데, 이 심산유곡에서 험한 화전 농사를 어찌 지으실 수 있을지 염려가 앞섭니다. 보시다시피 여기는 워낙 골이 깊은 산중이라 산밭을 일구어도 겨우 입에 풀칠이나 할 정도라서…."

김택현은 담담한 표정으로 말했다.

"요한 교우님. 이제 저희는 더 이상 갈 데가 없습니다. 예서 살도록만 해주시면 폐 안 끼치고 농사도 부지런히 짓고 수계 생활에 전념하겠습니다."

"예, 잘 알겠습니다. 한마을에 사는 일이 뭐 어렵겠습니까. 그런데 여기는 들고 나는 사람이 없는 깊은 산골이라 당장 빈집은 없습니다. 당분간 저희와 함께 지내시면서 이슬을 피하고 바람도 가릴 집부터 지으시지요. 저희들도 이곳에 처음 들어와서는 그렇게 시작했습니다. 나무와 나무 사이를 칡으로 얽고 그 위에 억새풀로 지붕을 이고, 맨바닥에는 마른풀을 거두어 깔고 시작했습니다. 그래도 이불 몇 채는 가져오셨고 날씨도 제법 풀렸으니 다행이지 뭡니까. 너무 걱정하지 마시고 천주의 안배를 믿으십시오."

"교우님께서 도와주신다면 더 이상 바랄 게 없습니다. 고맙습니다."

"요한 교우님. 그럼, 어르신 댁 가족들을 잘 좀 부탁드립니다. 어르신, 이제 요한 교우와 성애골 교우들이 돕기로 나섰으니 심려 놓으시고, 천주의 안배를 믿고 의지하십시오. 일간 다시 찾아뵙겠습니다."

광파리골 회장은 성애골 회장과 김택현에게 번갈아 인사를 남기고 오던 길을 되짚어 발걸음을 옮겼다. 그의 모습이 멀어지자 박 요한은 대건의 가족들을 자신의 집으로 데리고 올라갔다. 김제준과 제철이 짊어지고 온 이삿짐을 옮기려 할 때 곁에 모여들었던 교우들은 너 나 할 것 없이 이삿짐 옮기는 일부터 거들었다. 박 요한의 집에 도착하자 김택현은 엉성하나마 집을 마련하기까지 헛간에서 머물겠다고 했다. 박 요한의 만류에도 이곳 교우촌을 열었던 이들의 전례를 따라 그리하겠노라는 뜻을 굽히지 않았다. 만류하던 박 요한도 결국 김택현의 뜻을 따랐다. 그러나 헛간은 좁았고 김택현과 대건이 겨우 몸을 누일 수 있을 정도였다.

그때 대건의 가족들과 인사를 나눈 마을 교우들은 누가 먼저랄 것도 없이 헛간 옆의 나무와 나무 사이를 칡으로 얽기 시작했다. 한 무리는 마른 억새풀을 단으로 묶어 지붕으로 이었고,

또 다른 무리는 보드라운 마른풀을 그러모아 바닥에 깔았다. 마침내 허름하지만 바람을 막고 이슬을 가릴 옹색한 거처가 마련되기까지 그리 오랜 시간이 걸리지는 않았다. 장정 두 사람이 커다란 초석 한 덩어리를 가져다 깔아놓으면서, 이제 한구석에 솥을 걸면 된다고 했다.

박 요한네에서는 이른 저녁을 짓기 위해 부엌 아궁이의 불쏘시개에 불을 붙이고, 마을 아낙네들은 되는대로 조와 콩, 수수 등을 한 되씩 보내왔다. 어떤 집에서는 장물 김치 한 사발, 나무 몇 단씩 보태기도 했다. 그럭저럭 며칠은 날 만한 준비가 그날 해 떨어지기 전에 다 마련되었다.

김택현은 물론 대건의 가족은 성애골 교우들의 소리 없는 배려가 참으로 고마웠다. 간난신고를 겪으며 찾은 곳이 깊은 산중이라 낯설고 두렵지만, 김택현은 현실을 담담하게 받아들이기로 했다. 이곳에서 열심히 신앙생활을 하다 보면 신부님도 만날 날이 올 테고, 그러면 세례도 받을 수 있을 터이니, 구령 대업에는 잘된 일이 아닐 수 없다며 마음을 다잡았다. 그러나 김제준은 자신이 칠칠치 못하여 환갑이 지난 아버지가 겪는 고초가 크다는 자책에 동네 사람들 앞에서도 얼굴을 제대로 들지 못했다. 김제철 역시 고개를 숙인 채 아무 말도 하지 못했다. 이때 저녁상을 물린 뒤 김택현은 가족들을 헛간으로 불러 모았다.

"이렇게 산속으로 온 것도 천주의 안배하심이다. 여기서는 눈치 볼 일 없이 신앙생활을 할 수 있으니 내 비록 몸은 고달파도 마음만은 편하구나. 그러니 아비와 제철이는 너무 주눅 들지 말거라. 집을 세울 동안은 어미가 이 헛간에서 아이들과 함께 지내거라. 간난이[1]가 어미 곁에서 재복이와 난식이를 보살피는 일을 거들도록 하거라. 어제 광파리골에서 자면서 느꼈겠지만 여기는 산이 깊어 산그늘이 내려앉으면 서늘한 기운이 감도니 아이들을 추운 데서 재울 수는 없는 일이다. 허니 그리하도록 하거라."

그때 제준이 나섰다.

"아니 될 말씀입니다. 연로하신 아버님께서 어떻게 한데서 주무실 수 있겠습니까? 아이들은 이불을 잘 덮어줄 터이니 여기에서는 아버님께서 주무셔야 합니다. 그래야 저희들이 눈을 붙일 수 있지 않겠습니까."

"아범은 모르는 소리 마라. 어젯밤 내내 짐승 울음소리를 그렇게 듣고도 그런 말을 하느냐? 내 너의 뜻을 모르는 바 아니나, 이번엔 내 말대로 하거라. 여기 산세를 보니 호랑이도 나올 기세가 아니냐. 자, 그럼 내 뜻은 분명히 밝혔으니 그리 알고 어미는 아이들과 오늘 밤부터 여기서 머물거라."

김택현은 말을 마치자 자리를 털고 일어났다. 그의 단호함에 더 이상 토를 다는 사람이 없었다. 대건의 어머니 장흥 고 씨는

1 김대건 누나의 이름을 이 전기에서는 편의상 당시 흔한 이름이었던 '간난이'라 지칭했다. 김대건 누나에 관해서는, 1815년생인 공주 부소산 공소회장의 아들인 곽郭가에게 시집을 갔다는 것 외에는 실제 이름 등 알려진 기록이 거의 없다.

아이들과 헛간에 남는 대신 이부자리를 남편 편에 들려 시아버지에게 깔아드리도록 하고, 자신은 낮에 동네 사람들이 거둬준 마른풀을 헛간 바닥에 깔기로 했다.

해가 넘어가자 사위는 지척을 분간하기 어려웠다. 어느샌가 산짐승 울음소리가 사방에서 들려왔다. 기온은 뚝 떨어졌고 시간이 지날수록 땅에서는 냉기가 올라왔다. 바닥에 깐 마른풀은 금세 눅눅해졌고, 그 위에서 어린 대건은 쉬 잠을 이룰 수 없었다. 상상도 해보지 못한 낯선 세상은 일곱 살 대건에겐 너무도 두려웠다. 어서 빨리 아침이 왔으면 하는 생각뿐이었다. 그러다가 잠이 들었던가, 아침 햇살에 대건은 눈을 떴다.

눈을 비비며 헛간을 나서자 할아버지가 두 무릎을 땅에 대고 허리를 세운 자세로 장궤를 한 채 기도하고 계셨다. 새벽에 일어난 김택현은 개울에 가서 말끔히 세수를 하고 삼종기도를 바치는 중이었다. 누구의 눈치도 볼 필요 없이 삼종기도를 올릴 수 있는 것만으로도 그의 영혼 사정은 나아진 듯했다. 그러나 어린 대건에게는 이 모습 역시 낯설었다. 짐짓 경건해 보이는 할아버지의 모습이 어제 어른들이 말하던 천주학의 기도인 모양이다 여겼다. 어린 대건은 할아버지를 방해하지 않도록 조심하면서 풀숲에서 소변을 보고 찬 개울물로 얼굴을 닦았다. 헛간으로 돌아오자 어머니는 아침 준비를 하기 위해 동생 난식이를 등에 업고 솥이 걸린 아궁이 앞에서 시동생이 꺾어다 둔 솔가지에 불을 붙였다. 대건의 누나 간난이도 어머니가 밥 짓는 걸 곁

1900년대 초반 한덕동 모습

◆ 소년 김대건이 거주하던 한덕동 교우촌의 1900년대 초반 모습. 약 70년의 차이가 있지만 산골이라 큰 변화는 없었을 것이다.

에서 도왔다.

다음 날 광파리골 회장이 다시 찾아왔고, 박 요한과 성애골 교우들은 장마가 오기 전에 집을 지어야 한다며 모두들 자기 일처럼 힘을 보탰다. 교우촌에 들어와 사는 신자들은 신유년(1801년)의 박해에서 살아남은 사람들이 대부분이었다. 박해가 끝난 후에도 일가친척이나 이웃들에게서 외면을 받은 이들은 외부와 단절된 깊은 산속으로 들어왔다. 그리고 그 고립된 산속에서 가난과 궁핍을 무릅쓰고 신앙을 이어가고 있었다. 따라서 이들에게는 교우촌 신자들이 일가친척이나 지인들보다 가까울 수밖에 없었다. 그래서였을 것이다. 이들은 양반, 중인, 상민 등 신분의 차별 없이 형제처럼 지냈다. 개중에는 노비 출신도 있었으니 이들에게 신분은 아무런 장벽이 되지 않았던 터였다.

교우촌에 새로운 교우 가족이 오면 신앙공동체의 정신을 발휘하여 그들이 잘 정착할 수 있도록 함께 터전을 마련해주었다. 필요한 경우에는 공동 작업과 공동 분배를 할 정도로 끈끈한 유대 생활을 했다. 가뭄이 들면 온 동네 사람들은 너 나 할 것 없이 봄 내내, 여름 내내, 멀겋게 나물죽을 쑤어 먹으면서 함께 배고픔을 견디는 것이 교우촌의 전통이었다. 이는 당시 천주교인들이 지향하던 신망애信望愛(믿음, 소망, 사랑) 삼덕三德 중 애덕愛德의 실천이었다. 정하상은 그런 교우촌의 실상을 알기에 김택현의 가족을 용인으로 보낸 것이다.

대건의 가족이 살 집은 한 달 만에 완성되었다. 형태는 초가집이었지만, 지붕을 만들 볏짚이 없어 주변에 있는 칡넝쿨과 소나무 가지를 잘라 얼기설기 덮었으니 움막보다 조금 나은 정도였다. 그래도 마을 사람들이 모두 합심해서 벽을 세우고 방 구들을 놓고 지붕 이는 일을 도운 덕분이었다. 김택현과 김제준은 공소회장과 마을 사람들에게 거듭거듭 고맙다는 인사를 했다.

그러나 공소회장은 김택현이 지니고 있던 《성경》이 교리 공부에 큰 도움이 된다며 오히려 자신이 고맙다는 인사를 했다. 집이 얼추 완성되자 성애골의 회장 격인 박 요한은 김제준에게 올해 농사에 대해 조언을 했다. 교우촌에 온 첫해인 데다 여름이 코앞에 왔으니 산기슭에 불을 놓아 화전을 일궈보라 했다. 그런 다음에 쉽게 재배할 수 있는 옥수수와 수수, 조와 콩을 심어 키워보라며 종자를 나눠주었다. 그리고 고구마, 호박, 오이, 가지 같은 걸 한쪽 옆에다 심으면 넉넉지는 않으나 가족이 허기는 면할 수 있을 거라고 하면서 동네 사람들에게서 모아 온 삽과 호미, 지게 같은 농사에 필요한 기본 도구들을 마련해주었다.

8

교우촌에서 신앙에 눈뜨는 소년

성애골 교우촌에 정착한 대건 집안은 하루를 온 가족이 마당에서 바치는 기도로 시작했다. 먼저 아침이 밝으면 일어나자마자 개울물에 세수를 하면서 몸과 마음을 깨끗이 한 뒤 온 가족이 모이면 할아버지의 인도에 따라 마당에서 성호경을 바쳤다. 가족들은 할아버지를 따라 이마, 가슴, 양쪽 어깨에 십자十字 성호를 그으며 "인부, 급자, 급성신지명, 아맹(성부와 성자와 성령의 이름으로, 아멘)" 하고 성호경을 바쳤다. 그다음에는 삼종기도를 올렸다. 삼종기도는 아침 6시에 새날을 맞이하는 시작 기도, 정오에는 일터에서 쉼을 알리는 휴식 기도, 저녁 6시에는 하루를 마감하는 마침 기도, 모두 세 번 바치는 기도였다. 그러나 삼종기도를 할 때는 성모경(성모송)을 세 번 바쳐야 하므로 온 가족은 할아버지가 가르쳐주신 성모경을 부지런히 암송해야 했다. 할아버지는 입으로만 암송하지 말고 뜻을 새기면서 암송하라시며 성모경의 뜻도 설명해주셨다.

아침기도를 마치면 김제준과 제철은 산기슭으로 밭일을 나가고, 대건의 어머니는 일손이 필요한 마을 사람들 집을 찾아가서 허드렛일을 거들러 집을 나섰다. 대건의 누나 간난이는 어머니가 일하는 동안 막내 난식이를 등에 업고 따라나섰다. 대건은 지게를 진 할아버지를 따라 산기슭을 오가며 땔감을 주우러 다녔다. 할아버지는 가끔 당신의 선친과 동생의 순교 이야기를 들려주며 집안의 어른들이 목숨을 바치면서도 배교하지 않고 위주치명 한 만큼 김해 김씨 집안의 후손으로서 천주의 자식이라는 사실을 한시도 잊지 말고, 천주님을 잘 믿어야 한다고 당부하곤 하셨다.

할아버지에게서 집안 어른들의 순교 이야기를 들으며 자란 대건의 마음속에는 질문이 하나둘 자라기 시작했다. '천주란 누구일까.' '천주가 누구이기에 임금은 천주를 믿지 못하도록 하는 것일까.' '천주를 믿는다는 것이 무엇이길래 증조부와 종조부 그리고 진외조부는 위주치명을 하셨을까….' 그러던 어느 날 대건은 할아버지에게 여쭈었다.

"할아버님, 여쭙고 싶은 말씀이 있습니다."

"여쭙고 싶은 말씀이라…. 그래 그게 뭔지 물어보거라."

"할아버님, 천주님은 뉘시온지요?"

"오, 우리 재복이가 벌써 천주님이 뉘신지 궁금한 것이냐? 기특하구나. 하하하."

할아버지는 호탕하게 웃으시며 대답했다.

"이 할아비가 네 증조부님께 교리 공부를 할 때 들은 대로 얘기해주마. 천주님은 하늘과 땅, 천신과 사람, 만물을 만들어내신 대군대부大君大父이시다. 좀 더 쉽게 들려주랴? 천주님은 이 세상과 만물을 창조하신 분이시다. 그러니 당연히 천주님을 공경해야 하느니라. 그리고 조물주이신 천주를 공경하는 도리가 곧 천주교이니라."

대건은 할아버지의 말씀을 들으며 눈만 깜박거리다가 다시 여쭈었다.

"할아버님, 그럼 천주님이 세상에서 제일 높으신 분이신가요?"

할아버지는 대건의 질문이 이어지자 흐뭇한 미소를 지으며 대답하셨다.

"그렇단다. 천주님은 전지전능하시고 지극히 신령하시어 형상이 없으신 신神이시다. 또한 천주님은 아무 사물도 없는 가운데에서 높은 하늘과 두터운 땅을 조화롭게 만드셨고, 사람과 만유의 사물을 창조하셔서 그것을 관장하고 보호하시는 분이시다. 이렇게 천주님은 천지天地를 주관하는 분이시기 때문에 나라의 임금님보다 높고 귀하시단다."

대건은 다시 한번 입을 쫑긋거리다 가슴속에 담아둔 질문 하나를 여쭙고, 이내 고개를 떨구었다.

"천주님이 제일 높으신 분이면 왜 임금님께서 천주를 공경하는 증조부님과 종조부 그리고 진외조부 같은 분의 목숨을 거둬 가신 건가요?"

김택현은 잠시 대건을 바라보면서 '어, 이놈 봐라' 하는 표정을 지으며 고개를 끄덕였다. 일곱 살짜리 아이에게 어떻게 답을 해야 할까 잠시 생각에 잠겼다가 이제부터 제대로 교리 공부를 가르쳐야겠다 생각하며 이렇게 대답했다.

"우리 재복이, 이제 교리 공부를 해도 되겠구나. 그래 잘 물어보았다. 그건 임금님이 아직 나이가 어리시어 천주님에 대해 모르시기 때문이다. 돌아가신 정조 대왕이 살아 계실 때에는 천주님을 믿는 자들에게 이렇다 할 환란이 없었느니라. 그건 아마도 정조 대왕께서 천주교가 사악하지 않음을 헤아리셨기 때문이었을 것이다. 어찌 되었건 천주님께서는 지극히 밝으시고 지극히 능하시니 착한 이에게는 반드시 상을 주시고, 악한 이에게는 엄하게 벌을 주신다 하셨다. 반드시 상과 벌을 고르게 베푸는 분이시니, 천주님을 위해 목숨을 바치신 너의 증조부와 종조부 그리고 진외조부는 모두 천당에 오르시어 천주님께서 주시는 복락福樂을 누리고 계실 것이다. 무슨 말인지 알겠느냐?"

김택현은 여기서 더 나아가면 대건이 이해하기 어려울 듯하여 천상복락까지만 들려주었다.

"예, 할아버님. 그러니까 천주님이 임금님보다 높으신 분인데, 지금 임금께서 나이가 어리셔서 천주님을 모르고 잘못된 행동을 하신다, 이런 말씀이시죠."

"옳게 알아들었구나. 그렇다. 그러니 지금 힘들어도 참고 살면 대군대부이신 천주님께서 다 굽어살피신다는 걸 믿고 부지런히 기도문을 외워서 아침저녁으로 기도를 바쳐야 할 것이다."

"예, 할아버님."

김택현은 다시 한번 대건을 바라보며 흐뭇한 미소를 지었다. 대건이 천주님과 천주교에 대해 궁금해하는 것 자체가 대견한 일이었다. 이제 정말 제대로 교리 교육을 시킬 때가 되었음을 직감하며, 교우촌에 들어온 보람을 새삼 느꼈다.

대건의 어머니 장흥 고 씨도 시어머니인 경주 이 씨(멜라니아) 생전에 들었던 대건의 진외조부 이존창의 활동과 순교에 대한 이야기를 대건에게 들려주었다. 솔뫼에 살 때는 대건이 아직 어려 들려주어도 헤아리지 못할 듯하여 삼갔으나, 청파로 옮겨 오고 다시 용인의 교우촌에까지 들어오면서 제법 소년티도 나고 물정도 헤아리는 듯하자 진외조부에 대한 이야기를 들려주기로 마음먹었던 것이다. 대건은 선대 어르신들의 순교 이야기를 들으며 천주에 대해 어렴풋이 이해하기 시작했다. 어머니는 대건에게 아침기도인 조과早課와 저녁기도인 만과晩課, 그리고 묵주기도를 올리는 법도 알려주셨다.

성애골에서는 이레 만에 한 번씩 돌아오는 주일(일요일)에 천주의 가르침대로 일을 쉬면서 기도를 바쳤다. 하지만 당시에는 서기西紀를 사용하지 않을 때라 '주일'이 정확히 언제인지 알 수 없었다. 그래서 신자들은 매해 음력 1월 1일부터 시작해서 7의 배수가 되는 날이나 매달 7일, 14일, 21일, 28일을 주일로 정해 신앙생활을 이어갔다. 광파리골 회장의 집에서는 한 달에 한 번씩 모여 시작 예식, 말씀 전례, 찬미 기도 후에 주님의 기도로 끝맺는 공소예절을 드렸다. 김택현은 공소가 열리지 않는 주일마다 대건에게 직접 교리를 가르쳤다.

"재복아, 이 할아비가 젊은 시절 공부했던 교리 중 내가 기억하는 부분을 가르쳐줄 터이니 열심히 외워야 한다."

"예, 할아버님."

"요리문답에는 '믿을 교리', '지킬 계명', '성총(은총)을 얻는 방법' 이 세 가지가 있다. 먼저 오늘은 믿을 교리의 시작인 '천주교는 무엇인가'부터 공부하자꾸나."

"예, 할아버님."

"얼마 전에 산에서 나무를 하다가 너에게 천주님이 뉘신지, 천주교가 무엇인지 얘기해줬던 걸 기억하느냐?"

"예, 할아버님. 그때 말씀하시길 천주님은 하늘과 땅, 천신과 사람, 만물을 만들어내신 대군대부이시라 하셨습니다. 하여 천주님을 공경해야 하고, 조물주이신 천주를 공경하는 것이 천주교라고 하셨습니다."

"옳거니, 아주 똑똑히 기억하고 있었구나. 그 말을 잘 기억하고 있으면 앞으로 교리 공부를 이해하는 데 큰 도움이 될 것이다. 내가 먼저 문답을 말해주면 너는 큰 소리로 세 번씩 답을 따라 하면서 기억하도록 하거라. 이럴 줄 알았으면 청파에서 내려올 때 지필묵을 사 왔을 텐데, 서둘러 내려오느라 그 생각을 미처 못 했구나. 그러니 정신 바짝 차리고 열심히 배워야 하느니라."

"예, 할아버님."

대건은 단정하게 무릎을 꿇어 앉은 채 허리를 곧추세우며 할아버지의 문답을 기다렸다.

"사람이 무엇을 위하야 세상에 났나뇨? 사람이 천주를 알아 공경하고 자기 영혼을 구하기 위하야 세상에 났나니라."

대건은 큰 소리로 답을 세 번 복창했다. 복창을 마치면 할아버지는 대건에게 '답'을 해설해주었다.

"이 문답에서 '영혼을 구한다'는 말이 '구령求靈'인데, 지옥의 영원한 벌(영벌永罰)을 면하고 하늘나라의 영원한 복락(영복永福)에 들어간다는 뜻이니라. 알아듣겠느냐? 재복아, 그러면 영혼 구령을 하려면 어떻게 해야 하겠느냐?"

"천주를 공경해야 합니다."

"그렇다면 천주님을 공경하려면 어찌해야 하겠느냐?"

"지난번 할아버님께서 말씀하시기를 '천주님께서 다 굽어살피신다는 걸 믿고 부지런히 기도문을 외워서 아침저녁으로 기도를 해야 한다'고 일러주셨습니다."

"맞다. 그러나 더 올바른 답이 다음 문답에 있다."

대건은 기도문을 외우고 기도를 바치는 것보다 더 올바른 답이 무엇인지 궁금했다.

“사람이 천주를 공경하고 자기 영혼을 구하려 하면 반드시 어떻게 할 것이뇨? 사람이 반드시 천주교를 믿고 봉행할지니라.”

역시 대건이 문답의 답을 큰 소리로 세 번 복창하자, 할아버지는 다음 문답으로 이어갔다.

“천주교는 무엇이뇨? 천주교는 천주 친히 세우신 참 종교니라.”

김택현은 대건의 복창이 끝나자 다시 그 뜻을 새겨주었다.

“천주께서 친히 세운 천주교는 천주님과 사람에 관한 중요한 진리와 사람이 지켜야 할 열 가지 계명 그리고 천주님을 바르게 공경하는 방식을 가르친다. 따라서 천주교를 봉행하는 것이 천주님을 공경하는 일이요 자신의 영혼을 구하는 길이라는 뜻이다. 그러면 사람이 지켜야 할 열 가지 계명이 무엇인지 궁금하겠구나. 그건 나중에 ‘지킬 계명’에서 자세히 가르쳐주겠다.”

“예, 할아버님.”

이때부터 대건은 할아버지로부터 천주교 교리 공부를 체계적으로 하기 시작했다.

성애골에 자리 잡은 대건의 가족 가운데 가장 힘든 사람은 대건의 아버지 김제준과 숙부 제철이었다. 산기슭 땅을 갈아엎자 지렁이와 지네뿐 아니라 뱀까지 나왔다. 그럴 때마다 소스라치게 놀라 뒷걸음질을 쳤다. 그렇다고 이들이 화전 농사를 포기

할 수는 없었다. 문제는 또 있었다. 마을 사람들이 쉽게 재배할 수 있다고 한 작물들을 심었건만, 산에 나무가 무성하여 볕이 제대로 들지 않았던 것이다. 게다가 심은 작물들이 조금 자랄라 치면 밤에 산짐승들이 내려와 온 밭을 파헤쳐 놓기 일쑤였다. 그럴 때마다 형제는 한숨을 쉬며 다시 밭을 일궜다. 마을 사람들은 "산중 벌이하여 고라니 좋은 일 했다"고 하면서 자신이 사용하던 덫을 가져다주기도 하고, 광파리골 회장에게 가서 개를 구해다 키워보라기도 하고, 어떤 이는 낫을 가져다주며 대낮에도 내려올 때가 있으니 차고 일을 하다가 필요하면 휘두르라고도 했다. 대건의 가족 밭이 산기슭에 있어 다른 사람들 밭에 비해 피해가 더 컸던 것이다. 그렇다고 마을 사람들이 땀 흘려 일군 밭마저 나눠달라고 할 염치는 없었던 터라 김제준과 제철은 이를 악물고 다시 작물을 심었다.

시간이 흘러 가을이 되었다. 대건의 아버지와 숙부는 할 수 있는 최선을 다해 노력을 기울이며 농사에 매달렸다. 하지만 농사짓는 요령과 기술도 부족하고, 산짐승들 등쌀에 가을이어도 거둘 것이 마땅치 않았다. 김제준은 봄과 여름 내내 멀건 나물죽을 쑤어 먹고 사는 형편이었는데, 소출이 이 정도이니 다음 해 봄이 올 때까지 어떻게 살아갈지 막막했다. 그러나 교우촌 형편이란 게 뻔해서 언제까지 손을 벌릴 수는 없는 일이라, 대건의 어머니가 교우들 집안일이나 밭일을 도와주고 얻어 오는 감자로 근근이 살아가야 했다. 그래도 가족들은 아침저녁으로 열심히 기도를 올렸다.

먹고사는 일이 힘들어도 대건은 할아버지와의 교리 공부를 게을리하지 않았다. 꾸준히 이어진 요리문답 공부는 대건에게 새로운 사실을 일깨워 주었다.

"천주교회의 볼 수 있는 으뜸은 누구시뇨?"

"천주교회의 볼 수 있는 으뜸은 교황이시니 저는 로마부에 본本 주교主教로서 성 베드로를 계승하시고 또한 베드로와 같이 그리스도의 대리자로서 온 천주교회를 맡아 다스리시나니라."

"베드로 이외 종도들의 정당한 후계자는 누구뇨?"

"주교들이니 저들은 로마교황의 임명을 받아 각 지방 교회를 맡아 다스리나니라."

이 대목에서 대건은 할아버지에게 '로마부가 어디에 있느냐'고 물었다. 그러나 할아버지도 로마부가 어디에 있는지는 알지 못했다. 다만, '바다 건너 어디엔가 양인洋人(서양인) 신부가 많이 사는 곳'이라고만 답해주었다. 대건은 그제야 로마부에 있는 교황이 으뜸이고, 그는 베드로 사도처럼 '그리스도의 대리자'라는 걸 알게 되었다.

"주교를 도와 신자 구령 사업에 종사하는 이는 누구뇨? 사제들이니 저들은 주교 감독하에 그 맡은 신자들을 다스리나니라."

대건은 이 대목에서 주교와 신부가 신자들의 구령 사업을 돌본다는 걸 이해하게 되었다. 또한 그제야 할아버지가 왜 그렇게 조선에 신부가 오셔야 영혼 구원을 받을 수 있다고 하시는지 이해하게 되었다. 이어 그다음의 문답을 통해서 신부가 어떻게 신자들의 영혼 구원을 돌보는지를 보다 자세히 이해하게 되었다.

"예수 당신 교회에 맡기신 치교권治教權은 무엇이뇨?"

"신품권神品權과 교정권教政權이니라."

"신품권은 무엇이뇨?"

"신품권은 신품성사로써 받는 권權이니, 교회 예식을 거행하며 신자들의 영혼을 거룩하게 하는 권이니라."

할아버지는 이 문답을 풀이하시면서 신부가 되기 위해서는 신품성사를 받아야 하는데, 아직 조선 사람 중에는 신품성사를 받은 신부가 없다는 사실도 알려주었다. 그래서 지금은 아쉬운 대로 중국에서 신부가 와야 한다고 했다. 또한 신부가 거행하는 교회 예식은 미사성제, 신자가 될 때 받는 세례성사, 지은 죄의 사함을 받기 위해 죄를 고백하는 고해성사, 세상을 떠날 때 받는 종부성사 등이라는 것도 알려주었다. 이때 사제가 거행하는 미사성제와 이 성사들을 통해 신자들의 영혼이 거룩하게 된다면서, 아직 조선에 신부가 없는 현실을 안타까워하셨다. 대건은 '교회조'에서 천주교와 신부의 역할이 무엇인지 그리고 신부들이 교회 예식을 통해 신자들의 영혼을 거룩하게 하는 '구령 사업'에 종사한다는 사실을 배우면서 '영혼 구원'에 대해 조금 더 구체적으로 알게 되었다.

성애골의 겨울은 대건과 그의 가족에게 매우 혹독했다. 산중이라 살을 에는 듯한 골바람이 불어왔지만, 솜옷은커녕 누더기가 된 낡은 옷뿐이었다. 겨울에는 냇물이 꽁꽁 얼어 빨래하기도 힘들었다. 그래도 어머니는 할아버지와 아버지 옷을 빨기 위해 돌멩이로 얼음을 깨서 둥그렇게 얼음 구덩이를 만들어 손을 호호 불면서 빨래를 했다.

할아버지와 대건은 고뿔에 걸려 앓아누웠다 일어나기를 반복했다. 옷도 제대로 없는 데다 먹는 것이라곤 멀건 죽뿐이니 몸이 약해질 수밖에 없었다. 그러나 열이 펄펄 끓어도 약 한 첩 제대로 쓰지 못하고 저절로 낫기를 기다려야 했다. 그럴 때마다 어머니는 대건과 할아버지의 이마에 찬 물수건을 올리며 주기도문과 성모경을 읊조렸다. 할아버지는 그때마다 "천주께서 우리의 영혼과 육신을 돌봐주실 테니 걱정하지 마라" 하시면서 자리 잡힐 때쯤 한번 오겠다던 정하상을 기다렸다. 그러나 정하상은 그해가 지나도록 성애골에 나타나지 않았다.

9

조선 천주교의 앞날은?

1829년(순조 29년), 정하상과 성직자 영입 운동을 함께하던 교인들은 한 해 내내 교황청이나 북경교구에서 오는 소식을 목이 빠지게 기다리고 있었다. 하지만 해가 바뀌어도 그 어떤 소식도 들려오지 않았다. 그러나 조선은 세계 어디에서도 찾아보기 힘들 정도로 많은 이가 목숨을 바친 순교의 땅이었다. 앞의 신자가 목이 베이면 그다음 신자도 뒤를 이어 목이 베여 순교의 피로 얼룩졌으니, '순교자의 피는 신앙의 꽃을 피운다'는 말을 그대로 실현한 특별한 나라였다. 6월 9일, 파리외방전교회 시암(Siam, 현재 태국)대목구에서 선교사로 활동 중인 브뤼기에르 Bruguière(1792~1835) 신부가 조선에 선교사로 가겠다는 편지를 교황청으로 보냈다. 이듬해인 1830년에는 말레이시아 페낭(섬)

의 신학교에서 사목 활동을 하던 파리외방전교회의 샤스탕 Chastan(1803 ~1839) 신부도 브뤼기에르 주교를 따라 조선의 선교사로 자원했다. 선교사가 두 명이나 확보된 것이다. 그러나 교황 비오 8세의 병세 악화로 교황청의 결정은 계속 미뤄지고 있었다. 정하상을 비롯해 성직자 영입을 추진하던 조선의 교우들은 이런 상황을 모른 채 북경교구와 교황청으로부터 연락이 오기만을 기다렸던 것이다.

이해 여름, 마침내 정하상이 광파리골 회장과 함께 성애골을 찾았다. 건강이 나빠져 집에 있던 김택현이 반갑게 나와 십자성호를 긋고는 정하상의 손을 잡았다.

"바오로 교우님, 어서 오시오. 1년이 넘도록 목이 빠져라 기다렸는데, 천주님의 안배로 이렇게 다시 만나게 되어 반갑기 이루 말할 수가 없소이다."

"좀 더 일찍 찾아뵙지 못해 송구합니다, 어르신. 그동안 강녕하셨습니까?"

"예, 우리는 천주님의 안배하심에 잘 지내고 있습니다."

그때 광파리골 회장이 농사일로 바빠 이만 돌아가겠노라며, "두 분 오랜만에 해후하셨는데, 어르신 몸도 불편하시니 방으로 들어 편히 말씀 나누십시오" 하며 광파리골로 돌아갔다. 방으로 자리를 옮긴 뒤 김택현은 부쩍 주름이 깊어진 얼굴에 미소를 띤 채로 말을 이었다.

"교우님이 주선해주신 덕분에 여기 살게 되었으니 고마울 따름입니다. 이제 마음 놓고 기도를 바치며 신앙생활을 할 수 있게 되었습니다."

"어르신, 오면서 광파리골 회장에게 들으니 겨우내 몹시 편찮으셨다고 하던데 좀 어떠신지요?"

"회장님이 별걸 다 얘기했군요…. 아무래도 나이가 있고 산중이다 보니 골바람이 차서 심하게 고뿔을 앓기는 했소이다. 하지만 회장님과 교우님들의 배려 덕분에 지금은 그만저만합니다. 벌써 환갑을 넘긴 지도 몇 해가 지났으니 지금까지 살아 있는 것만으로도 천주님의 특은 덕분인 걸 압니다. 지금 같아서는 죽기 전에 성사라도 받았으면 원이 없겠지만, 교중 사정이 어렵다고 하시니…, 천주님을 만유 위에 사랑하는 철석같은 마음으로 신앙생활을 하다가 여기 교우들의 보살핌을 받으며 하직하면 그것도 복된 일이겠습니다. 보시다시피 이제는 큰 아쉬움이 없습니다. 두 아들과 손주는 열심히 교리 공부를 해서 이제 조선에 신부님만 오시면 성사를 받을 수 있을 텐데, 교중 사정이 궁금하외다."

김택현은 이곳에 와서 육신은 힘들어도 아침저녁으로 드리는 기도를 통해 자신의 영혼 사정이 솔뫼나 청파에 있을 때보다 좋아졌다고 생각했다. 그랬기에 조급하던 마음이 많이 가라앉아 있었다. 그러나 나이를 생각하면 하루라도 빨리 세례성사를 받고 싶고 두 아들과 대건도 세례받는 모습을 보고 싶은 마음이었다.

“어르신, 천주님의 안배하심에 우리의 영혼 육신을 온전히 맡겨 안심하면서 앞날을 살아가셔야 합니다. 이제야 말씀을 드리지만, 한양에서는 오래전부터 교우들이 신부님을 모셔 오기 위해 백방으로 노력을 기울이고 있습니다. 하지만 아직 별 성과가 없습니다. 그러나 모두들 천주님의 안배하심에 맡기고 열심히 힘을 모아 기도하고 있으니 곧 좋은 소식이 있으리라 믿습니다.”

“교우님께서 중요한 일을 하신다고는 짐작했지만, 그렇게 큰 일을 하신다니 저도 미약하나마 하루빨리 조선에 신부님이 오시기를 기도하겠습니다.”

그때 산에서 칡뿌리를 캐어 온 대건이 방문 앞에서 인사를 올렸다. 김택현은 마침 잘되었다는 듯 대건을 냉큼 안으로 들라 했다.

“재복아, 너도 아는 손님이 오셨으니 들어와 인사하거라. 청파에 살 때 너도 인사를 드렸었고, 우리를 이곳에 가보라 일러 준 분이시다.”

대건은 조심스럽게 방문을 열고 들어가 정하상 앞에 넙죽 엎드려 절을 올렸다.

“네가 작년에 청파에서 글공부를 열심히 하던 재복이구나. 네가 올해 몇 살이더냐?”

“어르신. 소인 신사년辛巳年(1821년)생으로 아홉 살이옵니다.”

“그렇게 되었구나. 나이에 비해 키가 커서 두 살은 더 많아

보이는구나. 그래 할아버님께서 네가 여기 내려와 교리 공부를 열심히 했다 하시던데 어디까지 외웠느냐?"

대건은 자신도 모르게 할아버지를 바라보았다.

"괜찮다. 말씀드리거라."

"소인, 할아버님으로부터 '지킬 계명' 편을 공부하는 중이옵니다."

"벌써 요리문답의 절반을 배웠구나. 그럼 '성총(은총)을 얻는 방법'도 공부했느냐?"

"예. 어르신."

"그럼 묻겠다. 사람이 다만 자기 힘으로 교리를 믿고 계명을 지킬 수 있나뇨?"

"못 하나니 반드시 천주의 은총이 있어야 하나니라."

"천주의 성총을 얻는 방법은 무엇이뇨?"

"기도와 성사니라."

"기도는 무엇이뇨?"

"기도는 우리 마음을 들어 천주께로 향함이니…."

대건이 대답을 제대로 못하자, 정하상이 빙그레 웃으며 다음을 알려주었다.

"그다음은 길어서 아직 외우지를 못했구나. 따라 해보아라. 곧 천주를 흠숭하며 천주께 이왕 받은 은혜를 사례하며 죄 사하여주심을 빌며 자기와 다른 이를 위하야 요긴하고 유익한 모든 은혜를 구함이니라."

대건이 복창하자 정하상은 흡족한 미소를 짓고 김택현을 바라보며 말했다.

"어르신, 재복이가 어린 시절 조부님께 천자문을 배우고 서당에 다니면서 《동몽선습》을 암송하던 경험이 있어 그런지 요리문답도 잘 외우는 모양입니다. 조금만 더 공부하면 우리 조선에 신부님이 오셨을 때 성사를 받아도 되겠습니다. 하하."

"과찬이십니다, 아직 부족한 게 많은 아입니다. 허나 교우님께서 이리 덕담을 해주시니 교리 공부를 시킨 보람이 있습니다."

"교리를 외우고 익히기 위해서는 이해하는 것이 먼저인데, 재복이는 조부님께서 교리를 이해하면서 암기하도록 가르쳐주시니 어렵지 않게 외울 것입니다."

"재복아, 교우님 말씀 잘 들었느냐. 외우는 것도 중요하지만 그 뜻을 알고 외워야 쉽게 외워지는 것이니라."

"예, 할아버님."

"재복아, 한양에서 글공부를 하던 네가 깊은 산골에 들어가 어떻게 지내는지 궁금하던 차였다. 그런데 이렇게 할아버님께서 교리 공부를 열심히 가르쳐주시고, 또 재복이도 충실히 배워 가는 모습을 보니 내 마음이 한결 가볍구나. 지금은 힘든 일이 많아도 아침저녁으로 열심히 기도하면서 천주님을 공경하면, 천주님께서 너의 앞날을 안배하실 것이다."

"예, 어르신. 명심하고 또 명심하겠습니다."

그때 밭일을 하던 김제준이 들어오자 대건은 공손히 인사를 한 후 방에서 물러났다. 김제준은 십자성호를 그은 후 정하상에게 감사의 인사를 전했다.

"바오로 교우님께서 좋은 교우촌을 소개해주신 덕분에 잘 지내고 있습니다. 고맙습니다."

"산중이라 여러 가지 어려움이 많으실 줄 압니다. 그래도 광파리골 회장님께 들으니 조금씩 농사에 익숙해지셨다지요. 주일날엔 공소에서 교리 공부도 열심히 하신다 들었습니다. 반가운 말씀입니다. 저도 아버님과 집안 어르신들께서 신유년 박해 때 위주치명을 당하신 후 어려운 일이 많았지만, 어머님께서 말씀해주신 네 가지를 마음에 담으면서 천주님의 자식이 되고자 힘썼습니다."

정하상은 만감이 교차하는 듯 잠시 숨을 고른 후 다시 말을 이었다.

"첫째는 세상에 존재하는 모든 만물 위에 천주님을 모시는 '만유지상萬有之上(지극한 천주 사랑)', 둘째는 천주님을 삶의 주인으로 모시면서 언제 어디서나 항상 천주님의 말씀과 섭리에 순종하는 '막비주명莫非主命(철저한 천주 사랑)', 셋째는 우리의 모든 것을 천주님의 영광을 위해 바치는 '위주광영爲主光榮(온전한 천주 사랑)', 마지막 넷째는 오직 천주를 섬기고 천주님으로부터 영혼을 구원받는 사람이 되기 위한 '사주구령事主救靈(천주를 공경하고 자신의 영혼을 구함)', 이 네 가지를 마음속에서 잊지 않으면서 살려고 노력했습니다. 그러니 교우님께서도 늘 이 네 가지를 마음속에 담고 만사를 천주님께 맡기시면서 늘 기도하십시오. 그러면 천주님께서 친가와 외가로 순교자의 자손이신 교우님의 가정에 특별한 안배를 하실 것입니다."

"예, 바오로 교우님. 오늘 말씀해주신 네 가지를 마음 깊이 담겠습니다. 또 조선에 신부님이 오시면 성사를 받을 수 있도록 주일마다 공소에 가서 교리 공부도 열심히 하겠습니다."

"훌륭한 결심이십니다. 그리고 교우님께서도 머지않아 조선에 다시 신부님이 오신다는 믿음을 갖고 열심히 기도해주시길 부탁드립니다. 천주님께서는 저희들의 기도를 반드시 들어주실 거라고 믿습니다. 지금 저희들이 할 수 있는 건 오직 기도뿐입니다."

"예, 바오로 교우님, 저도 하루빨리 조선에 신부님이 오셔서 아버님은 물론 저희 가족 모두에게 성사를 베풀어주시기를 열심히 기도하겠습니다."

정하상은 김제준의 손을 굳게 잡은 후 자리에서 일어났다. 그리고 김택현에게 큰절을 올렸다.

"어르신, 오늘은 이만 일어서겠습니다. 제가 다시 올 때까지 건강하게 지내시면서 재복이에게 교리 공부를 잘 가르쳐주십시오. 조선의 천주교가 신앙을 이어가려면 신부님이 오시는 것도 중요합니다. 하지만 천주님을 사랑하고 공경하는 소년들과 청년들이 많아져야 합니다. 그런데 재복이는 머리가 영민해서 교리를 잘 이해하고 있는 것 같으니, 나중에 천주교회의 큰 일꾼이 되도록 어르신께서 잘 가르쳐주십시오."

"바오로 교우님, 말씀대로 제가 힘닿는 대로 열심히 가르쳐서 다음에 오실 때는 요리문답을 달달 외울 수 있도록 하겠습니다."

정하상은 십자성호를 그은 후 방을 나섰다. 김택현과 제준도 방을 나서서 한양으로 올라간다는 정하상의 뒷모습을 바라보았다.

이해 가을, 시름시름 앓던 김택현은 광파리골 회장에게 대건의 교리 공부를 부탁한 후 교우촌 신자들의 기도 소리를 들으며 눈을 감았다. 대건은 아버지 김제준과 숙부 제철, 어머니 장흥고 씨와 함께 오랫동안 눈물을 흘렸다. 교우촌 신자들은 이전에 선종한 교우들의 무덤이 있는 성애골 뒷산 양지바른 곳에 김택현의 묘를 썼다. 대건은 자신에게 천주교 신앙이 무엇인지 알도록 이끌어주고 떠난 할아버지가 끝내 세례성사와 종부성사를 받지 못한 사실이 못내 아쉬웠다. 그러면서 어린 마음에도 신부의 중요성과 필요성을 절실하게 깨달았다. 그리하여 아버지와 어머니를 따라 아침저녁으로 하루빨리 조선에 신부님이 오게 해달라고 기도하면서, 할아버지가 가르쳐준 요리문답을 외우고 또 외웠다.

골배마실 이사에 대한 오해

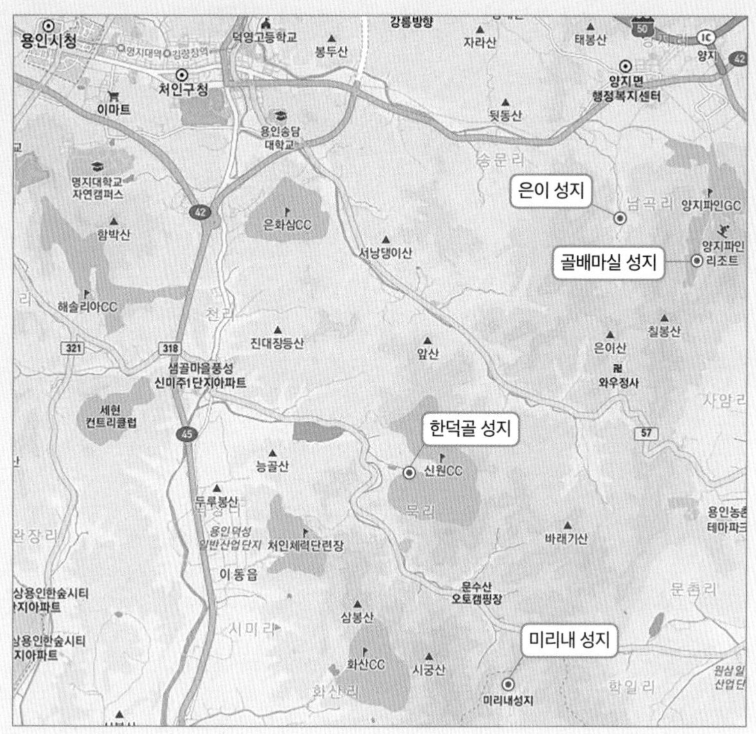

◆ 김대건 신부는 조부와 숙부의 선종 후 한덕동에서 양지의 은이 공소 부근 '골배마실'로 이사했다고 알려져 있다. 그러나 이를 증명할 만한 문헌적 근거는 없다. 1839년 김제준이 체포되었을 때 "용인현 천곡泉谷에 사는 재복의 아버지 김제준"이라는 기록이 있다. 천곡은 샘골로 한덕동 바로 옆 마을이기 때문에 체포 당시에도 한덕동에 살았다고 할 수 있다. 골배마실에 전해오는 구전 "김 신부가 살던 곳"의 의미는 김대건 신부가 사제가 되어 귀국한 후 경기도 지방을 사목 순방할 때 가끔 들르던 어머니 고 우르술라가 살던 곳이라고 할 수 있다. 따라서 골배마실은 김대건 신부가 어머니의 부탁으로 조선인 사제로는 처음으로 부활절 미사를 드린 곳으로 자리매김되는 것이 맞다.

10

마침내 세워진 조선대목구

1831년 2월 2일, 교황청에서는 전해에 선종한 교황 비오 8세의 뒤를 이을 새로운 교황이 선출되었다. 새 교황은 포교성성 장관이었던 카펠라리Cappellari(1765~1846) 추기경으로, 그는 교황으로 선출되면서 '그레고리오 16세'라는 이름을 선택했다. 교황 그레고리오 16세가 선출됨으로써 조선 천주교는 새로운 전기를 맞게 되었다. 지난 몇 년 동안 결론에 이르지 못했던 조선 교우들의 성직자 파견 요청에 공식적인 답을 할 수 있었던 것이다. 새로 선출된 교황 그레고리오 16세는 포교성성 장관 시절 조선 교우들이 보내온 성직자 요청 탄원서인 '대교황 청원문'과 파리외방전교회 브뤼기에르 주교의 조선 선교 자원 편지를 이미 읽었던 터였다. 그뿐만 아니라 파리외방전교회에 조선 선교를 맡아줄 수 있는지 의견을 물었던 당사자가 바로 그였다. 그만큼 새 교황은 조선 천주교 지원에 지대한 관심을 쏟았다.

7월 4일, 교황청 포교성성은 마침내 브뤼기에르 주교의 조선 선교 청원을 허락했다. 그러나 당시 조선에서는 유럽의 천주교 선교사들이 입국하지 못하도록 국경에서의 검문을 강화했기 때문에 한눈에 외국인임이 드러나는 브뤼기에르 주교의 안전을 보장할 수 없었다. 교황청에서는 이런 사정을 감안하여 겉으로 보기에 조선인과 별 차이가 없는 중국인 여항덕余恒德(유 파치피코, 1795~1854)[2] 신부가 조선에 먼저 입국한 뒤, 브뤼기에르 주교가 입국할 수 있는 방법을 조선 천주교회 신자들과 함께 찾도록 했다. 여항덕 신부는 교황청 포교성성 직할 신학교인 '나폴리 성가정 신학교' 신학생 시절에 교장 신부에게 조선 선교사로 가고 싶다는 희망을 밝힌 적이 있었다.

9월 9일, 교황 그레고리오 16세는 '조선대목구(오늘날의 조선 교구)'를 설정하고, 브뤼기에르 주교를 초대 조선대목구장으로 임명한다는 소칙서小勅書를 발표했다. 이제부터 조선 천주교는 교황청에서 인정하는 새로운 대목구가 되어 주교와 선교사들이 공식적으로 파견되며 보다 체계적이고 활발한 신앙생활을 할 수 있게 되었다는 의미였다. 이는 암울하기만 하던 조선 천주교

2 여항덕 신부는 조선에 입국한 후 신분을 감추기 위해 '유방제劉方濟'라는 이름을 사용했다.

조선대목구 설정 소칙서

GREGORIUS PP. XVI.

AD PERPETUAM REI MEMORIAM.

… 본 교황은 본인의 존경하는 형제들인, 선교 사업을 주관하는 거룩한 로마교회와 추기경들이 의논하여 지금 당장 조선 왕국을 새로운 대목구로 설정하고, 거기에 북경 주교로부터 완전히 독립한 대목구장을 세우는 것이 알맞다고 판단합니다.

그러므로 본인은 자발적으로, 또 본인의 확실한 지식과 오랜 숙고에 따라, 교황의 충만한 직권과 이 교황 교서의 힘으로 조선 왕국을 지금 당장 새로운 대목구로 설정하는 바이며, 거기에 대목구장을 임명한다고 선언하는 바입니다. (이하 생략)

교황 재위 제1년, 1831년 9월 9일
교황 그레고리오 16세

※ 자료 및 번역본은 한국교회사연구소 제공

회에 비친 한 줄기 빛이자 경사였다.

1784년 말, 서울 수표교 인근 이벽李檗(1754~1785)의 집과 명례방明禮坊 김범우金範禹(1751~1786/1787)의 집(현재 명동성당 인근)에서 이승훈(베드로) 등이 주도하여 천주교 신앙공동체 모임을 시작한 지 47년 만의 결실이었다. 또한 1811년 이여진 등 조선 교우들이 교황청에 첫 청원서를 보낸 지 20년, 1824년 말(혹은 1825년 초)에 두 번째 청원서를 보낸 지 7년 만의 화답이었다.

1833년 2월 17일, 북경에 와 있던 정하상 등 조선 교우들은 조선대목구장 브뤼기에르 주교의 서한을 전달받게 되었다. 이듬해에 여항덕 신부가 입국할 수 있게 준비해달라면서, 만약 입국에 성공하면 그 이듬해에는 자신도 조선에 가겠다는 내용이었다. 1834년 1월 3일, 마침내 여항덕 신부가 정하상과 남이관南履灌(1780~1839)의 안내에 따라 조선 국경을 넘는 데 성공했다. 1801년 신유박해 때 주문모 신부가 순교한 후 32년 만에 조선에 발을 들인 사제였다. 무사히 조선에 들어온 여항덕 신부는 같은 달 16일, 정하상과 남이관이 마련한 청계천 옆 후동後洞 집에 도착했다. 후동은 지금은 사라진 하랑교河浪橋(현재 청계천 3가)와 효경교孝經橋(청계천 4가) 남쪽에 위치한 곳으로, 중인들이 많이 살던 동네다. 청계천 변을 따라 가게가 많고 부근에 배오개장터(광장시장 부근)가 있어 늘 오가는 사람이 많았다. 그런 까닭에 사람들이 자주 들락거려도 크게 의심을 사지 않을 맞춤

한 곳이었다.

여항덕 신부는 후동 안가에 머물면서 조선 천주교회 재건과 성직자 영입을 위해 헌신하던 정하상, 남이관, 현석문, 조신철趙信喆(1795~1839), 유진길 등의 도움을 받으며 성사를 집전하기 시작했다. 신변 보호와 언어의 장벽을 해결하기 위해 중심 교우들의 협력 속에 활동을 시작한 것이다. 여항덕 신부는 신자 지도자들에게 '회장' 등의 교회 직책을 부여해서 공소를 관리하거나, 신자들의 교리 교육, 비신자 전교, 여성 신자에 대한 관리, 파발꾼의 역할을 맡기면서 차츰 활동을 넓혀갔다.

이때 교리 교육 회장에 임명된 현석문(가롤로)[3]은 해마다 가을이면 용인의 은이 공소(현재 경기 용인시 처인구 양지면 남곡리)에서 교리 교육을 담당했다. 은이 공소는 한덕동에서 어은이 고개(어은산, 지금의 신덕 고개)를 넘어야 갈 수 있는 곳이었다. 대건은 열세 살의 의젓한 소년이 되었지만 몸이 약했다. 군불도 제대로 때지 못한 채 냉방에서 겨울을 날 정도로 가난했기에 영양이 부족하여 잔병치레가 잦았다. 그러나 대건은 몸이 아픈 날에도 어은이 고개를 힘들게 넘으며 은이 공소에 가서 한양에서 온 현석문에게 체계적인 교리 교육을 받기 시작했다.

열세 살이 된 대건은 제법 밭농사가 몸에 익었다. 하지만 허

3 현석문은 1801년(순조 1년) 신유박해 때 순교한 역관 현계흠玄啓欽의 아들로 정하상과 함께 조선 천주교 재건과 성직자 영입을 위해 헌신한 인물이며 김대건 신부와 깊은 인연을 이어갔다.

후동(산림동)의 위치

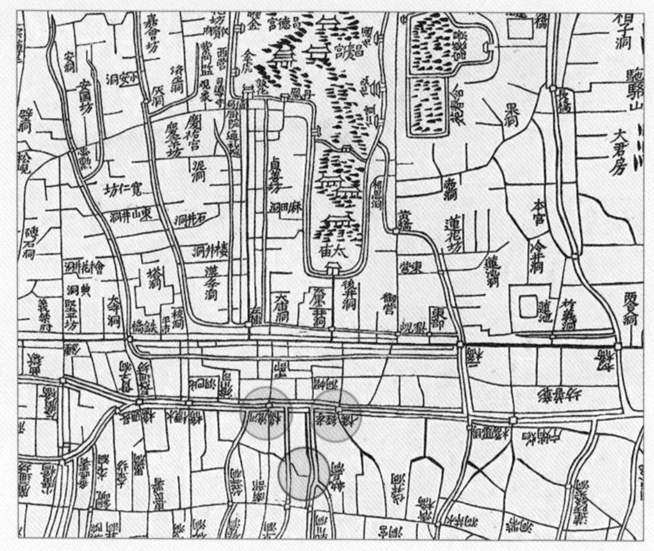

◆ 후동(지도 붉은색 동그라미 부분)은 현재 서울 중구 산림동과 주교동에 걸쳐 있던 동네로 '뒷골', '살리뭇골'이라고도 불렸다. 훗날 조선인 신학생으로 선발된 최양업, 최방제, 김대건이 이 후동 집에서 모방 신부로부터 라틴어 수업을 받았다.

약하여 늘 병을 달고 사는 건 매한가지였다. 그런 상황에서도 현석문이 은이 공소에 와서 교리 교육을 한다는 소식이 들리면 밤늦게 은이 고개를 넘어 다니며 요리문답을 비롯한 각종 기도문을 열심히 외우곤 했다. 그러던 가운데 황달로 고생하던 숙부 김제철이 스물네 살의 나이로 세상을 떠났다. 아버지 김제준은 자신보다 나이 어린 동생의 죽음이 믿기지 않는다며 통곡을 했고, 교우촌 신자들은 부친 김택현의 무덤 옆에 그를 안장했다.

숙부의 죽음을 마주한 대건은 자신이 할 수 있는 일이 기도뿐이라고 생각했다. 숙부를 위하여 현석문에게서 배운 저녁기도의 청원 기도 중에서 '죽은 이들을 위한 기도'를 열심히 바쳤다. 현석문은 '사람이 죽으면 천당과 지옥 사이에 있는 연옥에 먼저 간다'고 가르쳤다. 그리고 '연옥에 머무는 영혼들을 위해서 기도하는 것은 갸륵하고도 경건한 행동'이라면서, 그 이유를 설명해주었다. 죽은 이들은 스스로는 아무것도 할 수 없지만, 살아 있는 사람들의 기도에 의지하여 영혼 구원에 다다를 수 있기 때문이라고 말이다.

"모든 믿는 자를 조성造成(창조)하시고 구속하신 천주여, 천주를 섬기던 저의 숙부의 영혼에게 모든 죄를 풀어주사 그가 평생에 원하던 사하심을 저의 정성된 기도로 얻게 하소서."

대건은 기도를 마친 다음에 주기도문과 성모경도 세 번씩 바쳤다. 그는 다리가 저리도록 오랫동안 무릎을 꿇고서 묵주기도를 바치기도 했다. 당시에는 묵주를 구하기가 '하늘의 별 따기'였다. 그런데도 현석문은 교리 공부를 열심히 하는 대건에게 중국에서 구해 온 묵주를 상으로 주었던 것이다. 조부와 숙부가 세례성사와 종부성사를 받지 못하고 세상을 떠난 것이 대건은 늘 안타까워했다. 대건은 그 이유가 조선에 성사를 줄 사제가 없기 때문이라는 걸 교리 공부를 하면서 알게 되었다. 이때부터 그는 막연하게 신자들의 영혼 구원에 종사할 수 있는 사제가 되어 그들의 영혼을 거룩하게 하고 싶다는 소망을 품기 시작했다. '부르심'이었다. 부르심은 천주의 부르심이나 선택을 뜻하는 말로 '성소聖召(vocatio)'다. 그러나 대건은 자신이 품은 소망이 천주의 부르심인지는 모른 채 열심히 어은이 고개를 넘어 다니며 교리를 배우고 기도 생활에 마음을 다했다.

1835년 10월 17일, 서만자西灣子[4]에서 떠날 준비를 마친 제1대 조선대목구장 브뤼기에르 주교는 조선을 향해 출발했다. 라자로 선교회 회원이던 중국인 고高 신부와 안내인들을 데리고 연말에 만주 봉황성의 변문邊門[5]에서 조선 교우들을 만나기 위해서였다. 떠나기 전 브뤼기에르 주교는 그와 함께 조선으로 가기로 했던 모방Maubant(1803~1839) 신부(한국 이름 나백다록羅伯多祿, '나 신부')를 불렀다.

---

4 중국 북경에서 약 200리 떨어진 내몽고內蒙古에 있는 마을로, 현재 하북성 장가구시 숭례구 서만자진. 예수회를 대신해 1773년 중국에 진출한 프랑스 계통의 라자로Lazaristae회가 전교한 곳으로, 주민의 대다수가 가톨릭이었다. 조선대목구의 초대 대목구장부터 3대 대목구장까지 중국에서 조선에 입국하려는 거의 모든 성직자가 이곳을 거점으로 삼고 조선과 연락을 나누었다.

5 청나라와 조선의 국경지역으로, 목책을 둘러친 국경경비 시설이 있었다고 해서 책문, 변경에 있는 문이라 해서 변문이라고 불렀다.

"모방 신부, 나는 이제 조선으로 떠나오. 그러나 입국에 반드시 성공한다는 보장이 없소. 어쩌면 잡혀서 죽을 수도 있소. 신부님은 그때를 대비해서 이곳 서만자에서 기다리다 내가 입국에 성공하면 그때 오시오. 그러나 만약 나에게 사고가 생긴다면 나를 대신하여 조선으로 가주시오."

"주교님…."

모방 신부가 말을 잇지 못하자 브뤼기에르 주교는 서류철 속에서 문서 몇 장을 꺼냈다.

"모방 신부, 이 문서는 1831년 7월 17일 내가 그레고리오 16세 교황 성하를 알현할 때 성하께서 조선의 상황이 위험한 걸 아시고 내게 하사하신 '조선대목구장 유고 시 주교 권한 위임에 관한 특별 권한 문서'요."

브뤼기에르 주교가 읽어준 내용은 위험에 대비하는 현실적인 지침들이었다. 그런 다음 모방 신부에게 또 한 가지 서류를 건넸다.

> 조선대목구장이 사망하는 경우 선교사가 없을 위험이 있다. 이때 인접한 대목구에 있는 유럽인 사제에게 특별 권한을 위임할 수 있다. 특별 권한을 위임받은 사제는 주교의 권한을 전반적·부분적으로 행사할 수 있다.

"모방 신부, 이 서류는 만약 나에게 유고가 생길 경우, 교황

성하께서 나에게 주신 특별 권한에 따라 모방 신부에게 조선대목구장에 부여된 모든 권한을 위임한다는 위임장이오. 그러나 위임받은 특별 권한은 사도좌(교황청)에서 새로운 조선대목구장을 임명할 때까지요. 모방 신부는 이제 나의 강복(축복)을 받으시오."

모방 신부는 브뤼기에르 주교 앞에 무릎을 꿇었다. 주교는 모방 신부의 머리 위에 손을 얹은 채 오랫동안 기도를 한 후 십자성호를 그으며 주교 강복을 베풀었다. 모방 신부도 무릎을 꿇은 채 브뤼기에르 주교가 무사히 조선에 입국할 수 있기를 기도했다.

10월 19일, 브뤼기에르 주교는 서만자의 서남쪽에 있는 마가자馬架子(마찌아즈) 교우촌에 도착했다. 그곳에서 요동으로 떠날 예정이었다. 그런데 다음 날 아침 그가 고통스러운 표정을 짓더니 두 손으로 머리를 감싼 채 비명을 지르며 쓰러졌다. 그는 "예수! 마리아! 요셉!"을 부르며 의식을 잃었고, 그를 따라왔던 중국인 고 신부가 급히 종부성사를 베풀었다. 그날 저녁, 브뤼기에르 주교는 천주의 나라로 홀연히 떠났다. 조선대목구 대목구장으로 임명된 후 3년 동안 조선으로 가기 위해 길고도 험한 여정을 거쳐왔지만 뜻을 이루지 못했다. 1835년 10월 20일, 그의 나이 43세였다.

서만자에서 브뤼기에르 주교의 선종 소식을 전해 들은 모방 신부는 마가자 교우촌으로 달려갔다. 그곳에서 잠든 듯 누운 주교의 거룩한 시신 앞에서 뜨거운 눈물을 쏟으며 기도를 드렸다. 그는 중국인 고 신부와 함께 장례 예절을 거행한 후, 인근의 교우들 묘역에 시신을 안장했다.[6]

---

6 모방 신부는 조선으로 가기 위하여 마가자 교우촌을 떠나면서 고 신부에게 브뤼기에르 주교의 묘비를 세워달라고 부탁했고, 그 뒤 1931년, 교구 설정 100주년을 맞은 조선교구에서는 마가자를 방문해서 유골을 서울 용산신학교에 있던 천주교 묘지로 이장했다. 초대 조선대목구장에 대한 예우였다.

4

부르심을 받은 소년

11

모방 신부의 입국과 신학생 선발

모방 신부가 브뤼기에르 주교 대신 조선인 신자들을 만나기 위해 봉황성을 지나 '책문柵門'에 도착한 것은 1835년 11월 24일(양력 1836년 1월 12일)이었다. 당시에는 조선과 중국 사이 압록강에 긴 목책을 세워 국경으로 삼았다. 그 목책에 문을 하나 만든 뒤 오가는 사람의 신분과 소지품을 확인하곤 했다. 변경에 세워진 이 문을 '변문'이라고도 불렀다. 조선에서 중국으로 가는 마지막 성인 의주성(현 신의주)에도 목책을 쌓은 변문이 있었는데, 서양인 사제가 정상적인 방법으로 통과하는 것은 사실상 불가능했다.

모방 신부는 중국 쪽 국경 지대인 변문에서 지난해 미리 정해놓은 신호가 적힌 천을 들고 오는 정하상과 유진길 등을 만났다. 그 자리에서 모방 신부는 조선대목구장인 브뤼기에르 주교의 선종을 알리며, 자신에게 조선대목구장을 대리하는 권한을 부여한다는 위임장을 보여주었다. 중국에서 3년을 지낸 모방 신부는 중국말로 소통이 가능할 정도였고, 역관 출신 유진길이 그의 말을 통역했다. 조선 교우들은 주교의 죽음을 애도하는 기도를 바친 후 모방 신부에게 대리 주교님을 조선으로 모시겠다고 전했다. 모방 신부는 감사를 표하면서 조선 신자들이 준비해 온 하얀 천을 뒤집어쓰고 돌림병 환자로 위장해서 겨우 중국 땅을 벗어났다.

그러나 의주성 책문에서는 서양인의 입국을 철저히 감시하고 있었다. 하는 수 없이 정하상과 조신철은 모방 신부와 함께 밤이 깊기를 기다렸다가 미리 봐뒀던 의주성 아래 수문으로 몰래 빠져나와 의주에 도착했다. 그길로 모방 신부는 조선 신자들의 안내에 따라 의주에 있는 안전가옥에 숨어들었다. 방으로 들어간 모방 신부는 드디어 조선에 들어왔다는 감격에 무릎을 꿇고 눈물의 기도를 했다. 신자들도 조선대목구장 주교를 대리하는 신부를 맞았다는 사실에 가슴이 벅차올라 함께 무릎을 꿇고 감사의 기도를 드렸다.

모방 신부를 모셔 오는 데 함께한 조선 신자들은 모두 여섯 명이었다. 변문을 오가는 보부상이나 여행자들이 대여섯 명으로 구성돼 있었기 때문이다. 중국어를 할 줄 아는 역관 출신 유진길, 신부와 한자 필담이 가능한 정하상, 신부가 의주에서 한

모방 신부의 조선 입국로와 리델 주교의 옷차림

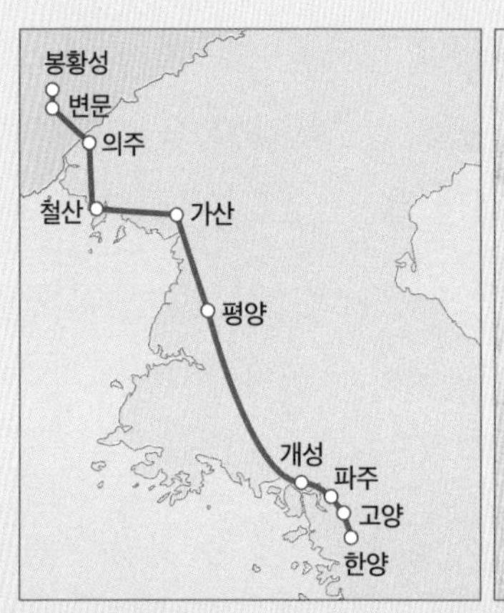

◆ 모방 신부의 조선 입국로인 의주길(왼쪽)과 리델Ridel(1830~1884) 주교가 1875년에 상복을 입고 방립과 포선으로 얼굴을 가린 자신의 모습을 그린 그림(오른쪽).
상주가 외출할 때에 부모를 잘못 모신 죄인이라 얼굴을 보일 수 없다는 의미에서 착용하는 상복을 입은 모습이다.

양까지 갈 때 이용할 말을 끌 마부 조신철, 그 외에 경호원, 안내인 등이었다. 특히 안내인과 경호원 등은 사제보다 먼저 관문 쪽으로 향하면서 위기 조짐이 보이면 신호를 보내 사제를 숨기거나 환자인 척해서 위기를 모면하도록 했다.

의주의 안전가옥에서 더러워진 의복을 조선인 신자들이 준비해온 상복喪服으로 갈아입고 휴식을 취한 모방 신부는 곧이어 다음 길을 떠났다. 이때부터 모방 신부는 상주가 외출할 때 쓰는 큰 삿갓인 방립方笠(또는 상립喪笠)을 쓰고, 포선布扇을 눈 아래에 펼쳐 얼굴을 가렸다. 이 위장 방법은 모방 신부 이후 입국하는 모든 파리외방전교회 사제가 사용했다. 일행은 30~40리(12~16km) 정도 가다가 말 두 필을 끌고 온 교우 두 명을 만나 합류했고, 한양에 들어가기 이틀 전에 여항덕 신부가 마중 보낸 다섯 명의 교우를 만나 두 무리로 나뉘어 한양에 도착했다. 1836년 1월이었다. 조선대목구를 관할하는 파리외방전교회 선교사의 첫 입국이었고, 이때부터 조선 천주교회는 파리외방전교회의 선교 사제들 그리고 김대건, 최양업崔良業(1821~1861) 신부와 함께 험난한 박해 시대를 헤쳐나갔다.

모방 신부는 후동에 도착하자마자 여항덕 신부에게 조선대목구장 대리 위임장을 내보이며, 교황 성하의 칙서에 따라 이제부터 조선대목구는 파리외방전교회의 관할이 되었음을 알렸다. 브뤼기에르 주교의 조선 입국을 돕기 위해 파견된 여항덕 신부는 이탈리아에서 신학교를 다녔기 때문에 교회의 질서와 절차를 잘 알고 있었다. 무사히 임무를 마친 여항덕 신부는 중국으로 떠나기 전에 그동안 사용했던 후동 안가와 공소들의 집문서와 남은 선교비를 조선대목구 앞으로 등록하고, 지난 2년 동안의 사목 활동에 대한 보고서 및 회계장부를 제출하겠다고 했다.

모방 신부는 후동의 안가를 조선대목구 사제관 겸 집무실로 사용했다. 마음 같아서는 당장이라도 공소를 방문해 신자들을 만나고 싶었지만, 그에 앞서 처리해야 할 일이 많았다. 그중에서 가장 시급한 일은 신학생을 선발해서 기본적인 라틴어를 가르친 다음에 파리외방전교회가 운영하는 말레이시아 페낭의 신학교나 마카오의 파리외방전교회 대표부에 있는 임시 신학교로 보내는 일이었다. 마침 모방 신부는 여항덕 신부가 브뤼기에르 주교에게 사목 서한을 보낼 때 자신이 선발한 두 명의 예비 신학생을 중국에 있는 신학교로 보내고 싶다고 밝혔던 일을 알고 있었다. 그래서 여항덕 신부에게 후보자들을 만나게 해달라고 했다. '성소 식별'을 위해서였다. 성소 식별은 후보자의 신앙심이 사제가 될 자질을 지닌 영성인지 아니면 단순히 깊은 신앙심인지를 주교 혹은 사제가 식별하는 과정이었다. 성소 식별은 사제나 수도자가 되기 위한 첫 번째 관문이었기에 매우 중요했다. 하지만 그들을 만나본 모방 신부는 그 후보자들에게 "진정한 성소가 없다"고 판단해서 돌려보냈다.

1월 중순, 모방 신부는 정하상, 조신철, 유진길, 현석문 등 회장들을 모아놓고 자신의 사목 계획 몇 가지를 밝힌 다음 신학생 선발 계획을 알렸다. 신학생 선발은 브뤼기에르 주교가 입국하면 우선적으로 시행하려고 했던 매우 중요한 사안이었다. 모방 신부는 그의 뜻을 계승하기 위해 가능하면 빨리 신학생을 선발해 자신이 기본 라틴어를 가르친 다음 올해 말에 출국하도록 할

모방 신부

◆ 소년 김대건을 신학생으로 선발해, 최양업, 최방제와 함께 마카오로 보냈다. 1839년(헌종 5년) 기해박해 때 앵베르 주교, 샤스탕 신부와 함께 새남터에서 순교했다.

예정이었다.

"회장님들, 내가 중국어를 배울 때 신부를 '탁덕鐸德'[1]이라고 하길래 무슨 뜻이냐고 물었더니 '덕을 행할 수 있도록 지도하는

---

1 탁덕鐸德은 사제를 가리키는 sacerdos(撒責耳鐸德)의 중국어 음역音譯인데, 마지막 두 글자로 약칭해서 사용하던 것이다. _ 조한건 신부

사람'이라고 하더이다. 백번 옳은 말이오. 그래서 나는 하루빨리 조선말을 배워서 양 떼들이 있는 곳을 찾아다니고 싶소. 그러나 지금은 현황을 파악하고, 고해성사를 베푸느라 정신이 없소. 그런데 내가 조선말을 배울 동안 회장님들이 도와줘야 할 시급한 일이 있소. 바로 조선인 신학생을 선발하는 일이오. 후보자 두 명가량을 선발해서 올해 안에 마래서아馬來西亞(말레이시아) 페낭에 있는 신학교나 오문澳門(마카오)의 파리외방전교회 대표부로 보내려고 하오. 지난해 여항덕 신부가 선발한 두 명은 면접해보니 충분한 신앙심이 없어서 돌려보냈소."[2]

회장들은 신학생을 중국이 아니라 수천 리 떨어진 곳으로 보낼 계획이라는 말에 깜짝 놀랐다. 모방 신부는 말을 이었다.

"파리외방전교회의 목표는 조선인 신부를 많이 양성해서 조선대목구가 하루빨리 자립할 수 있는 기반을 닦는 일이오. 그래서 우리 신학교에서 공부하여 신부가 되면 그 신부는 조선대목구의 신부가 되고, 조선 땅에서 조선 신자들의 영혼을 구원하는 일을 행할 것이오. 물론 파리외방전교회는 조선에서 박해가 약해지거나 사라지면 조선 땅에 신학교를 세울 계획도 가지고 있

---

2 모방 신부가 조선에 도착한 1836년에는 조선말을 배울 시간이 없어 신자들과 중국어 또는 필담으로 대화를 나누었다. 그러나 이 전기에서는 대화의 현장성을 살리기 위해 '~하오체'로 재구성했고, 모방 신부가 1836년 4월 4일 파리외방전교회 신학교 지도자들에게 보낸 서한의 내용을 바탕으로 했다.《성 김대건 안드레아 신부의 활동과 업적》, 2021 개정판, 39~47쪽.

소. 그러면 신학 공부를 하기 위해 먼 나라까지 가지 않아도 될 것이오."

회장들은 모두 십자성호를 그은 후 모방 신부에게 감사를 표시했다.

"그러나 신학생이 신부가 되기까지는 10년이란 세월이 걸리오. 신학교에서 공부할 과목이 많기 때문이오. 그래도 우리 신학교에서는 10년 동안 학비를 받지 않고, 식사도 해결해주고, 잠자고 생활하는 곳도 마련해준다오. 전 세계에 있는 파리외방전교회 후원자들 덕분이라오. 그러나 어린 소년 때부터 혈기 왕성한 청년이 되는 10년 동안 천주만을 바라보며 공부하는 일이란 쉬운 게 아니오. 그래서 공부가 어려워서 혹은 마귀의 시험에 빠져서 중간에 포기하는 신학생도 많다오. 그리고 파리외방전교회 신학교에서는 미사성제를 드릴 때 사용하는 언어인 라틴어를 못하면 퇴학을 시키오. 이렇게 되면 그동안의 노력이 모두 수포로 돌아가게 되는 것이오."

회장들은 고개를 끄덕이면서도 공부가 매우 어렵다는 말에 나지막한 한숨을 내쉬었다.

"내가 이렇게 길게 설명하는 이유는 예비 신학생을 추천할 때 이런 어려움을 감당할 수 있는 소년들인지 잘 가려서 추천하라는 뜻이오. 라틴어는 매우 어렵소. 또한 심오한 신학 공부를 하려면 총명하고 지혜가 있어야 하오. 가능하면 나이가 열대여섯 살을 넘지 말아야 할 것이오. 그리고 10년이라는 긴 세월을 다른 데 한눈팔지 않고 공부에 집중하려면 신앙심이 깊어야 하오. 신앙이란 어릴 때부터 집에서 자라나는 것이기 때문에 세례성사를 받은 부모 아래서 성장한 소년이어야 하오. 부모가 외교인일 경우 그 소년의 신앙심이 깊을 수도 없고, 외교인 부모가 중간에 아들을 내놓으라고 할 수도 있소. 그러나 회장들이 추천을 했다고 해서 모두 신학생으로 선발되는 건 아니오. 내가 대면을 해서 그 소년이 정말로 천주를 향한 마음이 깊은지를 판단한 연후에 이 사제관에서 내가 몇 달 동안 라틴어를 가르칠 생각이오. 그런 후에 신학교에서 공부할 수 있겠다고 판단되면 그때 최종적으로 확정해서 신학교로 보낼 것이오. 회장들은 그런 소년이 어디 있는지 찾아서 나에게 추천하기 바라오."

"예, 나 신부님."

모방 신부는 조선에 와서 '나'씨라는 조선 성씨를 사용했다. 회의가 끝나자 모방 신부 방에서 물러 나온 회장들은 다른 방에 모여서 서로 얼굴을 쳐다봤다. 정하상이 먼저 입을 열었다.

"나 신부님 말씀을 듣고 보니, 신부가 되는 일이 보통 어려운 게 아닌 모양입니다. 나도 신부가 되고 싶다는 소망을 품고 있지만, 나 신부 말씀을 들어보니 이제 나이도 많고 10년을, 그것도 라틴어라는 말로 공부를 할 수 있을지 눈앞이 캄캄해집니다. 이거 과거보다 더 어려울지도 모르는 공부를 누가 하겠다고 나설지…."

정하상의 말이 끝나자 조신철이 나섰다.

"그것도 그렇지만, 신부가 된다는 건 목숨을 내놓는 일인데, 그리 똑똑한 아들을 천주님 앞에 선뜻 바칠 부모가 얼마나 있을지도 의문입니다."

현석문도 거들었다.

"조선 천주교회가 조선인 신부님을 모시고 조선말로 성사 본다는 게 꿈같이 기쁜 일이기는 하지만 그럴 소년이 얼마나 있을지…."

그때 정하상이 물었다.

"가롤로(현석문의 세례명) 회장은 은이 공소에서 교리를 가르쳤으니 우리보다는 소년들을 많이 알지 않겠소?"

"그야 그렇지만, 어떤 아이가 이런 중차대한 일을 감당할 수 있을지는 좀 생각을 해봐야겠소이다."

"혹시 은이에 재복이라는 아이가 안 옵디까?"

"재복이는 어찌 아시오?"

"오래전, 그의 가족이 솔뫼에서 올라와 청파에 있을 때 재복이의 조부를 만난 적이 있소. 치명자 자손이 교중 소식을 묻는다기에 찾아갔었지요. 그 뒤 종종 소식을 전하다가 무뢰배들에게 당해 청파에서 거리에 나앉게 생겼다며 교우촌을 묻길래 한덕동으로 가보라고 일러주었소. 그런 다음에 한 번 가서 보았는데, 광파리골 옆 성애골에 터를 잡았더군요. 청파에 있을 때도 서당에 다녀서 글도 좀 읽고, 조부의 가르침에 요리문답도 곧잘 합디다. 지금쯤 나이가…."

"그런 인연이 있으셨구려. 은이 공소에서 교리 공부를 하는 아이들 중에서 가장 열심인 아이가 재복이오. 요리문답과 기도문을 하나도 빠짐없이 외우는 게 기특해서 내 북경 다녀오는 길에 구해 온 묵주를 상으로 주었다오. 신앙이나 자질이야 나무랄 데 없는데 그 아이의 몸이 허약해서 그 힘든 공부를 감당할 수 있을지, 게다가 부모가 아직 세례성사도 받지 않아서…."

"그 아이가 치명자 자손이라 했지만, 그 집안에 작은할아버지 김종한 안드레아를 비롯해 치명자가 서넛이 넘는다오. 특히 진외조부는 신유년 박해 이전에 '내포의 사도'라 불리던 이존창 어르신이시오. 나의 선친과 함께 체포되어 치명하셨던 분이라오."

정하상의 말에 방 안에 모인 사람들이 모두 깜짝 놀랐다.

"재복이가 그리 열심을 내는 까닭이 있었구려. 재복이 집이 성애골에 있어 은이에서 교리 공부를 마치면 어은이 고개 넘어가기가 바빠서 집안의 영혼 사정을 물어볼 기회가 없었소. 그러나 부모가 아직 세례성사를 받지 않았고, 아들 둘 있는 그 집의 장자라던데 장자를 천주님께 바칠 신심이 있는지 모르겠소이다."

이번에는 조신철이 나섰다.

"세례성사야 교리 공부를 시켜서 받도록 하면 되니 큰 문제는 아닐 듯싶소. 그러나 장자라는 게 마음에 걸리는군요. 바오로 회장이 그 댁과 인연이 있다 하셨으니 아이의 영혼 사정도 확인하실 겸 직접 찾아가서 말이라도 한번 건네보시면 어떻겠소?"

"그리하지요. 나 신부님 바쁜 일이 좀 끝나면 제가 성애골에 다녀오겠습니다."

회장들은 조선인 사제를 양성하겠다는 모방 신부의 말에 모두 마음이 들떴다. 그러나 정하상은 모방 신부 옆에서 여러 업무를 돕느라 짬을 내지 못했다. 2월 6일, 후동 사제관에 예비 신학생 한 명이 도착했다. 15세 소년 최양업이었다. 3월 14일에는 최방제崔方濟(1820~1837) 소년이 사제관으로 왔다. 모방 신부가 두 명의 성소를 확인하고 예비 신학생으로 확정하자 정하상은 김대건을 만나러 성애골에 갈 필요가 없다고 생각했다. 모방 신부는 이때부터 두 명의 예비 신학생에게 라틴어의 기본 문법을 가르치기 시작했다. 4월 4일, 그는 파리외방전교회 신학교 지도자들에게 '신학생 선발'이라는 제목의 사목 서한을 보내면서 "교우들은 제가 약간의 소년들을 공부시키고자 하는 것을 알고 두 사람을 보냈습니다. 그들은 벌써 한 달가량 저와 함께 있습니다. 그들은 서양 말 책을 읽기 시작하였습니다"라고 했다. 라틴어 발음을 익히기 시작했다는 뜻이었다.

12

성애골을 찾아온 정하상

모방 신부는 부활절이 지나자 새벽에 출발해서 당일로 돌아올 수 있는 가까운 경기도 교우촌부터 사목 순방을 하기로 했다. 서양인 신부가 도착했다는 소식이 알려지면서 12개 교우촌에서 자신들이 있는 마을을 방문하여 세례성사와 고해성사를 베풀어달라는 연락이 왔기 때문이다. 모방 신부가 공소를 방문하면 신자들은 기쁨 속에서도 혹시 모를 포졸들의 습격에 대비해, 마을 입구에서 아이들이 망을 보게 하고 마을 초입의 밭에서는 체구가 좋은 신자들로 하여금 일하는 척하게 하며 경계를 삼엄히 하였다. 1801년 신유년의 박해를 겪은 오래된 신자들의 경험에서 온 대비책이었다. 만에 하나라도 포졸들이 들이닥치면 사제부터 피신시키도록 정해두었다. 조선에 신부가 있어야 더 많은 영혼이 구원을 받을 수 있다는 신앙심에서 비롯된 조치였다.

6월경, 이런 일을 몇 차례 겪으며 모방 신부는 한 가지 결심을 했다. 자신이 조선에서 활동을 한다는 사실이 알려지면 자신을 찾기 위해 다시 박해가 시작될 테고, 그럴 경우 더 이상 신학생을 국외로 보낼 수 없을 거라고 판단했다. 모방 신부는 이런 일에 대비하여 신학생을 한 명 더 뽑아야겠다고 생각하며[3] 정하상을 불러 자신의 생각을 전한 다음에 물었다.

"그래서 교우들을 많이 아는 바오로 회장이 이번에도 수고를 해주셔야겠소. 생각나는 마땅한 소년이 있소이까?"

모방 신부의 물음에 정하상은 김대건을 떠올렸다. 지난번에 회장들과도 이야기한 바 있지만 한양에서 가까운 곳에 살던 최양업과 최방제가 먼저 선발되는 바람에 성애골에는 내려가지 않았던 것이다.

"나 신부님. 마침 제가 아는 소년이 있습니다. 집안에 치명자가 여럿이고, 현석문 회장이 가을에 내려가 교리를 가르치던 은이 공소에 다니며 교리 공부도 열심히 했다고 합니다. 전하는 말에 따르면 긴 아침기도, 저녁기도, 묵주기도를 달달 외우는 소년입니다. 그런데 한 가지 부족한 건, 그동안 조선에 신부가

---

3 모방 신부가 마카오 파리외방전교회 극동대표부 르그레즈아 신부에게 보낸 1836년 12월 3일 자 서한, 《성 김대건 안드레아 신부의 활동과 업적》, 2021 개정판, 59쪽.

없어 소년의 부친이 아직 세례성사를 받지 못했다는 겁니다. 하지만 그의 부친 역시 공소에서 교리 공부도 열심히 했고, 매일마다 아침저녁에 가족들과 함께 기도를 바친다고 들었으니 그의 신앙은 틀림없을 것으로 봅니다."

"바오로 회장, 집안에 치명자가 여럿이고, 열심히 교리 공부도 한 소년이라면 배경은 이미 훌륭하지 않겠소. 그리고 부친이 아직 세례성사를 못 받았다지만 그건 조선에 신부가 없어서였으니 크게 탓할 일은 아닌 듯하오. 그래, 그 소년은 어디에 살고 있소?"

"경기도 용인 남쪽에 있는 성애골이라는 교우촌에 사는데, 하루에 다녀올 수 있는 곳이 아니라 신부님의 공소 방문 목록에 아직 올리지 않았습니다."

"그리 먼 곳이라면, 그 부친을 이곳으로 데려오시오. 내가 문답을 하고 성사를 주면 될 것 같소. 그래서 먼저 부친의 신심을 확인한 후에 그 소년을 부르면 어떻겠소? 바오로 회장이 수고를 좀 해주시오."

"예, 신부님. 그럼 제가 조만간 성애골로 가서 소년의 부친을 데려오겠습니다."

며칠 후 정하상은 성애골 김제준의 집을 찾았다. 그가 마을 어귀로 들어서자 산밭에서 아버지와 함께 일을 하던 열다섯 살 소년 김대건이 흙 묻은 손을 털며 달려와 십자성호를 그은 후 허리를 숙이며 인사를 했다.

"어르신, 그간 강녕하셨는지요?"

정하상은 키가 자신만큼 자라고 변성기인 듯 약간 쉰 목소리를 내는 대건의 인사를 미소로 받았다.

"그래. 재복이구나. 잘 지냈더냐? 나도 천주님의 안배로 잘 지내고 있었단다. 몇 년 만에 만나니 이제 재복이가 어른이 다 되었구나."

"송구합니다, 어르신. 키만 컸지 영혼 사정은 가난합니다."

김대건은 제법 어른답게 대답했다.

"네 소식은 매해 가을 은이 공소에서 교리를 가르치시는 가롤로 회장님(현석문)을 통해 들었다. 네가 요리문답을 달달 외운다던데 정녕 사실이더냐? 하하."

김대건은 겸연쩍은 미소를 지으며 머리를 긁적였다.

"그럼 어디 한번 해보자. 천주교회는 무엇이뇨?"

"천주교회는 천주교 신자 단체이니, 예수께서 친히 세우시고 볼 수 있고 거룩하고 공번된 교회입니다."

"예수께서는 어찌하야 교회를 세우시뇨?"

"이는 당신 구속사업을 이 교회 안에 계속하야, 모든 사람으로 하여금 그 구속공로를 받게코저 하심입니다."

"예수께서 당신 교회를 어떻게 다스리게 하시뇨?"

"예수께서는 당신 교회를 으뜸 종도 베드로 이하 종도들과 그 후계자들의 권權으로 다스리게 하십니다."

"베드로 이외 종도들의 정당한 후계자는 누구뇨?"

"주교들이니, 저들은 로마교황의 임명을 받아 각 지방 교회를 맡아 다스립니다."

"주교를 도와 신자 구령 사업에 종사하는 이는 누구뇨?"

"사제들이니, 저들은 주교 감독하에 그 맡은 신자들을 다스립니다."

"아주 잘 외우는구나. 그럼 신품권은 무엇이뇨?"

"신품권은 신품성사로써 받는 권이니, 교회 예식을 거행하며 신자들의 영혼을 거룩게 하는 권입니다."

"신품은 무엇이뇨?"

"신품은 천주교회 안에 주교와 사제와 기타 성직자들을 세우고 각기 맡은 성무를 행하기 위하야 성우(은총)를 주는 성사입니다."

"사제의 위(지위)가 존귀하뇨?"

"존귀하니, 사제는 천주의 사신으로서 홀로 천주께 제사를 드릴 권이 있고, 천주와 사람 사이의 중개자로서 천주의 말씀과 계명을 가르치며 성사를 행합니다."

"그래 모두 잘 외웠다. 네가 천주님의 진리를 열심히 공부했구나. 과연 교리 회장님에게 상을 받을 만하구나."

그때 김제준이 다가와 십자성호를 그은 후 반갑게 정하상을 집으로 안내했다. 그는 정하상에게 부친상과 아우를 먼저 보낸 이야기를 전했다. 그래도 재복이가 집안의 기둥으로 잘 자라줘서 마음이 놓인다고도 했다. 정하상은 재복이가 집안의 기둥이라는 말을 듣는 순간 가슴이 철렁했다. '과연 장자를 신부가 되도록 내어줄까' 내심 불안스러워 조심스럽게 입을 열었다.

"교우님, 먼저 아버님과 아우님께서 그토록 염원하시던 세례성사와 종부성사를 받지 못하시고 세상을 떠나셨다니 안타깝기 그지없습니다. 늦게나마 조의를 표합니다."

"고맙습니다. 그래도 재복이가 은이 공소에서 배워 온 저녁기도의 청원 기도 중에서 '죽은 이들을 위한 기도'를 열심히 바치고 있으니 다행입니다."

"재복이가 어릴 때부터 신앙심이 좋은 집안에서 자라 신심이 좋습니다."

"조부와 숙부가 영혼 구원을 받지 못하고 떠나서 그런지 아침저녁으로 긴 기도를 열심히 바치곤 합니다."

"교우님, 아버님과 아우님이 왜 영혼 구원을 받지 못하고 저세상으로 떠났는지는 아실 테지요?"

"알다마다요. 우리 조선에 신부님이 안 계셔서 저도 아직 세례성사를 못 받았으니까요…."

"그러면 조선에 신부님이 많아야 이런 산골 교우촌에도 오셔서 성사도 주시겠지요?"

"말이다 뿐이겠습니까. 그런데 그런 세상이 언제나 올는지, 오기는 하는 건지…."

정하상은 심호흡을 한번 하고 천천히 입을 열었다.

"교우님, 제가 오늘 찾아온 이유는 교우님께 드리고 싶은 말씀이 있어서입니다."

김제준은 무슨 소리인가 하고 정하상을 바라보았다.

"교우님, 사람은 누구나 자기 자식이 무탈하게 자라길 바랍니다. 또한 성년이 되면 응당 가정을 꾸려서 집안을 잘 일으키기를 바랍니다. 그러니 교우님도 큰아들 재복이가 집안의 기둥이 되고, 큰아들의 도리를 다하기를 바라실 테지요. 인지상정이지요. 그러나 지금 재복이 앞에는 부모님에 대한 효도와 도리 대신 천주님의 자식이 되어 천주께 효도하고 세상 사람들의 구령 사업에 힘쓸 수 있는 길이 열렸습니다. 그래서 제가 오늘 찾아온 겁니다."[4]

김제준은 어리둥절한 표정으로 물었다.

"교우님, 저는 지금 하시는 말씀이 무슨 뜻인지, 무엇을 말씀하시는 건지 모르겠습니다. 좀 더 알기 쉽게 말씀해주시겠습니까?"

이 말에 정하상은 좀 더 차분하게 자신이 찾아온 사정을 얘기했다. 올해 초, 마침내 서양에서 신부님이 조선으로 들어오셔서 지금 한양에 머물러 계신다는 사실과 그 신부님께서 조선의 영혼 사정을 안타깝게 생각하시어 조선 소년을 몇 명 가려 뽑아 신품 공부를 시키려고 한다는 사실을 들려주었다. 그런데 자신

---

4 1920~1930년대 조선에 있던 파리외방전교회 주교들이 매해 12~2월경에 조선인 신학생을 모집하면서 천주교 월간지 〈경향잡지〉에 게재한 모집 안내 문구를 참조했다.

이 생각하기에 집안의 내력이나 총명함에서나 재복이가 딱 어울리겠다 싶었다고 설명했다. 서당에서 글공부도 했고, 교리 공부에 충실했다는 현석문 회장의 이야기를 종합해보건대 재복이가 신품 공부를 하면 틀림없이 훌륭한 신부가 될 것 같다는 이야기도 했다. 정하상은 그런 자신의 생각을 신부님께 말씀드렸더니 그의 부친에게 말씀을 전하고 오라 하셔서 이렇게 찾아오게 되었다고 말했다.

정하상의 이야기에 김제준은 머릿속이 혼란스러웠다. 당시 신부가 된다는 것은 목숨을 내놔야 하는 일이 아니던가! 아무 대답을 못 하는 김제준에게 정하상이 다시 말문을 열었다.

"교우님, 교우님께서 지금 무얼 걱정하시는지 짐작이 갑니다. 지금 같은 박해 시대에 아들을 신품 공부하도록 보내는 일은 천주님을 위하여 치명을 각오해야 하는 일입니다. 그러나 위주치명은 거룩한 천주의 나라로 가는 일이고, 하늘나라의 참된 부귀와 영화를 누리는 일입니다. 그리고 서양에서 오신 신부님 말씀이 신품을 받으려면 지금부터 10년을 공부해야 한답니다. 다행한 것은 공부하는 곳이 조선이나 중국이 아니라 수천 리 떨어진 안전한 곳이라고 합니다. 10년이면 강산도 변한다는데, 그때 나라에서 천주교를 허락할 수도 있지 않겠습니까…. 그래서 이미 두 명은 한양에 와서 공부를 시작했는데, 신부님께서 한 명을 더 뽑으시겠다고 해서 제가 내려온 겁니다. 만약 교우님께서 지금 결정하시기가 힘드시면 저와 함께 한양에 가셔서 신부님을 뵙고 직접 말씀을 들어보시는 것도 좋을 듯합니다."

김제준은 큰아들 재복이 신부가 될 수 있다, 만리타국으로 떠난다, 공부하는 데 10년이 걸린다 하는 말들이 믿기지 않아 어리둥절하기만 했다. 그러나 10년 후면 이 나라 사정이 어떻게 될지 모른다는 말과 서양에서 온 신부를 만나 자세한 이야기를 들을 수 있다는 말에는 귀가 번쩍 띄었다. 신부를 만나 자세한 이야기도 듣고, 세례성사도 받은 후에 결정해도 될 일이었다.

"알겠습니다, 교우님. 그럼 제가 언제쯤 한양에 올라가면 되겠습니까? 제 생각에는 누추하지만 교우님께서 오늘 여기서 재복이와 주무시면서 재복이의 마음을 알아보시는 게 어떨까 싶습니다. 물론 아비가 결정하면 따를 아이지만 그래도 너무 엄청난 일이라…."

"고맙습니다. 지금 신부님이 계신 곳은 도성 안이라 집 찾기가 수월치 않습니다. 제가 오늘 밤에 재복이와 이야기를 해보겠습니다. 그리고 교우님께서는 내일 아침 저와 함께 신부님을 뵈러 가시지요. 그러나 지난번 두 소년을 뽑을 때도 신부님께서 부모의 영혼 사정과 진짜로 아들을 천주님께 바칠 뜻이 있는지 먼저 살피셨습니다. 그런 연후에 소년을 불러 영혼 사정을 파악하고 결정하셨으니, 재복이는 다음에 데려가고 일단 저와 교우님만 가시지요."

"아, 그런 절차가 있었군요. 그런데 혹시 그동안 영혼 사정이 안 좋아서 허락을 받지 못한 경우도 있었는지요?"

"예, 교우님. 신부님께서 면담을 하신 후 돌려보낸 경우도 두 명이 있었습니다."

정하상의 말에 김제준은 나지막이 한숨을 내쉬었다. 그러자 정하상이 걱정하지 말라며 안심을 시켰다. 그날 밤, 김대건은 정하상의 느닷없는 말에 깜짝 놀랐다. 그러나 잠시 후 가슴이 벅차올랐다. 사람들의 영혼을 구원하는 사제가 되기 위해 신품 공부를 할 수 있다니 꿈만 같았던 것이다. 그러나 서양에서 오신 신부님이 아버지와 자신의 영혼 사정을 살펴보고 결정하신다는 말에 아침 일찍 일어나 마당에 나가 아침기도와 묵주기도를 오랫동안 바쳤다. 정하상은 동이 트는 새벽 들판에서 꼿꼿한 자세로 장궤를 하고 간절히 기도하는 김대건의 뒷모습을 보며 고개를 끄덕였다.

13

안드레아는 천주의 부르심을 받았다!

김제준은 정하상을 따라 후동의 사제관으로 들어섰다. 정하상은 그에게 잠시 마당에서 기다리라고 이르고는 안으로 들어갔다. 잠시 후 정하상이 들어오라는 방으로 김제준이 들어섰다. 난생처음 보는 서양인 신부가 서안書案(책을 펴 보거나 글씨를 쓰는 데 필요한 서실용 평좌식 책상) 앞에 앉아 있었다. 그의 뒤 흰 벽 위에는 예수가 십자가에 매달린 십자고상이, 오른쪽 벽에는 성모 마리아 족자가 걸려 있었다. 김제준은 모방 신부를 향해 십자성호를 그은 후 큰절을 했다. 그가 자리에 앉자 정하상이 그와 모방 신부 사이에 앉아 통역을 했다.

"교우는 언제부터 천주를 믿었소?"

"예, 신부님. 저희 집안에서 일찍이 천주교를 믿었기 때문에

저 역시 믿게 되었습니다. 그러나 신유년 박해 때 조부님이 붙잡혀 가시고 숙부님마저 경상도로 피난을 가신 후에는 마을 사람들 눈이 무서워 천주를 가까이하지 못했습니다. 그러다 정해년(1827년) 박해 때 더 이상 솔뫼에서 살기가 힘들어 한양 청파로 왔습니다. 그때 바오로 교우님을 만나 가끔 교리를 듣다가 지금 살고 있는 성애골 교우촌으로 가게 되었습니다. 지금은 매주 은이 공소에 나가 회장으로부터 교리도 듣고 함께 기도하면서 열심히 봉행하고 있습니다."

"집안에서 누가 순교를 했소?"

"예, 신부님. 저의 조부님은 신유년 박해 때 체포되시어 해미읍성 감옥에서 10년 옥살이를 하시다 돌아가셨고, 숙부님은 을해년 박해 때 경상도에서 체포되어 이듬해 대구 관덕당에서 참수형을 당하셨습니다. 외조부님도 신유년 박해 때 공주 감영에서 참수형을 당하셨습니다."

"천주를 위하여 많은 피를 흘린 집안이니, 내가 몇 가지만 묻고 세례성사를 주겠소."

김제준은 머리를 조아리며 물음을 기다렸다. 모방 신부는 정하상에게 요리문답 중에서 다섯 가지를 물어보라고 했다.

"사람이 무엇을 위하야 세상에 났나뇨?"

"사람이 천주를 알아 공경하고 자기 영혼을 구하기 위하야 세상에 났습니다."

"사람이 천주를 공경하고 자기 영혼을 구하려 하면 반드시 어떻게 할 것이뇨?"

"사람이 반드시 천주교를 믿고 봉행해야 합니다."

"천주교는 무엇이뇨?"

"천주교는 천주께서 친히 세우신 참 종교입니다."

"천주는 누구시뇨?"

"천주는 만선만덕을 갖추신 순전한 신이요 만물을 창조하신 이십니다."

네 번째 문답을 마친 정하상은 숨을 한번 들이쉰 후 요리문답 거의 마지막 부분에 있는 '신품조'의 문항을 물었다.

"자녀들에게 사제나 수도자 되기를 강권하거나 방해하는 부모는 무슨 죄가 있나뇨?"

김제준은 이 질문의 숨은 뜻을 알고 잠시 멈칫했다. 그러나 이내 공손한 목소리로 대답했다.

"자녀들에게 사제나 혹 수도자 되기를 강권하는 부모는 천주의 권리를 침해하는 중죄를 범하고 방해하는 부모도 또한 천주의 권리를 크게 거스르는 중죄를 범하나니라."

정하상이 모두 맞혔다고 하자 모방 신부는 만족스러운 미소를 지었다.

김제준은 정하상 그리고 성사를 도울 현석문, 조신철을 비롯한 회장 몇 명과 함께 미사를 집전하는 방에서 '이냐시오'라는 세례명으로 세례성사를 받았다. 김제준은 성사를 받으면서 영혼의 앞길이 활짝 열리는 느낌을 받았다. 이제부터 더욱 열심히 천주를 믿어야겠다고 마음을 다잡았다. 정하상과 현석문, 조신철 등이 덕담을 건넸다. 마부 출신인 조신철은 두껍고 투박한 손으로 김제준의 손을 잡으며 단도직입적으로 말했다.

"이냐시오 교우님, 바오로 회장에게 말씀은 많이 들었소. 이제 우리 천주교의 정식 신자가 되셨으니, 아들을 천주님께 바치겠다는 결심만 남았구려. 하하. 우리 바오로 회장은 어렸을 때부터 신품의 꿈을 갖고 이 나이가 되도록 결혼도 하지 않았건만 아직 기회를 잡지 못했다오. 그래서 바오로 회장은 신품 공부는 하고 싶다고 할 수 있는 게 아니고 천주님의 뜻이 있어야 하는 것 같다고 아쉬워하십니다. 그러면서도 아직 그 꿈을 버리지 못한 듯하오. 오늘 우리 신부님의 말씀을 잘 듣고 옳게 판단하시면 좋겠소이다. 나는 그동안 바오로 형제와 조선에 신부님을 들이기 위해 추운 겨울에 말고삐를 잡고 북경에 다녀온 게 아홉 차례요. 나 신부님 오실 때도 우리가 중국 땅에 들어가 우여곡절을 겪으며 모셔 왔소이다. 그래서 나는 조선인 신부가 조선 땅에서 조선말로 신자들을 권면하고 구령 사업을 할 날이 온다는 생각을 하면 꿈만 같다오. 자다가도 기분이 좋아져 벌떡 일어날 정도요."[5]

"예, 교우님. 무슨 말씀인지 잘 알겠습니다. 신부님께서 어떻

---

5 1839년 8월 13일 김제준이 공초 때 "제 아들을 보내기를 권한 사람은 나(모방), 조(신철) 등 여럿이었습니다"라고 진술한 기록에 근거했다. 한국교회사연구소 엮음, 《성 김대건 안드레아 신부의 체포와 순교》, 한국교회사연구소, 2021 개정판, 357쪽.

게 생각하시는지 말씀을 듣고 따를 생각입니다."

"이냐시오 교우님, 잘 생각하셨소. 이제 신부님께서 계신 방으로 가십시다."

김제준은 정하상, 조신철과 함께 집무실로 들어가 모방 신부 앞에 공손히 앉았다. 모방 신부가 그를 바라보며 말했다.

"천주님의 섭리로 세례성사를 받았으니, 이제 내 말을 들어보시오."

"예, 신부님."

"나는 로마부에 계신 교황 성하께서 '천하만국이 다 천주교를 믿는데 오직 조선과 일본이 믿지 않기 때문에 나가서 전교하라'는 명을 받고 중국으로 가다가 조선으로 왔소. 조선에는 오랫동안 사제가 없어 신자들의 영혼 사정이 매우 안타까웠기 때문이오. 그러나 우리 서양인 신부들이 조선 땅에 오는 건 쉬운 일이 아니었소. 우리는 눈도 쑥 들어갔고 코도 튀어나와 얼굴을 가리기 위해 상복을 입고 큰 방립과 조그만 천으로 얼굴을 가려야 했소. 그래서 조선에 오자마자 하루빨리 조선인 신부를 양성해야겠다고 생각하고 소년 두 명을 선발하여 신학교에 보낼 준비를 하고 있는 중이오. 그런데 내가 조선에 왔다는 사실이 알려지면 다시 군난이 일어나고, 그러면 앞으로 계속 소년들을 뽑아 신학교로 보낼 수 있을지 없을지 알 수 없소. 하여 바오로 회장에게 한 명을 더 추천해달라고 했소. 그랬더니 바오로 회장이 이냐시오 교우의 아들을 추천했소. 그래서 내가 바오로 회장에게 가서 영혼 사정을 알아보고 오라 했소."

모방 신부는 잠시 말을 멈춘 후 물을 한 잔 마셨다.

"바오로 회장이 오늘 나에게 말하기를 엊저녁에 교우의 아들에게 물어봤더니 신품 공부에 뜻이 있다는 대답을 듣고 왔다고 했소. 물론 내가 직접 소년의 영혼 사정을 파악한 후 결정하겠지만, 만약 신품 공부를 할 수 있을 거라고 결정이 되면, 지금부터 10년 동안 열심히 오직 천주님을 바라보며 어렵고 힘든 공부를 해야 하오. 그리고 무탈하게 공부를 마치고 신품성사를 받으면 나와 같은 신부가 되어 조선에 돌아올 수 있소. 그러나 아들이 10년 공부를 잘하려면 우리들이 매일 천주님의 특별한 안배를 기도할 뿐 아니라, 부모가 진실하고도 간절한 심정으로 천주님께 기도하는 것이 중요하오. 기도 없이 이루어지는 일은 없기 때문이오. 신품은 자신이 받고 싶다고 받고, 받기 싫다고 안 받는 것이 아니오. 오직 천주님만이 그것을 결정하실 수 있소. 이냐시오 교우여, 아들을 그대의 품에서 내려놓고 천주님께 바칠 마음이 있소?"

김제준은 모방 신부의 말을 들으며 자신도 모르게 가슴이 뜨거워지고 벌렁거렸다. 그는 천주의 뜻에 따르겠노라 결심하며 공손히 대답했다.

"예, 신부님. 제 아들 재복이를 천주님께 바치겠습니다. 그러나 부족한 게 많은 아들이오니, 부디 잘 인도해주셔서 10년 후에 신품성사를 받고 돌아와 조선 교우들의 영혼 구원 사업에 힘쓸 수 있게 해주십시오."

모방 신부는 흡족한 표정을 지으면서 김제준에게 고개를 숙이라 하고 손으로 십자성호를 그으며 그와 김대건 소년과 나머지 가족을 위해 강복해주었다.

강복이 끝나자 김제준은 집무실을 나왔다. 정하상은 잠시 더 집무실에 머물며 모방 신부와 김대건의 상경 일정을 의논했다. 며칠 후 모방 신부는 회장 몇 명과 충청도 지방으로 공소 방문을 할 예정이었다. 그래서 7월 초순경에 한양으로 돌아올 때 은이 공소에서 그곳 신자들에게 세례성사와 고해성사를 마친 후, 신학생 선발은 보안을 유지할 필요가 있어 은이 공소에서 멀지 않은 김제준의 집에 가서 김대건의 성소 식별을 한 후 함께 올라오기로 했다. 정하상은 김제준이 용인으로 내려가기 전에 "신부님께서 조선에 서양에서 오신 신부님이 계신다는 말이나 재복이 일은 다른 사람들이 알게 해서는 안 된다고 하셨소. 만약 이 일이 새어 나간다면 조선에 다시 박해가 일어나 신부님은 물론이고 수많은 교우가 고초를 겪게 될지도 모르오"라며, "자세한 일정은 나중에 기별할 터이니 가족들에게도 단단히 입단속을 시켜주시오" 하고 신신당부했다.

성애골로 돌아온 김제준은 아내와 대건, 대건의 누나, 동생을 모두 불렀다.

"내가 한양에 가서 서양에서 오신 신부님을 만나 뵙고 성사를 받고 왔다."

그의 말에 아내 장흥 고 씨는 부러운 눈초리로 남편을 바라봤다.

"그리고 신부님께서 재복이에게 신품 공부를 시켜 조선인 신부로 만들고 싶다고 하셔서 허락했다."

가족들이 모두 놀란 눈으로 김제준을 바라보았다.

"물론 아직 확정된 건 아니고 신부님께서 얼마 후 은이 공소에 오실 때 재복이의 영혼 사정을 파악하신 후 결정하시겠다고 하셨다. 그리고 조선에 서양에서 오신 신부님이 계신다는 말이나 재복이 일은 다른 사람들이 알게 해서는 안 된다고 하셨다. 만약 이 일이 새어 나간다면 조선에 다시 박해가 일어나 우리는 물론이고 수많은 교우가 고초를 겪게 될 터이니 각별히 조심해야 한다. 그리고 재복이는 신부님이 오실 때까지 열심히 기도하면서 마음의 준비를 하고 있거라."

"예, 아버님."

"그럼 공부는 한양에서 하는 겁니까?"

장흥 고 씨가 궁금한 눈빛으로 물었다.

"아니오. 조선 땅에서 수천수만 리 떨어진 양인 나라에 가서 10년을 공부해야 신품을 받는다면서, 가족들도 열심히 기도해야 한다고 하셨소."

장흥 고 씨와 대건의 누나가 깜짝 놀란 눈빛으로 김제준과 대건을 바라봤다. 너무나 엄청난 소리라 무슨 말을 어디서부터 어떻게 해야 할지를 모르겠다는 표정들이었다.

"물론 아직 확정된 건 아니지만, 만약 재복이가 영혼 사정 문답에 통과해 신부님과 함께 한양으로 간다면…."

김제준은 더 이상 말을 잇지 못하고 잠시 눈을 감았다. 그리고 다시 말문을 열었다.

"그때부터 재복이는 우리의 자식이 아니라 천주님의 자식이오…."

장흥 고 씨와 간난이의 눈에서 눈물이 떨어졌다. 신부가 되는 건 좋지만, 그 길은 치명의 길이 아니던가! 장흥 고 씨는 아들의 손을 잡으며 굵은 눈물을 하염없이 흘렸고, 간난이도 계속 눈물을 흘렸다. 그러나 대건은 목소리를 가다듬으며 어머니를 위로했다.

"제가 집에 없으면 아버지, 어머니께서 힘드시겠지요. 하지만 저는 사람들의 영혼을 구원하는 신품의 길이 값진 길이라고 생각합니다. 물론 저의 가난한 영혼 사정으로 천주님의 자식이 될 수 있을지, 아니면 계속 부모님의 자식으로 남게 될지는 아직 모릅니다. 그러니 오늘부터 저를 위해 열심히 기도해주십시오…."

김제준은 그런 대건의 모습이 안쓰럽기도 하고 대견하기도 했다. 하지만 분명한 건 이제부터 해야 할 일은 기도뿐이라며 마음을 다잡았다. 이때부터 김대건은 전심을 다해 기도를 바쳤다. 아침에 세수할 때는 은이 공소에서 현석문에게 배운 대로 먼저 십자성호를 그은 후 "천주님, 내 얼굴을 깨끗하게 하시니, 내 영혼도 이같이 깨끗하게 하소서"라고 기도했다. 옷을 입을 때도 "천주님, 내 육신을 이같이 호위하고 보존하여 주시니, 내 영혼도 이같이 호위 보전하소서"라고 기도했다. 저녁기도 때는 시작 기도인 '성신강림송'을 할 때 "임하소서 성신이여"를 여러 번 반복했다.[6]

7월 9일경, 충청도 공소를 방문하고 온 모방 신부와 정하상 등 회장 몇 명이 양지에 들어섰다. 모방 신부는 줄곧 상복을 입고 큰 방립과 포선으로 얼굴을 가리고 다녔다. 또한 공소를 방문할 때는 늦은 밤이나 동이 트지 않은 새벽에만 움직였다. 모방 신부와 회장단이 은이 공소에 도착하자, 신자들은 성호를 그으며 수십 년 만에 신부를 만나 성사를 받는 감격에 눈물을 글썽였다. 모방 신부는 먼저 세례성사를 거행했다. 정하상과 현석문이 먼저 요리문답 중 열 가지를 물어 여덟 가지 이상 맞히면 모방 신부에게 보냈다. 소년들에게는 요리문답 중 다섯 가지 그리고 주기도문과 성모경, 사도신경을 외우게 했다.

정하상은 요리문답과 기도문을 통과한 김대건을 모방 신부 앞으로 데려가 귀엣말로 이 소년이 예비 신학생이라고 소개했

---

6 옛 기도서인《천주성교공과》에 의하면, 박해 시기 신자들의 기도생활은 아침기도(조과)와 저녁기도(만과)가 중심이었다. 저녁기도는 '성신강림송'으로 시작했다. "임하소서 성신이여 엎디어 구하나니, 하늘에서 빛을 내리시어 내 마음에 충만케 하소서…." _ 조한건 신부

다. 모방 신부는 고개를 끄덕이며 김대건 소년에게 '안드레아'라는 세례명으로 세례성사를 거행했다. 안드레아는 예수의 열두 제자 중 한 사람이며 베드로의 동생이었다. 예수가 "나를 따르라. 너희가 사람을 낚는 어부가 되도록 하겠다"라고 말씀하자, 그물을 버리고 예수를 따랐던 사도다. '안드레아'는 그리스어에서 유래한 이름으로, '사내다움' 또는 '용기'를 뜻했다. 모방 신부는 그가 용기를 가지고 조선에서 사람들의 영혼을 구하라는 의미에서 그에게 '안드레아'라는 세례명으로 성사를 베풀었다. 이때 대부는 은이 공소에서 김대건 소년에게 교리를 가르친 현석문 회장이었다. 김대건은 엄숙한 마음으로 모방 신부에게 성사를 받았고, 정하상 회장은 그와 함께 온 김제준에게 집에 가서 모방 신부를 맞을 준비를 하라고 일렀다.

모방 신부가 회장들과 함께 김대건의 집에 온 건 몇 시간 후 늦은 밤이었다. 김제준은 상복을 입은 모방 신부와 회장들을 향해 십자성호를 그은 후 허리 숙여 인사를 한 다음, 안방으로 안내했다.[7] 먼저 방에 들어선 정하상은 모방 신부가 문에서 가까

7 김대건을 예비 신학생으로 선발한 장소가 은이 공소가 아니라 성애골 김제준의 집이었다는 사실은 1839년(헌종 5년) 8월 7일 김제준의 진술과 8월 13일의 재진술에 근거했다. 《일성록日省錄》 1939년 8월 7일 진술. "나가(모방 신부)가 전교차 남쪽으로 내려왔을 때 집에 들러 아들 재복을 제자로서 데리고 가고자 하여 부득이 허락하였습니다." 《추안급국안推案及鞫案》 1839년(헌종 5년) 8월 13일 자 재진술. "아들을 보낸 것은 나가(모방 신부)가 저의 집에 와서 제 아들을 몸소 보고는 제자로 삼겠다고 말하길래 제가 허락하였습니다." 《성 김대건 신부의 체포와 순교》, 2021 개정판, 351쪽과 357쪽.

운 자리에 앉게 했다. 만약의 사태에 먼저 빠져나갈 수 있도록 한 조처였다. 조신철은 밖에 나가 망을 봤다.

단정하게 앉아 있던 김대건은 자리에서 일어나 모방 신부와 정하상, 현석문을 향해 십자성호를 그었다. 정하상이 통역을 했다.

"신부님, 오늘 성사를 받은 김대건 안드레아입니다."

모방 신부는 희미한 불빛을 통해 김대건을 바라보았다.

"재복아, 나 신부님께 인사 여쭙거라."

김대건은 다시 한번 큰절을 했다.

"소인 김대건 안드레아, 나 신부님께 문안 인사드립니다."

"너의 아버지에게 이야기를 들었느냐?"

"예, 나 신부님."

"안드레아, 신품이 무엇인지 아느냐?"

"나 신부님, 신품권은 신품성사로써 받는 권으로 교회 예식을 거행하며 신자들의 영혼을 거룩게 하는 권이라고 배웠습니다."

김대건은 요리문답에서 외운 대로 대답했다.

"그래 맞게 말했다. 그러면 네가 정녕 10년 동안 신품 공부를 한 후 신품을 받으면 신자 구령 사업에 종사할 자신이 있느냐?"

"예, 나 신부님. 소인, 신품을 받으면 주교님의 감독하에 조선의 신자뿐 아니라 외교인들의 구령 사업에 전심을 다하겠습니다."

김대건은 변성기 목소리를 가다듬으며 대답했다. 당시 천주교 교리에서는 '천주를 알아 공경하고 영혼을 구하는 일' 즉 사주구령事主救靈이 요리문답의 첫 조목을 이룰 정도로 중요했다. 그래서 요리문답을 달달 외우던 김대건 역시 '영혼 구원[救靈]'이 매우 중요하다는 걸 알고 있었던 것이다.

"안드레아는 왜 구령 사업을 하려는가?"

"소인 어려서부터 조부님께서 세례성사와 종부성사를 받으신 후에 선종하고 싶다는 말씀을 하시었으나 조선에 신부님이 안 계셔서 성사를 받지 못하고 세상을 떠나셨습니다. 또한 숙부님 역시 성사를 못 받고 세상을 떠나셨습니다. 그런데 얼마 전 한양에 다녀오신 아버님의 말씀을 들은 후, 신품 공부를 할 기회가 생기고 신품을 받으면 성사 받지 못하는 신자와 외교인 들의 구령 사업에 온 힘을 다하겠다고 다짐했습니다."

그 순간 모방 신부의 눈이 커졌다. 김대건의 대답에서 사제가 될 자질을 지닌 신앙심을 확인한 것이다. 모방 신부는 자세를 가다듬고 엄숙한 목소리로 선언했다.

"안드레아는 천주의 부르심을 받았다!"

소년 김대건이 예비 신학생으로 선발되는 순간이었다. 모방 신부는 그를 향해 손으로 십자성호를 그으며 강복했다. 김대건은 모방 신부의 강복을 받으며 자신도 십자성호를 그은 후 다시 한번 큰절을 했다. 모방 신부는 현석문에게 은이 공소에서 교리를 잘 가르쳤다고 칭찬하며, 김대건에게 함께 떠날 준비를 하라면서 일어섰다.

문밖에 있던 어머니와 누나도 십자성호를 그은 후 눈물을 흘렸다. 김제준은 어둠 속 먼 산을 바라봤다. 이제 재복이는 더 이상 그의 자식이 아니라 천주의 자식이 되어 집을 떠난다는 사실이 실감 나지 않았다. 아니, 이렇게 빨리 헤어지게 될 줄은 몰랐다. 10년이 지나야 다시 만날 수 있다니…. 그러나 이 길은 천주의 선택이 아니던가. 정하상은 그런 김제준의 마음을 안다는 듯, 김대건이 떠나기 전에 연락할 테니 한양으로 올라오라고 했다. 김제준은 그의 손을 잡은 채 고개를 주억거렸다.

잠시 후 아버지, 어머니, 누나, 동생과 작별 인사를 한 김대건이 괴나리봇짐을 지고 방에서 나왔다. 조신철과 정하상이 앞장섰다. 김대건은 상복을 입고 큰 방립을 쓴 모방 신부와 함께 어둠을 뚫고 샘골[泉谷]을 향해 걸음을 옮겼다. 일행은 무너미 고개를 넘어 새벽이 되기 전에 용인의 교우 집에 도착해서 휴식을 취할 예정이었다. 어머니 장흥 고 씨는 어둠 속으로 사라지는 아들의 뒷모습을 오랫동안 바라보았다. 더 이상 아들의 모습이 보이지 않자 십자성호를 그은 후 무릎을 꿇고 오랫동안 눈물을 흘리며 기도했다.

14

어렵기만 한 라틴어

1836년(헌종 2년) 7월 11일, 모방 신부는 정하상, 현석문 등을 앞세우고 한양 후동의 사제관으로 돌아왔다. 모방 신부 일행이 들어서자 이제 제법 어른티가 나는 최양업과 최방제가 달려 나와 십자성호를 그은 후 문안 인사를 올렸다. 지난 2월과 3월에 각각 이곳에 도착하여 라틴어 공부를 하고 있던 두 예비 신학생은 일행의 맨 끝으로 시선이 집중되었다. 그곳에 또래로 보이기는 하지만 키가 뻘쭘하니 큰 처음 보는 소년이 서 있었던 것이다. 인사를 받은 모방 신부는 두 예비 신학생에게 미소를 지으며 물었다.

"그래, 그동안 내가 내준 숙제는 다 마쳤느냐?"

"예, 신부님."

두 예비 신학생은 낯선 소년에게서 시선을 옮기며 공손히 대답했다. 모방 신부는 연신 미소를 지으면서 그 낯선 소년을 앞으로 나오라 손짓을 하며 불렀다.

"이리 나오거라. 안드레아. 이제부터 너희와 함께 생활하며 공부할 김 안드레아다. 너희보다 늦게 공부를 시작하게 되었으니, 옆에서 잘 도와주기 바란다."

두 예비 신학생은 그제야 알겠다는 듯 경계를 풀고 밝은 얼굴로 대답했다.

"예, 신부님."

모방 신부는 최양업과 최방제에게 물러가서 하던 공부를 마저 하라고 이른 뒤 김대건을 자신의 집무실로 데려갔다. 모방 신부는 서안을 앞에 두고 등을 벽에 기대어 앉았다. 어려서부터 의자에 앉아 생활하던 그였기에 아직 방바닥에 앉는 게 익숙지 않았던 터였다. 그렇다고 후동 사제관과 집무실에 의자를 두기도 마땅치 않았다. 의자를 사용하면 높이가 높은 책상을 새로 만들어야 하고, 또 그러려면 그 앞에 앉을 사람의 의자도 있어야 할 터이니 일습을 마련하는 일 또한 만만찮았다. 게다가 그런 가구를 들인다고 하면 주변에서 어인 일인가 하여 의심을 살 수도 있으니 불편을 감수할 수밖에 없었다. 그래서 그가 고안한 대안이 서안을 앞에 두고 등을 벽에 기대고 앉아서 대화를 나누는 것이었다. 모방 신부는 서안 앞에 앉은 김대건에게 훈화를 했다.

"너는 영혼과 육신과 일평생을 세속에 바치지 아니하고 오직 천주께 바치기 위하여 예비 신학생이 되기로 결심해서 이곳으로 온 것이다. 맞느냐?"

"예, 맞습니다. 신부님."

"그러나 훗날에 신품을 받기 위해서는 예비 신학생 스스로가 신학생이 되기 위해 합당한 노력을 하고, 신학생이 되고서도 더 노력하고 수련하여야 한다. 그러니 이제부터는 세속의 태도와 행동을 다 버리고 오직 거룩한 덕과 거룩한 학업을 숭상하여야 할 것이다. 무엇보다 라틴어(당시 표현은 '나전어羅典語')를 열심히 익혀야만 한다. 미사를 집전하고 기도를 드리는 데 필요한 라틴어를 제대로 하지 못하면 절대로 신품을 받을 수가 없다. 아까 본 토마스와 프란치스코는 그동안 열심히 공부해서 이제는 조금이지만 라틴어를 읽을 수 있게 되었다. 너는 두 예비 신학생보다 넉 달이나 늦게 배우게 되었으니 더욱 공부에 매진해야 할 것이다. 또한 매일 아침 일어나 기도와 미사를 드리면서 하루를 거룩하게 시작하게 되니, 세속에 있을 때보다 마음가짐을 더욱 바르게 가져야 한다. 알겠느냐?"

"예, 신부님. 소인, 신부님의 말씀을 명심 또 명심하겠습니다."

"그럼 되었다. 이제 토마스와 프란치스코가 있는 방으로 가보거라. 그들과 한방에서 생활하면서 함께 공부하며 지내도록 하거라."

훈화를 마친 모방 신부는 정하상에게 김대건을 예비 신학생이 거처하는 방으로 안내해주도록 했다. 모방 신부에게 십자성호를 긋고 큰절을 한 뒤 방을 나선 김대건은 정하상의 뒤를 따랐다.

"안드레아, 네가 이렇게 의젓하게 자라서 예비 신학생으로 뽑히게 되니 참으로 흡족하구나. 네 할아버지께서 이런 너의 모습을 보셨으면 크게 기뻐하셨을 텐데…. 이 모습을 미처 보지 못하고 돌아가셨으니 안타깝기 이를 데가 없구나. 그러나 네가 성심껏 공부해서 신품을 받는 날에는 하늘나라에 계신 할아버지께서 누구보다 기뻐하실 터이니, 열심히 공부해야 할 것이다. 아까 신부님 말씀대로 너는 아까 보았던 두 예비 신학생보다 몇 달 늦게 공부를 시작하는 것이니 더욱 열심히 해야 한다."

"예, 어르신. 소인, 있는 힘을 다해 공부하면서 아침저녁으로 천주님과 성모님께 부족함을 채워주십사 기도를 올리겠습니다."

"그래, 그러려무나. 나는 이곳에서 신부님과 함께 살고 있단다. 허니 앞으로 자주 볼 것이다. 언제든 모르는 것이나 필요한 것이 있으면 먼저 온 예비 신학생들이나 나에게 물으면서 편히 지내거라."

"예, 어르신. 고맙습니다."

이야기를 나누는 사이 예비 신학생들의 거처인 사랑채에 다다랐다. 정하상은 사랑채 앞에서 두어 번 헛기침을 하고 문이 열리기를 기다렸다. 최양업이 문을 열고 인사를 하자 정하상은 두 예비 신학생에게 김대건을 소개했다.

"앞서 모방 신부님께서 말씀하신 대로 오늘부터 여기서 함께 지낼 김 안드레아라네. 인사들 하시게. 용인에서 막 올라와서 모든 게 낯설 터이니 자네들이 안드레아에게 잘 안내해주기 바라네. 안드레아도 모르는 게 있으면 망설이지 말고 이 두 형제에게 물어보시게. 그럼 잘 가르쳐줄 것이네. 그럼 인사들 나누시게. 나는 이만…."

멋쩍어하는 김대건과 눈짓으로 인사를 나누고 정하상이 물러갔다.

정하상의 발소리가 멀어져가자 최방제와 최양업은 호기심 어린 눈빛을 하고서 반갑게 인사를 건넸다. "어서 오시오, 반갑소."

김대건이 괴나리봇짐을 벗지도 못하고 인사를 받았다.

"용인에서 올라온 김 안드레아라고 합니다. 앞으로 잘 부탁드립니다."

그가 인사를 하자 최방제가 다시 한번 반갑게 그를 맞으며 자신들을 소개했다.

"자, 그리 불편해하지 말고 그 짐부터 내려놓으시오. 나는 최 프란치스코라 하오. 경진년庚辰年(1820년)생이오. 이쪽은 최 토마스, 신사년辛巳年(1821년)생이라오. 나이는 내가 한 살 더 먹었지만 동무로 지내고 있다오. 안드레아는 나이가 어떻게 되오?"

최방제가 반겨주자 김대건은 그제야 괴나리봇짐을 벗어 내려놓으며 대답을 했다.

"저도 토마스 형제와 같은 신사년생입니다."

"오, 마침 잘되었소. 모두 비슷한 연배이니 이제 서로 말도 편히 하면서 동무처럼 지냅시다. 안 그런가 토마스!"

최양업 역시 반기는 표정으로 동의를 구하자 김대건이 쑥스러운 표정을 지으며 고개를 끄덕였다. 이번엔 최양업이 물었다.

"안드레아, 그런데 용인에서 왔다 했지? 용인 어디서 왔어?"

"샘골 옆 한덕동에서 살다가 왔어."

"한덕동이라…. 그러면 혹시 성이 최가이고 영달 영榮 자에 겸손할 겸謙 자를 쓰시는 분을 아는가?"

김대건은 잠시 기억을 더듬다가 되물었다.

"혹시 내포에서 오신 분인가?"

"맞아. 충청도 홍주 다리골(다락골)에 사시다 그리로 가셨다 들었어."

"그럼 맞는가 보다. 그분은 한덕동 광파리골에 사시고 우리는 5리(2km) 떨어진 한덕동 성애골에서 살았어. 사는 곳은 떨어져 있어도 같은 공소에 다녀서, 공소에서 뵐 때마다 그냥 인사만 드렸어. 아버님과는 교분이 있으셨는데…, 혹 친척분이셔?"

"안드레아, 그 어르신이 바로 나의 큰아버님이셔. 그동안 소식이 궁금했는데, 여기서 이렇게 안드레아를 통해 소식을 듣다니 반갑네. 그런데 큰아버님께서는 잘 지내시나?"

"광파리골에서 화전 농사를 지으시는데, 산골 살림이라 모두 다 힘들지만 열심히 주일첨례 하면서 지내셔."

"오늘 동갑 동무를 만나 큰아버님 소식까지 들었고, 앞으로 공부도 함께하게 되었으니, 천주님의 특별한 안배이신 걸 알겠네. 오늘 저녁에 감사의 기도를 바쳐야겠다. 하하."

동무들이 반가이 맞아주니 바싹 긴장했던 김대건도 조금 마음이 놓이면서 호기심이 동했다. 이번에는 김대건이 물었다.

"그런데, 동무들. 이곳에서는 무슨 공부를 하고 있나? 무슨 공부를 하길래 신부님께서 동무들을 보자마자 숙제했느냐부터 물으셨어?"

김대건의 물음에 최방제가 답을 했다.

"아, 지금 우리는 나 신부님께 라틴어를 배우고 있어. 처음에는 발음하는 걸 배우고, 그다음에는 문법이라는 걸 배우게 되지. 한자나 언문하고는 발음도 생김도 완전히 달라 우리도 겨우겨우 쫓아가고 있어. 내가 여기에 온 뒤로 배우기 시작해서 이제 넉 달이 되어가는데도 아직 멀었다네."

최방제가 말을 마치자 최양업이 덧붙였다.

"나 신부님께서 숙제를 내주신 건, 기도문을 라틴어로 외우는 거야. 이제 겨우 간단한 기도문을 외우는 중이야. 그냥 열심히 외우는 수밖에 없지."

김대건이 다시 긴장한 표정을 짓자 최방제가 빙그레 웃으면서 말했다.

"안드레아, 너무 무서워할 필요는 없어. 무조건 외우면 돼. 우리가 처음 배운 라틴어를 들려줄까?"

"응."

"베네디카무스 도미노Benedicamus Domino. 아침에 먼저 일어나는 사람이 하루를 시작하면서 하는 말이야. '천주님을 찬미할지어다'라는 뜻이지. 그러면 그다음에 일어나는 사람이 '데오 그라시아스'라고 하는데 '천주님께 감사하나이다'라는 뜻이야. 한번 따라 해봐, 베네디카무스 도미노."

"베… 베네…."

김대건은 발음이 쉽지 않아 몇 번을 입안에서 되뇐 후 겨우 말했다.

"베네디카무스 도미노."

"데오 그라시아스."

"데오 그라시아스."

"잘 따라 하네. 어렵지 않지? 그리고 '데오 그라시아스'를 답한 다음에는 장궤를 하고 아침기도를 바치지. 아까도 말했지만 우리도 짧은 기도문만 겨우 외웠을 뿐이야. 긴 기도문은 아직 다 못 외워서 그냥 우리말로 해. 안드레아, 그러니까 처음에는 무조건 외워야 해. 혹시 이곳에 오기 전에 《천자문》이나 《동몽선습》을 떼었나?"

"응, 서당에서 《동몽선습》까지 배우다가 한덕동으로 갔어."

"왜 묻는가 하면 우리가 《천자문》과 《동몽선습》을 공부할 때 처음에는 무조건 외우다가 뜻을 깨치는 것과 비슷하기 때문이야."

나이가 한 살 많은 최방제는 라틴어 시범도 보이고, 공부하는 데 겁을 먹은 김대건을 차분히 격려해주었다. 공교롭게도 세 명의 예비 신학생은 모두 몰락한 양반가 출신이었다. 그래서 모두 간단한 한문은 쓰고 읽을 줄 알았으며, 그 공부하는 방법에도 공감대가 있었던 터였다.

"그런데, 안드레아네 집안은 언제부터 천주교를 믿었어?"

이번에는 최양업이 물었다. 아직 나이도 소년들이고 함께 같은 길을 간다는 생각에서였을까, 서로에 대해 궁금한 걸 묻느라 정신이 없었다.

"우리 집안은 증조부님 때부터 천주교를 믿었는데, 신유년의 군난으로 증조부님이 해미 관아에서 10년 동안 옥살이를 하시다가 돌아가셨어. 그리고 종조부께서는 신유년의 군난을 피해 경상도로 가셨다가 을해년(1815년)의 군난 때 체포되시어 이듬해 대구에서 치명하셨어. 그리고 진외조부께서도 신유년 군난 때 치명하셨는데…, 한양과 내포에서 전교 활동을 열심히 하셔서 지금도 교중 사이에서는 '내포의 사도'라고 불리시는 분이야. 그 외 다른 친척들도 여러 분 치명을 하셨지. 그래서 할아버지께서 고향 솔뫼에서 더 이상 수계 생활을 하기가 힘들다 하시며 한양 청파로 옮겨 갔다가 정 바오로 어르신의 안내로 용인의 한덕동으로 가서 지금까지 지내게 된 거야."

김대건의 말에 최방제가 깜짝 놀라며 부러운 어조로 말했다.

"집안에 치명자가 그리 많으면 안드레아에게는 천주님의 특별한 안배가 없을 수 없겠구나. 정말 부럽다, 안드레아."

김대건이 쑥스러운 듯 미소를 짓는 중에 질문을 했던 최양업이 눈을 동그랗게 뜨고 재우쳐 물었다.

"안드레아, '내포의 사도'라면 이존창 어르신을 두고 하는 말이야? 그분이 진외조부란 말이야?"

"응. 할머니가 그분의 따님이신데, 일찍 돌아가셨어. 그런데 왜?"

"아니, 이런 인연이 있나! 우리 어머니가 이존창 어른 사촌누이의 조카딸이셔!"[8]

최양업의 말에 김대건도 깜짝 놀라며 되물었다.

"그럼 우리가 외가 쪽으로 친척이란 말인가? 그럼 우리 관계가 어떻게 되는 거지?"

"그러게…, 외가 쪽으로 이렇게 되면…."

최양업이 손가락을 꼽으며 촌수를 헤아리는 척하면서도 확실히 모르겠다는 듯 고개를 갸웃거리자 최방제가 나섰다.

"이럴 때는 한 살이라도 더 먹은 형님인 내가 나서서 알려줘야겠구나. 하하. 먼저 할머니의 친정은 '진외가陳外家(아버지의 외가)'라 하고, 안드레아의 할머니와 토마스의 어머니가 모두 이존창

---

8 "이존창의 딸 이 멜라니아는 김대건 안드레아 신부님의 조모이고, 저의 모친 이 마리아는 이존창의 사촌누이 멜라니아의 조카딸입니다." 최양업 신부의 여덟 번째 편지(1851년 10월 15일), 《최양업 신부의 편지 모음 - 너는 주추 놓고 나는 세우고》, 정진석 추기경 옮김, 바오로딸, 2021, 156쪽.

어르신의 가족이니 정확히는 모르겠지만 토마스는 안드레아의 진외가 쪽 먼 친척인 셈이네. 앞으로 친척끼리 잘 지내야 할 거야. 하하.”

최방제의 설명에 김대건과 최양업은 다시 한번 반갑다며 환한 표정을 지으며 웃었다. 이때부터 세 명의 예비 신학생은 동무이자 신앙의 동료가 되어 서로를 격려하며 사제의 길을 향해 뚜벅뚜벅 걸어갔다.

김대건을 비롯한 세 명의 예비 신학생은 한양 후동의 사제관을 임시 신학교로 삼아 함께 예비 신학생 수련을 시작했다. 이곳에서 지내는 동안 모방 신부에게 기본적인 라틴어를 배울 뿐 아니라 사제의 삶에 대해 많은 걸 보고 느꼈다. 모방 신부는 가끔 세 명의 예비 신학생에게 자신이 왜 신부가 되었는지와 프랑스에서의 사제 생활에 대해 들려주곤 했다. 김대건과 그 동무들은 모방 신부가 태어나 자란 프랑스라는 나라가 유럽이라는 지역에 있다는 사실을 알게 되었다. 그곳은 모두가 천주님을 믿으며, 천주님의 법대로 살아서 문명화되었으며, 조선이 대국으로 섬기는 중국보다도 훨씬 부유하고 풍요로운 나라라는 사실도 알게 되었다. 그런 풍요한 환경과 사랑하는 가족을 뒤로하고 자신의 조국에서는 가늠조차 할 수 없이 멀고 먼 조선에 와서 죽음을 무릅쓰고 영혼을 구하려는 모방 신부의 깊은 신앙심에 절로 고개가 숙여졌다.

한편 모방 신부는 이 세 명의 예비 신학생이 공부할 신학교가 어디인지 정확히 알지 못했다. 그래서 그는 마카오에 있는 파리외방전교회 극동대표부와 연락을 취하고 있었다. 그러나 마카오와의 연락은 좀처럼 쉽지 않았다. 중국으로 떠나는 동지사 사행단이 있을 때 따라가거나, 그 길이 아니라면 밀사가 위험을 무릅쓰고 변문까지 가서 마카오로 서신을 전달하는 방법밖에 없었기 때문이다. 그렇게 하더라도 답장을 받으려면 2~3년이 족히 걸렸다. 고심을 하던 모방 신부는 예비 신학생들을 마카오의 파리외방전교회 극동대표부로 보내기로 결정했다. 당시 서만자에는 조선 입국을 위해 기다리던 샤스탕 신부가 있었기 때문이다. 조선인 예비 신학생들을 교우들과 함께 변문으로 가게 하면, 샤스탕 신부가 예비 신학생들이 마카오까지 갈 수 있도록 조치를 해주리라는 생각이었다.

김대건이 사제관에 온 지 두 달이 지난 9월경, 모방 신부에게는 또 하나의 고민이 생겼다. 김대건이 넉 달 먼저 공부를 시작한 두 명의 예비 신학생과 라틴어 실력 격차를 좁히지 못하고 있어서였다. 어려서부터 알파벳을 익히는 유럽에서라면 자신이 열심히 하기만 하면 넉 달의 격차는 쉽게 좁혀지거나 따라갈 수 있었겠지만, 서양 문자를 처음 접하는 조선 소년에게 그걸 기대하는 건 무리라는 현실에 맞닥뜨린 것이다. 사정이 그렇다면 마카오에 가서도 같은 문제가 발목을 잡을지도 몰랐다. 모방 신부의 고민은 세 명을 함께 보낼 것인가 아니면 김대건은 남겨두고 2차 예비 신학생 한두 명을 더 선발해 내년에 보낼 것인가로 좁혀졌다. 그때 회장들이 그에게 불길한 소식을 전했다. 내용인즉 조정의 일부 대신들이 조선에 외국인 선교사가 들어와 있음을 알기 시작했다는 것이었다. 아직은 천주교에 관대한 안동 김씨 쪽에서만 알아서 덮고 있지만, 만약 강경파인 풍양 조씨 측 대신들이 이 사실을 알게 된다면 자칫 조선에 대규모의 박해가 다시 일어날 수도 있다는 걱정이었다.[9]

모방 신부는 그 정보가 신뢰할 만하다는 사실을 알고 있었다. 그 순간 모방 신부는 전에 생각했던 것처럼 만약 박해가 시작된다면 앞으로 예비 신학생을 선발하여 마카오를 비롯한 국외로 보낼 기회가 당분간은 없을지도 모른다고 생각하며 김대건도 12월에 함께 보내기로 결정했다. 모방 신부의 이런 우려는 1839년 풍양 조씨 일가가 실권을 잡으면서 기해박해로 이어지며 현실이 되었다. 그리고 조선에서는 오랫동안 신학생을 선발하지 못했다.

---

9 모방 신부가 1836년 12월 3일 마카오 극동대표부 르그레즈아 신부에게 보낸 편지 중에서. 《성 김대건 안드레아 신부의 활동과 업적》, 2021 개정판, 61쪽.

15

마카오를 향하여

11월 말이 되자 모방 신부는 세 명의 예비 신학생 가족을 후동의 사제관으로 불렀다. 해가 바뀌기 전에 이곳을 떠날 신학생들이 가족과 마지막이 될 수도 있는 상봉 자리를 마련하기 위해서였다. 김대건의 아버지 김제준 역시 용인에서 올라와 천주님께 바친 큰아들을 만날 수 있었다. 김대건은 아버지가 계신 방으로 들어가 십자성호를 그은 뒤 큰절을 올렸다. 혹시나 어머니도 함께 오셨으려나 싶어 둘러보았으나 어머니의 자리는 비어 있었다. 사제관에 여인들이 발을 들이지 못하게 하는 모방 신부의 규칙 때문에 오지 못했다는 소식을 뒤에 들었다.

"안드레아, 몇 달 사이에 키가 더 컸구나. 신부님 말씀이 이제 떠나면 10년 공부를 마친 뒤에야 신품을 받고 돌아온다고 하시더구나. 어린 네가 말도 설고 물도 선 만리타국에 가서 지낼 생각을 하면 아비의 마음이 천근만근이다. 그러나 이제부터 너는 천주의 자식이니 집안 걱정일랑 말고 공부에만 매진하여 꼭 신품을 받고 돌아오길 바란다. 그래야 조선에서 성사를 받지 못하는 영혼들을 구원할 수 있지 않겠느냐. 천주님과 성모님께 내 열심히 기도하마. 네 어머니도 아무 걱정 말고 열심히 공부하라는 말을 꼭 전해달라고 하였으니 명심하고 또 명심하거라."

아버지는 더 이상 말을 잇지 못했다.

"예, 아버님. 소자 열심히 신품 공부를 하면서 아버님과 어머님을 위해서 늘 기도하겠습니다. 가는 길이 험하고 돌아올 날이 언제인지 모르겠지만, 천주님과 성모님께 의지하며 열심히 공부하겠습니다."

"네가 이렇게 말해주니, 내 마음이 든든하구나. 집에 돌아가서 네 어머니께도 잘 전하마. 안드레아, 부디 몸조심하거라."

"예, 아버님."

김대건은 일어나 십자성호를 그은 후 다시 한번 작별의 큰절을 올렸다. 아버지 김제준은 벌게진 눈으로 절을 받은 후 일어나 아들의 손을 굳게 잡았다. 그리고 다시 만날 날을 기약하며 아쉬운 발걸음을 돌려야 했다.

출발 전날인 12월 2일, 모방 신부는 세 명의 예비 신학생을 집무실로 불렀다. 예비 신학생들의 목적지인 파리외방전교회 마카오 극동대표부의 조선 신학교 교장(당시 미정) 신부에게 보낼 예비 신학생 서약서를 받기 위해서였다.

"그동안 라틴어 공부를 하느라고 모두 고생이 많았다. 떠나기 전에, 지금부터 내가 묻는 말에 예수 그리스도의 십자가 앞에서《성경》에 손을 얹고 양심에 따라 대답해야 한다. 만약 대답을 하기 싫으면 안 해도 된다. 그러면 다시 집으로 돌아갈 수 있다. 알겠느냐?"

"예, 신부님."

"자, 그럼…."

이때부터 모방 신부는 선서할 내용을 물었고, 세 학생은 성서 위에 손을 얹고 십자가를 바라보며 신중하게 대답했다.

"성부와 성자와 성령의 이름으로 비나이다. 나와 조선 포교지의 후계자들에게 순명과 복종을 약속합니까?"

"예, 약속합니다."

"나와 조선 포교지의 후계자들인 장상長上들에게, 장상에게 신청하여 허락을 받지 않고서는 다른 수도회에 들어가지 않을 것을, 또는 장상이 지적한 장소 외에 다른 장소로 가지 않을 것을 약속합니까?"[10]

"예, 약속합니다."

---

10 '장상'은 교구 혹은 수도회의 최고 지위자를 뜻한다. 당시 모방 신부는 조선대목구장인 브뤼기에르 주교의 권한을 위임받았기 때문에 조선대목구의 장상 위치에 있었다.

신학생 서약서 라틴어 원본

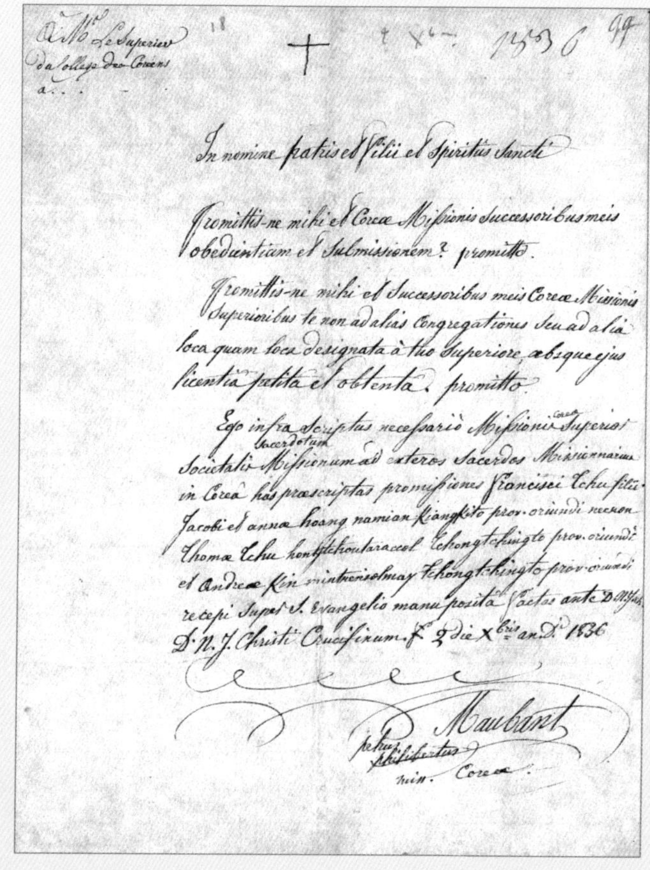

A Mr Le Superieur du College des Coreens a...

18 ✝ 1836 94

In nomine Patris et Filii et Spiritus Sancti

Promittis-ne mihi et Coreae Missionis Successoribus meis obedientiam et submissionem? promitto.

Promittis-ne mihi et Successoribus meis Coreae Missionis Superioribus te non ad alias Congregationes seu ad alia loca quam loca designata à tuo Superiore, absque ejus licentia petita et obtenta. promitto.

Ego infra scriptus necessariò Missionis Coreae Superior Societatis Missionum ad exteros Sacerdotum Sacerdos Missionnarius in Coreâ has praescriptas promissiones Francisci Tchu filii Jacobi et annae hoang namian kiangkito prov. oriundi necnon Thomae Tchu hontjtchoutaracol Tchongtchingto prov. oriundi et Andreae Kin mintricolmay Tchongtchingto prov. oriundi recepi super S. Evangelio manu positâ factas ante D.N.J. Christi Crucifixum. F 2 die Xbris an. D. 1836

Maubant
Petrus Philibertus
miss. Coreae.

◆ 최방제 프란치스코, 최양업 토마스, 김대건 안드레아, 조선인 예비 신학생 세 사람의 서약 내용을 적고 모방 신부가 서명했다.

두 번의 질문과 답변을 마치자, 모방 신부는 신학생 서약서 아래에 자신의 이름을 쓰고 서명했다. 이때부터 세 명의 예비 신학생은 정식 신학생이 되었다. 서약서의 아랫부분은 모방 신부가 직접 서약을 받았음을 확인한다는 내용이다.

> 파리외방전교회원 조선의 선교사이자 조선 포교지의 장상인 모방은 경기도 남양 출신의 최 야고보와 황 안나의 아들 최(방제) 프란치스코, 충청도 다리골 출신의 최(양업) 토마스, 충청도 면천 솔뫼 출신의 김(대건) 안드레아로부터 규정의 이 서약을 1836년 12월 2일 《성경》에 손을 얹고 예수 그리스도의 십자가 앞에서 받았습니다.[11]
>
> 모방, 조선 선교사

이날 모방 신부는 파리외방전교회 마카오 극동대표부의 르그레즈아Legrégeois(1801~1866) 신부에게 세 명의 신학생을 부탁하며 다음과 같은 편지를 썼다.

> … 이 소년들은 온순합니다. 마음에 드시길 바랍니다. 그들은 열심과 순명으로 공부에 전념하겠다고 약속하였습니다. … 조선 신학교의 설립을 위해 제일 좋은 장소로 조선

11 《성 김대건 안드레아 신부의 활동과 업적》, 2021 개정판, 65~67쪽.

소년들을 보내주시고, 다음 편지에서 그 장소를 알려주십시오. 그리고 (신학교) 교장 신부에게 적어도 1년에 한 번 우리에게 편지를 보내주도록 해주십시오. … 그들(신학생과 안내자)에게 변문까지 가는 여비밖에 주지 못했습니다. 주머니 사정이 여의치 않았습니다.[12]

이 편지를 들고 세 명의 예비 신학생을 변문까지 데려갈 사람은 정하상, 조신철, 이광렬李光烈(1795~1839), 김 프란치스코 등을 포함하여 8~9명이었다. 이들은 예비 신학생을 변문까지 데려다주고 거기서 샤스탕 신부를 만나 함께 귀국할 계획이었다. 이 일행에는 중국으로 돌아가는 여항덕 신부도 포함되어 있었다.

그날 저녁, 다음 날 먼 길을 떠난다는 소식을 듣고 조선인 교우들이 인사차 찾아왔다. 그때 한 신자가 모두를 불안하게 하는 이야기를 전하면서 출발을 내년으로 미루는 게 어떻겠냐고 했다.

"관원들이 여러 반역자를 찾고 있다고 하오. 그들이 행인들을 붙잡고 심문한다고도 하고, 사람들의 소지품을 샅샅이 검사한다고도 합니다. 말의 안장까지 뒤져본다는 이야기가 있습니다."

이 소식에 모두들 우왕좌왕할 때 모방 신부는 교우들을 진정

12 《성 김대건 안드레아 신부의 활동과 업적》, 2021 개정판, 61쪽.

시키는 한편 방에 들어가 기도를 올렸다. 그 신자의 말대로 이들의 출국을 다음 해로 미룬다는 것은 신학생들의 교육과 샤스탕 신부의 입국이 어쩔 수 없이 1년 미뤄진다는 뜻이었다. 모방 신부는 무릎을 꿇고 십자가상 앞에서 간절하게 기도했다. 그렇게 한참 동안 기도하던 모방 신부가 마침내 방에서 나와 기다리던 신자들에게 말했다.

"만약 이번 계획이 실패로 돌아가면 조선대목구가 엄청난 피해를 입을 것이므로 천주께서 그런 일을 허락하지 않으실 것이라고 믿소. 그리고 나는 여러분들을 보호해주십사 하는 지향으로 전능하신 천주님께 청하는 미사를 매일 드릴 테니, 여러분은 천주님의 안배를 믿고 안심하고 떠나주시오."

모방 신부의 확신에 찬 어조에 불안해하던 신자들도 한 명, 두 명 마음을 진정시켰다. 결국 모두들 내일 아침 예정대로 출발하겠다는 다짐을 했다.[13]

드디어 12월 3일, 김대건과 최양업, 최방제 세 명의 신학생은 모방 신부의 강복 속에 변문을 향한 길을 떠났다. 그때의 인사가 모방 신부와의 마지막 인사였다. 그것이 당시 조선에 온 선교사의 운명이었다. 그리고 신학생들의 길도 마찬가지였다. 신품을 받고 조국에 돌아와도 언제 순교의 칼날을 받을지 모르

---

13 모방 신부가 고향 바시Vassy 본당의 모파Maupas 신부에게 보내는 편지 중에서. 《상교우서》(통권 62호, 2019년 봄), 수원교회사연구소, 13쪽.

는 운명이라는 걸 알면서 떠나는 길이었다. 김대건을 비롯한 신학생들의 가슴속은 신품을 받고 조선으로 돌아와 동포들의 영혼 구원에 온몸을 바치겠다는 사명감으로 가득했다. 황해도와 평안도의 얼굴을 때리는 매서운 겨울바람도 그들의 뜨거운 마음을 식힐 수 없었다.

5

신학생의 길

16

6개월 동안 9천 리를 걷다

세상 모든 것을 꽁꽁 얼릴 듯한 1837년 1월 초, 김대건과 최양업 그리고 최방제 세 명의 신학생은 변문에 이르렀다. 그곳에서 샤스탕 신부가 연결해준 두 명의 서만자 출신 안내인 마리아노와 천 요아킴을 소개받았다. 이 두 중국인의 안내에 따라 조선 신학생들은 옷가게에서 중국식 복장으로 갈아입었다. 그런 다음 매서운 바람이 부는 요동 땅을 걷기 시작했다. 중국말을 할 줄 모르는 이들은 묻고 싶은 일이 있을 때마다 최방제가 한자로 필담을 나누었다. 김대건은 그제야 태어난 땅 조선을 떠나 자신이 중국 땅에 왔다는 실감이 났다. 필담을 나눈 최방제는 먼저 변문에서 심양까지 가는 것이 첫 번째 여정이라고 했다. 그러나 심양이 어디쯤에 있는지 모르는 조선 신학생들은 두 안내인에게 모든 걸 맡겨야 했다.

심양으로 가는 길은 산지와 구릉이 이어지는 험준한 지형이었다. 이제 열여섯 살이 된 신학생들은 이제껏 경험해보지 못한 추위를 견디며 산자락을 넘었다. 그 험난한 여정에서도 김대건은 자신의 눈앞에 펼쳐지는 새로운 산천의 모습에 어리둥절하면서 호기심이 발동하곤 했다. 특히 국경을 넘어서고부터는 자신이 자랐던 성애골 교우촌의 산골과는 달리 탁 트인 이곳에서 시원함마저 느껴지고, 오랫동안 잠들어 있던 호기심이 왕성해지는 듯했다.

실은 그는 어려서부터 호기심이 많았고, 그래서 그의 손목 근처에는 어린 시절 동네 개에게 물려서 생긴 깊은 흉터가 있을 정도였다. 이런 성격은 성애골에 몸을 숨긴 채 살아가는 상황에서는 자주 드러나지 않았다. 그런 까닭에 겉으로 볼 때 그는 아침저녁으로 빠짐없이 기도하면서 교리 공부에 열심을 보이는 소년으로 비쳐왔다. 게다가 잔병치레가 많았던 터라 더욱 순종적으로 보였을 것이다. 하지만 중국 땅에 들어오자 다시 호기심이 발동해 계속 주변을 구경하면서 걷느라 뒤처질 때가 많았다.

첫 여정의 목적지인 심양에 도착하자 조선 신학생들은 허름한 여관에 짐을 풀었다. 여기서 며칠을 쉬면서 신발을 새로 장만하기도 했다. 다음 목적지인 산해관으로 가려면 요하遼河 하류를 지나야 하기 때문이었다. 안내인들은 최방제와 필담을 나누며 '이 길은 차라리 겨울이 훨씬 지나기 좋다'면서 길을 재촉했다. 사실 봄이면 거센 황사가 불고, 여름이면 요하 하류가 범람해 걸어서 가는 길이 여간 힘든 게 아니었다. 안내인들은 가능한 한 빨리 조선 신학생들을 마카오에 데려다주려고 했다. 이 일을 마치고 다시 서만자로 돌아가 조선 입국을 위해 그곳에서 기다리고 있는 앵베르 주교와 함께 변문으로 가서 조선에서 오는 밀사들을 연결해주어야 하기 때문이었다.

서둘러 산해관을 지난 이들은 곧장 북경을 향해 길을 나섰다. 그나마 산해관에서 북경으로 가는 길은 지금까지에 비해서 편한 편이었다.

북경에서 다리품을 쉰 이들은 최종 목적지 마카오를 향해 다시 길을 떠났다. 당시 북경에서 마카오를 가는 최적의 경로는 물길을 이용하는 것이었다. 즉 북경에서 육로로 상해까지 가서 그곳에서 배를 타고 복주福州를 거쳐 마카오로 가는 길이 가장 수월했다. 하지만 내륙 지역인 서만자 출신의 안내인들은 물길을 두려워했다. 이번 안내를 맡긴 샤스탕 신부에게 외국인인 조선인 신학생 세 명의 위험한 안내를 맡는 조건으로 내건 것이 절대 배를 이용하지 않는다는 약속일 정도였다. 그런 까닭에 조선 신학생들은 육로로 걸어갈 수밖에 없었다. 북경에서 마카오까지는 대략 1만 리(4,000km), 산을 넘고 강을 건너면서 하루 25킬로미터씩 걸어도 5개월이 걸리는 거리였다.

마카오는 중국 광동성 중산현 남단의 반도로, 본래 지명은 '오문澳門'이다. 1537년부터 마카오에 진출한 포르투갈은 이 일

마카오까지의 추정 경로

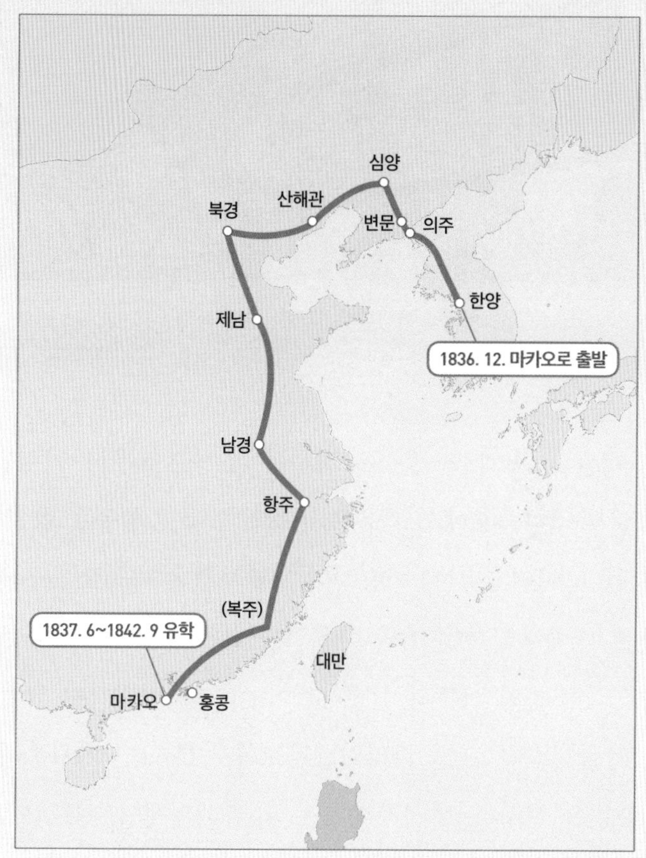

◆ 변문에서 마카오까지 이동 경로에 대한 기록은 남아 있지 않다. 그러나 육로로 간 것은 확실하기 때문에, 연행길인 의주 – 변문 – 심양 – 산해관 – 북경을 거쳐 제남, 남경, 항주를 지나 계속 남하해 마카오에 도착한 걸로 추정되고 있다.

마카오 파리외방전교회 극동대표부

대 해적들을 퇴치한 공로를 명나라 조정으로부터 인정받아 1557년부터 마카오에서 자유롭게 상업과 종교 활동을 할 수 있게 되었다. 이런 조건을 이용하여 포르투갈은 마카오교구를 설치했고, 이때부터 예수회와 아우구스티노회, 도미니코회, 프란치스코회 소속의 가톨릭 선교사들이 이곳을 전진기지 삼아 중국으로 들어갔다. 또한 파리외방전교회도 1732년 마카오에 극동대표부를 설치하고, 태국과 베트남, 말레이시아, 베트남 남부(코친차이나) 지역에 선교를 하기 시작했다. 그러던 차에 1831년에 설립된 조선대목구마저 관할하게 된 것이다. 마카오의 파리외방전교회 극동대표부는 오늘날 루아 데 산토 안토니오 거리의 카몽이스 공원Camões Garden 입구 옆에 있었다. 사무실과 숙소로 쓰는 방이 20여 개 있는 바로크식 2층 석조 건물이었다.

1837년 6월 7일, 마침내 세 명의 조선 신학생이 마카오의 파리외방전교회 극동대표부에 도착했다. 한양을 출발한 지 6개월 만이었다. 만주에서 북경을 거쳐 남쪽으로 중국 대륙을 종단하는 9천 리(3,600km) 길을 걷는 사이에 계절이 세 번 바뀌었다.

"살베 레베렌두스 도미누스Salve Reveréndus Dóminus."

마카오에 위치한 파리외방전교회 극동대표부에 도착한 세 명의 신학생은 자신들을 맞아준 르그레즈아 신부에게 떨리는 목소리로 첫인사를 하며 마룻바닥에 엎드려 큰절을 올렸다. 극동대표부 대표를 맡은 르그레즈아 신부는 서툰 라틴어로 "신부님께, 문안드립니다"라고 큰절을 하며 엎드린 이 순박한 신학생들에게 강복한 후 한 명씩 손을 잡아 일으켜 세웠다. 조금 전 안내인들이 갖고 온 모방 신부의 편지를 읽은 르그레즈아 신부는 길고 험난했을 여행 끝에 방금 도착해서도 공손함을 잃지 않는 조선 신학생들을 인자한 눈길로 바라보며 라틴어로 물었다.

"먼 길 오느라고 고생이 많았겠구나. 하지만 천주님의 안배로 이렇게 무사히 도착해서 다행이다. 그래, 여기까지 오는 동안의 여정에 대해 누가 간단히 말해보겠니?"

"…."

조선 신학생들은 눈을 아래로 내리깐 채 번갈아 서로를 바라볼 뿐 대답을 못 했다.

고개를 갸웃거리던 르그레즈아 신부가 다시 한번 천천히 물었다.

"이곳까지 오는 동안 무슨 일이 있었는지 누가 얘기해보겠니?"

그러자 최방제가 나서서 더듬거리며 대답했다.

"신부님, 저희가 라틴어를 잘 못합니다."

대답을 듣는 순간 르그레즈아 신부의 얼굴에는 당황하는 기색이 역력했다. 이들이 도착하자마자 라틴어로 인사를 해서 조선을 떠나기 전 모방 신부에게서 라틴어를 많이 배워 온 줄로 알았던 것이다. 그런데 라틴어를 잘 못한다니! 낭패가 아닐 수 없었다.

"그럼 중국말은 할 줄 아니?"

세 명은 모두 벌게진 얼굴로 고개를 가로저었다. 그때 극동대표부의 부대표인 바랑탱Barentin(1806~1887) 신부와 1835년 조선 선교사로 임명되어 조선 입국을 기다리며 이곳에 머물던 칼르리Callery(1810~1862) 신부가 르그레즈아 신부의 집무실로 와서 조선에서 온 첫 번째 신학생들을 대견한 눈빛으로 바라보며 환영했다.

"신부님들, 이 조선 신학생들이 아직 라틴어에 서투르답니다. 인사 정도만 할 줄 알고 일상적인 대화는 아직 힘드니 쉬운 단어로 말씀하세요."

르그레즈아 신부의 설명에 칼르리 신부가 안타까운 표정으로 물었다.

"오, 나의 조선 신학생들아, 기도문은 외울 수 있니?"

그의 말에 조선 신학생들은 밝은 표정을 지으며 주기도문과 성모송을 소리 높여 외웠다.

"그래, 잘했구나, 나의 학생들아. 너무 걱정하지 말거라. 나도 아직 조선말을 한 글자도 모른단다. 이제부터 너희에게 조선말을 배워서 조선에 갈 예정이다. 앞으로 나는 너희에게 라틴어를 가르치고 너희는 나에게 조선말을 가르쳐다오! 서로 열심히 해 보자꾸나."

칼르리 신부가 친절하게 말했지만 조선 신학생들은 무슨 말인지 몰라 난처한 표정으로 아무 대답도 하지 못했다. 르그레즈아 신부는 칼르리 신부에게 세 신학생을 식당으로 데려가서 요기할 것을 내어주라고 했다. 칼르리 신부와 함께 식당으로 향하면서 세 명의 신학생은 사방에서 들려오는 프랑스어와 라틴어에 어리둥절하였지만, 드디어 신학교에 왔다는 걸 새삼 실감하게 되었다.

파리외방전교회 극동대표부에서는 조선 신학생들이 도착하면 브뤼기에르 주교에 이어 조선대목구의 2대 대목구장으로 임명된 앵베르 주교와 상의해서 요동에 신학교를 세울 계획이었다. 요동에 조선 신학교를 세우면 조선에서 학생들이 오기도 편하고, 그곳을 조선대목구와 마카오 극동대표부 간의 연락 사무소로 쓸 수 있어 편지 왕래를 자주 하면서 조선에 선교사를 파견하기가 수월해진다는 장점이 있었다. 그러나 앵베르 주교는 요동에 조선 신학교를 세우는 문제에 대해서는 일단 조선에 입국한 후 모방 신부, 샤스탕 신부와 의논한 뒤에 결정하겠다는 입장이었다.

17

라틴어는 인사와 기도만 할 줄 알아요

르그레즈아 신부는 조선 신학교의 장래가 결정될 때까지 극동 대표부에 임시 조선 신학교를 두기로 결정했다. 칼르리 신부를 초대 교장으로 선임하고 기나긴 여정을 거쳐 도착한 세 명의 신학생을 교육하기로 했다. 이는 조선 선교사로 임명된 칼르리 신부가 조선 신학생들을 가르치는 동시에 그들에게서 조선말을 배워 조선으로 갈 준비를 할 수 있도록 한 조치였다.[1] 여기에 더해 몇 개월 전 마카오에 도착하여 중국어를 배우고 있던 리브와 Libois(1805~1872) 신부도 교사 신부로 합류하게 했다.

1 1837년 6월 13일, 바랑탱 신부가 파리외방전교회 신학교 지도자에게 보낸 '조선 신학생 3명 마카오 도착과 조선 신학교 문제' 서한, 《성 김대건 신부의 활동과 업적》, 2021 개정판, 79쪽.

파리외방전교회의 신학교는 소신학교 과정과 대신학교 과정으로 나누어 운영하고 있었다. 중·고등학교에 해당하는 3년의 소신학교 과정은 트로아지엠troisième 과정 1년과 위마니스트humanistes 과정 2년으로 구성되었다. 또한 이를 통과한 신학생들을 대상으로 하여 4~6년 동안 대신학교 과정을 운영했다. 칼르리 교장 신부가 인솔하여 식당으로 간 신학생들은 목적지에 무사히 도착했다는 안도감에 모처럼 편안한 식사를 할 수 있었다.

조선 신학생들이 식사를 마치자 칼르리 교장 신부는 이들을 불러 먼저 라틴어 실력을 테스트하고, 소신학교에서 앞으로 배워야 할 과목에 대해서 설명하는 간단한 오리엔테이션을 하려고 했다. 하지만 조선의 신학생들은 주요 기도문을 외우는 것과 간단한 인사말 외에는 라틴어를 할 줄 몰랐다. 특히 김대건 신학생은 최양업이나 최방제보다 넉 달이나 늦게 예비 신학생이 되었기 때문에 긴 기도문은 아직 제대로 외우지 못하는 수준이었다. 당장 의사소통의 벽에 부딪힌 칼르리 교장 신부는 하는 수 없이 조선 신학생들을 기숙사로 사용할 방으로 데려다주며 쉬도록 했다. 그런 다음 조선 신학생들과 필담으로 소통이 가능한 두 안내인을 통해 조선에 있는 부모님들에게 잘 도착했다는 편지를 쓰도록 했다. 학생들의 편지를 서만자로 돌아가는 두 안내인 편에 들려 앵베르 주교에게 전달하고, 앵베르 주교가 조선에 입국하면 부모들에게 전달하게 할 생각에서였다. 파리외방전교회 사제들도 조국을 떠나 언제 순교의 피를 흘릴지 모르는 선교지에 도착하면 가장 먼저 부모에게 안부 편지를 보내는 전통이 있었는데, 바로 그 전통을 따른 것이었다. 이때 김대건이 쓴 편지는 2년이 지난 뒤, 부친 김제준이 기해박해로 순교한 해인 1839년 3월에 전달되었다.[2]

극동대표부 조선 신학교의 아침은 오전 5시 30분에 시작되었다. 칼르리 교장 신부는 조선 신학생들이 자는 방으로 올라가서 아침 기상을 알리는 종을 흔들었다. 김대건 신학생과 조선 신학생들은 침대가 낯설어 밤새 잠을 설치다가 새벽녘에야 잠드는 일이 잦았다. 그렇지만 신학교 생활에 적응해야 한다는 일념에 아침마다 억지로 눈을 뜨곤 했다. 아침마다 연장자인 최방제가 제일 먼저 일어나 침상을 정리하면 최양업과 김대건도 이에 질세라 침상 정리를 하고 기도할 채비를 차렸다. 준비를 마치면 최방제의 선창으로 라틴어 기도문을 외웠다.

"베네디카무스 도미노(천주를 찬미할지어다)."

"데오 그라시아스(천주께 감사하나이다)."

십자성호를 그으며 성호경을 읊조린 세 명은 하루 시작 기도를 합송했다.

---

2 김제준 진술 기록, 《일성록》 1839년 8월 7일 조條, 《성 김대건 신부의 체포와 순교》, 2021 개정판, 351쪽.

"주여, 오늘 하루의 내 모든 생각과 말과 행실을, 예수와 마리아의 생활과 합하여 주께 드리나이다. 호수천신(수호천사)과 주보성인(수호성인)은 나를 도와주소서."

신학생들의 기도가 끝나기를 기다린 칼르리 교장 신부는 세 명을 마당에 있는 우물가로 데리고 갔다. 세수를 마치자 기도실로 데리고 가면서 15분 동안 기도를 하라고 했다. 모방 신부 사제관에서 공부할 때도 했던 절차라 김대건은 기도실에 가서 십자성호를 그은 후 두 손을 모았다.

"천주님, 반년을 넘게 걸어서 무사히 신학교에 도착하게 해주심을 감사드립니다. 그러나 아직 라틴어도 잘 못하고 부족한 게 너무 많습니다. 제가 공부를 못해 학교에서 쫓겨나지 않도록 지혜를 주시옵소서. 이렇게 멀리 와서 라틴어를 못해 학교에서 쫓겨나 조선으로 돌아가면 모방 신부님께서 얼마나 실망하고 가슴 아파하시겠습니까. 천주님, 제가 이곳에서 공부를 잘 마쳐 조선에 돌아가 많은 영혼을 구원할 수 있도록 특별한 안배를 내려주시옵소서…."

15분의 기도를 마치면 기도실에서 기도를 하던 신부들과 함께 미사를 드리기 위해 한 줄로 서서 극동대표부 안에 있는 작은 성당으로 향했다. 신부님들을 따라간 김대건은 성당 입구에 있는 성수聖水를 손에 찍은 후 십자성호를 그으며 '성수를 찍을 때 기도'를 마음속으로 읊조렸다.

"오 주여, 이 성수로써 내 죄를 씻어 없애시고 마귀를 쫓아

파리외방전교회가 1914년 대구에 설립한
성유스티노 신학교의 성당 내부 모습

◆ 파리외방전교회 신학교 안의 성당은 대부분 구조가 비슷했다. 1965년 이전에는 사제가 신자들과 함께 제단 벽면 십자가를 바라보고 라틴어로 미사를 드렸다. 지금처럼 사제가 신자들을 바라보며 미사를 집전하기 시작한 것은 제2차 바티칸공의회(1962~1965) 때인 1963년 12월 4일 '거룩한 전례에 관한 헌장'이 공표된 이후다. 이때 미사 전례 용어도 자국어 중심으로 바뀌었고, 우리나라에서는 《우리말 미사경본》이 준비된 1965년 3월부터 사제들이 한국어를 사용하고 새 전례 방식으로 미사를 집전했다.

몰으시고 악한 생각을 빼어버리소서."

그러고는 신부님들처럼 합장을 하고 왼쪽 무릎은 세우고 오른쪽 무릎은 바닥에 닿게 꿇고 제대를 향해 고개를 숙였다.

성당 양옆의 의자 앞에 선 바랑탱 신부와 칼르리 신부 그리고 리브와 신부가 '미사 전송(미사 시작 전 기도)' 합송을 마치자 고요와 정적이 감돌았다. 그때 작은 종소리와 함께 르그레즈아 신부가 성당 가운데로 들어서서 제대 앞으로 향했다. 신부들은 일어나 시작 성가를 불렀다. 김대건과 조선 신학생들은 계속해서 귀를 쫑긋거리며 라틴어로 진행되는 예식에 귀를 기울였다. 30분 남짓한 미사가 끝나자 르그레즈아 신부가 성당 가운데로 걸어 나왔고, 신부들은 의자에서 일어나 성모경을 합송한 후 줄을 서서 식당으로 향했다.

신부들은 식당에서도 줄을 서서 식판을 들고 배식대로 갔다. 조선 신학생들은 신부님들을 따라 식판 위 접시에 빵과 잼 그리고 우유 한 컵을 받아 식탁으로 돌아왔다. 모두 자리에 앉자 신부님들이 십자성호를 그으며 '식사 전 기도'를 합송했다.

"주여, 우리와 네 은혜로 주신 바 이 음식에 강복하시되, 우리 주 그리스도를 위하야 하소서. 아멘."

신학생들은 신부님들이 하는 대로 칼로 빵을 자른 후 잼을 발랐다. 우유는 오는 길에 가끔 먹어서 이제는 비린내를 참을 만했다. 식사가 끝나자 모두가 정숙한 자세를 취했고 칼르리 신부가 식당 벽 쪽에 있는 강론대로 나아가 5분간 《성경》을 읽었다. 그가 내려오자 다른 신부들은 모두들 큰 소리로 외쳤다.

"데오 그라시아스(천주님, 감사합니다)."

그런 다음 신부들은 모두 자리에서 일어났다. 다시 한번 십자성호를 그은 후 '식사 후 기도'를 합송한 후, 줄을 서서 식당을 빠져나갔다. 조선 신학생들은 리브와 신부를 따라 교실로 가서 마음을 가다듬었다.

18

사전과 씨름하며 시작한 소신학교 과정

조선 신학생들과의 의사소통 방법에 대한 칼르리 교장 신부와 리브와 신부의 해법은 라틴어 사전을 활용하자는 것이었다. 몇 달 전 마카오에 도착한 리브와 신부는 중국어를 공부하기 위해 드 기뉴De Guignes(1759~1845)가 편찬한 《중국어, 프랑스어 및 라틴어 사전Dictionnaire chinois, français et latin》을 활용하고 있었는데, 자신의 경험에 비추어 조선 신학생들도 이 사전을 활용해서 라틴어를 배우도록 하면 좋을 것 같다는 의견을 냈다. 이 사전에는 중국어 철자와 발음표가 1만 4천 개 이상 배치되어 있었다. 게다가 한자마다 라틴어와 프랑스어로 각각 풀이가 달렸고, 214가지의 용례 표가 첨부되어 있었다. 한자를 좀 알고 있던 조선 신학생들이 가장 효과적으로 라틴어와 프랑스어를 배

드 기뉴의 《중국어, 프랑스어 및 라틴어 사전》

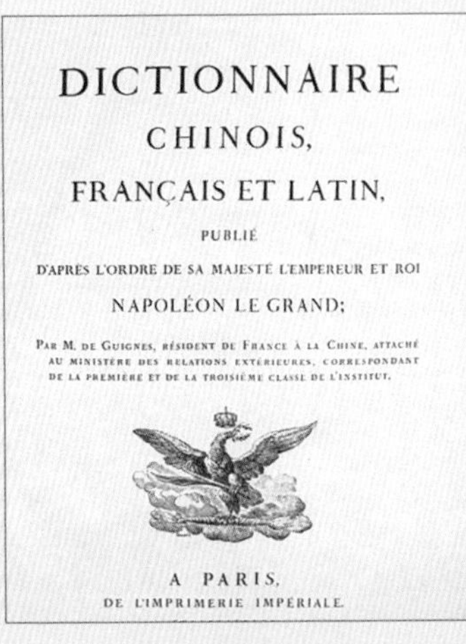
DICTIONNAIRE
CHINOIS,
FRANÇAIS ET LATIN,
PUBLIÉ
D'APRÈS L'ORDRE DE SA MAJESTÉ L'EMPEREUR ET ROI
NAPOLÉON LE GRAND;
PAR M. DE GUIGNES, RÉSIDENT DE FRANCE À LA CHINE, ATTACHÉ AU MINISTÈRE DES RELATIONS EXTÉRIEURES, CORRESPONDANT DE LA PREMIÈRE ET DE LA TROISIÈME CLASSE DE L'INSTITUT.
A PARIS,
DE L'IMPRIMERIE IMPÉRIALE.

漢 HÀN
字 TSÉ
西 SȲ
譯 Ȳ
TRADUCTION EN LANGUE EUROPÉENNE DES CARACTÈRES CHINOIS.
SINICORUM CHARACTERUM EUROPÆA INTERPRETATIO.

◆ 《중국어, 프랑스어 및 라틴어 사전》은 20여 년 동안 주駐광주(광동廣東) 프랑스 영사를 역임한 드 기뉴가 1813년 프랑스에서 출판한 사전으로, 마카오에 있던 파리외방전교회 극동대표부를 통해 중국에서 사목 활동을 하는 신부들에게 제공되었다. 당시 대표부에서는 사전 외에도 《성경》과 여러 가지 신앙 서적들 그리고 트리엔트 공의회 문건들을 배포하는 역할을 맡고 있었다.(수원교회사연구소 엮음, 최승룡 옮김, 《앵베르 주교 서한》, 하상출판사, 2011, 73쪽)

세 신학생이 사전으로 공부했다는 근거는 최양업 신부가 1847년 4월 20일에 르그레즈아 신부에게 보낸 편지에 있다. "그러나 이 청원서는 여행 중에 사전도 없이 쓴 것이어서…."(《최양업 신부의 편지 모음 – 너는 주추 놓고 나는 세우고》, 바오로딸, 2021, 61쪽)

우는 데 더할 나위 없이 좋은 사전이었던 셈이다. 칼르리 교장 신부는 흔쾌히 동의했고, 첫 수업 때 사전을 나눠주었다. 그리고 칼르리 신부는 라틴어와 성가를, 리브와 신부는 라틴어와 프랑스어를 가르쳤다. 수업은 오전 9시부터 시작되었다.[3]

칼르리 교장 신부가 사전을 나눠주었을 때 김대건과 신학생들은 생전 처음 보는 사전에 눈이 휘둥그레졌다. 칼르리 신부는 조선 신학생들에게 라틴어가 천주교회의 공용어이니 철저히 익혀야 한다며 매일 아침 9시부터 세 시간씩 집중적으로 수업을 진행했다. 그러면서 노트와 연필을 나눠주었다. 다행히 노트와 연필은 모방 신부에게 라틴어를 배울 때 사용했던 필기도구라서 어려움 없이 쓸 수 있었다. 라틴어는 유난히 문법이 까다로운 언어였다. 동사와 형용사의 어미 변화가 있고, 명사는 남성·여성·중성의 격변화가 심해 그 법칙을 철저히 암기해야 했다. 라틴어는 진도를 따라가지 못하면 다시 쫓아가기가 힘들기 때문에 조선 신학생들은 변화되는 규칙을 암기하고 응용을 해보면서 라틴어를 익혔다.

12시부터 한 시간 동안은 점심 식사를 하고 휴식을 취했다.

---

3 수업 과목에 대한 내용은 칼르리 신부가 파리 외방전교회 신학교 테송 신부에게 보낸 1837년 10월 4일, 6일 자 편지를, 소신학교 시간표는 파리 외방전교회가 대구에 설립한 성유스티노 신학교 1914년 제1회 입학 이기수 몬시뇰 회고(《가톨릭신문》 1989년 1월 15일, 1월 22일)와 1926년 입학 장병화 주교 회고(《가톨릭신문》 1990년 6월 3일, 6월 17일)를 참고해서 재구성했다.

오후 수업은 1시부터 신약성경 읽기와 프랑스어 익히기, 성가 부르기로 이어졌다. 마지막 한 시간은 그날 수업 내용을 복습했다. 학교 수업이 끝나면, 성당에서 성체조배를 하고, 7시부터 30분 동안 저녁 식사를 했다. 7시 30분부터 한 시간 동안의 자유 시간 후에는 다시 30분 동안 교실에서 복습을 하고 밤 9시에 '하루 마침 기도'를 하고 잠자리에 들었다. 일과가 끝나고서도 저녁 식사 후부터 다음 날 아침 기상 때까지는 '침묵의 시간'을 가져야 했다. 천주님을 깊게 만나기 위한 영적 훈련이었다.

조선 신학교에서는 신학생이 지켜야 할 규율과 금기가 많았다. 무엇보다도 혼자서 외출하는 일은 완전히 금지되었다. 세 명의 조선 신학생들에게 유일한 산책은 극동대표부 건물 안마당을 거니는 것이었다.

금기는 여기에 그치지 않았다. '양심 성찰 지도(영성 교육)'와 고해성사를 담당하는 리브와 신부는 여자, 술, 재물이 사제의 삶을 망치는 '세 가지 마귀'라며 늘 조심하라고 당부했다.

칼르리 교장 신부는 조선 신학생들의 자질을 높이 평가했다. 그는 조선 신학생들의 교사이자 영적 지도자였고, 아버지이자 의사이기도 했다. 그가 파리 신학교의 테송Tesson(1798~1876) 신부에게 보낸 편지에는 그의 마음이 고스란히 드러나 있다.

"금년에 모방 신부가 이곳으로 보냈고, 르그레즈아 신부가 그 교육을 나에게 전적으로 맡긴 세 명의 조선 소년은 훌륭한 사제에게 바람직스러운 것, 신심, 겸손, 면학심, 스승에 대한 존경 등 모든 면에서 완전합니다. 그들은 그들을 가르치는 데 위로를 주고, 그 수고를 보상해줄 수 있는 모든 것을 갖추고 있습니다. 나는 벌써 조선말을 좀 합니다. … 그러나 조선 신학생들은 변성기의 깨진 목소리를 갖고 있어 몇 곡의 성가를 가르치면서 목소리를 가다듬게 하려고 합니다. 그래서 그들에게 음표를 가르치고 그들이 성가를 배울 수 있도록 파리 신학교에서 조그만 손풍금 하나를 선물해주시면 정말 좋겠습니다."[4]

칼르리 교장 신부는 멀리 파리 신학교의 동료 신부에게 부탁하여 교육 기자재까지 마련하면서 조선 신학생들의 교육에 열의를 보였다. 그는 리브와 신부와 함께 틈나는 대로 신학생들에게서 조선말을 배웠다. 두 신부님들의 열의에 발맞춰 세 신학생도 사전과 씨름하며 라틴어, 프랑스어, 중국어를 익혀나갔다.

세 명의 조선 신학생 가운데 교수 신부들로부터 가장 촉망을 받은 이는 단연 최방제였다. 그는 셋 중에서 라틴어 실력이 가장 앞서나갔고, 식사 시간에《성경》을 알아듣게 낭독하는 수준에까지 올랐다. 그러나 최방제와 조선 신학생들에게 감당하기 어려운 시련이 닥쳐왔다.

10월 중순경 최방제가 위열병에 걸렸다. 처음에는 증세가 가

---

4 1837년 10월 6일, 조선 신학교 교장 칼르리 신부가 파리 신학교 테송 신부에게 보낸 서한.《성 김대건 신부의 활동과 업적》, 2021 개정판, 87~89쪽.

벼워 눈에 띄지 않았다. 그러나 11월에 접어들면서 병세가 급작스럽게 악화되어 기력이 쇠하고 극도의 고통에 시달리다 11월 27일 새벽에 숨을 거뒀다. 그의 곁을 지키던 김대건, 최양업 두 신학생은 조선에서부터 함께 공부하고, 국경을 넘어 마카오까지 함께 걸어와 신학교에 입학한 지 6개월도 못 되어 세상을 떠난 최방제의 죽음 앞에서 굵은 눈물을 뚝뚝 흘리며 '죽은 이를 위한 기도'를 바쳤다.[5]

최방제의 갑작스러운 죽음은 신학생 김대건과 최양업에게 깊은 슬픔을 안겨주었다. 하지만 두 신학생에게는 슬픔을 넘어 더 많은 책임감을 느끼게 하는 계기가 되었고, 서로 의지하며 '영적 형제'로서의 우정과 동료애를 키워갔다.

1838년, 신학생 김대건은 17세가 되었다. 성애골 교우촌에서 계속 살았더라면 상투 틀고 혼례를 치를 나이였지만, 그는 계속해서 사전과 씨름하면서 리브와 신부가 가르치는 라틴어 문법을 열심히 배웠다. 그런 열의를 높이 산 리브와 신부는 발음이 틀리거나 문법이 틀려도 면박을 주기보다 차근차근 다시 설명을 해주었다. 또한 매일 간단한 작문 숙제를 내준 덕분에 라틴어 성경을 조금씩 이해할 수 있는 실력을 쌓아갔다. 그러자

---

5 칼르리 신부가 1837년 12월, 파리외방전교회 지도자 뒤부아Dubois 신부에게 보낸 편지. 《성 김대건 안드레아 신부의 활동과 업적》, 2021 개정판, 109쪽.

칼르리 신부는 간단한 교리를 라틴어로 가르치기 시작했고, 리브와 신부는 라틴어와 프랑스어뿐 아니라 세계지도를 펼쳐놓고 지리학도 가르쳤다. 지리학은 파리외방전교회 소신학교의 위마니스트(인문학) 과정 중의 한 과목으로, 지도를 통해 인간의 삶과 공간의 관계에 대한 인식 지평을 넓혀주었다. 그뿐 아니라 훗날 사제가 될 신학생들이 새로운 선교지에 갔을 때 그 나라의 지리와 풍습 등을 파악하는 데 도움을 주었다.

김대건은 특히 예수회 선교사 마테오 리치Matteo Ricci(1552~1610)가 제작한 〈곤여만국전도坤輿萬國全圖〉를 보자니 세계지도 속에 있는 조선의 모습이 신기했다. 선교사가 만든 지도에 있는, 자신이 태어난 충청도뿐 아니라 조선을 떠날 때 지나온 황해도와 평안도 그리고 혹독한 추위를 겪어야 했던 조청 국경의 변문을 지나 걷고 또 걸어야 했던 그 길들을 신기한 눈으로 바라봤다. 지도를 통해 또 다른 세상을 만났던 것이다.

김대건은 지도를 통해서 스승 신부들의 나라가 조선에서 얼마나 멀리 떨어져 있는지 확인할 수 있었다. 또한 교황께서 거처하시는 로마와 예수께서 태어나신 베들레헴이 어디인지를 한눈에 볼 수 있다는 사실이 신기하기만 했다. 그래서 김대건은 시간이 날 때마다 지도를 살폈고, 그림에도 소질이 있던 김대건은 연필로 지도를 그려보기도 했다. 지도에 꾸준히 관심을 보이던 그는 훗날 사제가 되어 조선에 입국한 뒤에 후임 선교사들을 위해 매우 자세한 조선 지도를 모사해서 마카오로 보냈다. 이때

마테오 리치의 〈곤여만국전도〉(중국어판)

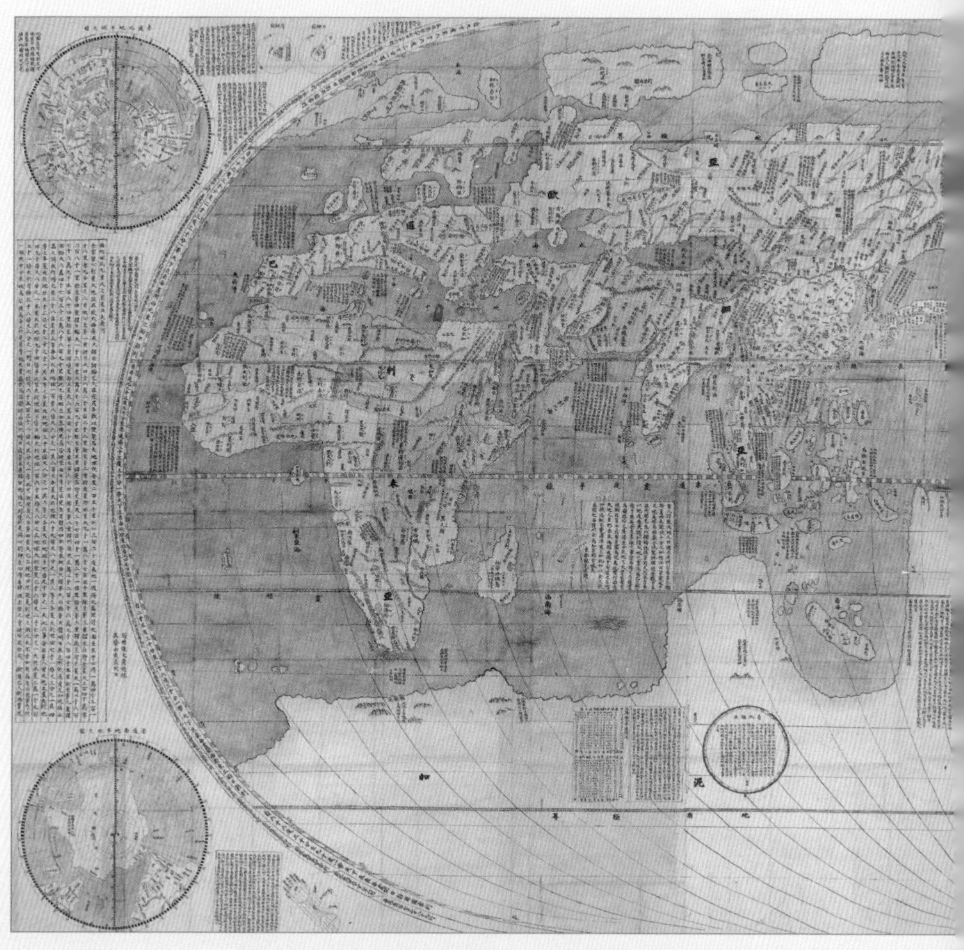

◆ 예수회 선교사 마테오 리치가 제작한 〈곤여만국전도〉는 라틴어와 중국어로 제작되었다. 라틴어판은 1602년 바티칸의 교황청에서 책자로 출간했고, 중국어판은 이지조李之澡와 함께 중국에서 제작해 목판으로 찍어서 보급했다. 마테오 리치는 대륙을 아시아, 유럽, 아프리카, 아메리카 그리고 마젤라니카Magellanica(호주와 뉴질랜드, 남극대륙을 탐험하여 실측하기 전에 상상으로 그린 미지의 남방 대륙) 5개로 나누었으며, 그림 중에는 850개가 넘는 지명이 있

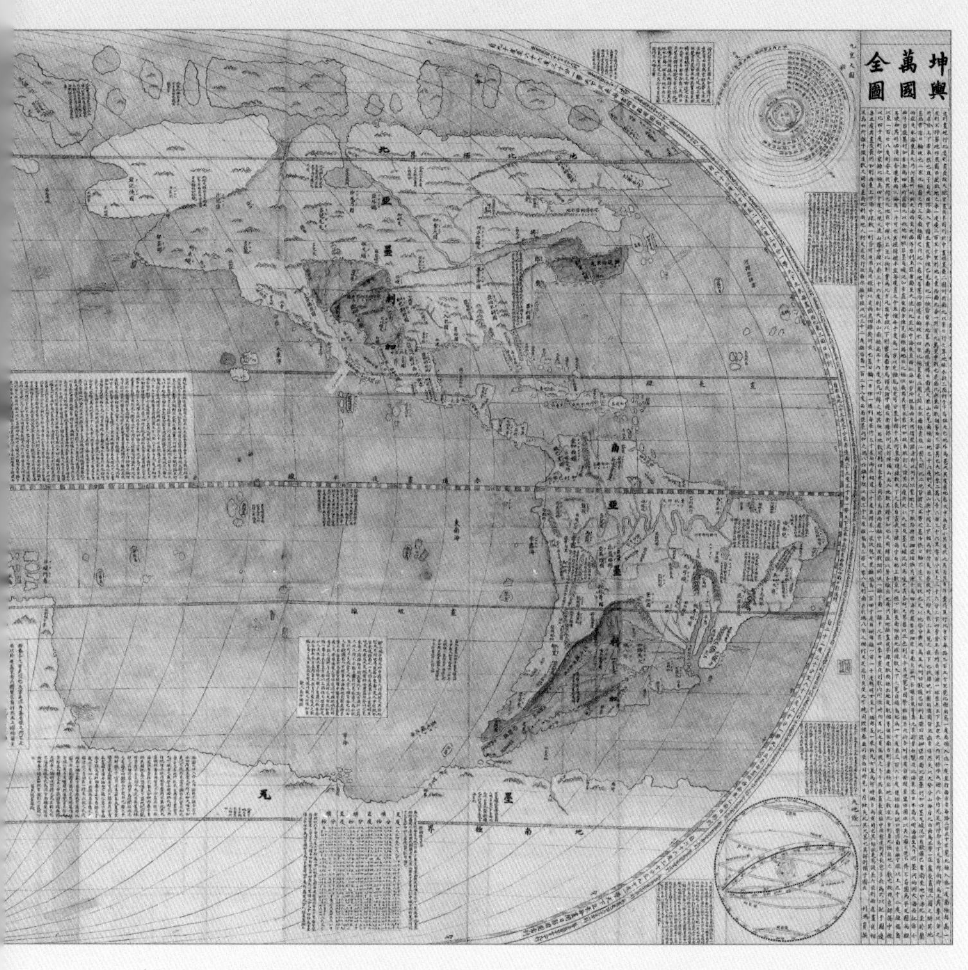

다. 또 각 대륙의 민족과 산물이 지리지 형식을 빌려 서술되어 있다. 지도 바깥에는 남반구와 북반구의 모습, 천체구조론에 의한 '구중천도九重天圖', '일월식도日月蝕圖', '천지의도天地義圖' 등이 그려져 있다. 중국어 목판에는 지도의 여백을 이용하여, 마테오 리치, 이지조 등의 발문이 삽입되었다.

〈곤여만국전도〉의 조선 부분도

라틴어판

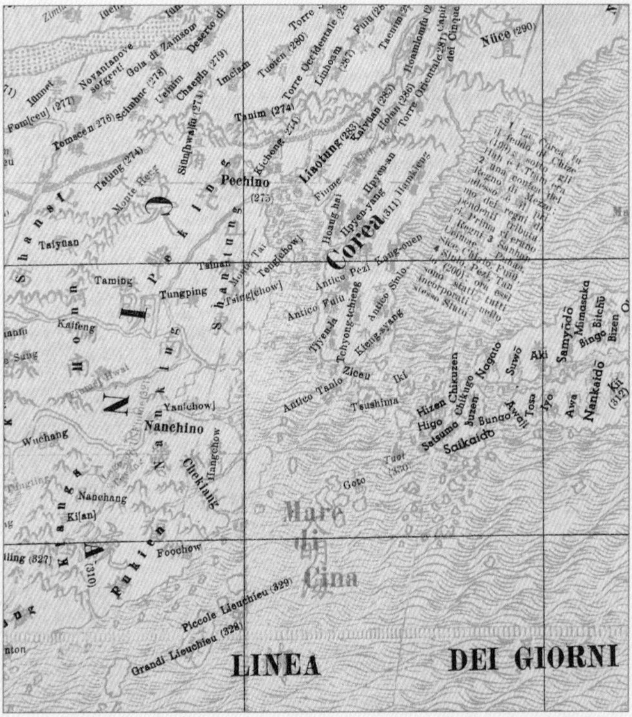

◆ 우리나라는 〈곤여만국전도〉의 라틴어판에는 'Corea', 중국어판에는 '朝鮮(조선)'으로 표기되고, 각 도道의 지명도 표시되어 있다. 김대건 신부는 조선 입국로를 개척하기 위해 중국의 여러 곳을 탐색했을 때 신학생 시절에 공부한 지도와 지리학을 바탕으로 각 지방의 특징과 주변 환경을 자세하게 서술한 보고서 형식의 편지를 쓸 수 있었다.

김대건이 모사한 지도는 그가 순교한 뒤에 15명의 선교사가 백령도를 통해 입국할 수 있는 길을 열었다. 그가 체포되어 옥에 갇혀 있을 때 조정에서는 그의 짐에서 나온 지도를 보고 영국에서 제작한 그 세계지도에 대해 자세히 설명해줄 것을 부탁하기까지 했다.

리브와 신부는 프랑스어와 지리학 수업 외에도 매일 한 시간씩 신약성경도 가르쳤다. 그는 《성경》을 읽을 때는 그것을 쓴 정신으로 읽어야 하고, 내용에서 유익함을 찾아야 한다면서, 겸손되이 읽고, 순직하게 읽고, 성실하게 읽으라고 강조했다.

두 신학생은 라틴어와 프랑스어 실력이 늘어갈수록 《성경》 읽는 재미와 기도에 빠져들었다. 김대건의 라틴어 실력은 최양업에 뒤져 계속 사전과 씨름을 해야 했지만, 프랑스어는 리브와 신부와 간단한 대화가 가능할 정도까지 향상되었다.

19

좌절을 딛고 일어서다

1839년, 신학생 김대건과 최양업은 조선을 떠난 지 3년 만에 어엿한 18세 청년이 되었다.

김대건은 늘 복통과 두통, 소화불량에 시달렸다. 의사이기도 한 칼르리 신부에게 증상을 이야기했지만, 성장할 때 오는 증세이기 때문에 별다른 치료 방법이 없다며 영양을 충분히 섭취하라고 권유할 뿐이었다. 그는 간혹 시간이 날 때면 대표부의 잡일을 거들었다. 그것은 칭찬을 받기 위해서가 아니라 천주를 기쁘게 해드리기 위해서였다. 그러다 극동대표부의 칠면조 우리에 있는 대들보를 들어 올린 뒤부터 허리에 통증을 느꼈다. 그래도 참으면서 극동대표부 사무실과 사제들의 방에 있는 꽃병들을 잔뜩 가슴에 얹은 채 양팔로 감싸 안고 나르다가 가슴이 붓기까지 했다.[6] 그로서는 학비와 기숙사비도 받지 않고 공부를 시켜주는 것에 조금이라도 보답하기 위해서였을 것이다. 그러나 교수 신부들은 건강도 좋지 않은 그가 무모하게 힘든 일을 하는 모습을 걱정 어린 눈길로 바라봤다.

그러던 같은 해 4월 초, 마카오에서 소요가 일어났다. 영국의 아편 무역으로 인해 중국이 온통 아편 천국이 되어가던 시절이었다. 특히 극동대표부가 있는 마카오와 가까운 대도시인 광동廣東(광주)의 경우 열 명 중 네 명이 아편 중독자일 정도였다. 게다가 아편을 수입하며 해마다 은 1천만 냥이 영국으로 유출되면서 청나라 재정은 악화일로에 처했다. 이를 보다 못한 청나라 황제 도광제道光帝(재위 1820~1850)는 임칙서林則徐를 금연대신禁煙大臣이자 흠차대신欽差大臣으로 임명해서 광동으로 파견하고, 아편 처리에 전권을 부여했다. 지난 3월 10일 광동에 도착한 임칙서는 아편 흡입소에 못질을 하고, 광동 수군사령부를 동원해 마카오를 비롯한 무역 중심지 13개 항구를 봉쇄했다. 아편을 취급하던 중국 상인들이 속속 체포되자 영국 아편 상인들은 그들을 풀어달라며 아편 2만 상자를 포기했다. 그러나 임칙서는 몰수한 아편에 불을 질렀고, 아편을 소장한 중국인은 지위고하를 막론하고 사형에 처한다는 황제의 칙서를 발표했다.

---

6 리브와 신부가 르그레즈아 신부에게 1839년 5월 16일과 6월 23일에 보낸 편지.《성 김대건 안드레아 신부의 활동과 업적》, 2021 개정판, 135쪽과 155쪽.

1차 아편전쟁의 도화선에 불이 댕겨진 순간이었다. 바로 이때 마카오를 비롯한 13개의 무역항에서 아편 무역을 하던 중국 상인들이 동요하며 소요가 일어났던 것이다.

4월 6일, 마카오에까지 소요가 번지자 파리외방전교회에 있던 리브와 신부, 칼르리 신부 등은 두 명의 조선인 신학생을 데리고 마카오 항구에서 필리핀 마닐라행 선박에 올랐다. 당시 스페인의 식민지였던 필리핀은 동남아 유일의 가톨릭 국가로 '수도사의 천국'이라는 별칭을 얻을 정도로 선교권이 보장되어 있었고, 파리외방전교회 극동대표부 신부들이 휴가나 병가를 가는 곳이었다. 극동대표부 르그레즈아 신부와 친분이 깊은 마닐라의 도미니코회 수도원에 이들 일행이 도착한 것은 4월 19일이었다.

리브와 신부는 앞으로 조선 신학생들이 어느 수도회에서 장소를 빌려 공부를 이어갈 수 있을지를 상의했다. 이때 파리외방전교회 신부들은 마닐라는 너무 복잡하고 사람이 많아서 신학생들이 수련하기 어렵다며 한적한 곳의 수도원을 선호했다. 사춘기에 접어든 신학생들이 도시의 유혹에 빠질지 모르는 위험을 방지하기 위해서였다. 그때 마침 도미니코회 수도회가 마닐라에서 약 12km 떨어진 롤롬보이Lolomboy 부근에 자신들의 농장이 있으니 그곳에서 편하게 지내라고 제안했다. 5월 3일, 조선 신학생들은 롤롬보이항에서 내린 후 그곳에서 8km 떨어진 수도원 농장에 도착했다. 여름이라 날씨는 더웠지만, 방들이 크고 깨끗

할 뿐 아니라 환기가 잘되었다. 게다가 소성당까지 있어 신학교로 사용하기에는 더없이 좋은 환경이었다.

롤롬보이 임시 신학교에는 김대건과 최양업 외에도 세 명의 코친차이나(남부 베트남) 학생이 함께 있었다. 그런데 얼마 후 코친차이나 신학생 한 명이 퇴학 처분을 받고 집으로 돌아가는 일이 발생했다. 도저히 학업을 따라오지 못해서 내린 결정이었다.[7] 그 상황을 지켜본 김대건은 덜컥 겁이 났다. 그날 저녁 그는 침울한 표정으로 최양업에게 자신의 걱정을 털어놓았다.

"토마스, 아무래도 나도 코친차이나 신학생처럼 신품을 못 받고 조선으로 쫓겨갈 것 같아…."

"무슨 소리를 하는 거야, 안드레아. 힘들 때일수록 용기를 잃지 말아야 해. 공부가 힘겹다고 느끼는 건 나도 마찬가지야. 하지만 지금 조선 교우들의 영혼 사정을 생각하면 마음을 단단히 먹어야 해. 떠날 때는 셋이 왔는데 프란치스코가 먼저 천주님 곁으로 가서 이제 우리 두 명만 남았잖아. 그런데 안드레아가 약한 마음을 먹으면 우리를 여기로 보내주신 모방 신부님과 조선 교우들의 심정이 어떻겠어. 안드레아가 포기하면 가장 좋아하는 건 마귀들뿐이야."

---

7 리브와 신부가 1839년 5월 28일 파리외방전교회 지도자들에게 보낸 편지.《성 김대건 안드레아 신부의 활동과 업적》, 2021 개정판, 137쪽.

"나도 알아. 하지만 나의 라틴어 실력이 도통 늘지를 않잖아. 토마스와 내 실력이 너무 차이가 나는 바람에 라틴어를 가르치시는 신부님들께서 힘들어하시는 것 같아."

김대건의 목소리는 침울했다.

"안드레아, 나는 힘이 들 때마다 묵주기도를 열심히 바쳐. 성모님은 예수님의 어머니가 되심으로 인해 평범한 삶을 살지 못하시고 숱한 고통과 시련을 겪으셔야 했어. 하지만 매일 인내와 기도 속에서 살아가셨지. 그러니까 안드레아도 힘이 들 때면 묵주기도를 열심히 바치면서 성모님께 힘을 주십사 기도해. 신부님들께서도 안드레아가 열심히 노력하는 거 아시니까 절대 포기하지 마. 조금만 더 힘을 내면 공부하는 게 좀 쉬워질 날이 올 거야."

"고마워, 토마스. 그래도 네가 곁에 있어서 참말 다행이야."

"안드레아. 그건 나도 마찬가지야. 그리고 우리는 같은 신학교에서 같은 목표를 갖고 공부하는 영적 형제일 뿐 아니라 촌수로도 진외 6촌 간이잖아. 하하."

김대건은 동료이자 영적 형제이고 먼 친척인 최양업이 자신의 옆에 있어 다행이라고 생각하면서 자신을 짓누르는 중압감을 떨쳐내고 힘든 공부를 헤쳐나갔다.

그는 이곳에서도 몸이 좀 불편하고 허리에 통증을 느끼고 있었지만, 잘 먹고 잘 자는 편이라 교수 신부들이 큰 걱정은 하지 않았다. 조선 신학생들은 이곳에서 11월 26일까지 약 6개월 정도 머물며 학업에 열중했다.

이 시절 김대건은 최양업에 비해 뒤떨어지는 학습 능력을 만회하기 위해 머리가 백발이 될 정도로 밤낮없이 사전과 씨름하면서 라틴어와 프랑스어 그리고 중국어 공부에 매달렸다. 그러느라 황달 증세까지 생겼고, 이런 그의 모습은 리브와 신부에게 다시 한번 걱정을 안겼다.

1839년 8월 11일, 롤롬보이 수도원 농장에 있는 리브와 신부에게 한 통의 편지가 도착했다. 변문을 오가는 조선의 밀사들인 조신철과 유진길이 1838년 3월 10일(혹은 11일)에 쓴 편지가 마카오를 경유하여 도착한 것이었다. 내용인즉 두 신학생의 부모님들이 보낸 편지는 다른 인편을 통해 전달될 것이며, 조선에서는 활발하게 교세를 넓혀간다는 반가운 소식이었다. 조선 천주교의 소식을 접한 리브와 신부는 이날, 조선에서 사목 활동을 하고 있는 앵베르 주교에게 편지를 써서 마카오의 파리외방전교회 극동대표부로 보냈다.

> … (최양업) 토마스가 앞으로도 계속 착한 아이로 지내고 또 천주님께서 그의 건강을 허락해주신다면 그는 (조선) 포교지에 유익한 인물이 될 것이 확실합니다. 그러나 불쌍한 (김대건) 안드레아는 어떻게 될지 모르겠습니다. 그는 늘 위통, 두통, 요통을 앓기 때문입니다. 그의 머리털만 보더라도 그의 심한 두통을 짐작하게 합니다. 지금 그의 머리털은 회

색, 흰색, 누런색, 거의 온갖 색깔입니다. 저는 지금껏 이렇게 지저분한 머리털을 본 적이 없습니다. 이뿐만 아니라 그는 판단력이 늘 별로 좋지 않아서 가엾은 데플레슈 신부는 난처해하고 있습니다. 안드레아와 토마스 사이에 균형이 도무지 없기 때문입니다. 그들에 대한 주교님의 의향을 정말로 알고 싶습니다. 왜냐하면 그들을 잘 보살피려면 시간이 걸릴 것이기 때문입니다….[8]

롤롬보이에서 임시 조선 신학교를 맡은 리브와 신부는 조선 신학생들의 정상적인 교육에 대한 걱정이 매우 컸다. 잠시 극동 대표부를 거치는 신부들이 임시 교수가 되는 임시 조선 신학교의 체제로는 더 이상 정상적인 교육이 어렵다고 판단했기 때문이다. 그래서 전에 앵베르 주교와 논의했던, 요동에 정식 조선 신학교를 세우는 문제에 대한 정확한 의향을 알고 싶다고 한 것이다. 그러나 리브와 신부는 앵베르 주교에게서 아무런 대답을 들을 수 없었다. 조선에서 다시 박해가 시작되었기 때문이다. 북경에 와서 편지를 전달한 밀사들은 박해가 있기 한 해 전에 떠났던 까닭에 조선에서 벌어진 박해 소식은 전혀 알지 못한 채 편지를 전한 것이었다.

---

8 1839년 8월 11일 리브와 신부가 르그레즈아 신부에게 보낸 편지 내용 중에서. 《성 김대건 안드레아 신부의 활동과 업적》, 2021 개정판, 165쪽.

20

기해박해로 아버지가 순교한 사실을 모른 채

1839년 초, 조선에서는 기해박해己亥迫害가 시작되었다. 조선 조정은 천주교를 뿌리 뽑기 위해서는 프랑스에서 온 선교사를 체포해야 한다며 이미 잡혀 온 신자들에게 혹독한 고문을 가하고 있었다. 이 끔찍한 소식을 접한 앵베르 주교는 리브와 신부가 롤롬보이에서 신학교 문제에 대해 편지를 쓴 8월 11일에 포도청에 자수(당시 표현으로는 자현自現)를 했다. 또한 지방으로 피신해 있던 모방 신부와 샤스탕 신부에게도 자수해서 신자들의 희생을 줄이자며 연락을 취했다. 결국 앵베르 주교를 비롯한 모방 신부와 샤스탕 신부 등 세 사제는 순교의 길을 걸었으며, 그 외에도 김대건의 부친 김제준과 최양업의 부모 역시 순교자가 되었던 것이다. 그러나 조선에서 멀리 떨어진 마카오 극동대표

기해박해

◆ 두 신학생이 마닐라에 있던 1839년(헌종 5년) 4월 18일(음력 3월 5일), 조선 조정에서 내린 '사학토치령邪學討治令'에 의해 시작되어 그해 10월까지 계속된 천주교 탄압을 말한다. 1801년 신유박해 이후 가장 큰 박해로, 전국적인 규모로 이루어졌다. 당시 조선 천주교의 주요 신자들과 프랑스 사제들이 체포되어 순교했다. 정순황후 승하(1805년) 후 천주교에 관대한 안동 김씨 세력(시파時派)이 득세하고 천주교인의 수가 늘어나자, 이를 제압하려는 풍양 조씨 세력(벽파僻派)이 주도한 것으로 풀이된다. 기해박해 후 1845년 김대건 신부가 페레올 주교, 다블뤼 신부와 함께 입국할 때까지, 조선 천주교는 6년 동안 목자 없는 시기를 숨죽여 견뎌내야 했다.

부의 조선 신학교에 조선의 박해 소식이 전해지는 데는 3년의 세월이 흘러야 했다.

박해 소식은 물론 가족들이 위주치명 하였다는 소식을 전혀 알지 못한 김대건과 최양업은 조선 교우들의 기대가 담긴 편지를 읽으며 더욱 학업에 정진했다.[9]

---

9 현재 알려진, 롤롬보이 수도원 망고나무 아래에서 신학생 김대건이 조선의 가족이 보낸 편지를 눈물을 흘리며 읽었다는 일화는 사실과 다르다. 롤롬보이에 도착한 편지는 조신철과 유진길이 변문에서 파리외방전교회 극동대표부에 보낸 편지의 착오다. 두 신학생이 다른 인편을 통해 가족들의 편지를 받았다는 기록은 아직 발견되지 않고 있다.

김대건은 자신의 건강 문제와 학업 부진 그리고 부주의로 인한 잦은 실수로 교수 신부들이 걱정을 많이 한다는 걸 알고 있었다. 하지만 신품성사를 받고 조선에 가서 목자의 부족으로 영혼을 구원받지 못하는 신자들과 외교인들을 위한 구령 사업을 해야 한다는 목적의식만큼은 처음과 같이 뚜렷했다. 그래서 몸 고생, 마음고생이 많아도 좌절하거나 포기하지 않았다. 그는 힘든 순간이 찾아올 때마다 소성당에 가서 홀로 천주 앞에 무릎을 꿇고 기도했다. 그는 〈마태오복음〉 13장 31~32절의 '겨자씨 비유'를 자주 묵상했다.

"하늘나라는 겨자씨와 같다. 어떤 사람이 그것을 가져다가 자기 밭에 뿌렸다. 겨자씨는 어떤 씨앗보다도 작지만, 자라면 어떤 풀보다도 커져 나무가 되고 하늘의 새들이 와서 그 가지에 깃들인다."

그는 이 구절을 묵상하며 천주께 겨자씨같이 보잘것없는 자신을 긍휼히 여겨달라고 자비를 구했다. 조선 선교를 위해 쓰임받는 겨자씨가 될 수 있도록 건강도 허락해주시고, 라틴어와 신학 공부를 잘할 수 있는 지혜를 달라고 제대 위의 십자가를 바라보며 매달렸다. 그러고는 다음 날부터 다시 사전과 신학책을 붙들고 씨름했다. 공부에서 오는 스트레스는 열여덟 살 청년의 머리를 백발로 변하게 했지만, 그는 그런 자신의 외모에 아랑곳없이 부족함을 메꾸려 앞만 보고 나아갔다. 학업 문제는 그의 끈질긴 노력으로 조금씩 해결되었다.

10월 중순, 마카오 극동대표부의 르그레즈아 신부가 리브와 신부에게 연통을 넣었다. 도시가 다시 평온을 찾았으니 조선 신학생들을 데리고 오라는 내용이었다. 그 소식을 듣고 김대건과 최양업은 다시 마카오로 돌아갔다.

소요를 피해 마카오에서 필리핀 롤롬보이로, 다시 롤롬보이에서 마카오로 거처를 옮겨야 했던 1839년이 지나고 1840년이 밝았다. 김대건은 19세가 되었다. 2년 반이 가까운 시간 동안 사전과 씨름한 덕분에 라틴어와 프랑스어를 어느 정도 이해하게 되었고, 중국어 실력 또한 많이 향상되었다. 신학 강의를 들을 수준이 된 것이다. 1월 중순경, 훗날 제3대 조선대목구장이 되어 김대건에게 사제 서품을 주는 페레올 신부가 조선 선교사로 임명되어 마카오에 도착했다. 그는 대표부에서 6주간 체류하면서 김대건과 최양업 두 신학생을 통해 조선 천주교의 상황을 파악한 후 조선 입국을 위해 만주의 서만자를 향해 떠났다.

이해 가을, 두 명의 파리외방전교회 신부가 마카오에 도착했다. 그중 한 명은 13년 후 제4대 조선대목구장이 되는 베르뇌Berneux(1814~1866) 신부였다. 프랑스의 르망교구 대신학교에서 철학을 가르쳤던 베르뇌 신부는 베트남의 통킹교구 선교사로 발령받아 통킹어를 배우기 위해 마카오에 막 도착한, 학자 출신 선교사였다. 극동대표부에서는 그에게 통킹어를 배우는 동안 조선 신학생들의 신학 수업을 부탁했다.

베르뇌 신부가 신학 수업에 사용한 교재는 그의 출신 교구인 르망교구의 부비에Bouvier(1783~1854) 주교가 저술한 신학 입문서 《신학개요, 교육Institutiones Theologicae》이었다. 이 책은 당시 프랑스, 미국, 캐나다 등 여러 나라의 신학교에서 교재로 사용되고 있었다. 신학은 천주와 인간의 관계를 탐구하는 학문이라 공부할 게 매우 많았다. 그러나 프랑스어 교재와 강의를 온전히 이해하는 건 쉽지 않았다. 따라서 매일같이 밤늦도록 사전과 씨름하고 새벽에 일어나야 했다. 참으로 고단한 신학교 과정이었지만 그럴 때마다 김대건은 눈물 어린 기도로 어려움을 극복해 나갔다.

또 다른 한 명은 메스트르Maistre(1808~1857) 신부였다.[10] 그는 1832년에 신부가 된 후 7년 동안 교구 사제로서 활동하다가 1839년 선교 사제의 뜻을 품고 파리외방전교회에 입회하여 동양 선교사로 임명된 터였다. 그 역시 마카오에서 중국어와 통킹어를 배우며 선교지를 배정받을 예정이었다. 극동대표부에서는 메스트르 신부에게도 조선 신학생들의 신학 수업을 부탁했다.

메스트르 신부는 당시 조선 신학교 교장직을 맡고 있던 르그

---

10 메스트르 신부의 마카오 도착 날짜가 '1월 8일'이라는 주장도 있지만, 베르뇌 신부의 1840년 9월 24일 자 편지와 《한국천주교회사》 하권 33쪽을 보면 1월 8일은 프랑스에서 베르뇌 신부와 함께 출발한 날짜로 보인다.

부비에 주교의 《신학개요, 교육》

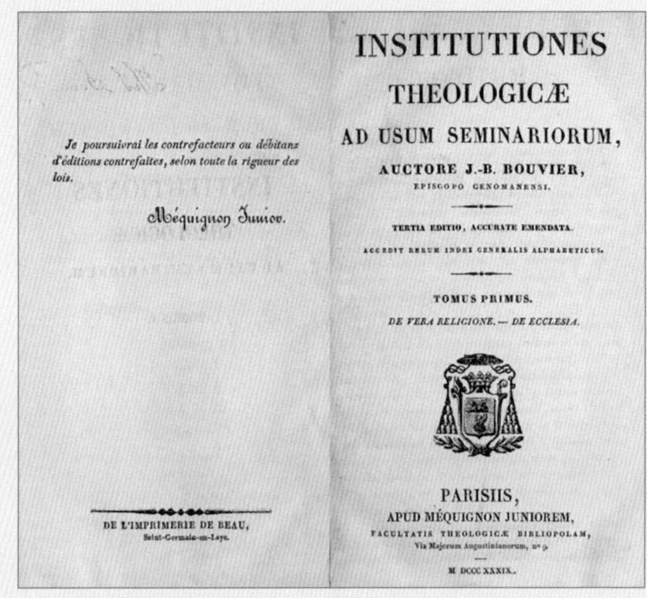

Je poursuivrai les contrefacteurs ou débitans d'éditions contrefaites, selon toute la rigueur des lois.

Méquignon Junior.

DE L'IMPRIMERIE DE BEAU,
Saint-Germain-en-Laye.

INSTITUTIONES
THEOLOGICÆ
AD USUM SEMINARIORUM,
AUCTORE J.-B. BOUVIER,
EPISCOPO CENOMANENSI.

TERTIA EDITIO, ACCURATE EMENDATA.
ACCEDIT RERUM INDEX GENERALIS ALPHABETICUS.

TOMUS PRIMUS.
DE VERA RELIGIONE. — DE ECCLESIA.

PARISIIS,
APUD MÉQUIGNON JUNIOREM,
FACULTATIS THEOLOGICÆ BIBLIOPOLAM,
Via Majorum Augustinianorum, nº 9.
M DCCC XXXIX.

◆ 프랑스 르망교구의 부비에 주교가 저술한 《신학개요, 교육》 1839년판.
"… 저는 조선인 신학생 두 명에게 철학을 가르치고 있습니다. 그들 손에 들려 있는 책은 주교님께서 저술하신 철학책입니다. 주교님께서는 이 책을 저술하시면서 조선 포교지를 위해 일하고 계신다고는 아마 짐작하지 못하셨을 것입니다. …"(베르뇌 신부가 1840년 10월 27일 부비에 주교에게 보낸 편지. 《성 김대건 안드레아 신부의 활동과 업적》, 2021 개정판, 191쪽)

레즈아 신부에게 어떤 책을 신학 교재로 삼을지를 상의했다. 르그레즈아 신부는 조선에서 신학생을 선발해 교육시키던 앵베르 주교가 순교하기 전인 1839년 3월 29일 마카오 극동대표부로 편지를 보내《사천 시노드 지도서synodus vicariatus sutchuensis》를 보내달라고 부탁했던 일[11]을 떠올리며《사천 시노드 지도서》를 추천했다. 르그레즈아 신부는 이 책의 내용이 김대건과 최양업이 조선으로 돌아갔을 때 도움이 될 뿐 아니라, 동양의 중국이나 통킹에서 사목 활동을 할 메스트르 신부에게도 도움이 될 것 같아 추천을 한 것이었다.

김대건과 최양업은 부비에 주교의《신학개요, 교육》을 통해 천주와 인간의 관계에 대해 좀 더 체계적으로 접근할 수 있었고, 사제 활동의 지침서인《사천 시노드 지도서》를 통해 '그리스도의 대리자'인 사제의 사명이 무엇인지를 조금씩 깨달아갔다. 사제에게 가장 중요한 성체성사를 지극정성으로 준비하고 경건하게 봉헌해야 한다는 것, 성체성사에 앞서 꼭 필요한 또 다른 성사인 고해성사를 성심성의껏 행할 때 신자들의 영혼을 치유하고 위로할 수 있고, 신자들의 영성 생활이 풍요로워질 수 있음을 알게 되었다. 사제로서 당연히 해야 할 일을 충실히 수행할 때 영혼 구령을 할 수 있고, 그것이 사제로서 해야 할 당연한 책무라는 사실도 깨달아갔다. 김대건은 어려운 용어가 나올

---

11 수원교회사연구소 엮음,《앵베르 주교 서한》, 천주교 수원교구, 2011, 479쪽.

《사천 시노드 지도서》

SYNODUS

VICARIATUS SUTCHUENSIS

HABITA

IN DISTRICTU CIVITATIS

TCONG KING TCHEOU

Anno 1803.

Diebus secunda, quinta, et nona Septembris.

ROMAE MDCCCXXII.

TYPIS SACRAE CONGREGATIONIS DE PROPAGANDA FIDE.

SYNODUS

VICARIATUS SUTCHUENSIS

HABITA IN DISTRICTU CIVITATIS

TCONG KING TCHEOU

Anno 1803.

Gabriel Taurinus Dei, et Sanctae Sedis Apostolicae gratia Episcopus Tabracensis Vicarius Apostolicus Provinciae Suchuensis et Administrator Provinciarum Yun Nans, et Kouey Tcheou Universis jurisdictionis nostrae Missionariis salutem in eo, qui est Princeps Pastorum.

Venerabiles, et dilectissimi Fratres, Ex quo regimen hujus Vicariatus suscepimus, quem non nostris meritis, sed sua infinita bonitate commisit nobis Dei omnipotentis providentia, perpendentes, ac sollicita, pavidaque mente recogitantes qua ratione gravissimum hoc munus ita adimplere possemus, ut et Deo majorem gloriam et vobis ipsis, nec non populis nobis creditis majorem utilitatem, ac fidei majus afferret incrementum, nihil

a

◆ 《사천 시노드 지도서》는 1803년 중경重慶주에서 열렸던 사천교구 주교회의 결정사항이 담긴 책자다. 사제 성사 활동의 지침과 성사 집전의 규정, 선교사 개인들의 활동 규칙이 망라되어 있다. 로마 교황청 포교성성에서는 《사천 시노드 지도서》가 중국뿐 아니라 극동에 위치한 가톨릭 선교지에서도 적용할 수 있는 "아주 적합한 규정들의 요약"이라고 판단해 1837년에 출판했다.

조선에서 신학생을 선발해 교육시키던 앵베르 주교가 순교하기 전인 1839년 3월 29일 마카오 극동대표부 르그레즈아 신부에게 편지를 보내 《사천 시노드 지도서》를 보내달라고 부탁했을 정도로 중요하게 생각한 신학생 교재였다. 최양업 신부도 1858년 10월 3일 르그레즈아 신부에게 보낸 편지에서 조선으로 배정된 선교사 신부님들께 《사천 시노드 지도서》를 한 권씩 주라고 부탁했다.(《최양업 신부의 편지 모음 – 너는 주추 놓고 나는 세우고》, 2판 1쇄, 2021, 231쪽) 그가 《사천 시노드 지도서》를 공부했음을 알려주는 근거다.

때마다 사전을 찾거나 한문 번역본을 대조하면서 가끔 최양업에게 물었다. 이해하기 어려운 용어가 많았지만《사천 시노드 지도서》는 다행히 한문 번역본도 있었다.

"토마스, 요즘 좋은 신부가 된다는 게 얼마나 어려운 일인지를 깨닫고 있어. 내가 신자들의 영혼을 치유하고 위로하는 역할에 충실한 사제가 될 수 있을까?"

"안드레아, 우리는 나약하지만 우리의 앞날은 천주의 안배하심에 맡기고 지금은 그런 염려보다는 공부에만 집중하는 게 좋을 것 같아."

"그래 토마스, 네 말을 듣고 보니 위로가 된다. 천주를 만유위에 사랑하는 철석같은 마음을 가져야 하는데, 나는 자꾸 인간적인 걱정이 앞서는 게 문제야. 네 말대로 천주의 안배에 복종하겠다는 믿음으로 이 어려운 공부를 이겨내도록 노력할게."

김대건과 최양업은 서로 의지하고 위로하면서 어려운 공부의 고비를 넘겨갔다.

다시 해가 바뀌어 1841년이 되었지만 조선에서는 아무런 소식이 없었다. 극동대표부에서는 앵베르 주교와 모방 신부, 샤스탕 신부를 비롯하여 조선 교우들의 안위를 걱정하기 시작했다. 시간이 흐를수록 김대건과 최양업도 걱정이 깊어졌지만, 9천리 떨어진 마카오에서 할 수 있는 일은 기도와 공부뿐이었다. 어수선하고 불안했지만, 김대건과 최양업은 향상되는 라틴어와 프랑스어 실력을 바탕으로 신학 공부와 성사 집전의 소중함을 깨우치는 공부에 매진했다. 그러나 이듬해 벽두 청천벽력 같은 소식이 전해졌다.

6

멀고도 험한 조선으로 가는 길

21

조선을 향해 떠나다

"토마스, 혹시… 소문 들었어? 조선에 큰 군난이 있었다던데…."

"나도 소문은 들었어, 안드레아. 하지만 단지 소문일 뿐이라고 믿기로 했어. 북경에서는 작은 일도 부풀려지는 일이 많잖아. 우리는 열심히 기도하면서 좋은 소식이 오길 기다리는 수밖에 없지."

발 없는 말이 천 리를 간다고 했던가. 1842년 1월 말, 마카오 파리외방전교회 극동대표부에도 마침내 흉흉한 소문이 돌았다. 지난 1839년에 조선에서 군난이 일어나 앵베르 주교를 비롯한 세 명의 프랑스 사제와 조선 교우 200명이 순교했다는 내용이었다. 북경에서 조선인에게 기해년의 군난(기해박해) 이야기를 전해 들었다는 러시아인의 말이 이곳 마카오까지 전해진 것이다. 그 소식에 마카오 극동대표부의 신부들과 조선 신학생들은 경악을 금치 못했다. 그러면서도 북경이란 곳이 워낙 과장된 소문이 자주 흘러나오는 곳이라 이 소문 역시 유언비어이길 바라는 마음이 간절했다.

이곳에 있는 사제들과 신학생들은 모두 한마음으로 조선의 선교 사제들과 교우들의 안전을 기원하는 기도와 미사를 바쳤다. 김대건과 최양업도 불안한 마음으로 서로를 위로했다. 그러면서도 지난해부터 조선에서 아무런 소식이 없었던 터라 불안이 커져갔다. 만약 소문대로 군난이 일어나서 200명이나 되는 신자들이 치명 순교했다면 두 신학생 부모님들의 안전을 장담하기란 어려웠을 터였다. 초조한 모습을 감추지 못하는 김대건에게 최양업은 침착하고도 단호하게 말했다.

"안드레아, 만약 군난이 일어났다면 포졸들이 교우촌부터 들이닥쳤을 테고, 우리 부모님들은 우리를 나라 밖으로 보낸 죄까지 더해져서 위주치명을 면하시기 어려우셨을 거야. 그러나 아직 확실한 건 알 수가 없잖아. 이제 모든 일을 천주의 안배하심에 맡기고 성모님께 묵주기도를 바치면서 마음을 가라앉히도록 하자…."

김대건은 최양업의 말을 들으며 희광이의 칼날에 스러지는 아버지의 모습이 눈에 보이는 듯하여 고개를 저으며 눈을 감았다. 그리고 성모님께 부모님을 지켜달라며 오래오래 묵주기도를 바쳤다. 그런 김대건의 모습을 본 메스트르 신부 역시 그의 손을 잡으며 위로와 조언을 전했다.

"안드레아, 신학생으로서 지금의 네 모습은 매우 나약하다고밖에 말할 수 없구나. 아직은 조선에서 어떤 박해가 있었는지 확인할 수 없단다. 그런데 너는 조선에서 박해가 일어났다는 소문에 현혹되어 이다지도 놀라고 낙담으로 무너지려 하고 있구나. 우리는 어떤 위협 앞에서도 물러서지 않고 천주의 안배하심에 영혼과 육신을 맡기고 앞으로 나아가야 한다. 무공무덕無功無德한 우리에게 천주께서 치명의 상급을 내리실 때 진심으로 천주께 감사하는 마음으로 치명의 칼날을 받아들일 마음의 준비를 항상 하고 있어야 하지 않겠느냐. 이 세상은 지나가고 세상 안에 살고 있던 사람도 지나간다. 그러나 치명의 영광은 끝이 없고 영원하다. 안드레아, 우리는 자기 자신만을 바라보면 나약한 존재이지만, 천주를 바라볼 때는 강건해진다. 우리에게 어떠한 일이 일어나더라도 천주께 무한히 사랑받고 있다는 것을 의심하지 말거라."

메스트르 신부의 조언은 김대건의 가슴속 깊은 곳으로 들어왔다. 이때의 조언은 신학생으로서의 자존감이 무엇인지를 깊이 생각하게 하는 계기가 되었다.

그 일이 있은 후 얼마 뒤인 2월 초, 파리외방전교회 극동대표부에 프랑스 해군 세실Cécille(1787~1873) 중령이 방문했다. 그는 아시아의 바다를 순항하다 마카오에 정박한 프랑스 군함 에리곤호l'Érigone의 함장이었다. 대표인 르그레즈아 신부가 한 해 전

11월 중순 프랑스 파리외방전교회의 본부로 귀국한 뒤 후임으로 대표를 맡은 리브와 신부가 그를 맞았다.

"신부님께 인사드립니다. 저는 작년 12월 마카오에 입항한 프랑스 해군 호위함(프리깃Frigate함) 에리곤호의 함장 세실 중령입니다."

세실 함장은 가톨릭의 나라인 프랑스 해군의 중령답게 사제에게 최대의 예를 갖춰 인사했다.

"어서 오십시오. 반갑습니다. 저는 파리외방전교회 극동대표부의 대표인 리브와 신부입니다. 바쁘신 중에도 저희 대표부를 찾아주신 세실 함장께 천주의 특별한 안배가 있으시기를 축원합니다."

리브와 신부는 세실 함장에게 십자성호를 그으며 강복했다.

"신부님의 강복에 깊은 감사를 드립니다. 저희 프랑스 호위함은 며칠 후 아편 문제로 영국과 청나라 사이에 전투가 벌어지고 있는 양자강 유역과 상해 앞바다에 있는 주산도舟山島를 향해 떠날 예정입니다. 그리고 그곳에서 상황을 보아 '조선 원정'을 할까 계획하고 있습니다."[1]

리브와 신부는 '조선 원정'이라는 말에 깜짝 놀라며 세실 함장의 이야기에 귀를 기울였다.

---

1 이하의 세실 함장과 르그레즈아 신부, 리브와 신부, 메스트르 신부의 대화는 세 명의 사제가 1842년 2월 11일부터 7월 2일까지 보낸 9통의 편지 내용을 종합해서 재구성했다.《성 김대건 안드레아 신부의 활동과 업적》, 2021 개정판, 201~237쪽.

"아직은 비밀이지만, 우리는 조선으로 가서 그 나라 왕에게 제안을 할까 생각 중입니다. 다시 말해, 다른 나라들은 빼고 프랑스와 독점적으로 교역을 하기로 하면 중국과 일본으로부터 간섭받지 않게끔 보장하겠다는 통상협상 말입니다. 또 우리는 조선과 일본 사이에 있는 바다(동해)의 해상권을 장악하기 위해 일본의 한 섬을 점령할 계획도 세우고 있습니다. 그래서 조선을 포교지로 두고 있는 파리외방전교회에 조선말을 할 줄 아는 신부님이 계시면 통역으로 동행하도록 허락해주십사 하는 부탁을 드리려고 온 겁니다."

세실 함장의 설명을 들은 리브와 신부는 프랑스 해군이 세운 이 계획의 배경을 짐작할 수 있었다. 영국이 청나라에 대한 영향력을 선점할 기세를 보이자 조선 및 일본과의 통상조약을 체결하여 극동아시아에서 프랑스의 영향력을 확보하고자 하는 의도를 읽을 수 있었던 것이다. 그러나 파리외방전교회 극동대표부 대표로서는 그런 정치적 계산과는 무관하게 풍문으로만 들려오던 조선에서의 박해 소식 진위를 정확히 파악할 수 있게 해주려는 '천주의 섭리'라고 생각하며 그의 부탁을 흔쾌히 받아들였다.

"좋습니다, 함장님. 저희 대표부에서는 함장님의 요청을 기쁜 마음으로 수락합니다. 그리고 조선에 가셨을 때의 통역이 필요하시면 신부님뿐 아니라 여기서 공부하는 조선인 신학생도 동행하도록 도움을 드릴 수 있습니다."

"신부님, 이렇게 완벽한 도움을 주신다니 대단히 감사합니다. 역시 천주님의 안배하심이 크십니다. 그럼 출항일이 정해지는 대로 다시 기별을 드리겠습니다."

세실 함장이 떠나자 리브와 신부는 대표부에서 신부들과의 긴급회의를 소집했다.

"신부님들! 조선에 대한 천주님의 섭리는 세실 함장을 통해서 실현시키실 모양입니다. 오! 천주님, 당신 뜻대로 이루어지소서! 이번 일은 조선 포교지의 상황 그리고 우리 동료 사제들의 상황을 정확히 파악할 절호의 기회입니다. 또한 세실 함장의 협상을 가능한 한 우리 교회를 위해 이용해야 합니다. 만약 협상이 잘 풀리지 않는다면 이번에 동행하는 신부님과 조선 신학생을 입국시켜야 합니다. 만일 소문대로 우리 선교사들이 다 순교하였다면 그 어려운 상황에서 조선 포교지를 다시 맡아 수습하고 대표부와 연락망을 복원할 수 있는 기회로 삼아야 합니다. 그러기 위해 이번 원정에 동행하는 사제는 그러한 사명을 가장 잘 수행할 수 있는 분을 파견해야 한다는 게 제 생각입니다."

이때부터 며칠 동안 대표부에서 직책을 맡은 신부들은 회의에 회의를 거듭했다. 그 결과 아직 선교지를 배정받지는 않았지만 조선 신학생들과 1년 반 동안 생활을 했을 뿐 아니라 나이도 지긋하고 현명하면서, 지식을 갖추고 영혼 지도에 경험이 있으며, 무엇보다도 어려움 앞에서 절대로 물러서지 않는 성격의 메스트르 신부가 최적임자라고 의견을 모았다. 이러한 결론에 따라 리브와 신부가 그에게 조선으로 향할지에 대한 의향을 물었다.

"메스트르 신부님. 얼마 후 프랑스 호위함 에리곤호가 조선을 향해 떠나는데 통역을 맡아줄 사제가 필요하다고 합니다. 우리는 이 일에 메스트르 신부님이 적임자라고 판단하였습니다. 지금 우리는 조선에 파견한 우리 선교사들의 생사를 포함해서 이들이 어떠한 상황에 처했는지도 모르는 상태입니다. 그래서 조선에 도착하시면 우리 동료 선교 사제들과 조선 포교지의 상황에 대해 가능한 한 모든 정보를 얻기 위해 노력해주십시오. 만약 우리 군함의 조선 입항이 어렵거나 협상이 실패할 경우에는 신부님과 조선 신학생이 상륙할 수 있는 별도의 방법을 찾아서 입국해주셔야 합니다. 물론 신부님은 통킹으로 파견될 가능성이 높지만 아직 최종 결정이 나지 않았기에 이러한 결정을 하였습니다. 물론 이 결정에는 큰 위험이 따릅니다. 신부님 생각은 어떠신지요?"

"리브와 신부님께서 내리신 결정을 진심으로 기쁘게 생각하면서 동의합니다. 어려움은 모든 포교지에 있습니다. 통킹에서도 많은 순교가 있었던 걸 알고 있습니다. 순교를 두려워하는 선교사가 어찌 천주님의 복음을 전하는 자라 할 수 있겠습니까? 목숨을 바쳐 천주에 대한 사랑을 증거하는 것은 더없는 영광입니다. 저는 전혀 두렵지 않습니다."

"메스트르 신부님, 고맙습니다. 그러면 조선에 동행할 신학생으로는 누가 좋겠습니까? 신부님의 의견에 따르겠습니다."

메스트르 신부는 잠시 생각에 잠겼다. '외향적인 성격의 안드레아와 내성적인 토마스…. 라틴어 실력은 토마스가 더 낫지만 프랑스어 실력은 안드레아가 한 수 위인데….' 생각에 잠겼던 메스트르 신부는 결국 이런 위험을 감수하는 일에는 외향적인 안드레아가 더 적합하리라 판단했다.

"리브와 신부님, 이번 일에는 안드레아 신학생이 더 적합할 것 같습니다. 성격이 외향적이라 가끔 실수도 하지만 그런 성격에서 오히려 용기가 나올 수도 있을 것 같아서입니다."

"신부님 뜻에 따르겠습니다. 그럼 안드레아 신학생을 데리고 가시고, 토마스 신학생은 여기 남아서 계속 신학 공부를 하도록 하겠습니다."

이 소식을 들은 김대건은 머릿속이 복잡했다. 조선엘 가다니! 아직 신학생 신분인 자신이 이렇게 갑작스레 조선으로 가게 될 줄은 미처 생각지 못했던 일이었다. 그러나 조선의 천주교에 도움이 될지도 모르는 역할을 할 수 있는 기회가 왔다는 생각에 가슴이 두근거렸다. 위험할 수도 있겠지만, 순교는 조선에서 신학생이 되었을 때부터 각오했던 운명이 아니던가. 여러 생각에 젖어 있던 그는 마카오에 홀로 남을 최양업에게 미안한 생각이 들었다.

"토마스, 너와 함께 조선으로 돌아가고 싶었는데…. 함께 가지 못하고 내가 먼저 가게 되어서 미안하다."

"미안하긴 뭐가…, 안드레아. 나는 이 모든 게 천주님의 섭리라고 생각해. 물론 위험이 따르겠지만, 너는 분명코 잘 해낼 수 있을 거야."

김대건은 최양업의 말을 들으며 다시 생각에 빠졌다. 그도 최양업이 무슨 말을 하는 건지 알고 있었기에 무거운 목소리로 입을 열었다.

"토마스, 고마워. 그리고 만약 내가 조선에서 위주치명을 당하더라도 너는 꼭 신품을 받아서 조선 교우들의 구령 사업에 힘써주길 바랄게."

이번에는 최양업이 김대건의 손을 굳게 잡았다.

"안드레아. 무공무덕한 우리에게 천주께서 치명의 상급을 주시면 언제든 받아들일 준비를 항상 하고 있어야 하는 게 우리들의 삶이야. 하지만… 그래도 천주의 안배를 믿고 조선에서 좋은 결과가 있도록 내가 열심히 기도할 테니 용기를 잃지 말고 잘 다녀와."

"토마스, 우리가 신품을 받고 조선에 간다 해도 지금보다 몇 해나 더 살겠어. 지금이나 그때나 몇 년밖에 차이가 나지 않아. 그러나 치명의 영광은 끝이 없고 영원하다고 메스트르 신부님께서 말씀하셨어. 우리는 이제 잠시 헤어지지만, 내가 다시 돌아오지 못한다면 우리 천당에서 다시 만나자."

최양업은 안타까운 눈길로 김대건을 바라보았다. 함께 9천리 길을 걸어 이곳까지 온 친구이자 동료였다. 서로 힘들 때 의지하며 힘이 되어주었고, 게다가 외가 쪽으로 먼 친척이 아니었던가. 좌절도 함께 느꼈고 성취감도 함께 느끼며 마음을 터놓던 김대건과의 갑작스러운 이별이 아쉬웠지만, 이것 또한 천주의 섭리일 테니 그가 가야만 하는 길이 아니겠는가. 최양업은 그의 손을 잡고 오랫동안 기도하며 다시 한번 천주의 안배를 기원했다.

1842년 2월 15일, 김대건은 대표부에서 환송 미사를 드리고 메스트르 신부와 함께 마카오항에 정박해 있던 에리곤호에 올랐다. 에리곤호는 먼저 필리핀의 마닐라항에서 긴 항해에 필요한 생활필수품을 싣기 위해 남쪽으로 향했다.

김대건은 뱃전에서 멀어져가는 마카오를 바라보며 상념에 젖었다. 열다섯 살 소년 시절 조선을 떠나 열여섯 살 때 마카오에 도착하여 어느새 스물한 살의 청년이 되기까지 지난 5년 반 동안의 생활이 주마등처럼 눈앞을 스쳐 지났다. 마카오 신학교에 도착한 후 몇 달 만에 최방제를 떠나보내고 최양업과 둘이서 사전과 씨름하며 소신학교 과정을 마치고 대신학교 과정에 들어 공부하다 천주의 섭리로 조국으로 향하는 프랑스 군함을 타게 되다니…. 천주님, 당신의 뜻대로 이루어지소서….

22

영적 스승 메스트르 신부

에리곤호가 마닐라에 도착한 것은 마카오를 떠난 5일 후인 2월 20일이었다. 메스트르 신부와 김대건이 배에서 내리자, 마닐라 주재 프랑스 영사가 기다리고 있다가 두 사람과 마닐라 대교구장인 호세 마리아 세기José Maria Seguí(1773~1845) 대주교의 사제관까지 동행했다. 교회법에 따라 타국에서 오는 선교사들은 교구장 주교에게 체류 허락을 받아야 하기 때문이었다. 메스트르 신부는 대주교에게 파리외방전교회와 교류가 많고 마카오 소요 사태 때도 체류했던 도미니코회 수도원에서 머물기를 희망해 허락을 얻었다. 에리곤호가 출항하기를 기다리면서 메스트르 신부는 이곳에서 김대건으로부터 조선말을 배우며 시간을 보냈다. 그러나 세실 함장에게 생긴 안질을 치료하기 위해 출항은 계속 지연되고 있었다. 김대건은 마닐라에서는 유럽과의 우편물 교환이 빠르다는 이야기를 듣고, 마카오 파리외방전교회 대표 신부로 있다가 1841년 말에 프랑스로 돌아간 르그레즈아 신부에게 안부 편지를 썼다.

예수 마리아 요셉(J.M.J.)
공경하올 르그레즈아 신부님께

지극히 공경하올 신부님,
조선을 향해 출발하게 되어, 이 기회에 잠시 틈을 내어 신부님께 편지를 올립니다.

신부님과 우리가 헤어진 지도 벌써 아주 많은 날이 지났습니다.

2월 12일쯤에 리브와 대표 신부님께서 메스트르 신부님이 저를 데리고 조선으로 가도록 배정하셨습니다. 이 여행이 비록 험난한 줄 알지라도 천주님께서 우리를 무사하게 지켜주시리라 희망하고 있습니다.

…

신부님과 작별한 후로는 오늘까지 프랑스어 공부를 못하고 있습니다. 다른 사정에 대해서는 대표부 신부님들이 편지하실 것이므로 저는 여기서 이만 줄이겠습니다. 최 토마스는 지금 혼자 남아 있습니다.

이 글을 마치면서 기도 중에 저를 기억해주시기를 스승님께 청하며, 저도 신부님을 위하여 그렇게 하겠습니다. 안녕히 계십시오.

공경하올 스승님께 부당한 아들 김해金海 김 안드레아가 올립니다.

마닐라에서, 1842년 2월 28일[2]

마닐라에 온 지 두 달 후인 4월 19일 아침, 김대건과 메스트르 신부는 세실 함장의 안질이 완치되어 이날 저녁 출항할 예정이라는 연락을 받고 에리곤호에 다시 올랐다. 그동안 조선말 공부를 열심히 한 메스트르 신부는 한글의 자음과 모음 구조를 파악했고, 조선에서 가장 많이 사용되는 단어들로 단어장을 만들었다. 김대건은 메스트르 신부에게 조선말을 가르치면서 역으로 프랑스어와 라틴어를 많이 배울 수 있었다.

메스트르 신부는 마닐라에서 그리고 상해로 향하는 배 안에서 많은 훈화를 했다. 김대건은 그로부터 훗날 좋은 선교사가 되려면 어려움 앞에서 절대로 물러서지 않는 믿음과 용기가 필요하다는 이야기를 귀에 못이 박히도록 들었다. 메스트르 신부는 신약성경, 특히 〈마태오복음〉의 예화를 들곤 했는데, 이 예화

2 《성 김대건 안드레아 신부의 서한》, 2020 개정판, 49~51쪽. 김대건 신부가 생전에 작성한 서한은 모두 21통으로 보이는데, 1842년 2월 28일 마닐라에서 르그레즈아 신부에게 보낸 이 라틴어 편지가 첫 번째 편지다.

메스트르 신부

◆ 메스트르 신부는 김대건에게 본격적으로 신학과 영성을 지도하며 그가 갖고 있던 외향적 성격이 용덕으로 바뀔 수 있도록 '영적 지도'를 베풀었다. 메스트르 신부는 조선 선교사로 자원해 처음에는 신학생 김대건과 함께, 나중에는 최양업과 함께 조선에 입국하려 했다. 그러나 국경의 경계가 삼엄해 입국에 어려움을 겪으면서 1852년에야 서해안 고군산도古群山島를 통해 조선에 도착했다. 메스트르 신부는 현지에서의 성직자 양성의 긴급성을 절감하고 1855년 제천堤川 배론에 성요셉 신학교를 설립했고, 이 신학교는 발전을 거듭하면서 현 가톨릭대학교의 모태가 되었다. 메스트르 신부는 조선에서 최초로 고아 사업을 시작하는 등 많은 활동을 하다가 1857년 12월 20일 과로로 쓰러져 선종했다. 조선에서 사용한 이름은 '이李 신부'였다.

※사진: 한국교회사연구소 제공

는 김대건에게 큰 용기를 심어주었다.

"너희의 믿음이 약한 탓이다. 내가 진실로 너희에게 말한다. 너희가 겨자씨 한 알만 한 믿음이라도 있으면, 이 산더러 '여기서 저기로 옮겨 가라' 하더라도 그대로 옮겨 갈 것이다. 너희가 못 할 일은 하나도 없을 것이다."(〈마태오복음〉 17장 20절)

메스트르 신부는 김대건에게 자신은 조선에 가게 될 거라고 예감하고, 또 그 예감이 실현될 것임을 확신한다고 힘주어 말하며 조선말 공부에 매진했다. 그는 조선에서 사용할 교리서를 직접 만들었고, 마카오 대표부에 편지를 보내 자신이 두고 온 교리서와 영성 책들을 기회가 되는 대로 보내달라고도 했다. 김대건은 메스트르 신부의 그런 자신감과 믿음을 지켜보면서 열심히 신약성경을 읽으며 믿음을 다져나갔다.

마카오에서 공부할 때 교수 신부들은 김대건의 급한 성격에서 오는 경솔함을 우려해왔다. 그러나 메스트르 신부는 그의 급한 성격을 용기라는 장점이 되도록 인도했다. 예수가 성격이 급했던 어부 시몬의 단점을 책망하면서도 굳건한 믿음과 용기를 신뢰하시어 '반석'이라는 뜻의 '베드로'라는 이름을 내리며 수제자로 삼았듯이, 메스트르 신부도 김대건의 급한 성격을 알면서도 그가 훗날 조선 천주교의 반석이 되도록 믿음과 용기를 심어주었던 것이다.

양자강 어귀를 향해 출발한 에리곤호는 곧 작은 폭풍우와 역풍을 만났다. 하는 수 없이 에리곤호는 대만의 한 항구에 정박한 뒤 날씨가 좋아지기를 기다렸다. 김대건은 이때 배에서 내려 만년설이 덮인 옥산玉山 등 대만의 이국적 풍경을 감상할 수 있었다. 그리고 생선을 팔러 온 사람들을 만나 중국어로 대화를 시도해보기도 했다. 그의 안에 있는 호기심이 발동한 것이다. 하지만 대만인들은 자신들만의 언어가 따로 있어 그가 익힌 중국어로는 대화를 나누지 못하는 경험을 하기도 했다.

며칠 후 바다가 잠잠해지자 대만을 떠난 에리곤호는 5월 10일경 주산도에 입항했다. 김대건은 이곳에서도 배에서 내려 시내 구경을 했다. 하지만 원주민들 외에는 이국적 풍경이 없어 흥미를 느끼지 못했다. 얼마 후에는 남경을 가는 뱃길을 시찰하려고 출발하는 영국인들을 따라 양자강의 숭명도를 구경하기도 했다. 4년 뒤쯤 그 섬에서 황해를 건너기 위해 기다리게 될 줄은 꿈에도 모른 채.

6월 초, 에리곤호는 20척의 영국 함선과 함께 주산도를 떠나 양자강으로 향했다. 양자강 어귀에 도착한 영국 함대는 강을 거슬러 오르며 주요 도시들을 차례로 함락시키면서 남경으로 북진했다. 그러나 세실 함장은 더 이상 영국 함선들의 뒤를 따르지 않고 상해에서 15킬로미터 떨어진 양자강 하구에 있는 오송항에 에리곤호를 정박했다. 영국 함선의 강력한 화력에 청나라는 패전을 인정하고 영국과 협상하기 시작했다. 이때 김대건은 세실 함장이 영국과 청나라 사이에 체결되는 '남경(난징)조약'을

에리곤호 항해도

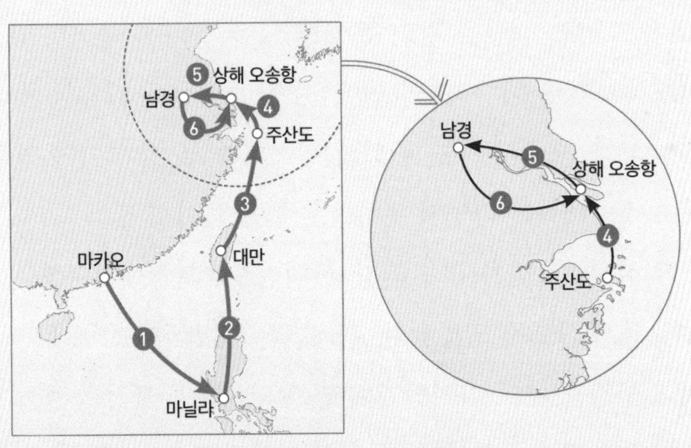

① 마카오 – 마닐라 : 1842년 2월 15일~2월 20일
② 마닐라 – 대만 : 4월 19일~4월 중하순경
③ 대만 – 주산도 : 4월 말~5월 10일
④ 주산도 – 상해 오송항 : 6월 초
⑤ 오송 – 남경 : 8월 13일~8월 29일
⑥ 오송으로 돌아와 에리곤호에서 하선 : 9월 11일

참관하기 위해 작은 배 한 척을 구하는 과정에서 중국어 통역을 맡았다. 그 덕분에 세실 함장을 비롯한 약 스무 명 남짓한 선원과 함께 남경에 도착하여 남경조약의 조인식을 참관하고, 중국인 고관들을 만나는 귀한 경험을 할 수 있었다.

신학생 김대건이 지켜본 남경조약 조인식 장면

◆ "… 세실 함장은 부관 뒤프레 씨와 프랑스 왕 루이 필리프가 파견한 사절, 지리학자와 저, 그리고 약 20명의 선원을 대동하고 16일 동안 항해한 후 강화조약이 조인되던 바로 그날 남경에 도착하여 조인식을 참관하고, 4명의 중국인 고관들을 전부 만났습니다."

_ 김대건이 1842년 9월(11~16일 사이) 상해에서
리브와 신부에게 보낸 편지 중 조인식 참관 부분

※〈남경조약 조인식 광경〉, 대위 존 플랫John Platt 그림(1846),
Anne S. K. Brown Military Collection 소장

1842년 8월 29일, 남경의 장강長江에 정박 중인 영국 군함 콘월리스HMS Cornwallis호 선상에서 불평등 조항으로 가득한 남경조약이 체결됨으로써 아편전쟁은 공식적으로 막을 내렸다. 중국은 굴욕적인 불평등 조약으로 중화사상의 자부심이 여지없이 무너졌으며 중국 사회는 커다란 충격에 빠졌다. 그러나

김대건에게 남경조약 참관은 귀중한 경험이었다. 그는 중국인들이 강한 힘을 가진 유럽인들을 두려워하는 모습을 직접 목격하면서 큰 자극을 받았다. 이 경험은 그가 나중에 중국에서 조선 입국로를 개척할 때 그에게 닥칠 위기를 헤쳐나가는 데 큰 도움이 되었다.

남경에서 김대건은 3년 후 그에게 큰 도움을 주는 강남대목구 소속 예수회 선교사인 고틀랑Gotteland(1803~1856) 신부를 만나 인사를 나눴다. 당시 그는 영국 군함을 타고 선교지인 상해 연안에 있는 김가항金家巷 성당으로 가는 길이었다. 고틀랑 신부는 조선이 박해가 심하다는 얘기를 들었다며, 메스트르 신부와 함께 조선에 무사히 도착하기를 기도하겠다는 인사를 나누고 헤어졌다. 고틀랑 신부와 헤어진 김대건은 에리곤호로 돌아와 마카오 극동대표부의 리브와 대표 신부와 파리의 르그레즈아 신부에게 라틴어로 편지를 보내 영국 해군과 청나라 군대의 전투, 남경조약 내용과 참석자 등을 자세히 전했다.

23

황해를 앞에 두고 배에서 내리다

조약 참관을 마친 후 김대건과 메스트르 신부는 오송항으로 돌아오던 중 반가운 소식을 전해 들었다. 마카오에 있는 줄 알았던 최양업과 만주 지역 선교사로 마카오에 도착했던 브뤼니에르Brunière(1816~1846) 신부가 또 다른 프랑스 군함인 파보리트Favorite호에 타고 있다는 것이었다. 브뤼니에르 신부는 파보리트호가 요동 해안과 조선을 방문할 예정이라는 소식을 듣고 통역을 맡아 최양업과 함께 승선해서 오송항까지 온 것이었다. 그러나 파보리트호가 요동반도로 가지 않기로 하여 오송항에서 하선할 준비를 하고 있었다. 오송항에서 잠깐 최양업을 만난 김대건은 간단히 인사를 나눈 후 메스트르 신부와 함께 에리곤호로 돌아왔다. 그러나 에리곤호에 다시 오르자 세실 함장 역시 조선으로 가는 계획에 난색을 보였다.

"신부님. 저는 아직 조선으로 갈 희망을 버리지 않고 있습니다. 그러나 현재 함선 안에는 환자가 많습니다. 또한 마카오에서 떠난 지가 벌써 7개월 남짓 되기 때문에 저에게 항해할 시간이 얼마 남지 않았습니다. 그래서 만약 조선으로 향하는 도중에 역풍을 만나면 곧바로 마닐라항으로 뱃머리를 돌려야 하는 상황입니다. 따라서 제가 조선으로 떠나려면 신부님께서 저의 이런 조건을 수락해주셔야 합니다."

조선행을 7개월이나 기다렸던 메스트르 신부는 기대했던 거사가 물거품이 되어버릴 것 같아 안타까웠다. 만약 조선에서 프랑스 사제 세 명이 순교를 당한 게 확실하다면 세실 함장에게 조선 정부에 항의하러 가자고 설득이라도 해보겠지만 그때까지도 확실한 소식은 알 수 없었던 터였다.

"세실 함장님. 무슨 말씀이신지 잘 알겠습니다. 그런데 이 문제는 저 혼자서 결정하기 힘드니 파보리트호에 계신 브뤼니에르 신부님을 만나 상의한 후 확답을 드려도 되겠습니까?"

"예, 신부님."

메스트르 신부는 어렵사리 이곳 상해까지 왔는데, 조선을 앞에 두고 다시 마닐라를 거쳐 마카오로 돌아갈 수는 없다고 생각했다. 그러나 만약 조선으로 가자고 했다가 되돌아가야만 하는 사태가 벌어지면 상해에도 들르지 않고 곧장 마닐라로 회항할 가능성도 있었다. 그러면 조선으로 가는 길은 다시 9천 리 먼 길이 될 터였다. 이런 생각을 하며 메스트르 신부는 브뤼니에르 신부를 만났다. 두 신부는 상해를 관할하는 산동대목구장 베시 Besi(1805~1871) 주교의 판단에 따르기로 했다. 즉시 상해로 중국인 연락원을 보내 베시 주교의 의견을 물었다. 그러나 출항 전까지 돌아와야 할 연락원이 제때 돌아오지 않았다. 결국 메스트르 신부는 세실 함장에게 역풍을 만나면 되돌아가도 좋다는 조건을 수락했다.

에리곤호가 출항 준비를 하며 닻을 올리려고 할 때였다. 베시 주교에게 갔던 연락원이 상해에서 작은 배를 타고 돌아와 메스트르 신부에게 하선해서 주교관으로 오라는 메시지를 전했다. 메스트르 신부는 이것이 천주의 섭리라고 생각하며 김대건을 대동하고 세실 함장에게 작별을 고한 뒤 에리곤호에서 내렸다. 메스트르 신부와 김대건이 내리자 이미 닻을 올린 에리곤호는 마닐라를 향해 미끄러져 나갔다. 김대건은 안타까운 마음으로 멀어져가는 에리곤호를 바라봤다. 조선 입국을 위한 김대건의 첫 번째 시도는 마카오를 떠난 지 7개월 만에 이렇게 끝이 나고 말았다. 9월 11일이었다.

메스트르 신부와 김대건은 산동대목구장 베시 주교의 집에 도착했다. 그곳에서 그들은 미리 도착해 기다리고 있던 최양업과 브뤼니에르 신부를 반갑게 다시 만났다. 베시 주교는 오늘은 주교관에서 지내고, 내일 20~30리(8~12km) 떨어진 교우촌에

가 있으면 조선에서 가까운 요동반도에 있는 만주(요동)대목구로 떠날 배 한 척을 주선해주겠다고 했다. 김대건과 최양업은 안내된 방으로 건너갔다.

"토마스, 7개월 동안 헤어져 있다가 마카오가 아닌 상해에서 이렇게 다시 만나니 정말 반갑다. 그동안 조선말을 못 해 답답해서 혼났거든. 그런데 여기까지는 어떻게 온 거야?"

"답답했던 건 나도 마찬가지였어, 안드레아. 그런데 나는 네가 메스트르 신부님과 조선으로 떠난 걸로 알고 있었는데 어떻게 된 거야?"

"그게 얘기하자면 길어…."

김대건은 이때부터 지난 7개월 동안에 일어났던 일들을 이야기해준 후, 조선에 못 가게 된 연유를 설명했다.

"너도 알다시피 메스트르 신부님과 나는 조선으로 가려고 했는데, 베시 주교님이 교우들과 배를 보내주셔서 내리게 된 거야. 메스트르 신부님으로서는 주교님의 판단을 따라야 하니까. 이런 기회가 언제 또 올지 몰라 아쉽지만 천주님의 섭리를 믿고 기다릴 수밖에…. 그런데 나는 세실 함장이 역풍이 불면 마닐라로 돌아간다고 하는데도 메스트르 신부님께서 조선으로 가겠다고 하시는 모습을 보며 역시 담대한 믿음과 용기를 가지신 분이라는 걸 느꼈어."

"메스트르 신부님께서 용단을 내리셨는데, 베시 주교님의 판단을 따르느라 내리신 거구나. 우리는 선장이 요동반도로 가지 않겠다고 해서 내렸지만, 메스트르 신부님은 속이 많이 상하시겠다."

"응, 여기 오기 전에 작은 폭풍우와 역풍을 만나 대만의 항구에 머문 적이 있는데, 그때도 메스트르 신부님은 위험한 선교지를 향할 때일수록 담대한 용기가 필요하다고 하셨지. 그리고 그 용기는 담대한 믿음에서 나온다는 말씀을 여러 번 해주시면서 〈마태오복음〉의 한 구절을 들려주셨어."

"그게 무슨 구절인데?"

"〈마태오복음〉 14장에서 예수님께서 호수 위를 걸어오시는 모습을 보고 베드로 사도가 자신도 물 위를 걷게 해달라고 하자 '오너라'라고 말씀하시잖아. 그래서 베드로 사도가 물 위를 걸으니까 예수님께서 베드로 사도를 시험하시기 위해 거센 바람을 불게 하자 베드로 사도가 겁을 내면서 물에 빠지지. 그때 예수님께서 손을 내미시면서 '이 믿음이 약한 자야, 왜 의심하였느냐?'라고 책망하셨다지. 그 이야기를 들려주시며 조선으로 가는 뱃길에서 큰 폭풍우와 거센 역풍을 만나도 두려워하지 않고 천주님의 안배를 믿으며 전진한다면 기필코 갈 수 있다고 하셨어. 토마스, 나는 지금도 메스트르 신부님께서 말씀하시던 '이 믿음이 약한 자야, 왜 의심하였느냐?'라는 구절이 귓가에 울리는 것 같아. 묵상을 하면 할수록 그 말씀에 담긴 깊은 뜻을 헤아릴 수 있을 것 같아…."

최양업은 고개를 끄덕였다. 김대건이 마카오를 떠날 때에 비해 영적으로 많이 성숙해진 느낌을 받았고, 무엇보다 그가 보여주고 있는 믿음에 대한 자신감이 감탄스러울 정도였다.

"그런데 조선의 서쪽 바다를 눈앞에 두고 주교님의 지시를 따라 배에서 내리셨으니, 지금 말씀은 안 하셔도 속이 많이 상하실 거야. 그래도 나로서는 메스트르 신부님과 7개월 동안 함께 생활한 게 큰 행운이야. 라틴어뿐 아니라 신앙적으로도 정말 많은 걸 배우고 느낄 수 있었거든."

두 신학생은 이렇게 주거니 받거니 하며 밤이 늦도록 이야기를 이어갔다.

메스트르 신부는 김대건의 말대로 그의 영성을 형성하는 데 큰 영향을 끼쳤다. 그래서 메스트르 신부는 신학생 김대건의 영적 성장을 알리는 편지를 마카오 극동대표부의 리브와 신부에게 보냈다.

> … 안드레아의 영혼과 육신을 돌보려는 저의 미약한 노력을 천주님께서 축복해주셨음을 알릴 수 있게 되어 기쁩니다. 그의 체질이 튼튼해지고 또 그간 중단하는 것이 적당하다고 생각하였던 신학 공부를 그가 이제 다시 계속할 수 있게 된 것을 보니 기쁩니다. … 안드레아는 여전히 저와 함께 있는데, 강하고 덩치가 크고 키가 큽니다. 그는 참된 빛에 눈을 열기 시작하였습니다. 천주님의 도우심으로 저희가 마침내 괜찮은 어떤 일을 하게 되기를 바랍니다.[3]

메스트르 신부는 영성 교육 전문가답게 한때 공부를 제대로 따라가지 못해 아슬아슬한 상황에까지 놓였던 김대건에게 담대한 믿음과 용기를 심어주었을 뿐 아니라 열심을 내서 신학 공부를 하는 수준에까지 올려놓았다. 이런 메스트르 신부의 가르침은 김대건이 담대한 믿음과 용기를 가질 수 있게 하는 결정적 계기가 되었고, 위험을 무릅쓰고 선교사 입국로를 개척하는 선봉에 설 수 있게 했다.

---

3 《성 김대건 안드레아 신부의 활동과 업적》, 2021 개정판, 279쪽과 295쪽.

24

요동에서 입국의 기회를 모색하다

요동의 태장하太莊河 인근 백가점白家店(현 요녕성 장하시 용화산진蓉花山鎭) 교우촌. 요동항구에서 60리(24km) 떨어진 내륙이라 바닷바람은 없었지만, 겨울바람은 매서웠다. 김대건과 메스트르 신부는 1842년 10월 중순 이곳에 도착해서 교우 회장의 주선으로 작은 움막 한 채를 빌려 조선으로 들어갈 기회를 엿보기로 했다. 길이 4미터, 너비 3미터짜리 아주 작은 방 하나로 된 움막의 천장은 거적으로 덮였고, 바닥은 맨 흙바닥이었다. 김대건과 메스트르 신부는 이 작은 방에서 매일 미사를 드렸고, 걸어서 사흘이면 닿을 거리에 있는 조선으로 갈 수 있게 해달라고 간절히 기도했다.

김대건은 공부방이자 식당, 침실로 사용하는 조그만 방에서 프랑스에 있는 르그레즈아 신부에게 편지를 썼다. 마닐라에서 편지를 보낸 후 오랜만에 쓰는 편지였다. 그는 마닐라를 떠난 후 대만, 주산군도, 양자강 하구에 이르던 여러 지역의 경관을 묘사하면서 영국 군대의 남경 점령과 파괴 현장을 답사한 소감, 그리고 남경에 도착해 영국과 중국 사이에 체결된 남경조약을 참관한 이야기와 그 후 남경 시내를 관광할 때의 이야기를 자세히 서술했다. 그가 이렇게 자세히 관찰하고 보고서 수준의 편지를 쓸 수 있었던 비결은 소신학교 때 지도와 지리 그리고 인문학 공부를 했던 덕분이었다. 라틴어는 마카오를 떠난 후 메스트르 신부로부터 1년 가까이 개인 교습을 받으면서 많이 발전했다. 그는 필요할 때는 라틴어 사전을 펼쳐가며 계속해서 편지를 써 내려갔고, 앞으로의 조선 입국 계획도 알렸다.

> … 조선에 대한 확실한 소식은 아무것도 받지 못하였습니다. … 이렇게 상황이 불확실한 가운데 메스트르 신부님과 저는 12월 20일을 기하여 조선으로 출발할 준비를 하고 있습니다. 연락원들과 다른 사람들은 이 계획이 무모하고 극

히 위험한 일이라고 단언하면서 '조선과의 연락은 천주님께서 큰 기적을 행하시지 아니하는 한 불가능한 일'이라고 단정하고, 우리의 계획에 반대하고 있습니다. 그러나 우리로서는 우리 편의를 위해서가 아니고 다만 천주님의 영광을 위하여 이것을 계획하고 있느니만큼, 조선에 들어갈 가능성만 있다면 무슨 위험인들 마다하겠습니까? …

여행에 필요한 물건은 벌써 다 준비되었고, 옷과 신발은 가능한 한 같이 묶어두었습니다. 조선에 들어갈 때는 더 쉽게 잠입하고 악마의 심부름꾼들 편에서 우리를 덜 주목하도록 거지로 위장할 작정입니다. 이곳은 모든 분이 다 안녕하시고 저도 허약하나마 그럭저럭 건강을 누리고 있습니다.

이제 마무리 인사를 드릴 차례였다. 그러나 조선에 가면 어떻게 될지 모르는 운명이었다. 이럴 때 부탁할 건 기도뿐이었다. 그는 숨을 한번 들이켠 후 다시 펜을 들었다.

이만 편지를 끝내면서 스승님께 의지하는 이 작은 아들을 천주님과 성모님 대전에 항상 기억해주시기를 청합니다. 만일 천주님께서 허락하시면, 조선에 들어간 후에 저에게 닥칠 모든 사항에 대하여 스승님께 편지를 올리겠습니다.

지극히 좋으시고 공경하올 스승님 내내 안녕히 계십시오.

공경하올 스승님께 부당한 아들 조선인 김 안드레아가 인사드립니다.

요동(백가점)에서, 1842년 12월 9일[4]

12월 중순, 메스트르 신부와 김대건은 누더기를 입고 거지 차림으로 변문을 향해 출발할 준비를 마쳤다. 이 소식을 들은 요동(만주)대목구장 베롤Verrolles(1805~1878) 주교는 개주 부근 양관陽關에 있는 주교관으로 메스트르 신부를 불렀다.

"메스트르 신부님, 저는 신부님과 안드레아 신학생이 함께 변장을 하고 조선으로 가겠다는 계획이 '신중함의 원칙'에 부합되지 않는다고 생각합니다. 얼마 전에 조선에서 오는 밀사들이 있을까 하고 변문에서 기다리다 소문만 듣고 돌아온 연락원들에 의하면, 서양인이 국경이나 그 부근을 통과하는 건 거의 불가능하다고 합니다."

베롤 주교는 잠시 말을 멈추면서 숨을 골랐다.

"메스트르 신부님, 저는 신부님과 안드레아 신학생이 함께 가다가 신부님에게 문제가 생기면 신학생까지 위험해진다고 생각합니다. 그래서 우선 조선인인 안드레아 신학생이 혼자 가서 안타까운 조선 포교지의 상황을 탐색하고 교우들도 만날 수 있으면 만나서 정확한 소식을 가져오도록 하는 것이 좋을 것 같습

4 《성 김대건 안드레아 신부의 서한》, 2020 개정판, 59~70쪽.

니다."

"예, 주교님. 주교님의 현명하신 판단에 순명하겠습니다."

메스트르 신부는 둘 다 못 가는 게 아니라 김대건이라도 갔다 오게 되어 그나마 다행이라고 생각하며 얼른 대답했다. 당시 주교들 중에는 위험한 선교지에 선교사를 파견할 때 '신중함의 원칙'을 강조하면서 가능하면 위험을 피하기를 권하는 보수적인 주교와 '위험을 무릅쓴 모험적 계획의 실행'을 지지하는 추진력이 강한 주교가 있었다. 이듬해 제3대 조선대목구장에 서임되는 페레올 주교는 추진력이 강한 주교였다.

25

무너지는 가슴

12월 23일, 메스트르 신부의 강복을 받은 김대건은 중국 옷 차림으로 베롤 주교가 주선해준 두 명의 안내인과 함께 백가점 교우촌을 떠나 변문으로 향했다.[5] 그의 머릿속은 다가올 위험에 대한 두려움보다는 조선 천주교회의 소식을 알아 와야 한다는 책임감으로 가득 찼다. 자신을 신학생으로 선발해준 모방 신부님과 마카오로 갈 때 변문에서 스치듯 만난 샤스탕 신부님 그리고 제2대 조선대목구장 앵베르 주교님이 무사하고, 자신과 최

5 이 장과 다음 장의 모든 대화와 상황은, 신학생 김대건이 1843년 1월 15일 르그레즈아 신부에게 보낸 편지, 페레올 주교가 르그레즈아 신부에게 보낸 1843년 2월 20일 편지, 메스트르 신부가 리브와 신부에게 보낸 1843년 3월 7일 편지 등 모두 3통의 편지 내용을 종합해서 재구성했다.

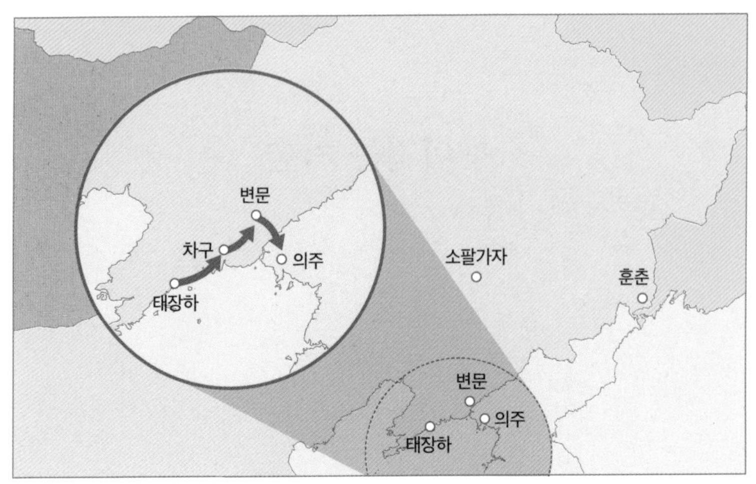

태장하 – 변문 – 의주 입국로

양업의 부모님을 비롯해 교우촌에서 힘들게 신앙을 지키고 있는 신자들이 모두 무사하기를 바랐다. 그리하여 그동안 들려오던 슬픈 소문들이 허황한 뜬소문이기를 바라는 마음으로 요동 벌판에 몰아치는 매서운 바람을 헤쳐나갔다.

변문까지는 변장과 안내인들 덕분에 나흘 만에 도착했다. 김대건과 안내인들은 계속해서 조선 국경을 향해 걸음을 옮겼다. 봉황성을 지나 20리(8km)쯤 갔을 때 변문을 통과해 북경으로 가는 약 200명의 조선 동지사 행렬이 보였다. 그 순간 김대건의 눈이 빛났다. 저 행렬 속에 조선 교회에서 온 밀사가 있을지 모른다는 생각에 가슴이 두근거렸다. 그는 줄지어 지나가는 행렬 옆에서 걸음을 멈춘 채 얼굴과 목에 걸고 있는 '신분증(여권)'을 번갈아 보다가 주변을 살피며 일행에서 뒤처져 있는 한 사람에게 다가갔다.

"당신 이름이 뭐요?"

"김이라 하오."

김가 성을 가진 이는 김대건을 힐끗 바라본 후 다시 일행을 향해 발걸음을 옮겼다. 김대건은 계속 일행을 살폈지만 아는 얼굴이 없었다. 그는 허탈했다. 그 순간, 처음에 만나 대화했던 푸근한 인상의 김가 성을 가진 이가 떠올랐다. 자신이 조선의 사정에 대해 물어도 위험하게 할 사람 같지 않다는 생각이 들었다. 김대건은 다시 그를 찾아가 단도직입적으로 물었다.

"당신, 혹시 교우요?"

김가 성을 가진 이는 다시 한번 김대건을 일별했다. 김가는 김대건이 중국인 복장을 하고 있고 조선말을 어눌하게 하자 중국인이라 생각하면서 혹시 조선인 밀사를 마중하기 위해 나온 연락원일지 모른다는 생각이 들어 조심스러운 목소리로 대답했다.

"그렇소."

그 순간 김대건은 자신의 옆에 있던 두 명의 안내인을 멀찍이 따라오게 하며 다시 한번 그의 얼굴을 살폈다. 조선을 떠날 때 모방 신부 사제관에서 본 열심 교우가 틀림없다는 확신이 들었다.

"그럼, 모방 신부님은 안녕하신지요?"

이번에는 김가 성을 가진 이가 김대건의 얼굴을 빤히 바라보다 떨리는 목소리로 물었다.

"혹시…."

"맞습니다. 어르신. 제가 바로 안드레아 신학생입니다."

"천주의 안배로 또 이렇게 만나게 되었구려! 내가 그때 모방 신부님 댁에서 변문까지 갈 때 정 바오로(정하상)와 함께 떠났던 프란치스코일세."

김 프란치스코는 김대건의 손을 잡고 더 이상 말을 잇지 못했다. 김 프란치스코는 1812년생으로 김대건보다 아홉 살 위였다. 한양에서 살면서 여항덕(유방제) 신부에게 세례를 받은 후 고향인 경상도 청하 부근으로 이사했지만, 교회 일을 열심히 하면서 여 신부와 조선 신학생들이 변문으로 떠날 때 동행했다. 기해박해 때 집이 지방이라 체포되지 않았고, 중국을 오갔던 경험이 있어 이번에 밀사로 온 것이었다.

"프란치스코 어르신, 주교님과 신부님들은 모두 무사하신 겁니까?"

그 순간 김 프란치스코의 표정이 침통하게 일그러졌다.

"아직 군난 소식이 전해지지 않은 모양이군…. 하긴 군난 이듬해에 보낸 밀사는 중간에 임종했고, 그다음 해에도 밀사를 보냈지만 변문에서 아무도 만나지 못하고 돌아온 터라 이번에는 내가 직접 온 걸세."

"군난이라니요, 어르신. 그럼 그동안 소문으로 들리던 그 흉악한 이야기들이 사실이란 말씀입니까?"

"어떤 소문들이 전해졌는지 모르겠네만, 기해년(1839년)에 큰 군난이 일어나 주교님과 두 분 신부님은 치명의 화관花冠을 받으셨고, 교우들도 200여 명이…."

김대건의 가슴이 쿵 하고 내려앉았다.

"그렇다면…."

"그렇네…. 내가 안드레아에게 이 말을 어떻게 전해야 할지 가슴이 미어지네…."

그는 잠시 말을 멈춘 후 김대건의 손을 잡았다.

"안드레아, 마음을 단단히 먹고 내 말을 들으시게. 자네 부친은 위주치명 하시어 순교의 화관을 받으셨네. 그리고 모친께서는 어린 동생과 함께 의탁할 곳 없이 은이 공소 주변 교우촌 신자들의 집 이곳저곳을 떠돌아다닌다고 들었네…."

김대건의 얼굴에 굵은 눈물이 한 줄기 흘러내렸다. 땅바닥에 털썩 주저앉아 통곡이라도 하고픈 심정이었지만 그럴 형편이 아니었다. 김 프란치스코의 손을 잡은 김대건은 한동안 말없이 눈물만 흘리고 있었다. 아무리 믿음이 굳세고 모험을 무릅쓰는 용기를 가졌다 하더라도 부모의 순교는 가슴이 무너지는 일이었다. 김 프란치스코는 잠시 주변을 살핀 후 위로 아닌 위로를 전했다.

"토마스 신학생의 부모님은 두 분 모두 순교의 화관을 받았네. 부친(최경환 프란치스코)은 곤장을 맞아 순교하셨고…, 모친은 참수형으로 위주치명 하셨네."

김대건은 아득한 눈길로 김 프란치스코를 바라봤다. 이 말을 어떻게 최양업에게 전할지 눈앞이 캄캄해졌다.

"안드레아, 부친께서 천주를 만유 위에 사랑하는 철석같은 믿음으로 만고만난 가운데 위주치명을 하셨지만, 그래도 자식 된 도리로 얼마나 가슴이 아프겠나. 그러나 안드레아는 천주의 안배에 복종하는 신학생이니, 마음을 단단히 먹고 조선 천주교회의 재건과 신부님 입국에 앞장서주시게."

김 프란치스코는 계속 발걸음을 옮기며 조용한 목소리로 목자를 잃은 조선 천주교회의 상황을 설명했다.

"앵베르 주교님은 '착한 목자는 양들을 위해 자신들의 목숨을 버리나니라'라는 말씀을 남기시고 자현(자수)하셨네. 그뿐만 아니라 남은 두 분 신부님에게 '어서 자현하여 조선 교우들이 더 이상 우리들이 숨은 곳을 추궁당하며 피를 흘리는 참극을 끝내자'는 서신을 보내셔서 세 분 모두 같은 날 군문효수형을 당하셨네…. 그리고 자네들을 나와 함께 변문까지 배웅했던 정하상, 유진길, 조신철 회장들 역시 모두 순교의 화관을 받았고, 지금은 나와 현석문, 최방제의 형인 최형이 조선 천주교회를 다시 세우는 일을 하고 있는 중일세…. 그래도 요즘은 3년 전 군난의 충격에서 벗어나고 있다네. 하여 하루빨리 신부님을 다시 모셔 와야 한다는 교우들이 늘어나고 있어 내가 직접 예까지 온 걸세."

김대건은 잠시 마음을 진정시킨 후 입을 열었다.

“어르신, 제가 이곳 변문으로 온 이유는 두 가지입니다. 하나는 조선 천주교회 소식을 정확히 알기 위해서이고, 다른 하나는 지금 요동에 계시는 신부님을 한양으로 모셔 갈 수 있는 방법을 찾기 위해서입니다. 그런데 조선의 교우들도 같은 생각을 하고 있다는 말씀을 들으니 이 또한 천주님의 안배라는 생각이 듭니다. 혹시 저와 다시 변문으로 돌아가셔서 요동에 계시는 신부님의 입국 길을 찾아봐 주실 수는 없으신지요?”

김대건은 자신의 부모님이 당한 슬픈 소식뿐 아니라, 조선 천주교회가 지난 3년 동안 다시 신부가 없는 암흑시대로 돌아갔다는 사실에 가슴이 아팠다. 목자들을 잃은 조선 신자들의 영혼 사정이 어떨지는 자신이 겪어봐서 아는 일이었다. 그러나 김 프란치스코는 단호히 고개를 저었다.

“그러면 동지사 일행들로부터 의심을 사게 되니 안 될 일일세. 내가 여기까지 오는 것도 외교인 친구들이 내가 상인으로 변장하는 걸 도와줘서 가능했는데, 내가 일행에서 사라진다면 조선 천주교인이라는 게 발각될 수 있네. 그러면 앞으로 동지사 사행단에 이렇게 겨우 끼어 중국을 오가는 일이 불가능해질 뿐 아니라, 조선의 교우들은 다시 한번 군난을 당하고 말 걸세. 이번에도 나를 포함해 모두 세 명이 동지사 행렬에 섞여서 왔지만, 두 명은 검문을 통과하지 못했다네. 국경의 검문이 극심한데, 어떻게 양인(서양인) 신부님이 그곳을 통과하실 수 있단 말인가.”

김대건은 땅이 꺼져라 깊은 한숨을 내쉬었다.

"안드레아, 이제 서로 상황을 알았으니, 이번에는 여기서 헤어지세. 내가 조선에 돌아가 다른 신자들과 함께 신부님을 모셔 갈 수 있도록 준비를 해보겠네. 그리고 내가 북경교구나 또 다른 곳에서 나온 연락원에게 전하려고 앵베르 주교님과 모방 신부님의 보고서 그리고 신부님들의 편지를 갖고 왔네. 이건 자네가 가지고 가시게. 여기에는 기해년 군난 이전의 조선 천주교회의 현황이 나와 있다네. 그리고 군난을 피한 현석문 형제가 작성한 순교자들에 대한 내용도 있으니, 요동에 계신 신부님께 전해드리면 조선의 상황을 이해하시는 데 도움이 될 걸세."

"어르신, 그러면 동지사 일행이 조선으로 돌아가는 내년 2월에 함께 들어갈 방법은 없겠는지요?"

그의 말에 김 프란치스코는 안타깝다는 표정을 지었다.

"안드레아, 지금은 인내심을 가지고 기다려야 할 때이네. 지금은 국경에서 검문이 심해 통과하기가 몹시 어렵다니까…."

"어르신…."

김대건이 안타까운 눈길로 김 프란치스코를 바라보자 그는 깊은 한숨을 내쉬며 말했다.

"안드레아, 자네 혼자라면 가난한 나무꾼으로 가장하여 입국할 수 있을지도 모르지만, 그 또한 위험이 많이 따를 걸세. 그러나 자네는 아직 신품(사제 서품)을 받지 못한 신학생 아닌가."

김 프란치스코는 자신의 짐꾸러미에서 앵베르 주교와 두 신부의 친필 서류 보따리를 꺼내 김대건에게 건네주고, 이듬해 말 동지사 사행단이 올 때 변문에서 만나자며 서둘러 행렬 속으로 돌아갔다.

26

신의주에서 만난 위기, 다시 요동으로 돌아오다

김대건은 김 프란치스코와 헤어진 후 중국인 안내인들과 함께 변문으로 돌아갔다. 김대건은 조선 입국이 몹시 위험하긴 하지만 가난한 나무꾼 행세를 하면 입국할 수 있다는 김 프란치스코의 말이 귓가에서 떠나지 않았다. 그는 자신이 한양에 가서 직접 교우들의 상황을 살펴보고 싶었다. 그래야 메스트르 신부와 구체적인 선교 계획을 세울 수 있을 것 같았다. 그는 거지 옷과 빵 몇 덩어리, 육포 몇 조각을 준비해 온 일이 어쩌면 천주의 안배인지도 모른다는 생각을 하면서, 메스트르 신부가 조선에 도착하면 선교비로 쓰라고 준 중국 은화 100냥과 금화 40냥을 거지 옷 안쪽에 넣고 바느질을 했다. 준비가 끝나자 그는 새벽 1시쯤 두 명의 중국인 안내인들에게 자신은 조선으로 떠난다며 김 프란치스코가 준 편지 보따리를 백가점 교우촌에 있는 메스트르 신부에게 잘 전달해달라고 당부했다. 절대로 잃어버려서는 안 되는 중요한 서류들이니 돌아가는 길에 다른 곳은 들를 생각일랑 말고 곧바로 백가점에 있는 메스트르 신부에게 가야 한다는 말을 몇 번이고 거듭했다.

얼마 후, 거지 옷으로 갈아입은 그는 중국과 조선 국경 사이에 있는 '무인지대'[6]로 들어갔다. 사람은 아무도 살지 못하게 한 지역이기에 온갖 사나운 짐승이 들끓고, 조선과 중국을 오가는 사람들이 지나가는 지역이라 금품을 노리는 화적들이 출몰하는 130리(52km) 길이었지만 그는 묵주를 손에 쥐고 걸음을 재촉했다. 중천에 떠올랐던 해가 저물 무렵이 되자 의주 성문과 읍내가 눈에 들어왔다.

"과연 무사히 통과할 수 있을까?"

걱정하는 마음이 들자 이번에는 나무할 칼을 변문에 놓고 온 생각이 나면서 더욱 마음이 졸아들었다. 그때 〈마태오복음〉에 있는 "이 믿음이 약한 자야, 왜 의심하였느냐?"라고 책망하는 말씀이 떠올랐다. 그 순간 그는 메스트르 신부가 해준 "예로부터 천주의 자비에 의지하고 복되신 동정 성모님의 보호하심에 의지하는 자는 아무도 버림을 받지 않는다"는 말을 되뇌며 의주 성문을 향해 다가갔다.

---

6 변문과 조선 사이에 나무 목책을 설치해놓고 아무도 살지 못하게 한 지역.

… 성문에는 군인이 지키고 서서, 지나가는 사람마다 통행증을 내놓으라고 요구하였습니다. 저는 그때 마침 변문에서 소를 몰고 돌아오는 사람들 틈에 끼어 지나갔습니다. 그곳에 있던 군인이 저에게 통행증을 요구하려는 차례가 되자 세관원들한테로 갔습니다. 저는 요행히 몸집이 큰 소들의 덕을 톡톡히 보았습니다.

그러나 이것으로 위험이 끝난 것은 아니었습니다. 세관에서는 여행자들에게 한 명씩 세관장 앞으로 나와 성명을 대라고 하였습니다. 날이 어두웠으므로 불을 켜놓고 조사를 하고 있었습니다. 그 세관장 외에도 다른 세관원 한 사람이 높은 곳에 서서, 아무도 달아나지 못하도록 두루 살피고 있었습니다. 그러는 동안에 저는 어떻게 처신해야 할지 몰랐습니다.

한편에서는 먼저 조사를 받은 사람들이 떠나기 시작하기에 저는 슬그머니 그들 뒤를 따라나섰습니다. 그런데 저의 등 뒤에서 세관원이 저를 부르며 통행증도 내지 않고 가느냐고 호령하였습니다. 그가 연거푸 저를 부르기에 저는 통행증을 벌써 내주었다고 대답했습니다. 그러고 나서 그들이 저를 뒤쫓아오는 줄 알고 달아나 성 밖의 변두리로 나왔습니다. …

— 김대건 신학생이 1843년 1월 15일,

요동 백가점에서 르그레즈아 신부에게 보낸 편지 중에서

조선을 떠난 지 6년 만의 귀국이었다. 그러나 감개가 무량하다는 생각보다는 혹시 쫓아올지 모르는 포졸들에게 잡히지 않아야 한다는 생각뿐이었다. 그는 의주 성문을 빠져나오기 무섭게 뒤도 돌아보지 않고 밤새 길을 걸었다. 100리(약 40km)쯤 걷자 동이 트기 시작했고, 멀리 작은 주막이 보였다. 변문에서 출발해 하루 반 동안 230리(92km) 길을 쉬지 않고 걸어온 김대건은 추운 몸을 녹이기 위해 주막으로 들어섰다. 마루에는 여러 사람이 앉아 있었다. 그들은 거지 옷을 입은 김대건을 위아래로 훑어보면서 고개를 갸웃거렸다.

"어디서 오는 길이시오?"

"의주에서 오는 길이오."

"그런데 말소리가 어눌한 게 어째 중국 사람 같은데?"

6년 동안 조선말보다 라틴어와 프랑스어를 사용해 혀 꼬부라진 소리가 나온 것이었다.

"아니오. 나는 충청도 솔뫼 사람이오."

그때 한 사람이 김대건의 버선을 내려다봤다.

"이거 봐, 중국 버선을 신은 걸 보니까 영락없는 중국 사람인데 뭐…. 당신 얼마 못 가서 포졸들에게 잡혀갈걸. 하하."

"당신들이 뭐라 하든 나는 조선 사람이 틀림없소이다. 더구나 충청도 사람인 나의 근본도 변할 리가 만무하오. 혹 내가 포졸들에게 붙잡힌다 해도 나는 아무 죄가 없기 때문에 곧 풀려날 것이오."

김대건이 화난 목소리로 말을 하자 한 사내가 의미심장한 눈빛으로 바라보며 물었다.

"그렇다고 칩시다. 그러면 어디로 가는 길인가?"

"한양으로 가는 길이오."

"허, 참. 거지가 한양에는 무슨 일로 가나?"

"내 비록 평생을 거지로 살아왔지만, 내 가고 싶은 곳을 못 간 적이 없소이다."

그때 한 사람이 김대건이 쓰고 있던 모자를 벗기자, 중국식 머리가 드러났다.

"야, 이놈아. 너는 조선인이 아니라 중국에서 도망친 병사이거나, 첩자, 아니면 도적놈이 분명하다. 만약 네가 왔던 길로 돌아가지 않으면 관헌에게 넘길 터이니 얼른 사라지거라. 썩 사라지지 못할까!"

주막에서 쫓겨난 김대건은 만약 일이 커져서 포졸들에게 잡혔다가는, 옷 속에 감춘 많은 돈을 보고 도적으로 몰려서 큰 곤욕을 치를 수도 있겠다는 생각이 들었다. 그러나 한양으로 간다고 했던 자신이 의주 쪽으로 향하면 더욱 의심을 살 것 같아, 태연하게 한양을 향해 가는 척하다가 주막이 안 보이는 곳에서 다시 중국 쪽으로 발길을 돌렸다.

변문으로 돌아오는 길도 쉽지는 않았다. 낮에는 숲속에 들어가 새우잠을 잤고, 밤을 이용해 걸어 압록강 변에 도착했다. 허기와 추위와 피로가 쌓여서였을까 아니면 이제 위험을 벗어났다는 생각이 들며 긴장이 풀려서였을까, 허겁지겁 압록강을 건너던 그는 얼음이 얇은 곳에 발을 헛디뎠다. 그러나 다행히 발만 적셨을 뿐 얼음 구멍 주변은 아직 얼음이 단단했다. 그는 압록강을 건너 무사히 변문에 도착했고, 그곳에서 중국 옷으로 갈아입고 백가점으로 돌아왔다. 1843년 1월 6일이었다.

그가 백가점 교우촌으로 돌아오자 메스트르 신부는 중국인 안내인들 편에 먼저 보내온 보고서와 서신 들을 통해 조선 천주교회에 불어닥친 군난 소식을 파악했다면서, 김대건 부친의 순교를 높이 평가함과 동시에 깊은 위로를 전했다. 며칠 후에는 소팔가자小八家子[7]에 있다가, 순교한 앵베르 주교의 후임으로 제3대 조선대목구장으로 임명된 페레올 주교가 백가점 교우촌으로 합류했다. 페레올 주교는 김대건을 불러 김 프란치스코를 만나게 된 경위와 조선 천주교회의 슬픈 소식을 직접 들었다. 페레올 주교는 그가 200여 명의 동지사 일행 중에서 조선 천주교회의 밀사인 김 프란치스코와 만난 것은 기적과 같은 일이고, 그 덕분에 세 명의 사제 순교자가 쓴 편지를 전달받을 수 있었다면서 파리외방전교회와 조선 천주교회를 위해 큰일을 했다고 김대건을 칭찬했다. 그리고 김대건이 김 프란치스코의 만류에

---

7 중국 길림성의 장춘 서북쪽으로 약 70리 정도에 위치한 중국의 전통적인 교우촌. 소팔가자小八家子란 여덟 가구가 모여서 한 마을을 이루었다는 데서 유래가 된 마을 이름이다.

도 조선에 입국해서 국경 사정을 직접 알아본 일은 모험을 무릅쓴 용기라며 격려를 아끼지 않았다. 김대건의 급한 성격이 목표를 향해 끝까지 물러서지 않는 장점이 된 순간이었다. 이때부터 페레올 주교는 김대건의 믿음과 용기가 범상치 않다고 생각하며 그를 눈여겨보기 시작했다.

의주에서 돌아온 김대건은 그제야 부모님을 떠올리며 가슴앓이를 했다. 모진 고초를 겪은 끝에 치명의 칼날을 받았을 아버지와 은이 교우촌에 얹혀살며 고생하실 어머니를 생각하면 가슴이 찢어지는 것 같았다. 그때마다 그는 움막 방 벽에 걸린 십자가를 바라보며 성심을 다해 기도를 올렸다. 그는 기도 속에서 자신의 아버지와 최양업의 부모님을 기억했다. 그뿐만 아니라 많이 부족한 자신을 신학생으로 선발하여 마카오로 보내준 모방 신부와, 조선 신자들의 고초를 멈추기 위해 의연히 자현하여 순교의 화관을 받은 앵베르 주교와 샤스탕 신부, 정하상 바오로를 비롯한 200여 명에 가까운 순교자들을 위해 기도했다. 어머니가 은이로 가셨다면 한덕동의 광파리골과 성애골 교우촌은 포졸들의 발길에 쑥대밭이 되었을 게 틀림없었다. 하지만 은이에는 아는 교우들이 많으니 힘들더라도 천주님의 안배하심을 믿으며 생활하시리라 생각하면서 스스로를 위로했다.

그러나 더 큰 문제는 목자를 잃은 조선의 교우들이었다. 주문모 신부가 순교한 이후 30여 년 만에 사제들이 도착하였고,

이로 인해 조선 교우들의 영혼 사정이 활짝 열리기 시작한 지 불과 몇 년 만에 다시 박해가 일어난 것이다. 기해년 군난의 여파로 교우들이 겪은 고초도 크려니와, 불안에 떨며 더 깊은 곳으로 숨어 들어갔을 그들의 영혼 사정이 어떠할지를 생각하면 가슴이 답답해왔다.

"메스트르 신부님, 아무래도 제가 다시 변문으로 가서 동지사 행렬에 섞여 조선으로 돌아가는 김 프란치스코 어른을 또 만나야겠습니다. 그를 만나서 조선으로 들어갈 방도를 상의해보도록 허락해주십시오."

"안드레아, 진정으로 그렇게 하고 싶다면, 늦지 않게 다녀오거라."

결국 김대건은 메스트르 신부와 상의해 3월 초에 변문으로 갔다. 그리고 그곳에서 김 프란치스코를 다시 만나 조선으로 들어갈 방도를 물었다. 하지만 그의 대답은 변함이 없었다.

"안드레아, 지난번에 만났을 때도 말했지만 군난을 겪은 조선의 교중이 이제야 겨우 평온을 찾아가고 있다네. 하지만 또다시 군난이 일어난다면 조선 천주교회는 다시 일으켜 세우기 어려울 것이 불 보듯 뻔하다네. 내 이번에 한양에 가서 교우들과 상의한 후 이번 겨울에 다시 올 터이니 인내를 갖고 기다리시게."

"프란치스코 어르신…."

안타깝게도 김대건이 빈손으로 돌아오자 한시라도 빨리 조선에 들어가고자 했던 메스트르 신부도 실망이 컸다. 또한 소팔가자에서 이 소식을 전해 들은 최양업과 그곳에 함께 머물고 있던 페레올 주교의 낙담도 이만저만이 아니었다.

페레올 주교는 동지사가 다시 오는 겨울까지 기다림 외에 특별히 해야 할 일이 없는 김대건을 자신과 최양업이 있는 소팔가자 교우촌으로 불러들였다. 대신학교에서 필수적으로 공부해야 하는 신학 공부를 마저 마치고서 다음 해에 부제품을 주기 위해서였다. 김대건은 최양업과 백가점에서 헤어진 지 석 달 만에 다시 만났다. 하지만 할 말이 너무 많아 그 짧은 시간이 긴 세월이 흐른 것처럼 느껴질 지경이었다.

"토마스, 자네의 두 분 부모님께서 모두 위주치명을 하신 일은 뭐라 위로를 해야 할지 모르겠네. 너무도 가슴이 아파…."

"안드레아, 나도 마찬가지일세. 자네 부친도 위주치명을 하시고 어머니는 은이에서 고생하신다는 이야기를 전해 들었네. 그러나 앵베르 주교님과 모방 신부님, 샤스탕 신부님은 자현하시어 용맹하게 치명하시고, 교중 일을 맡아 보던 중요한 교우들도 거의 모두 치명하거나 소식을 알 길이 없는 교우들도 많다고 하니, 어떻게 우리 아픔만 생각하겠나. 군난을 당하면 이럴 줄을 짐작 못 한 바는 아니지만, 막상 소식을 듣고 보니 답답하기 이를 데 없는 것도 사실이네. 그러나 목자 잃은 가련한 양들을 위하여 누군가 나서서 그들의 영혼 사정을 돌보아줄 건지를 생각하면 그게 더 큰 일인 것 같아."

"나도 같은 생각이야. 그래서 지난해 의주에 도착했을 때 마음 같아서는 한양으로 곧장 달려가서 자세한 소식을 듣고 싶었는데, 주막에서조차 오가는 사람들을 감시할 줄 누가 알았겠나. 그런 줄 알았으면 평양에까지 가서 주막에 드는 건데 그랬어…."

"아니야. 안드레아가 그렇게라도 국경 사정을 알아 왔으니 큰일을 한 거야. 그리고 무사하게 돌아온 것만으로도 천주님의 안배지…, 만약 붙잡혔으면 정말 큰일 날 뻔했잖은가."

어느새 장성한 이들은 제법 어른다운 생각과 말투로 서로를 위로하고 격려했다. 그렇게 김대건과 최양업은 조선에 살아 있는 나머지 식구들 걱정과 신부가 없어 영혼 사정이 메말라 있을 교우들 걱정으로 밤이 늦는 줄도 모르고 이야기를 나눴다.

이때부터 페레올 주교와 메스트르 신부는 여러 신학책 중에서 두 신학생이 사제 서품 전에 꼭 알아야 할 내용인 '성사들을 통한 그리스도적 생명의 성장', '영적 적들과의 투쟁', '그리스도적 생명에서 성모와 성인들의 역할' 등을 간추려서 알기 쉽게 설명해줬다.[8] 그러던 몇 개월 후, 페레올 주교가 소팔가자 부근에서 유행하던 역병에 걸려 몸져누웠다. 김대건과 메스트르 신

---

8 "… 우리는 2명의 조선인 신학생과 함께 있습니다. 그들은 아주 독실하고 교육도 잘 받았습니다. 그들은 신학 공부를 계속하고 있습니다. 천주님께서 그들을 그들 나라(조선)의 첫 사제로 만들어주실 것입니다. …" 페레올 주교가 파리의 지도자 신부들에게 1843년 3월 5일에 쓴 편지.《성 김대건 안드레아 신부의 활동과 업적》, 2021 개정판, 283쪽.

부는 격리 차원에서 다시 백가점의 움막으로 돌아왔다.

이해 11월(음력 9월), 김대건은 다시 변문으로 가서 동지사 일행에 섞여 온 김 프란치스코를 만났다.

"어르신, 조선 사정은 어떤지요?"

"안드레아, 지금은 조선에 있는 신자들이 군난의 상처를 딛고 다시 평온을 되찾았네. 그러나 신부님들이 안 계시니 영혼 사정은 암흑 속에서 신음하는 형편이 아니겠나. 그래서 걱정이 많다네. 하여 중심 교우들이 모여 의논을 하였네. 만일 천주님께서 허락하신다면 믿을 만한 교우 가족을 의주로 이사하게 할 생각이네. 그렇게 해서 자네들이나 주교님과 신부님들이 조금 더 쉽게 입국하실 방법이 있는지를 찾아보려고 하네. 우리는 천주님의 안배와 섭리에 의지하면서 주교님과 신부님들 그리고 자네들이라도 입국할 날을 고대하고 있다네."[9]

"잘되었습니다. 마침 조선대목구의 대목구장이신 페레올 주교님께서 어르신이 귀국하시기 전에 한번 뵙고 싶어 하십니다. 가능하시겠는지요?"

"알겠네. 예정대로라면 해가 바뀔 때쯤 동지사 일행이 귀국할 것이네. 허나 이곳 변문은 너무 번잡해서 일행들 틈에서 빠져나오기가 여의치 않을 수 있다네. 동지사 사행단은 이곳 말고

9 김대건이 마카오의 리브와 신부에게 1843년의 활동을 정리해서 1844년 5월 17일에 보낸 편지. 《성 김대건 안드레아 신부의 서한》, 2020 개정판, 89~90쪽.

도 심양에서 며칠 묵어갈 터이니, 주교님을 거기서 뵈올 수는 없겠는가?"

"어르신, 그럼 제가 주교님을 심양으로 모시고 가서 숙소를 잡아놓고 기다리겠습니다. 그러다 사행단이 도착하면 어르신을 모시고 주교님께 가겠습니다. 그러나 혹 저보다 중국인이 더 안전할 것 같으면, 중국인 연락원 편에 주교님을 모셔 갈 수도 있습니다. 하니 서로를 알아볼 수 있는 방법을 미리 정하시지요."

"알겠네. 내가 마침 조선 신자들이 주교님께 올리는 서한을 갖고 왔다네. 그러니 그 종이를 허리띠처럼 만들어 차고 있도록 하지. 얼마 전 의주 관문을 지날 때 짐을 어찌나 샅샅이 뒤지던지 만일을 위해 그렇게 하고 왔네. 그러니 누가 오더라도 종이 허리띠를 찾으면 틀림없을 것이네."

"알겠습니다. 그러면 우리 연락원은 손에는 흰 손수건을 들고, 허리띠에는 붉은 색깔의 차 주머니를 차고 나가겠습니다."

김대건과 김 프란치스코는 이듬해 1월, 심양에서 만나기로 약조하고 헤어졌다. 그리고 백가점으로 돌아가 메스트르 신부에게 김 프란치스코와 논의한 계획을 보고했다. 보고를 받은 메스트르 신부는 김대건과 함께 12월 31일 소팔가자 부근의 개주에서 열린 페레올 주교의 주교 서품식과 제3대 조선대목구 대목구장 착좌식에 참석하기 위해 길을 떠났다. 이미 오래전에 보좌주교에서 주교로 서품되었지만, 페레올 주교가 역병에 걸려 미루었던 예식을 이제야 치르기로 했던 것이다.

27

함경도에서 교우들을 만나기 위해 만주 벌판을 횡단하다

1844년 1월 20일, 김 프란치스코는 중국인 연락원의 안내를 받으며 심양에 있는 페레올 주교의 은신처에 도착했다.[10] 그곳에서 페레올 주교가 김 프란치스코에게서 들은 이야기는 김대건에게 들려준 이야기와 다를 바 없었다. 다만 조선의 교우들이 지난해 11월 페레올 주교에게 보낸 편지에는 조선으로 들어갈 새로운 가능성이 제시되어 있었다. 지난 6월경에 조선 교우들이 조선의 최북방인 함경도 경원慶源과 중국의 훈춘琿春에서 열

10 김 프란치스코와 페레올 주교가 만난 내용과 편지는 메스트르 신부가 마카오 리브와 신부에게 1843년 11월 21일에 보낸 편지와 페레올 주교가 파리의 르그레즈아 신부에게 1844년 1월 20일에 보낸 편지에 근거해 재구성했다.《성 김대건 안드레아 신부의 활동과 업적》, 2021 개정판, 293쪽, 297~301쪽.

리는 경원개시慶源開市를 다녀왔는데, 이곳을 이용하면 한두 번 정도는 입국에 성공할 가능성이 있다는 것이었다. 그러나 이 방법에 문제가 있다고 판단되면 오는 11월에 다음 동지사 사행단이 출발할 때 좀 더 많은 교우가 함께 와서 주교님을 모시고 갈 수 있도록 준비하겠다고도 했다. 페레올 주교는 선교지 조선 입국의 의지를 굽히지 않는 단호한 마음을 실어 파리외방전교회의 르그레즈아 신부에게 편지를 썼다.

… 저는 서양인이 중국의 북쪽 국경까지 갈 수 있는지 알아보기 위해 두 사람을 보내려고 합니다. 이 지역에서는 연중 3개월 동안 중국인과 조선인 사이에 교역이 이루어집니다. 중국 상인들은 경계를 통과해서 조선 고을로 들어올 수 있는데, 거기서 그들의 일(장사)을 신속하게 처리하기 위해 며칠을 머뭅니다. 돈을 주면 관원들은 이 위법을 눈감아줍니다. 그러나 거기까지 가기 위해서는 만주를 관통해야 합니다. 교우는 만날 수 없고, 맹수밖에 없는 황야를 지나는데 사나흘이 걸립니다. 사람들은 무리 지어 여행하고 밤은 천막에서 보냅니다. … 이것이 제가 받은 보고입니다. 이것이 정확할까요? 저는 단언하지 않겠습니다. 어쨌든 이 길이 전혀 탐탁지는 않습니다. 하지만 이것이 유일하고 실용적이라면 반드시 시도해보겠습니다.

페레올 주교는 간절히 염원하던 선교지 입국을 다음 해까지 미룰 수는 없다고 판단했다. 조선 선교사에 임명되어 마카오에 도착한 게 1840년 1월이니, 조선 천주교회를 위해 아무 일도 하지 못한 채 4년을 보내고 5년째로 접어드는 상황을 안타깝게 여기던 터였다. 그는 더 이상 이렇게 무기력하게 앉아 있을 수는 없다고 생각하며 김 프란치스코에게 김대건과 안내인을 만주의 훈춘으로 보내겠으니, 조선의 교우들과 만날 수 있도록 준비해달라고 당부했다. 김 프란치스코를 만나고 돌아온 페레올 주교는 앞서 위험을 무릅쓰고 용감하게 선교지로 향했던 김대건을 소팔가자로 다시 불렀다.

"안드레아, 이번에는 매우 먼 길을 다녀와야겠다."

"예, 주교님. 어디를 어떻게 다녀오리까. 말씀해주십시오."

"안드레아, 안내원을 한 명 붙여줄 테니, 만주어로 훈춘이라고 불리는 훙시개 촌락에 가서 조선에서 온 연락원을 만나 조선 땅에 들어갔다 오거라. 그곳에서 무역하는 시장이 열려 중국인들이 드나든다고 하니 변장을 잘하면 우리도 들어갈 수 있을 거라는 이야기를 들었다. 하지만 그 말이 사실인지 아닌지는 확인해야 알 수 있을 듯하구나. 안드레아가 할 일은 그 말의 진위 여부를 확인하는 것이다. 훈춘은 우리가 머물고 있는 소팔가자에서 무려 2천 리(800km)나 떨어진 곳이다. 다녀올 수 있겠느냐?"

훈춘 지역은 중국의 가장 동쪽에 속하는 변방이어서 멀리 떨어진 대도시에서 물건을 구입하기보다 조선에서 구입하는 편이 편리하고 저렴했다. 그래서 조선은 두만강 변의 국경 도시 경원에서 매년 혹은 2년에 한 번씩 장을 열어 중국인들과 조선인들의 교역을 허락했던 것이다. 이를 '경원개시'라고 했는데, 장이 서는 혼잡한 틈을 이용해 입국한다는 계획이었다.

"예, 주교님. 언제라도 떠날 준비를 하고 있겠습니다."

"그럼 지금 메스트르 신부는 베롤 주교님이 성당을 짓고 있는 길림으로 가셨으니, 안드레아는 여기서 머물다가 안내인이 구해지는 대로 떠나도록 하거라."

"예, 주교님."

김대건은 인사를 하고 나와 최양업의 방으로 건너갔다.

"안드레아, 주교님의 부름을 받고 오는 길인가?"

"그렇다네. 주교님과 신부님이 함경도 쪽으로 입국하실 방도가 있는지 확인해보라고 하셨네. 그쪽 길을 잘 아는 안내원과 함께 만주의 훈춘엘 다녀오라시더군."

"안드레아, 이번에도 자네가 큰 임무를 맡았구먼. 천주의 안배로 그쪽으로라도 주교님과 신부님이 들어가실 수 있다면 조선에 있는 교우들의 영혼 사정이 좋아질 텐데…."

"같은 생각일세, 토마스. 그래서 안내인이 구해지는 대로 다녀오려고 하네."

"헌데… 훈춘까지 가려면 꽤 멀 텐데…."

"2천 리 길이라니까 다녀오려면 족히 두 달은 걸릴 테지. 소년 시절에 이미 9천 리 길도 헤쳐가지 않았던가. 천주님의 안배로 무사히 다녀올 거라 믿네."

"많이 힘들겠구먼. 늘 힘든 일은 자네가 도맡는 것 같아 내심 미안하이…."

"토마스, 무슨 그런 말을 하는가. 아무래도 내가 자네에 비해 몸집이 크고 좋지 않은가. 하하. 내 생각에는 천주님께서 나를 쓰시려는 섭리와 토마스를 쓰시려는 섭리가 다른 것 같아. 그러니까 토마스는 주교님에게서 열심히 신학을 연마하여 조선의 영혼을 구원하는 데 큰 능력을 발휘하게 될 거라 믿네."

"그럼 안드레아는?"

"나는 이렇게 앞장서서 주교님과 신부님들 입국하실 길을 닦는 사제…. 하하."

"그런 게 어디 있나. 안드레아는 심성이 착해서 신자들의 영혼 사정을 잘 헤아리는 좋은 사제가 될 거야."

김대건과 최양업은 이날도 밤이 늦도록 이야기를 했지만, 서로의 부모님에 대한 이야기는 입 밖에 내지 않았다.

2월 5일(양력), 중국인 안내인을 대동한 김대건은 소팔가자에서 페레올 주교의 강복을 받은 후 첫 번째 목적지인 장춘長春을 향해 길을 떠났다. 페레올 주교는 그가 떠나기에 앞서 장차 지나가는 지방에 관해 가능한 한 자세히 정보를 수집해서 기록하라고 당부했다. 기대했던 대로 훈춘을 통해 경원으로 들어가는 길이 개척되면 '안내서'로 사용하기 위해서였다. 페레올 주교의 당부에 김대건은 출발할 때부터 돌아올 때까지 스스로 관찰하

소팔가자에서 훈춘과 경원으로 가는 길

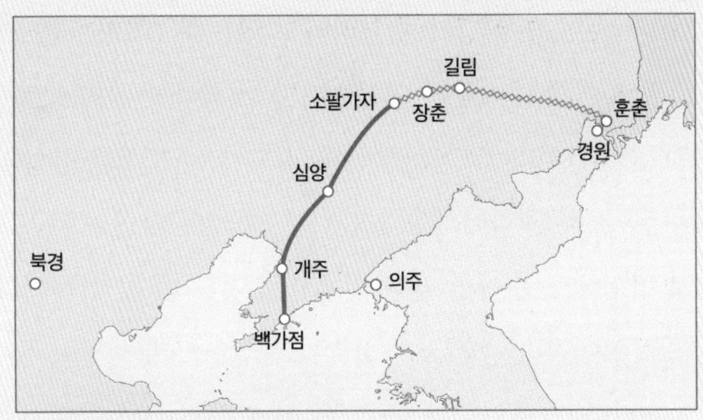

◆ 신학생 김대건이 다녀온 소팔가자에서 훈춘까지는 현재의 도로로는 700km 거리다. 페레올 주교가 말한 800km와 크게 차이가 나지 않는다. 김대건은 이 길을 개척하면서 주요 도시까지의 소요 시간과 주변 환경을 자세히 기록한 〈훈춘 기행문〉을 써서 페레올 주교에게 보고했다.

고 또 다른 사람들에게 물어보면서 '여행기'를 작성했다. 그러나 내용이 너무 방대해 조선 서당에서 배웠던 기억까지 더듬으며 한문으로 작성했다.[11]

---

11 소팔가자에서 훈춘으로 가는 여정은 김대건이 1844년 12월 15일 페레올 주교에게 보낸 〈훈춘 기행문〉(아홉 번째 서한)의 내용을 재구성하고 일부를 인용하였다. 《성 김대건 안드레아 신부의 서한》, 2020 개정판, 92~101쪽.

… 우리가 만주에서 처음 만난 도시는 '길림'이었는데, 길림은 같은 이름으로 불리는 성省(즉 길림성)의 수도이고, 장군將軍 혹은 부도통副都統이 주재하는 곳입니다. 길림은 송화강松花江 동쪽 강가에 자리하고 있는데, 그 강물은 2월의 추위로 아직 얼어붙어 있었습니다. 서쪽에서 동쪽으로 뻗은 한 산맥(만주 북부의 흥안령興安嶺산맥)이 이 도시를 북쪽의 찬 바람으로부터 막아주고 있습니다. 중국의 거의 모든 도시처럼 길림에도 주목할 만한 것은 아무것도 없고, 벽돌이나 흙으로 지어진 단층의 초가집들이 무질서하게 빽빽이 들어서 있습니다. 만주인들과 중국인들이 이곳에 섞여 살고 있습니다. 그러나 중국인들이 훨씬 많습니다. 둘을 합치면 인구가 60만이나 된다고 합니다. 그러나 인구 조사라는 것이 이 나라에는 알려지지 않았고, 또 중국 이야기의 첫째 특징이 과장이기 때문에 그 주민의 실제 수를 [알기] 위해서는 거기에서 4분의 3을 빼야 할 것으로 생각합니다.

남쪽의 도시들처럼 거리가 매우 붐비고 거래가 아주 활발하였습니다. 길림은 수없이 많은 종류의 짐승 가죽과 각계각층 여자들의 머리를 장식하는 가화假花, 무명과 비단 옷감, 황제의 산림에서 나오는 건축 목재들의 집산지입니다. 길림에서 이 산림까지는 별로 멀지 않습니다. 산림들이 그 시커멓고 민둥민둥한 머리를 눈이 부신 흰 눈 위에 드러내고 있는 것이 멀리 보였습니다.

이 산림들은 두 민족 사이의 모든 교통을 끊고, 또 마치 이 분열을 지속시키려는 넓은 장벽처럼 중국과 조선 사이를 가로막고 있었습니다. 산림은 동쪽에서 서쪽으로 600리 이상의 면적을 차지하고 있는데 북쪽에서 남쪽까지의 면적은 얼마나 되는지 모르겠습니다.

멀고도 험한 길이었다. 중국인 안내인이 있었지만, 때로는 얼어붙은 강 위를 걷고, 때로는 강의 좌우 둔치를 따라 전진해야 하는 여정이었다. 호랑이, 표범, 곰과 늑대를 비롯한 온갖 맹수의 위협 속에서도 나아가야 했다. 강을 따라 벌판을 지나고 맹수의 위협을 무릅쓰고 산림을 뚫고 나오자 이번에는 호수를 만나기도 했다. 얼어붙은 호수를 지나 한 객줏집에 들었을 때는 마침 설 명절(양력 1844년 2월 18일)을 앞둔 때였다. 큰 명절을 맞아 후의를 베푼 객줏집 주인 덕에 며칠 동안 넉넉하고도 훈훈한 휴식을 보낼 수 있었다. 그리고 그 시절의 풍속도 빠짐없이 기록했다.

설 무렵이 되면 외교인들은 미신에 빠집니다. 객줏집 사람들은 뜬눈으로 첫날 밤을 새웠습니다. 그런데 자정쯤에 제주祭主가 무엇인지 모를 괴상한 옷차림을 하고 제 잠자리인 '캉khang' 즉 온돌로 가까이 오는 것이 보였습니다. 저는 그가 왜 왔는지를 짐작하였고, 그래서 자는 척하였습니다. 그는 나를 깨우려고 여러 번 제 머리를 가볍게 두드렸습니다. 그때 저는 마치 깊은 잠에서 깨어나는 것처럼 "뭐지요? 무슨 일이 있소?" 하고 물었습니다. "일어나시오. 귀신들이 가까이 옵니다. 귀신을 마중 나가야 합니다." "귀신이 가까이 온다니! 어디서 오는 거요? 무슨 귀신들이오?" "그렇소. 귀신들, 큰 귀신들이 와요. 일어나시오. 그들을 마중 나가야 합니다." "잠깐 기다려요. 보다시피 나는 지금 잠 귀신에 접해 있소. 지금 오는 귀신 중에 나를 이만큼 기분 좋게 해줄 귀신이 또 있소? 제발 내 귀신과 조용히 즐기게 내버려 둬요. 당신이 말하는 그런 귀신들을 나는 모르오." 제주는 무슨 뜻인지 모를 말을 중얼거리면서 물러갔습니다. 아마 그는 귀신들에 대한 저의 공경심에 별로 감화를 받지 못했을 것이고, 따라서 제 여행의 전도가 불길할 것으로 예측했을 것입니다.

김대건과 안내인은 객줏집에서 일주일을 머물렀다가 음력 정월 초나흘에 다시 길을 떠났다. 이번에는 객줏집 주인의 마차를 길잡이 삼아 길을 나선 것이다. 그들은 마침내 영고탑 근처에 있는 '마련하馬蓮河'에 도착했다. 그곳은 600리(240km) 떨어진 바다에까지 이르는 길이 시작되는 곳이었다. 객줏집 주인은 7~8년 전만 해도 여행자들이 묵어갈 초막 하나 없던 곳이었는데, 그들이 지날 때쯤에야 큰길가에 객줏집들이 들어섰다고 했다. 일행은 원시적으로 지은 큰 초막의 방바닥에 깔린 풀 요 위에서 지친 몸을 쉬고, 여행을 계속할 수 있도록 기운을 회복했다. 그렇게 험한 여정을 거쳐서 페레올 주교의 강복을 받고 떠난 지 한 달 만인 1844년 3월 1일에 그들의 여행 목적지인 훈춘에 도착했다. 무사히 목적지에 도착한 김대건은 훈춘의 상황을 상세히 기록했다.

> … 마침내 주교님을 하직한 지 한 달 만에 우리의 여행 목적지에 도달하였습니다. 초소는 만나지 않았습니다. 훈춘은 바다에서 별로 멀지 않은 곳에, 그리고 조선과 만주를 갈라놓는 두만강 어귀에 자리하고 있습니다. 그곳은 만주인 100가구가량이 살고 있는 작은 마을이지만, 남쪽에 있는 '봉변문' 다음으로 조선과 중국 사이의 접촉이 이루어지는 유일한 곳입니다. 만주 출신의 제2급 관리가 휘하 200~300명의 군사와 포졸 들의 도움을 받아 치안을 유지하고 있습니다. 수많은 중국인이 아주 먼 데서부터 그리로 교역交易하러 옵니다. 그들은 조선인들에게 개, 고양이, 담뱃대, 녹용, 구리, 가죽, 말, 노새, 나귀 들을 주고 그 대신 바구니, 식기, 쌀, 밀, 돼지, 소, 종이, 돗자리, 모피, 빠르기로 이름난 조랑말 들을 받습니다. 이러한 거래는 일반 사람들을 위해서는 2년마다 한 번밖에 열리지 않고 그것도 한나절밖에 가지 않습니다. 상품의 교환은 훈춘에서 40리 떨어진 조선에서 제일 가까운 도시 경원에서 이루어집니다. 만일 밤이 임박

해서도 중국인들이 국경으로 돌아가지 않으면 조선 군인들이 허리에 칼을 차고 그들을 쫓습니다. 봉천, 길림, 영고탑, 훈춘의 몇몇 관리들에게는 좀 더 자유가 주어집니다. 그들은 해마다 교역을 할 수 있고 또 그들의 일을 처분할 수 있도록 5일간이 허락됩니다. …

김대건과 안내인이 조선 국경에 도달하였을 때는 경원개시가 열리기 여드레 전이었다. 그는 한시라도 빨리 약속된 신호로 조선 교우들을 알아보고 그들과 대면하고 싶었다. 하지만 기다리는 수밖에 달리 어쩔 도리가 없었다. 기다리는 동안 그는 자신이 가져온 지도와 실제 지형이 어떻게 다른지 꼼꼼하게 기록해나갔다.

1844년 3월 8일(음력 정월 20일), 경원의 조선 관장이 이튿날 시장이 열릴 것이라는 소식을 훈춘으로 보내왔다. 날이 밝자마자 김대건은 안내인과 함께 서둘러 경원으로 들어갔다. 읍내 어귀에는 사람들로 인산인해를 이루었고, 장이 서는 읍내까지 오는 데는 아무 검문이 없다는 걸 확인했다. 김대건은 조선의 교우들과 약속한 대로 손에 흰 손수건을 들고 허리띠에는 붉은 색깔의 작은 차 주머니를 찬 채 군중 가운데로 걸어갔다. 그러나 한동안은 말을 걸어오는 사람이 아무도 없었다. 시간이 지나면서 김대건은 조금씩 불안해지기 시작했다. '중도에 무슨 탈이

나서 오지 못한 것일까?' 그와 안내인이 말에게 물을 먹이러 읍내에서 300보쯤 떨어진 개천으로 갔을 때, 누군가가 다가오는 것이 보였다. 김대건이 중국말로 말을 걸었으나 그는 알아듣지 못했다. 그래서 이번에는 조선말로 물었다.

"당신은 누구요?"

"한韓이라고 합니다."

"당신은 예수의 제자요?"

"그렇습니다."

그 대답을 들은 김대건은 안도의 한숨을 내쉬었다. 한가 성을 쓰는 교우는 김대건과 안내인을 자신과 함께 온 교우들이 있는 곳으로 데려갔다. 조선에서 온 교우는 모두 네 명이었다. 김대건은 다시 한번 주위를 살핀 후 작은 목소리로 말했다.

"신학생 안드레아입니다. 페레올 주교님께서 교우님들을 만나보라 하셔서 여기 중국인 안내원과 함께 왔습니다. 주교님이 신임하시는 분이니 안심하셔도 됩니다."

조선 교우들은 그제야 낯빛이 밝아졌다.

"저희들은 한 달 전에 도착해서 안드레아 신학생님을 기다리고 있었습니다."

"오랫동안 고생하셨습니다. 그래, 교중 사정은 어떠한지요?"

"지금은 상당히 평온합니다. 하지만 많은 교우가 군난의 위험이 덜한 남쪽 지방으로 피신했습니다."

"지금 제가 모시는 주교님과 신부님은 하루빨리 조선에 입국해서 조선의 양들과 위험을 나누고, 눈물을 씻어주고, 상처를 어루만져주고, 쇠약해진 영혼을 일으키실 준비가 되셨다는 말을 꼭 전해달라고 하셨습니다."

네 명의 교우는 고개를 주억이며 눈물을 흘렸다. 그때 주변에 몰려 있던 중국인들과 조선인들이 '저들은 무슨 흥정을 하길래 저렇게 은밀히 이야기를 나누나' 하는 표정으로 하나둘 다가왔다. 김대건은 얼른 가축을 흥정하는 척했다.

"그럼 도대체 얼마를 받겠소?"

"80냥은 받아야겠소. 그 밑으로는 절대 안 되오."

"너무 비싸오. 50냥 줄 테니 당신이 갖고 조선 소를 주시오."

김대건은 며칠 주막에서 묵을 때 경원개시에서는 소, 솥, 쟁기, 가래 등이 주된 거래품이 되지만, 조선 농우에 대한 중국의 수요가 많다는 이야기를 들었다.

"80냥 이하는 절대로 안 되오."

기웃거리던 사람들이 다시 흩어지자 조선 교우가 주위를 둘러보며 소리를 낮추어 말했다.

"현재 조선에는 천주교를 믿겠다는 예비신자들이 많이 늘고 있습니다. 그래서 중심 교우들이 양인 신부님을 자신들의 집에 오래 숨겨두기는 어렵겠지만 천주님의 자비를 믿고 신부님을 영입하기 위해 최선을 다할 것입니다. 그런데 이번에 와보니 북쪽으로의 영입은 한 국경에서 또 다른 국경을 넘어야 하는 어려움 외에 조선에 들어와서도 북쪽부터 시작해 나라의 절반을 통과해야 하므로 변문 쪽이 오히려 덜 위험할 것 같다는 생각이 들었습니다. 경원 쪽으로 오가는 길의 검문도 심하기는 매일반입니다…."

"무슨 말씀인지 알겠습니다. 그러면 조선에 돌아가셔서 프란치스코 어르신께 이번 겨울에 동지사 사행단이 올 때 제가 주교님을 모시고 조선에 들어갈 수 있도록 단단히 준비해주십사 말씀 전해주십시오. 주교님의 의지가 워낙 확고하십니다."

김대건은 좀 더 이야기를 나누고 싶었지만, 조선 교우들은 주위를 둘러보며 이만 헤어져야 한다면서 그의 손을 굳게 잡았다. 김대건은 그들에게 이번 동지사 사행단이 왔다가 돌아갈 때 조선에 들어갈 수 있도록 주교님이 입으실 상복을 미리 준비해 달라는 말을 전하며 아쉬운 작별을 고했다. 그러고는 안내인과 함께 인파 속으로 들어갔다. 장마당은 조선인, 중국인, 달단인(타타르인), 만주인 모두가 뒤섞여서 목소리를 높이며 각기 자기 나라말로 흥정을 하느라 떠드는 소리에 머리가 띵할 정도로 소란스러웠다.

그가 안내인과 함께 말을 타고 경원 읍내를 빠져나가 훈춘으로 돌아가려고 할 때, 조선 교우들이 그를 향해 다시 오는 모습이 보였다. 그러자 중국인 안내원이 그들에게 인사를 하려고 말에서 뛰어내렸다. 하지만 김대건은 주변에 즐비한 포졸들을 둘러보며, 이들이 장사하는 일 말고 다른 일로 온 사람이라 의심할까 싶어 그에게 얼른 다시 말에 오르라는 신호를 보냈다. 그러고는 조선 교회의 수호천사에게 교우들의 돌아가는 길을 부탁하고, 자신은 얼마 전 파리외방전교회 마카오 극동대표부에서 보내온 '조선 교회 순교자들을 위한 기도문'을 읊조리며 두만강을 건넜다.

28

다시 조선을 향해서

김대건과 안내인이 소팔가자로 돌아온 건 4월 중순이 되어서였다. 그의 보고를 들은 페레올 주교는 하루라도 빨리 조선에 입국하기 위해 조선 교우들이 이번 겨울 동지사 일행으로 올 때 자신과 김대건이 변문을 통해 조선으로 들어갈 수 있도록 준비하자고 했다. 비록 의주 성문이나 압록강 주변 상황이 모방 신부와 샤스탕 신부 그리고 앵베르 주교가 입국할 때에 비해 삼엄해졌다지만, 조선대목구장 주교가 양들이 기다리는 포교지를 더는 바라보고만 있어서는 안 된다는 생각에서였다.

그러나 이처럼 단호한 각오를 한 페레올 주교에게도 고민이 하나 있었다. 이대로 이번 겨울에 조선 입국을 시도하다 일을 그르쳐 순교를 하게 된다면, 조선대목구장 주교 자리가 빌 테고, 그리되면 또한 지금껏 신품을 받기 위해 준비해온 김대건과 최양업 두 신학생이 언제 사제품司祭品을 받을 수 있을지 기약할 수 없을지도 모른다는 것이었다. 페레올 주교는 자신이 조선으로 들어가기 전에 두 신학생을 삭발례부터 소품小品, 그리고 대품大品인 차부제품次副祭品과 부제품副祭品에까지 올려야겠다고 생각했다. 최종적으로 결심을 한 그는 김대건과 최양업을 자신의 방으로 불렀다.

"안드레아 그리고 토마스. 이번 여름이면 너희들이 마카오 대표부 신학교에서 공부를 시작한 지 7년이 되는구나. 소신학교 3년, 대신학교 4년을 마치면 부제품까지 받을 자격이 된다. 그리고 부제품을 받고 나서 1년 정도 열심히 성직을 수행하면 사제품을 받을 수 있다. 그러니 올해에 삭발례부터 시작해서 네 단계 소품인 수문품守門品, 강경품講經品, 구마품驅魔品, 시종품侍從品, 그리고 대품의 시작인 5품 차부제품과 부제품까지 주려고 한다. 그러니 지금부터 진행하는 마지막 과정도 이제까지와 마찬가지로 열심히 하도록 하거라."

당시에는, 삭발례는 대신학교 1학년, 수문품과 강경품은 2학년, 구마품과 시종품은 3학년을 마치면, 그리고 대품은 4학년 이후부터 순차적으로 주교로부터 받았다.[12] 그러나 조선 신학교

---

12 당시 사제가 되려는 신학생은 누구나 '칠품七品'을 단계적으로, 그리고 합당하게 받아야 사제가 될 수 있었다. 칠품 중 처음 4품을 '소품'이라고 하고, 차부제품, 부제품, 사제품의 3품을 '대품'이라고 불렀다. 그러나 1973년 1월 1일부터 시행된 품계 개편으로 소품과 대품의 차부제직은 없어지고 부제품과 신품을 '성품聖品'으로

가 있던 마카오에는 파리외방전교회의 주교가 없었다. 따라서 페레올 주교가 조선 신학생들의 상황을 '포교지 사정에 따른 특별한 경우'로 인정하여 대신학교 졸업 때 삭발례부터 부제품까지 빠르게, 그러나 교회법에 따라 순차적으로 진행하려는 계획을 세운 것이다.

"예, 주교님."

방으로 돌아온 김대건과 최양업은 올해 말에 부제품까지 받을 수 있다는 페레올 주교의 말씀에 가슴이 벅차올랐다.

"토마스, 우리가 모방 신부 사제관에서 처음 만났던 때가 열다섯 살이었는데 어느새 스물두 살이 되었네. 그동안 세월이 어떻게 지나갔는지 생각하면 울컥할 정도라네."

"왜 아니겠나. 나도 마찬가지일세. 어려운 일도 많았지만, 이제 부제품을 받게 된다니 정말 꿈만 같구먼. 최방제가 살아 있었으면 좋았으련만…."

"그렇지. 최방제가 그렇게 일찍 선종하지 않았으면 분명 우리에게 큰 힘이 되었을 거야."

그때 페레올 주교는 이미 자신과 동행할 김대건에게는 사제품까지 주어, 사제의 신분으로 조선에 돌아갈 수 있도록 해야겠다고 생각하던 참이었다. 그러나 한 가지 걸림돌이 있었다. 주교의 권한으로 부제품은 물론 사제품에도 올릴 수 있었으나, 사

구분했다. 현재는 부제품부터 성직자의 신분으로 인정하고 있다.

제품은 만 스물네 살 이상이어야 받을 수 있었다. 만약 그 이전에 신학생에게 사제품을 주려면 교황청으로부터 '연령 제한 관면'을 받아야 했다.

페레올 주교는 마카오 대표부의 리브와 신부에게 올해 12월에 두 신학생을 대품인 차부제품에 이어 부제품에 올릴 것이라는 자신의 계획을 알리면서, 신학생 김대건에 대한 '연령 제한 관면'이 필요하다는 내용의 편지를 보냈다.

> 친애하는 신부님, … 무엇보다도 가장 큰 위험은 이 국경에서 저 국경으로 넘어가는 데 있습니다. 이 모든 것이 조선인 사제가 필요하다는 것을 점점 더 보여줍니다. 친애하는 리브와 신부님, 저는 조선인 사제 양성의 가능성을 가지고 싶습니다. 제게 그 의지가 있으니 조선 교회는 곧 조선인 사제를 갖게 될 것입니다. …
>
> 추신, … 만일 제가 올해 말에 조선에 들어가게 되면 안드레아를 데리고 갈 예정입니다. 그때면 그는 안드레아 신부가 되어 있을 것입니다. (이렇게 날짜가 촉박한) 저의 상황으로 보아 로마(교황청)로부터 받은 연령 (제한) 관면을 사용해야만 합니다.[13]

13 페레올 주교가 1844년 5월 18일, 리브와 신부에게 보낸 서한.《성 김대건 신부의 활동과 업적》, 2021 개정판, 307~309쪽.

메스트르 신부도 파리 본부의 르그레즈아 신부에게 김대건의 사제품 계획을 알리는 편지를 보냈다. 하루라도 빨리 '관면'이 도착할 수 있도록 하기 위해서였다.

> 친애하는 신부님께, … 우리 두 신학생은 올해 부제품에 오르게 될 것입니다. 그리고 그들 중 한 명, 즉 페레올 주교님을 수행하게 될 학생은 사제품까지 받게 될 것입니다. 오는 12월에 조선에 입국하게 될 가망이 큽니다. 우리는 반드시 조선인 사제 한 명을 만들고자 합니다 ….[14]

12월 초, 삼위일체대축일이 되었다. 페레올 주교는 대신학교 과정을 모두 마친 후 얼마 전 삭발례를 하고 검은색 수단을 입은 김대건과 최양업에게 네 단계 소품 중 수문품, 강경품을 서품했다. 교회법에 소품은 두 가지를 같은 날 서품할 수 있었다. 하지만 네 가지를 동시에 서품할 수는 없어서 그다음 날 구마품, 시종품을 서품했다. 소품을 마친 페레올 주교는 대품의 시작인 5품 차부제품을 서품하기 위해 두 신학생을 불렀다.

"안드레아, 토마스. 이제 소품을 다 받았으니 다음은 대품의 첫 번째 품인 차부제품을 받을 차례다. 그러나 대품인 차부제품

---

14 메스트르 신부가 1844년 5월 19일, 파리 본부의 르그레즈아 신부에게 보낸 서한. 《성 김대건 신부의 활동과 업적》, 2021 개정판, 311쪽.

《성무일도서》

◆ 《성무일도서》는 차부제, 부제, 사제들의 매일 기도서다. 신구약성서, 성인전, 기도문 등으로 편찬되었다. '성무일도 기도'는 60~70분 이상 걸리는 긴 기도이기 때문에 여러 번에 나눠서 드릴 수 있다.

을 받으려면 두 가지의 어려운 의무를 지키겠다는 서약을 해야 한다. 그 첫 번째는 평생을 독신 생활로 일관하는 의무다. 이 독신 서약을 그리스도의 부르심 속에 살기 위해 받은 특별한 은총이라 생각하고, 독신을 통해 천주님의 백성 속에서 더욱 백성답게 봉사하면서 양들의 영혼 구원에만 전념하겠다는 의미다. 그리고 두 번째는 매일 《성무일도서聖務日禱書》를 읽고 기도를 드려야 한다. 사제 생활이 아무리 바빠도 기도를 하면서 천주님을 만나라는 의미에서 만들어진 의무다. 앞으로 며칠 동안 기도하면서 마음을 결정해서 알려주기 바란다."

"예, 주교님."

김대건과 최양업은 며칠 동안 기도를 하면서 다시 한번 마음의 각오를 단단히 했다. 신품을 받으려면 독신이어야 한다는 건 알고 있었다. 두 사람은 페레올 주교와 메스트르 신부가 강조한 대로 마귀에 흔들리지 않고 위주치명의 그날까지 오로지 양 떼들의 영혼 구원에 온 마음을 다할 수 있게 해달라는 기도를 바쳤다. 두 신학생이 서약을 하자 페레올 주교는 두 신학생의 차부제품을 거행한 후 강론을 통해 "세상에 나아가 언제까지나 썩지 않을 열매를 맺으라"(〈요한복음〉 15장 16절)고 당부했다.

부제 서품식은 이틀 후에 거행되었다. 교회법에 대품은 두 가지를 같은 날 동시에 받을 수 없도록 되어 있었기 때문이다. 부제 서품식은 평일보다는 성탄이나 부활절 같은 축일에 행하는 것이 당시 관례였지만, 페레올 주교는 조선으로 출발하기 전에 부제 서품식을 마치기 위해 서두른 것이었다. '부제副祭'는 사제의 바로 아래 단계로, 〈사도행전〉의 "부제로 뽑힌 7명처럼"에서 유래했으며, 사제적 영성의 바탕이라고 할 수 있는 봉사 정신과 깊이 관련되어 있다. 제2차 바티칸공의회 이전인 당시의 부제는 교회의 봉사직으로서 강론, 세례, 결혼식 주관, 본당 운영, 그 외의 사항에 있어서 사제를 보좌하는 일을 담당했다.

장춘 소팔가자 성당과 페레올 주교

◆ 소팔가자는 1796년에 천주교 교우촌이 형성되었고, 1838년에 요동 대목구가 설립되면서 파리외방전교회가 사목을 담당하게 되었다. 초대 교구장 베롤 주교는 소팔가자 성당을 세우면서 본격적인 만주 선교 사목을 펼쳤다. 훗날 파리외방전교회 선교 사제들은 조선 입국을 위해 소팔가자 성당 사제관에 머물면서 조선과 연락을 취했다.

김대건 부제와 최양업 부제가 제대 앞에서 두 손을 모아 이마를 받친 자세로 마루에 엎드렸다. 부복俯伏은 천주님을 경배하는 동작으로, 자신의 부족함을 인정하고 그 부족함을 천주님께서 채워주시기를 가장 간절히 청원하는 최고의 동작이다. 아울러 세상에서 가장 낮은 사람이 되어 그리스도처럼 자신을 비우고 죽기까지 천주님의 뜻에 순명하겠다는 의미도 포함되어 있었다. 페레올 주교가 기도를 시작했다.

"천주여, 이들에게 성령을 내리소서. 당신의 일곱 가지 선물의 은혜[15]로 이들이 부제의 직위를 충실하게 수행할 수 있도록 하소서."

김대건 부제도 엎드려 기도를 드렸다.

"천주님, 부족한 제가 어떻게 그리스도를 닮아 모든 이에게 봉사하는 부제의 역할을 수행할 수 있을지 두렵기만 합니다. 저는 천주님의 안배 없이는 아무것도 할 수 없습니다. 천주님, 부족한 제가 그리스도께서 가신 십자가의 길을 걸을 수 있도록, 예수님께서 지셨던 십자가를 지고 위주치명의 길로 걸어갈 수 있도록 도와주소서…."

서품을 마치자 메스트르 신부가 다가와 두 부제와 포옹을 하며 축하해주었다. 김대건 부제가 그를 향해 고개를 숙여 인사했다.

"메스트르 신부님 덕분에 제가 여기까지 올 수 있었습니다. 고맙습니다."

"안드레아 부제, 그동안 고생 많았다. 그리고 그동안의 용맹스러운 안드레아 부제의 도전 정신에 나도 많은 감동을 받았어.

---

15 '일곱 가지 은혜'는 당시 부제 서품식 기도에서 사용되던 일종의 관용구로 '성신칠은'이라고도 했다. 지혜 sapiéntĭa(슬기), 이해 intellectus(깨달음 혹은 통달), 의견 consílĭum(일깨움), 지식 sciéntĭa(앎), 용기 fortitúdo(굳셈), 효경 píĕtas(받듦 혹은 공경), 두려워함 tĭmor(경외)이다.

전에 마닐라에서 상해로 올 때도 말했지만, 박해지의 선교사에겐 그런 용기가 필요한 거야. 서양인 사제 두 명이 함께 가는 게 위험해서 나는 토마스 부제와 나중에 가기로 했으니, 안드레아 부제가 페레올 주교님을 모시고 조선에 잘 도착할 수 있도록 기도 많이 하겠네."

"고맙습니다, 신부님."

페레올 주교는 며칠 전까지도 교황청에서 '연령 제한 관면서'가 오기를 기다렸지만, 소팔가자와 로마는 너무 멀리 떨어져 있었다. 12월 10일, 페레올 주교는 자신과 김대건 부제가 조선으로 가기 위해 변문으로 떠난다는 서신을 마카오 대표부의 리브와 신부에게 발송했다.

> … 친애하는 신부님, 안드레아와 토마스는 이제 부제입니다. 저는 가능한 한 빨리 그들을 사제품에 올리려 합니다. 안드레아와 저는 변문으로 향합니다. 이번에는 이전보다 나을까요? 천주님께서 도와주시기를! 만일 제가 입국하지 못하면 강남(상해)으로 가서 해로海路를 통해 시도하겠습니다. 완전히 불가능하든지, 아니면 어떻게 해서든 마침내 제 선교지에 들어가게 되는지 하겠지요. 다만 신부님의 뜨거운 기도의 도움이 제게 반드시 필요합니다. 그것만 있으면 저

는 아주 강해질 것입니다….[16]

12월 15일경, 페레올 주교는 김대건 부제와 함께 변문을 향해 출발할 준비를 마쳤다. 김대건 부제가 떠나기 전 최양업 부제는 '운명의 길'로 향하는 김대건 부제의 손을 맞잡았다.

"안드레아, 이번에도 무사하기를 기도하겠네."

"고맙네, 토마스. 우리가 믿을 건 천주님의 안배와 기도뿐이지 않은가."

"안드레아, 나는 여기 편안히 있고, 위험한 일은 자네가 앞장서서 하는 것 같아 영 미안하네."

"그런 말 하지 말래도, 토마스. 전에도 말했잖은가, 나는 이 모든 게 천주님의 섭리라고 생각한다고. 천주님께서는 내가 할 수 있는 일은 나에게, 토마스가 해야 할 일은 토마스에게 맡기시는 분이니까. 하하."

"안드레아. 자네는 틀림없이 주교님을 모시고 무사히 한양에 도착할 거야. 어서 가서 주교관 만들어놓으면 나와 메스트르 신부님도 곧 뒤쫓아가겠네."

"그래. 토마스. 기도 많이 해줘."

최양업 부제는 김대건 부제의 손을 꼭 잡고 조선으로 향하

---

16 페레올 주교가 1844년 12월 10일, 리브와 신부에게 보낸 서신.《성 김대건 신부의 활동과 업적》, 2021 개정판, 313~315쪽.

는 그와 페레올 주교님을 지켜달라고 오래오래 기도를 드렸다. 기도가 끝나자 김대건 부제는 최양업 부제의 손을 굳게 맞잡고 고맙다는 뜻으로 고개를 끄덕였다. 이것이 김대건과 최양업의 마지막 순간이었다. 이후 그들은 다시 만나지 못했으니 이 세상에서 나눈 작별 인사였던 셈이다. 가슴을 편 김대건 부제는 페레올 주교와 함께 두 명의 중국인 안내원을 따라 조선에서 오기로 한 밀사들과 만나기 위해 변문을 향해 뚜벅뚜벅 걸음을 옮겼다.

7

조선의 첫 번째 사제

29

한양에 도착하다

1845년 1월 1일(양력), 조선에서 오는 동지사 사행단이 변문에 도착하기로 한 날이었다. 김대건 부제와 페레올 주교는 안내인을 따라 김 프란치스코와 만나기로 한 주막에 먼저 도착해서 조금 널찍한 방으로 들어갔다. 날이 저물 무렵, 밖에 나가 주변을 살피던 안내인들이 들어오며 알렸다.

"방금 조선에서 동지사 사행단 일행이 도착했다고 합니다."

잠시 뒤 김 프란치스코가 신자 두 명과 함께 주막으로 들어섰다. 김 프란치스코 일행이 들어서는 것을 본 순간, 페레올 주교의 가슴은 벅차올랐다. 그토록 간절히 가고자 했던 선교지 조선에 들어갈 바로 그 순간이 다가온 듯했기 때문이다. 페레올 주교는 훗날 파리외방전교회 본부로 보내는 편지에 그때의 심정을 이렇게 밝혔다.

"… 그를 보자 기뻐 제 심장이 뛰었습니다. 저의 새 조국, 오래전부터 입국하려 애쓴 약속된 땅의 문턱에 있었습니다. 저의 유배가 끝나는 것으로 생각했습니다…."[1]

가슴이 뛰긴 김대건 부제도 마찬가지였다. 흥분을 가라앉히며 김대건 부제는 처음 보는 두 명의 신자들에게 페레올 주교를 소개했다.

"교우님들, 먼 길을 오시느라 고생 많으셨습니다. 여기 계신 이분이 이번에 조선에 입국하실 조선대목구 제3대 대목구장이신 페레올 주교님이십니다."

소개를 받자마자 신자들은 엎드려 큰절을 올리며 감격의 눈물을 흘렸다.

"주교님께 죄인들 인사드리옵니다."

당시 천주교 신자들은 주교나 신부 앞에서 자신들을 스스로 '죄인'이라 칭했다. 신학생들도 사제들에게 '지극히 부당한 아들'과 같은 표현을 사용하며 스스로를 낮췄다. 자신을 조선으로 인도할 교우들을 흐뭇한 얼굴로 바라보던 페레올 주교는 그들의 손을 잡고 일으켜 세웠다. 그런 다음 그들을 향해 김대건 신학생이 이곳에 오기 전 부제 서품을 받았다고 설명했다.

---

1 페레올 주교가 1845년 5월 25일 파리외방전교회 본부(참사회)에 보낸 편지. 《성 김대건 안드레아 신부의 활동과 업적》, 2021 개정판, 325쪽.

"나의 양들인 조선 교우들이여, 나의 입국을 돕기 위해 먼 길을 오느라 고생이 많았소. 내 여러분들에게 기쁜 소식을 전해드리겠소. 그동안 신학생이던 안드레아는 지난 12월에 신품 바로 전 단계인 부제품을 받았소. 부제는 미사를 집전할 수는 없으나 주교나 신부를 도와 성경을 봉독하고 강론하며, 교리를 가르치고, 세례성사와 혼인성사를 베풀 수 있는 성직자요. 이제부터 안드레아 부제는 나를 도와 조선의 신자와 예비신자 그리고 외교인들의 영혼 구원 사업에 동참할 것이오."

감격에 겨워 떨리는 페레올 주교의 말씀을 김대건 부제가 통역하자 신자들은 잠시 어리둥절한 표정을 지었다. 신부와 주교는 들어도 보고 만나도 보았기에 알겠는데, 이제껏 부제라는 말은 처음 들었기 때문이다. 하지만 부제가 신부 바로 전 단계라니까 스물네 살의 새파란 청년 김대건 부제에게도 엎드려 큰절을 했다.

"안드레아 부신부님께 죄인들 문안드리옵니다."

당황한 김대건 부제가 그들을 만류하면서 다급하게 말했다.

"아, 아닙니다, 교우님들. 저는 아직 신품을 받지 못해 부신부가 아닙니다. 허니 '부신부'라고 부르셔서는 안 됩니다. 그냥 '부제'라고 불러주십시오."

이에 신자들은 서로의 얼굴을 돌아보다 다시 인사를 올렸다.

"부제님께 죄인들 문안드리옵니다."

신자들의 인사를 받은 김대건 부제는 자신도 엎드려 맞절을 하는 걸로 상견례를 마쳤다. 신자들이 일어나자 그가 물었다.

"교우님들, 오시는 길 사정이 어렵지는 않으셨는지요."

그의 물음에 김 프란치스코가 침통한 표정으로 대답했다.

"주교님과 부제님. 저희가 한양에서 떠날 때 모두 일곱 명의 신자가 말 두 필을 끌고 출발하였습니다. 평양까지는 그럭저럭 무탈하게 올 수 있었는데…, 평양을 지나 의주에 가까워질수록 검문과 검색이 점점 심해지더니 글쎄 의주 입구에서 난리를 치렀지 뭡니까. 성문을 지키던 관원들이 어찌나 까다롭게 굴던지 현석문 가롤로 교우와 이재의 토마스 교우가 가져오던 상복과 큰 삿갓 그리고 얼굴을 가리는 포선을 보더니 포졸들이 몰려들었습니다. '아니, 이 물건들은 양인 신부들이 사용하는 건데 무슨 일로 이것들을 가지고 가느냐'며 집요하게 추궁을 하더란 말이지요. 다행히 역관의 아들인 현석문 가롤로 교우가 나서서 부친이 중국에 드나들던 이야기를 들려주며 잘 설명해서 그 자리에서 포박되는 일은 면했습니다만, 의주 성문에서 또 문제가 될까 싶어 주교님과 부제님을 모시고 갈 말을 끌고 오던 두 명의 마부와 함께 그 둘은 먼저 평양으로 돌아갔습니다. 그래서 저희 셋만 이곳으로 온 겁니다."[2]

김대건 부제가 여기까지의 내용을 페레올 주교에게 통역하

2 이후 김대건 부제가 페레올 주교와 헤어지는 장면부터 한양에 도착하는 부분까지는 '김대건 부제가 1845년 3월 27일 한양에서 마카오 대표부 리브와 신부에게 보낸 서한'을 인용하면서 재구성했다. 《성 김대건 안드레아 신부의 서한》, 2020 개정판, 113~117쪽.

자 주교의 얼굴에 실망한 기색이 가득했다. 김 프란치스코는 계속 말을 이었다.

“주교님과 부제님. 저희들 생각에는 상복과 삿갓, 포선을 압수했다는 소식이 의주 성문에도 전해져 검문과 경계가 몇 배 심해졌을지도 모릅니다. 부제님은 지난번에 건너셨던 압록강을 다시 몰래 건너올 수 있으실지 몰라도, 주교님께서 변복하실 상복과 삿갓 그리고 포선이 없으니 평양에까지 가는 동안 문제가 생길 위험이 많을 것 같습니다….”

페레올 주교는 이번에도 자신의 입국이 실현되기 어렵다는 말에 몸이 떨릴 정도의 충격을 받았다. 조선 땅을 눈앞에 두고 다시 발길을 돌려야 하다니! 그러나 페레올 주교는 냉정을 되찾으며 김 프란치스코에게 물었다.

“그렇다면 안드레아 부제는 들어갈 수 있을 것 같소?”

“주교님. 안드레아 부제님 역시 성문으로는 힘들 듯합니다. 차라리 지난번 건너셨다는 얼어붙은 압록강을 건너시면 저희들이 그 근처에서 만나 한양까지 모시고 가겠습니다. 안드레아 부제님은 조선 복장을 하면 별문제가 없을 듯합니다. 평양까지만 가면 그곳에 말도 있으니 보름이면 한양에 닿으실 수 있을 겁니다.”

페레올 주교는 침통한 마음을 진정시키며 다음 행보를 정리하기 시작했다. ‘애초의 계획은 실현 가능성이 없다. 그렇다면 어떤 방법으로 조선에 가야 할 것인가.’ 그는 조선 교우들에게 잠시 옆방에서 기다려달라고 한 뒤 김대건 부제에게 라틴어로 자신의 생각을 들려주었다.

“안드레아 부제, 이번에도 내가 조선에 들어가기는 불가능할 듯하네. 아무래도 이번에는 안드레아 부제 혼자 조선에 먼저 들어가서 여러 상황들을 살피고 있게. 이따가 아무도 없는 데서 내가 가져온 금과 은을 줄 테니, 조선에 가서 기다리고 있게.”

“예, 주교님.”

“얼마 전 메스트르 신부에게 들으니 우리의 요구 조건이 까다롭지 않으면 세실 함장이 우리를 조선에 데려다주겠노라고 했다더군. 그러니 나는 이 길로 소팔가자로 돌아가 마카오 대표부로 가서 세실 함장과 좀 더 자세히 이야기해보겠네.[3] 그러나 세실 함장과 함께 조선에 들어갈 방법이 여의치 못해 3월 말까지 내가 조선에 도착하지 못하면…. 안드레아 부제가 조선에서 상해를 오갈 수 있는 뱃길을 알아봐 주게. 그런 다음 가능하다면 배 한 척을 구해 상해로 오게. 그럴 때를 대비해 내가 영국 영사관과 상해에 있는 예수회 고틀랑 신부에게 안드레아 부제가 찾아오면 편의를 제공해주라고 부탁을 해두겠네…. 그리고 배를 타고 올 경우에는 적당한 바닷가에 앞으로 우리 선교사들이 입국할 때 사용할 수 있는 집도 한 채 구해놓게. 물론 이 모

---

3 프랑스는 1844년 중국과 상해, 광동 등 주요 항구를 개항하고 천주교 탄압을 해제하는 ‘황포조약’을 맺었다. 페레올 주교는 이 결과로 육로로 5개월 반이 걸리던 요동에서 마카오까지 배를 타고 15일이면 도착할 수 있었다.《페레올 주교 서한》, 천주교 수원교구, 2013, 299쪽.

든 일이 쉽지는 않을 것이야. 하지만 지금 조선은 선교사가 없는 불행한 포교지이네. 앞으로 조선 포교는 안드레아 부제에게 달려 있다고 할 수 있으니 천주의 안배와 섭리를 믿고 용기를 잃지 말게나."

고틀랑 신부는 김대건 부제가 신학생 시절 세실 함장의 에리곤호를 타고 남경에 갔을 때 남경조약의 조인식을 참관한 후 만나 조선의 박해에 대해 이야기를 나눴던 프랑스 출신 예수회 선교사였다. 김대건 부제는 만주로 가기 전에 한 번 더 그를 만났던 적이 있었다.

"예, 주교님. 제 능력이 이 엄청난 일들을 감당할 수 있을지 모르겠지만, 모든 일을 섭리하시는 인자하신 천주님과 복되신 성모님께 열심히 기도하면서 있는 힘을 다하겠습니다."

페레올 주교는 자신이 전대에 넣어 온 금과 중국 은전을 그에게 건넸다. 김대건 부제는 그 전대를 옷 깊숙한 곳에 갈무리한 후 페레올 주교와 함께 조선인 교우들이 있는 방으로 건너갔다.

"안드레아 부제의 임무가 막중하지만, 조선을 향한 천주의 섭리와 특별한 안배로 좋은 결과가 있으리라 믿네. 부제와 떠나는 조선 교우들을 위해 기도를 하고 강복을 주겠네."

김대건 부제가 통역을 한 후 장궤를 하자 조선인 교우들도 그의 옆에서 함께 장궤를 하며 페레올 주교의 강복을 받았다.

한밤중에 변문을 출발한 김대건 부제와 조선 교우들은 중국 쪽에 있는 목책 안으로 들어갔다. 그때부터 다음 날 해 질 무렵까지 걷자 의주 읍내가 보이는 곳에 도착했다. 김대건 부제는 교우들에게 자신은 압록강을 건널 테니, 의주 성문에서 동쪽 20리(8km) 지점에서 만나자고 했다. 그는 압록강을 건너 의주에서 약 20리가량 떨어진 아주 은밀한 산골짜기를 찾아들어, 울창한 숲속의 어두침침한 나뭇가지 밑에 몸을 숨기고 있다가 소팔가자에서부터 지니고 온 나침반으로 방향을 가늠하며 교우들과 만나기로 한 곳에 도착했다. 그러나 신자들은 보이지 않았다. 그는 나침반이 잘못된 건 아닌가 하고 흔들어도 보았으나, 자신이 당도한 곳은 틀림없이 의주에서 동쪽이었다. 그는 그때부터 교우들이 걱정되고 근심되어 두 번이나 읍내로 들어가 사방으로 찾아보았다. 하지만 헛일이었다. 다시 약속한 곳으로 돌아와 밭 둔덕에 앉아 교우들을 기다렸지만 시간이 지나도 교우들은 나타나지 않았다. 그는 교우들이 체포되지 않고서야 여기로 오지 못할 다른 이유가 없다는 생각이 들어 마음의 갈피를 잡을 수 없었다. 만약 체포되었다면 조선 돈이 없는 상황에서는 혼자서 한양으로 갈 수도 없고 갈아입을 옷도 없었다. 그렇다고 지난번처럼 중국으로 되돌아가자니 페레올 주교를 조선으로 모셔 올 길이 아주 끊길지도 모른다는 생각에 걱정이 태산 같았다.

김대건 부제는 추위와 배고픔에 더해 피로와 근심이 몰려와 몸과 마음이 모두 기진맥진한 상태가 되었다. 더 이상 버틸 기운이 없어진 그는 남의 눈에 띄지 않기 위해 거름더미 옆에 몸을 기댔다. 이대로 잠이 들면 얼어 죽을 수도 있으니 천주의 도우심을 청하며 먼동이 틀 때까지 녹초가 된 채로 누워 있었다. 그때였다. 교우들이 나타나 그를 일으켜 세웠다.

"부제님, 어찌 이런 곳에 계십니까. 저희들도 이곳에 왔었는데, 아무리 기다려도 오지 않으셨습니다. 그래서 모두 걱정을 하면서 5리쯤(2km) 나가서 찾아도 안 계셔서 이만저만 근심이 아니었습니다. 지금껏 저희도 읍내 부근에서 뜬눈으로 밤을 지새우면서 부제님을 영영 못 만나나 싶어 절망하고 낙심하여 한양으로 돌아갈까 하던 중에 마지막으로 다시 한번 와본 겁니다. 그런데 이렇게 부제님을 만났으니, 천주님의 특별한 안배이신 줄 알겠습니다."

"아이고 교우님들, 제가 너무 멀리 돌고 돌아서 오느라 늦었습니다. 그런 다음에는 읍내에서 길이 엇갈렸던 모양입니다. 하지만 천주님의 안배로 이렇게 만났으니 천주께 감사할 뿐입니다."

교우들과 무사히 만나게 되었음에 김대건 부제가 감사하는 기도를 바치자 멀리서 동이 트기 시작했다. 그때 김 프란치스코가 자신과 교우 한 명은 의주에 들러 소팔가자와 연락하던 교우를 만나 앞으로도 필요할 때 한양과 소팔가자 간 연락을 계속 취할 수 있도록 다짐을 받아야 한다며, 평양이나 한양에서 만나자고 약속하고 의주를 떠났다. 김대건 부제는 남은 한 명의 교우와 남쪽으로 향했다. 하지만 지난 밤 어디선가 다리를 다쳐 제대로 걸을 수가 없었다. 그래도 그는 아픈 다리를 끌며 30리(12km)를 겨우 걸은 다음 주막에 들어가 밤을 지낸 후, 다음 날 말 두 필을 세내어 타고 길을 떠나 닷새 만에 평양에 도착했다. 거기서 말 두 필과 함께 그를 기다리고 있던 현석문과 이재의를 만났다. 김대건 부제는 어린 시절 은이 공소에서 교리를 가르쳐 주던 현석문과 마주하자 자신도 모르게 울컥했다. 현석문 역시 8년 전 열다섯 살 앳된 소년이던 그가 의젓한 청년이 되어 다시 만나게 된 것이 대견스러웠다.

"오, 안드레아! 이게 얼마 만인가. 그동안 타향만리 오문(마카오) 땅에서 얼마나 고생이 많았는가…."

"회장님, 기해년 군난으로 얼마나 고초가 심하셨는지요? 그래도 회장님께서 군난을 피하시어 이렇게 다시 주교님과 신부님을 모셔 오려고 애써주시니, 천주님의 전능하신 뜻의 안배를 찬미할 뿐입니다."

김대건 부제는 말을 마친 후 잠시 기해년 치명자들을 위한 기도를 바쳤다. 현석문이 깜짝 놀란 표정으로 그를 바라보며 물었다.

"호, 혹시 신품을 받으셨는지요?"

"아닙니다. 회장님. 신품을 받으려면 서양 나이로 스물네 살이 되어야 하는데, 작년 12월에 1년이 모자라 토마스와 함께 부제품까지 받았습니다."

"부제품이라면?"

김대건 부제가 한양에 갈 때 이용한 의주길

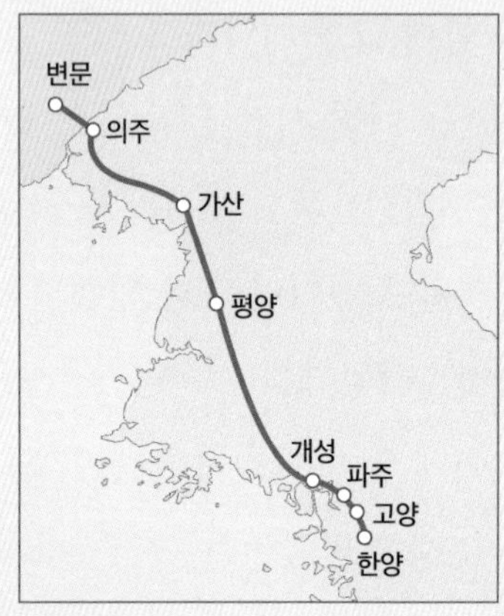

◆ 김대건 부제가 한양으로 간 길은 변문에서 1,200리(480km), 의주에서 1,080리(432㎞)였다. 보통 걸어서 보름 정도 걸리는 이 길은 중국과 연결되는 가장 중요한 도로로 중국을 오가는 사행원들이 반드시 걸어야 했던 길이어서 '사행로使行路' 또는 '연행로燕行路'라 불렸다.

- 1월 3일: 걸어서 의주~용천(의주 근처) 인근 주막(10km)
- 1월 4일~9일: 말 타고 용천~평양(220km)
- 1월 9일~16일경: 평양에서 말 타고 한양(250km = 평양~개성 190km + 개성~한양 60km)

"대품 중 6품으로 신품 바로 아래 품입니다."

그러면서 김대건 부제는 페레올 주교가 앞서 교우들에게 알려준 대로 부제의 권한과 자신이 맡은 역할을 현석문에게 설명해주었다.

"아이고, 부제님께 죄인 가롤로 큰 결례를 범했습니다. 부디 너그럽게 이해해주시옵소서."

"회장님…, 제가 어린 소년일 때 은이 공소에서 교리를 가르쳐주시던 스승님께서 이러시면 제가 면구스럽습니다."

"아닙니다, 부제님. 아무리 소년 시절에 그런 관계라도 이제는 성품의 반열에 오르셨고 머지않아 신품을 받으실 분이십니다. 그러니 서로 지킬 건 지켜야지요. 한양에 가셔서 예전에 알던 나이 든 교우들을 만나시더라도 너무 수그리시면 안 되십니다. 부제님께서 그러시면 저희들이 몸 둘 바를 모르게 됩니다."

"예, 회장님. 무슨 말씀이신지 잘 알겠습니다."

그때 옆에 있던 이재의가 예를 갖추며 인사를 했다.

"죄인 이재의 토마스, 부제님께 인사드립니다."

그가 인사를 마치자 현석문이 나섰다.

"안드레아 부제님, 토마스 어르신은 조선의 첫 영세자(세례자)이신 이승훈 베드로 어르신의 손자이십니다. 저보다 여섯 살이 많으셔서 올해 환갑이십니다. 앵베르 주교님께서 조선에 오셨을 때 세례를 받으셨습니다. 주교님께서는 오문(마카오) 신학교에서 공부하는 데 시간이 너무 오래 걸린다며 조선에서도 주교님께서 직접 3~4년을 교육하여 조선 내에서 신품에 올리겠다는 계획을 세우셨습니다. 그래서 신학생으로 토마스 어르신과 정하상 바오로 회장 그리고 두 명의 청년에게 라틴어와 신학을 가르치시다 위주치명을 하시어 더 이상 신학생 수업을 받지 못하셨습니다."

"아, 앵베르 주교님께서 그런 계획을 세우셨군요. 만약 주교님께서 치명의 화관을 받지 않으셨으면 지금쯤 신품을 받으셔서 조선 교우들의 영혼 구원 사업을 하셨을 텐데 안타깝습니다."

"부제님, 아니옵니다. 저는 워낙 나이가 들어 한 늦공부라 별로 성적이 좋지 못했습니다. 그래서 주교님 옆에서 복사도 하고 남쪽지방으로 공소를 방문하실 때 길 안내하는 정도였습니다."

"겸양의 말씀으로 듣겠습니다. 앞으로 주교님이 오시면 천주의 섭리대로 진행되리라 믿습니다."

김대건 부제의 말이 끝나자 현석문이 갈 길이 멀다며 그와 연장자인 이재의를 말 위에 오르게 하고, 자신과 또 한 명의 교우는 말 고삐를 잡고 평양을 출발해 한양으로 가는 길을 재촉했다. 김대건 부제는 용천에서 함께 온 교우가 읍내에서 사 온 깨끗한 새 옷으로 갈아입고 경마잡이까지 있으니, 부자로 사는 중인中人 상인의 큰아들 행색이었다. 그는 이미 조정에서 기해박해 때 체포된 신자들의 자백으로 자신이 천주교 신부가 되기 위한 공부를 하러 조선의 국경을 넘어 중국 땅으로 범월犯越(몰래 다른 나라로 감)한 '중대 범죄자'로 구분된 상황이라는 걸 알기에 더욱 신경을 썼다. 그래도 그는 배짱 좋게 말 위에서 현석문과 이재의를 통해 당시 사제가 없어 영혼 사정이 갈급해져가는 교중 사정을 들으며 페레올 주교를 하루빨리 오시게 해야겠다고 마음을 다잡았다.

30

나의 도착을 어머니에게 알리지 마시오

개성에서부터는 한양을 오가는 보부상의 숫자가 많았다. 김대건 부제 일행은 그들 사이에 섞여 무악재를 넘어 돈의문(서대문)을 통과해 한양에 입성했다. 그리고 안가로 쓰는 어느 교우 집에 도착했다.[4] 그러나 무사히 한양에 도착했다는 안도감도 잠시, 그는 현석문과 이재의에게 몇 가지를 당부했다.

"우리를 무사히 한양으로 인도하신 천주님, 찬미 받으소서. 두 분 덕분에 한양까지 이리 무탈하게 도착하였습니다. 수고 많

4 김대건 부제가 한양에 도착한 후 집을 구하고 상해로 가는 뱃길을 알아보기 시작할 때까지 내용도 1845년 3월 27일과 4월 7일에 마카오 대표부 리브와 신부에게 보낸 서한을 인용하면서 재구성했다. 《성 김대건 안드레아 신부의 서한》, 2020 개정판, 113~131쪽.

으셨습니다. 그리고 당부드릴 말씀이 있습니다. 제가 조선에 돌아왔다는 말이 퍼져나가면, 저뿐 아니라 많은 교우들까지 위험에 처할 수 있습니다. 자칫하면 또다시 군난으로 번질 수도 있습니다. 그러니 중심 교우 몇 분 외에는 제가 한양에 왔다는 사실을 절대로 알리지 마십시오."

"부제님, 무슨 말씀이신지 잘 알겠습니다. 그러면 요즘 은이 쪽에 계시는 자당慈堂을 뵈러 가기 힘드실 테니 은밀히 이리로 모셔 올까요?"

김대건 부제는 잠시 생각을 하다 단호한 목소리로 답했다.

"아닙니다. 지금은 혈육의 도리보다 조선 천주교회의 재건을 진두지휘하실 페레올 주교님을 기다리면서 맞을 준비를 하는 일이 먼저입니다. 그 일을 성사시키기 위해 온 힘을 쏟아야 합니다. 허니 제 어머니께도 절대 알리지 마십시오."

현석문과 이재의는 안타까운 눈길로 그를 바라보았다. 하지만 김대건 부제의 눈빛에는 흔들림이 없었다.

"그리고 또 하나 두 분께서 반드시 지켜주셔야 할 일이 있습니다."

"부제님, 말씀하십시오."

"이제부터는 반드시 '우 생원'이라 불러주십시오."[5]

---

5 김대건 신부는 훗날 순위도에서 체포되었을 당시 자신은 중국인 '우대건'이라고 진술했다. 그리고 현석문을 비롯한 중심 신자들도 모두 이름을 바꾸어 활동했다.

“그래도 이렇게 은밀히 있을 때는…” 하고 현석문이 머뭇거리자, 김대건은 다시 한번 단호하게 요구했다.

“아니 될 일입니다. 앞으로 우리는 조선 천주교회를 다시 세우기 위해 많은 일을 해야 합니다. 절대 저의 신분이 노출되어서는 안 됩니다. 그러니 호칭부터 철저히 하여 우리의 안전을 도모해야 합니다.”

“예, 우 생원님.”

“아닙니다, 어르신. 연배가 한참 아래인 저에게 ‘님’ 자를 붙이시면 더욱 어색하지 않겠습니까. 제발 제가 은이 공소에서 교리 공부할 때처럼 스스럼없이 대하시면서 ‘우 생원’이라고 편하게 불러주십시오.”

그러고는 전대에서 은전 일부를 꺼내어 현석문에게 주면서 조선 돈으로 바꿔 자신의 체류 비용과 교회 일에 보태라고 했다.

“그럼… 우 생원, 잘 알겠네. 한양까지 오느라 몹시 피곤할 테니, 일단 며칠 쉬면서 여독부터 풀게나.”

“예, 어르신.”

두 교우가 물러가자 그제야 휴식을 취할 혼자만의 시간이 생겼다. 그러나 김대건 부제의 머릿속에는 페레올 주교가 세실 함장의 군함을 타고 조선에 올 수 있을지, 만약 오시지 못한다면 어떻게 뱃길을 개척해야 할지에 대한 생각이 끊이지 않았다. 그렇게 근심으로 뒤척이다 자신도 모르게 잠이 들었다. 그러나 얼어붙은 압록강을 건널 때 발걸음 소리를 내지 않기 위해 맨발로 걸어서였을까. 마치 오장육부가 끊어지듯이 가슴과 배와 허리가 참을 수 없을 만큼 지독히 아팠다. 때때로 심하게 아프다가 좀 낫기도 하고, 이렇게 한 보름 넘게 앓으면서 신자 의원과 외교인 의원을 청하여 그들이 주는 여러 가지 약을 먹었다.

보름 남짓 앓고 난 김대건 부제가 병석에서 일어난 건 2월 초순이었다. 그러나 시간이 흘러도 프랑스 배가 조선 해안에 도착했다는 소식이나 풍문은 들려오지 않았다.

그는 페레올 주교가 일러주었던 대로 뱃길로 입국할 수 있는 방법과 선교사가 입국했을 때 머물 수 있는 해안가 집을 찾아야겠다고 생각했다. 그러나 어디에서부터 일을 시작해야 할지 막막하기만 했다. 고심 끝에 그는 아무래도 자신의 고향인 충청도 솔뫼 부근 바닷가에서 일을 도모해야겠다 마음을 먹고 현석문에게 자신의 고향 인근에 집을 알아봐 달라 부탁했다. 그러나 현석문은 그곳에서 적당한 집을 구하지 못한 채 올라왔다. 김대건 부제는 머물고 있던 교우 집에서 마냥 신세를 질 수는 없어 숭례문 북쪽에 위치한 석정동石井洞(돌우물골)에 있는 초가집을 구입했다.

김대건 부제는 이때부터 현석문이 정리해놓은 앵베르 주교를 비롯한 기해박해 순교자들의 행적을 직접 묻고 확인하면서 라틴어로 번역하기 시작했다. 앵베르 주교는 기해박해가 시작되자 현석문에게 조선 천주교의 역사와 박해, 특히 순교자들의

석정동(돌우물골) 안가

◆ 왼쪽은 〈수선전도〉에 표시한 돌우물골 집 위치. 오른쪽은 1897년 한양을 방문한 네덜란드계 미국인 화가 휴버트 보스Hubert Vos(1855~1935)가 지금의 태평로 부근의 기와집과 초가집을 그린 〈서울 풍경〉의 일부분.

김대건 부제는 남별궁南別宮 뒤편 우물을 지난 곳에 지어진 두 번째 초가집을 구입했다. 이 집은 일명 '돌우물골'로 불리던 석정동石井洞, 지금의 중구 소공동 조선호텔과 을지로 1가 사이에 있었다. 돌우물골 집의 위치는 《일성록》 1846년 5월 30일 조의 김대건 신부 여섯 번째 공초와, 6월 19일 조의 임성룡林成龍 두 번째 공초의 답변에서 확인된다.

※《성 김대건 안드레아 신부의 체포와 순교》, 2021 개정판, 111쪽과 155쪽 참조.

〈순교자 보고서〉

◆ 김대건 부제는 1845년 3~4월 사이에 현석문이 그동안 정리한 '조선 교회 설립에 관한 개요'와 '1839년 기해박해의 진상' 그리고 '1839년 기해박해 때 순교한 성직자들의 행적'(앵베르 주교, 모방 신부, 샤스탕 신부의 순교 전 사목 활동과 순교에 이르는 과정 포함), '1839년에 한양에서 순교한 주요 순교자들의 신앙과 순교 과정'(조선의 형벌·감옥·재판 등에 대한 설명 포함)을 라틴어로 번역했다.

이 보고서는 《성 김대건 안드레아 신부의 서한》(2020 개정판) 143~212쪽까지 70쪽에 걸쳐 번역 수록될 정도로 많은 분량이다.

신앙과 행적을 기록해 순교적 신앙이 후세에 전해져야 한다면서 그를 멀리 피신시키며 기록으로 남길 것을 당부했다. 현석문은 눈물을 삼키며 기해박해 때의 순교자들 행적을 수집 및 정리하면서 그 일부를 김 프란치스코 편에 보냈다가 변문에서 김대건을 만나 전달할 수 있었다. 그 보고서는 프랑스의 파리외방전교회 본부로 전달되어 '조선 교회 순교자들을 위한 기도문'이 만들어질 정도로 중요한 의미가 있는 문서였기에, 김대건 부제도 밤새 사전을 찾아가며 번역하는 데 매진했다.

31

목자를 맞이할 바닷길을 열어야 한다

3월 초순이 되어도 페레올 주교가 조선에 도착했다는 소식은 들려오지 않았다. 김대건 부제는 현석문에게 황해를 건너갈 수 있는 배를 구할 방법을 알아봐 달라고 부탁했다. 다행히 마포와 서강 일대에는 신자들이 꽤 살고 있었다. 이에 현석문은 마포에 사는 교우 '박 선주船主'를 찾아갔다. 그는 마포나루에서 연평도를 오가는 조깃배를 부렸는데, 기해박해 후 어려운 형편에 처한 교우들을 도와주는 믿음 좋은 신자였다. 그러나 황해를 건널 방법을 알려달라는 현석문의 말에 박 선주는 고개를 저었다. 그는 바다를 건널 큰 배를 만드는 곳은 알지 못하며, 자신이 부리는 조깃배처럼 연평도와 순위도, 백령도 등 황해 연안의 섬으로 조기를 잡으러 가는 풍선風船(황포돛배)은 마포 건너편 한강에 있는 밤섬[栗島]의 조선소에서 만든다고 일러줄 뿐이었다.

현석문이 박 선주에게서 들은 이야기를 전하자 김대건 부제는 배의 크기를 직접 보고 싶었다. 며칠 후 그는 현석문의 안내로 박 선주를 만나 마포나루에서 나룻배를 타고 밤섬 포구에 내렸다. 박 선주가 안내하는 조선소에서는 서른 명 남짓한 목수들이 너나없이 눈길 한번 주지 않고 나무를 나르고 톱질을 하고 나무 못질을 하는 등 제 할 일에 바빴다. 나이가 지긋한 박 선주는 거의 완성된 배를 가리키며 설명했다.[6]

"우 생원, 이게 마포나루에서 연평도나 백령도를 가는 풍선 조깃배요. 길이 스물다섯 자(7.5m), 너비가 아홉 자(2.7m), 깊이가 일곱 자(2.1m)인데, 연평 바다에서 한강을 거쳐 마포까지 오는 데 물때를 잘 맞추면 이틀 정도 걸린다오. 그러나 도중에 썰물 때를 만나면 마포나루에 밀물이 들어찰 때까지 수십 척의 배가 한강 하류에서 기다려야 하오."

"박 선주, 저 풍선에는 몇 사람이나 탈 수 있습니까?"

"보통 열두 명은 타는데, 연평도 파시波市(풍어기 때 바다 위에서 일시적으로 열리는 생선 시장) 때는 열다섯 명까지 태워봤소. 파시 때는 '조기 반, 물 반'이라 그물을 당기기가 힘이 들어 뱃사람이 많아야 하오."

---

6 밤섬 조선소와 황포돛배 크기 그리고 황포 제작 과정은 이상락 작가가 2020년 4월 12일부터 5월 24일까지 7회에 걸쳐 《한국농정》 신문에 연재한 〈그 시절 우리는-밤섬 배 목수〉를 참고, 부분 인용했다.

김대건 부제는 고개를 끄덕이며 물었다.

"혹시 스물다섯 자짜리보다 큰 배는 없소?"

"서른다섯 자(10.6m)짜리도 만들긴 하지만, 그런 경우에는 시간이 훨씬 더 걸린다오. 연평도 파시가 5월 초부터 시작이라 조선소는 지금이 한창 바쁜 철이라오. 지금 스물다섯 자짜리를 주문해도 한 달 반은 족히 걸릴 것이오. 그리고 배는 여기서 만들지만, 풍선의 돛대에 매달 황포돛은 선주가 따로 장만해야 하는데, 그 일도 한 달은 걸릴 것이오. 그래서 선주들은 여기에 배를 주문해놓고는, 돛은 자기네 집에서 직접 만들어 와서 답니다. 그리고 돛에 가로로 대는 통대나무 역시 선주 측에서 장만해야 하오. 그래서 나도 행주 부근에 작업장을 두고 있소."

"박 선주, 내가 듣기로는 올해 연평도 조기잡이는 그물질 두세 번으로 만선이 될 거라는 말이 돌던데 스물다섯 자짜리 배로 감당이 되겠소? 혹 서른다섯 자짜리 배는 도저히 안 되겠습니까?"

"어허, 이런…. 우 생원이 올해 처음 선주를 한다니까 누가 옆에서 덕담을 했나 본데, 조기잡이 일이 그렇지 않소. 조기가 많이 잡히면 배에서 섬에 내릴 때 사용하는 종선從船에다 싣고 오면 그만이오. 조깃배를 주문하면 종선도 함께 만든다오."

김대건 부제는 그 말을 듣는 순간, 종선에다 식량을 싣고 가면 되겠다는 생각이 들어 고개를 끄덕였다. 그러자 현석문이 박 선주에게 물었다.

"그러면 혹시 박 선주께서 황포돛 만드는 걸 맡아서 해주실 수 있겠소?"

"여기서 배를 만들 동안 황포돛도 만들어야 연평도 파시 날짜를 맞출 수 있을 터이니, 뭐 나선 김에 제가 일하는 사람들 시켜서 만들어드려야지요. 그러나 황포돛 만드는 게 작은 일이 아니라오. 광목천에 흙물 들일 진흙은 질이 좋은 황토를 써야 하는데, 이 부근에서는 행주나루 근동의 일산에 가서 가져와야 한다오. 스물다섯 자짜리 풍선에 달 돛을 물들이려면 바지게(지게에 얹어서 짐을 싣는 제구)로 일곱 짐이나 되는 진흙을 퍼 와야 하오. 그리고 커다란 가마솥에다 진흙물을 풀어서 붓고, 거기에 광목을 욱여넣고 푹 삶아야 하지. 그러면 천에 황토 물이 들 것 아니오. 그걸 말리면 황포黃布가 되는 것이오. 귀찮고 번거로워도 이렇게 돛으로 쓸 천에다 황토 물을 들여야 온갖 비바람과 해풍에도 썩지 않기 때문이라오."

"오, 그 황포돛을 만드는 일이 제법 복잡하구려. 허나 박 선주, 우리 우 생원은 아직 나이는 젊지만 경우가 바르기 이를 데 없는 사람이라, 작업에 드는 수고비는 서운하지 않게 드릴 것이니 염려 마시오."

"알겠소. 그리고 이 집이 배는 튼튼하게 만드는 집이고, 내가 이야기하면 제날짜에 맞출 수 있을 터이니 걱정일랑 하지 마시오. 저기 보이는 것처럼 배의 밑판이 완성되면 밑판 양쪽으로 '두름'이라고도 부르는 삼판杉板을 대는 작업이 이어지고, 이물과 고물 작업을 한 다음에, 승선한 사람이 딛고 설 갑판을 깔면 일단 선체가 완성되는 거요. 이 집에서는 배의 맨 밑바닥에 해당하는 밑판으로 다른 부분보다 두꺼운 판자를 사용하였는데 그 두께가 보통 세 치(약 9cm) 정도 되는 걸 사용하오. 그래서 옛날 뱃사람들 말에 '세 치 아래가 저승이다'라는 말이 나온 거요."

"그렇소이까. 그럼 이런 일에 경험이 많은 박 선주가 나서서 뱃값을 잘 흥정해주시오. 날짜도 빠르면 빠를수록 좋겠지요. 그리고 황포와 돛에 가로로 대는 통대나무를 맡아서 좀 준비해주시고요."

"알겠소. 주인과 흥정을 잘하려면 탁배기라도 한잔 걸치면서 이바구를 해야 하니, 두 분은 먼저 나룻배로 건너가서 댁에서 기다리시오. 내 통지하리다."

"알겠소, 박 선주. 그럼 내 먼저 가서 통지를 기다리리다. 곧 다시 봅시다."

돌우물골로 돌아온 김대건 부제와 현석문은 배와 황포돛을 만드는 데 한 달이 걸리니 더 이상 지체하지 말고 배를 주문하자는 데 의견의 일치를 보았다.

"우 생원, 그래도 연평도 조기 파시에 맞춰 배를 타고 가면 한강 어귀에서 크게 의심을 받지 않을 테니 천주님의 안배이신 것 같네."

"예, 어르신. 저도 그 점이 다행이라고 생각합니다. 바닷길이 위험해도 이렇게 의심받지 않으면서 출발할 수 있으니, 주교님을 모시고 오는 것이 천주의 섭리라고 생각됩니다. 그럼 내일 박 선주와 밤섬에 가셔서 계약을 마무리하시고, 황포와 돛에 가로로 댈 통대나무를 잘 만들어달라고 당부하면서 선수금을 넉넉하게 드리세요."

"알겠네, 우 생원. 그런데 박 선주 말이 연평도 파시가 다가오면 뱃사람을 구하기가 힘들 테니까 미리 구해놓는 게 좋을 거라던데, 그 일도 마저 부탁할까?"

"아, 그렇군요. 그럼 박 선주께 사공들도 알아봐 달라고 부탁하시면서, 가능하면 교우나 예비 교우로 알아봐 달라고 하세요. 그리고 박 선주가 믿을 만한 교우라 해도 중국에 간다는 말은 하지 말아주세요."

"그야 이를 말인가. 박 선주도 연평도 간다고 생각하고 있으니 걱정 마시게. 그리고 가능하면 교우들로 뽑아달라고 하겠네."

"예, 좋은 생각이십니다. 어차피 중국에 가면 알게 될 테니 아무래도 교우들이 외교인에 비해 입이 무거워 좋을 것 같습니다."

김대건 부제는 중국에서 가져온 은화와 금 일부를 현석문에게 건넸다. 다음 날부터 배 관련 계약과 선원들 구하는 문제는 일사천리로 진행되었다. 박 선주는 선원은 물길잡이 역할을 할 사공과 배를 수리할 소목공 한 명 그리고 배 안에 물이 차면 물을 퍼낼 힘센 장정 두 명이 필요한데, 예비 교우들 중에 적당한 사람들이 있으니 걱정 말라고 했다.

3월 27일, 김대건 부제는 마카오의 리브와 신부에게 편지를 썼다. 자신이 소팔가자에서 출발해 한양에 도착한 과정과 페레올 주교를 모시러 상해로 떠날 준비를 하는 과정을 상세하게 써 내려갔다.

지극히 공경하올 신부님께,

… 한 20일 전부터는 눈병까지 생겨서 고통을 받고 있습니다. 이렇게 가련한 처지의 허약한 몸인데도 천주님의 도우심과 자비에 의지하여 페레올 주교님과 선교사 신부님들을 영접할 준비를 진행하고 있습니다. (현석문) 가롤로를 충청도로 보내어 해변에 집을 마련하라고 했는데, 성공하지 못하고 돌아왔습니다. 그래서 서울에 집 한 채와 배 한 척을 샀는데, 그 값이 은 146냥이었습니다. … 이제 중국 강남성江南省으로 가는 길을 개척할 참입니다. 그러나 뱃사공들에게는 미리 겁에 질릴까 염려되어 어디로 간다는 말은 하지 않았습니다. … 당신께 대한 경의와 인자하심을 기억하시는 천주님과 복되신 동정 성모 마리아께서 우리가 무사히 강남 여행을 마치고 돌아오게 해주실 것을 희망하고 있습니다.

끝으로 스승님께 몇 가지 청할 것이 있는데, 혹 저에게 유익하다고 판단하시면 컴퍼스, 철필(잉크 없이 글씨를 쓸 수 있는 검은 철심이 든 필기구), 세계지도 특히 황해와 중국과 조선의 해변을 자세히 그린 지도, 그리고 눈을 보호하는 중국식 녹색 안경을 보내주시기 바랍니다. 안녕히 계십시오.

지극히 공경하올 사부님께 무익하고 지극히 부당한 종 김해 김 안드레아 올립니다.

추신: 조선에서는 어린 아기들의 대부분이 반점斑點으로 얼굴이 흉해지는 병(즉 천연두)으로 죽어가는데, 그 병을 퇴치할 수 있는 처방을 저에게 명확히 적어 보내주시기를 스승님께 청합니다.[7]

김대건 부제는 도착 안부 편지를 다 쓰자 김 프란치스코를 통해 만주 소팔가자로 보내려고 했다. 하지만 그는 지방에서 아직 올라오지 못할 형편이라는 소식을 전해왔다. 김대건 부제는 황포돛배를 기다리는 동안 계속해서 〈순교자 보고서〉를 번역했다. 그러나 신부가 없어 신자들이 흩어져 있는 지금의 상황이 안타까웠다. 그는 〈마태오복음〉에 나오는 "안타깝게도 추수할 것은 많은데 일꾼이 적으니 추수 주인에게 추수할 일꾼들을 보내주시도록 청하여 주십시오"(9장 37~38절)라는 구절을 생각하며, 사제들이 보다 쉽게 조선에 올 수 있도록 조선의 섬과 바다를 그려서 마카오의 리브와 신부에게 보내야겠다고 생각했다. 그러나 그가 지도를 만들 수는 없는 일이라, 현석문에게 자세할

7 김대건 부제가 리브와 신부에게 1845년 3월 27일 보낸 서한.《성 김대건 안드레아 신부의 서한》, 2020 개정판, 113~118쪽.

수록 좋다면서 조선 지도를 한 장 구해다 주기를 부탁했다. 얼마 후 현석문이 지도 한 장을 구해 오자 그는 그 지도를 세밀하게 필사하기 시작했다.

4월 초가 되자 김 프란치스코가 올라왔다. 김대건 부제는 마카오의 리브와 신부에게 두 통의 편지를 썼다. 4월 6일(11번째 편지)에는 앵베르 주교와 모방, 샤스탕 신부의 순교 전후 과정 그리고 그동안 현석문에게 들은 현재 조선의 정치·사회적 상황과 교우들에 대한 현황을 썼다. 다음 날인 4월 7일(12번째 편지)에는 곧 중국으로 출발할 예정임을 알리면서, "외교인들 가운데 우리 종교의 진리를 깨닫고 천주님께로 귀화하는 사람이 매우 많으며, 그중에는 몇 마디 권고를 듣고서 즉시 입교하는 사람도 많습니다. 예전부터 우리 종교의 진리를 들어보고자 하는 사람이 적지 않았으니, 지금 누가 용감히 나서서 그들에게 전교만 하면 종교를 수용할 사람이 무수히 많을 것입니다"라면서 필사를 마친 〈조선전도〉를 보낸다는 내용이었다.[8]

그는 두 통의 편지와 리브와 신부에게 중국식 녹색 안경과 천연두 약 등을 부탁하는 지난 3월 27일 편지도 함께 김 프란치

8 메스트르 신부는 1848년 9월 8일 리브와 신부에게 "안드레아 신부가 신부님에게 보낸 '조선지도' 한 장을 중국인을 시켜 저의 비용으로 사본을 만들어주시면 감사하겠습니다"라는 편지를 보냈다. 〈조선전도〉가 무사히 마카오 대표부의 리브와 신부에게 전달되었다는 근거다.

김대건 부제가 그린 〈조선전도〉

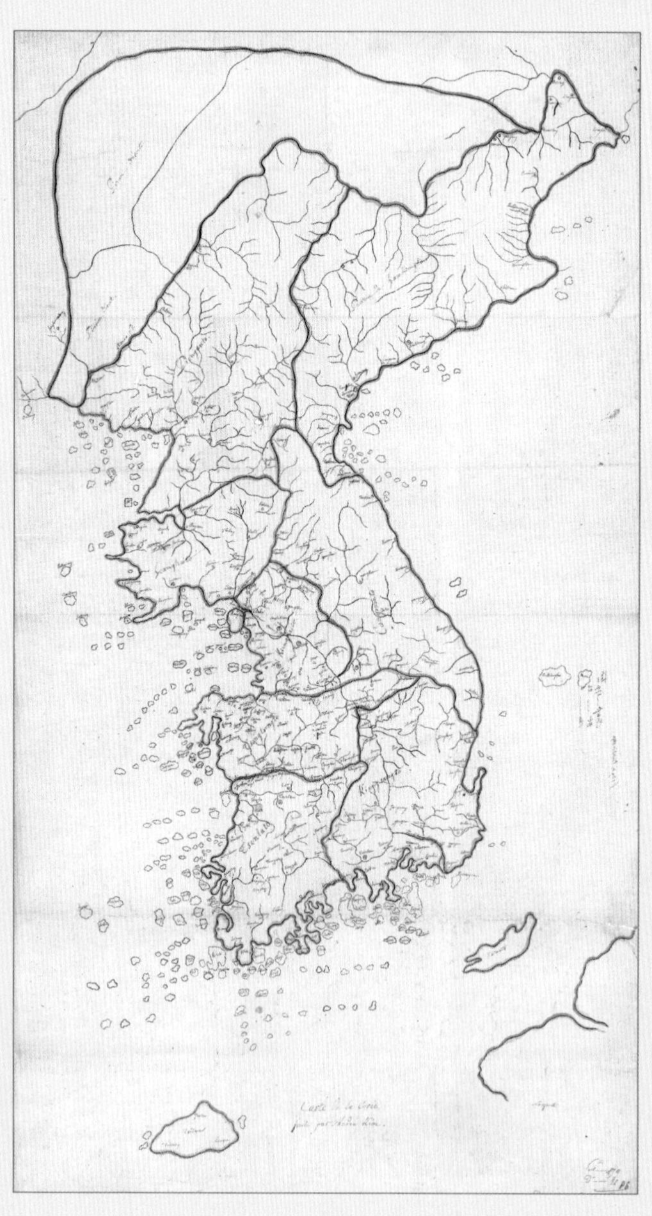

◆ 〈조선전도〉의 존재를 처음으로 세상에 알린 한국교회사연구소 설립자 고故 최석우 몬시뇰은 조선 시대 후기 실학자이자 지도 제작자인 정상기鄭相驥(1678~1752)의 〈동국지도東國地圖〉 계열의 지도를 필사한 것으로 추정했다.
〈동국지도〉에 대하여 성호 이익李瀷(1681~1763)은 《성호사설星湖僿說》에서 "정상기가 처음으로 백리척百里尺을 축척으로 써서 지도를 그렸고, 또 가장 정확하다"고 평가했다. 〈동국지도〉는 그가 오랫동안 전국을 답사하여 군현郡縣의 연혁, 산천도리山川道里, 관방關防의 성곽, 해로海路, 북간도강계北間島疆界, 궁실宮室 등에 관한 역사적 변천을 밝혔다. 산천에 대하여서는 자연지리학적 관점에서 수륙 교통로와 산맥을 그렸다.
원본의 출처에 대해 샤를 달레 신부Charles Dallet(1829~1878)는 《한국천주교회사》(1874)에서 "한성부 서고에 보관되어 있었던 지도를 보고 필사하여 〈조선전도〉를 작성하였다"라고 서술했다. 생존자들이 있던 같은 시대의 구전口傳이고, 당시 천주교인들 중에는 남인들이 많았던 데다 조정 소식을 전하는 신자들도 있었기 때문에 신빙성이 있다고 판단해도 큰 무리가 없을 것이다.

※ 소장: 프랑스 국립도서관(한국교회사연구소 제공)

스코에게 건넸다. 의주의 연락원을 통해 만주 소팔가자에 있는 메스트르 신부에게 전달되면 요동에서 마카오 대표부까지 15일이면 도착할 수 있어서였다. 그러나 '조선 교회 설립에 관한 개요'와 '기해박해 순교자들에 대한 행적'은 아직 번역이 끝나지 않아 함께 보내지 못했다. 편지를 보낸 김대건 부제는 계속해서 '1839년 기해박해 때 순교한 신자들의 행적'을 번역하면서 현석문에게 배가 언제쯤 완성될지를 물었다.

"어르신, 배는 어떻게 돼가고 있는지요?"

"우 생원, 다음 달 보름쯤이면 준비가 끝날 것 같다는구려."

"다행입니다. 연평도 파시가 5월 중순부터라니 4월 말에 출발하면 될 것 같습니다."

그는 번역할 시간이 더 있어 다행이라고 생각했다.

"그런데 주교님을 모시러 가는 길에 누구와 함께 가실 생각이신지요?"

현석문은 주교를 모시러 가는 이야기라 김대건에게 부제에 대한 예의를 갖추며 말했다.

"물길잡이 사공 한 명과 소목공 한 명, 물을 퍼낼 힘센 농민 출신 두 명 그리고 저까지 다섯 명은 반드시 가야 할 듯합니다. 박 선주가 말하기를 열두 명에서 열다섯 명까지는 탈 수 있다고 했지만…, 글쎄요… 멀고도 위험한 뱃길이라 변문으로 오실 때처럼 많은 인원이 함께 갈 수 있을는지요?"

"저희들끼리 의논을 해봤는데, 저 그리고 저와 함께 평양까지 갔던 이재의 토마스, 그리고 오문(마카오)에서 선종한 최방제의 형인 최형 베드로가 꼭 함께 가고 싶어 합니다. 그러나 조선 대목구장 주교님을 영접하는 데는 좀 초라한 인원이라 치명자들의 가족인 임치화 요셉, 노언익, 임성실, 김인원도 함께 가면 어떨까 하는 생각을 해봤습니다. 그러면 부제님까지 배에 열두 명이 타고 가는 건데, 올 때 주교님께서 함께 오셔도 배가 위험하지는 않을 듯합니다. 모두 함께 가도 되겠는지요? 제물포에서 강남(상해)까지는 2천 리(약 800km) 뱃길이라는데, 중간에 비라도 오면 물 퍼낼 사람이 많은 게 좋지 않겠습니까?"

김대건 부제는 잠시 생각에 잠겼다. 위험한 뱃길에 중심 교우들을 모두 데리고 가는 게 옳은 일인지 얼른 판단이 서지 않았다. 만약에 폭풍우라도 만난다면 조선 천주교회는 어떻게 되는 것일까? 그가 깊은 생각에 잠겨 있을 때 마카오에서 에리곤 호를 타고 상해로 가다가 작은 폭풍우와 역풍을 만나 대만의 항구에 머문 때가 떠올랐다. 그때 메스트르 신부가 험한 선교지를 향할 때일수록 담대한 용기가 필요하고, 그 용기는 담대한 믿음에서 나온다며 〈마태오복음〉 14장을 들려주셨던 목소리가 다시 들리는 듯했다. '이 믿음이 약한 자야, 왜 의심하였느냐?'

그 순간 김대건 부제는 자신감 넘치는 목소리로 말했다.

"어르신, 모두 함께 가시지요. 뱃길에 폭풍우와 큰 역풍을 만나도 두려워하지 않고 천주님의 안배를 믿으며 전진하면 우리는 무사히 도착할 수 있을 것입니다! 예수님께서는 우리에게 말씀하셨습니다. '이 믿음이 약한 자야, 왜 의심하였느냐?' 이 말씀은 조그만 배로 황해를 건너가려는 우리에게 주신 말씀이십니다. 자비로운 천주님과 복되신 성모님께서 우리와 조선 천주교회를 보호해주실 겁니다! 그러나 주교님을 모시러 상해로 간다는 말씀은 절대 하지 마십시오. 아무리 믿을 만한 교우들이라도 혹시 가족에게 인사하다가 말이 새어나가면 우리 계획은 수포로 돌아가고, 조선 천주교회는 목자 없는 세상이 계속될 테니까요."

현석문은 감격스러운 눈빛으로 그를 바라보았다. '은이 공소에서 교리를 배우던 어린 소년이 이제는 목자 없는 조선의 교우들을 이끄는구나.'

"알겠습니다. 그럼 이재의와 최형 외에는 아무에게도 이야기하지 않고 지방으로 전교 가는 것처럼 하겠습니다."

"어르신, 어려운 일을 흔쾌히 맡아주셔서 고맙습니다. 그러나 지금은 주교님과 신부님의 입국이 최우선입니다."

"예, 부제님."

현석문은 그때부터 출발에 차질이 없도록 배의 건조와 황포돛 제작의 마무리 작업을 살피는 한편 함께 갈 교우들을 한 명 한 명 찾아다니며 만났다. 그러나 박 선주는 아무리 찾아도 세례를 받은 교우 중에는 물길잡이 사공과 소목공, 물 퍼낼 선원 일을 할 사람이 없다며 난색을 보였다. 그나마 아직 세례를 받지 못한 예비신자들이 있으니 그들에게 그 일을 맡기면 어떻겠냐고 물어왔다. 1839년 기해박해 이후 조선에 세례를 줄 사제가 없었던 탓이었다. 사정을 전해 들은 김대건 부제는 예비신자들이라도 데리고 가자면서 배에서 꼭 알아야 할 교리를 가르치고 세례를 주겠다고 다짐했다. 그런 다음 그는 출발하기 전, 소팔가자에서 가져온 나침반과 번역을 마친 〈순교자 보고서〉를 자신의 옷 안쪽에 갈무리했다.

32

천신만고 끝에 상해에 도착하다

4월 30일, 마포나루에는 연평도를 향해 출항할 조깃배들이 물살에 흔들리며 썰물이 되기를 기다렸다.[9] 5월 초부터 시작되는 파시를 앞두고 30여 척의 조깃배들이 풍악을 울리며 만선의 기대에 부풀어 있었다. 김대건 부제와 일곱 명의 중심 교우 그리고 네 명의 예비신자, 모두 열두 명을 태운 배도 그 조깃배들 사

9 김대건 부제가 교우들과 함께 조선에서 출발해 중국 상해에 도착하는 과정은, 상해 예수회의 고틀랑 신부가 1845년 5월 30일 마카오의 리브와 신부에게 보낸 서한(《성 김대건 안드레아 신부의 활동과 업적》, 개정판, 2021, 329~333쪽), 고틀랑 신부가 예수회 소속 신부들에게 보낸 1845년 7월 8일 서한(앞의 책 333~347쪽), 김대건 부제가 1845년 7월 23일 마카오의 리브와 신부에게 보낸 서한(《성 김대건 안드레아 신부의 서한》, 2020 개정판, 135~142쪽), 페레올 주교가 리브와 신부에게 보낸 1845년 8월 28일 서한(《성 김대건 안드레아 신부의 활동과 업적》, 2021 개정판, 349~353쪽)에 근거해 재구성했다.

이에 섞여 있었다. 물길잡이 사공은 느긋하게 긴 담뱃대를 피워 물고 있었고, 소목공은 새로 만든 배이긴 하지만 혹시라도 손볼 곳은 없는지 출항 전에 꼼꼼히 살피고 있었다. 그사이 김대건 부제는 연신 묵주 알을 짚어가며 성모님께 기도를 바쳤다. 그의 지향은 오직 한 가지였다. 목자를 잃고 깊은 산속 교우촌에서 힘들게 신앙생활을 이어가는 조선의 양들을 위해 이번에는 꼭 페레올 주교가 입국하게 해달라는 것이었다. 얼마 후 여기저기서 함성이 들리더니 조깃배들이 썰물을 따라 황해를 향해 노를 저었다. 김대건 부제가 탄 배도 그 대열에 합류했다. 배가 양화진나루를 지나자 속도는 점점 빨라졌고, 주변에 있는 조깃배들이 물살을 가르는 소리가 사방에서 들려왔다.

배가 한강 하구를 빠져나오자 조깃배들은 너나없이 황포돛을 올렸다. 조깃배들이 강화도를 지나 연평도 방향으로 키를 돌려 북상할 즈음, 김대건 부제는 물길잡이 사공에게 서쪽으로 키를 돌리라고 지시했다. 이대로 곧장 서쪽으로 나아가면 조선에서 가장 가까운 중국 땅 산동으로 이어졌다. 그러나 김대건 부제 일행을 태운 배는 곧장 산동으로 갈 수는 없었다. 이들이 모셔 올 페레올 주교가 기다리기로 한 곳은 천주교에 대한 신앙의 자유가 확실히 보장된 상해였기 때문이다. 혹 그가 상해에 없다 하더라도 그곳의 영국 영사관에 미리 연락을 해놓겠다고 했으므로 그들의 목적지는 가까운 산동이 아니라 남쪽으로 한참을 내려가야 닿을 수 있는 상해였던 것이다. 김대건 부제는 돌우물

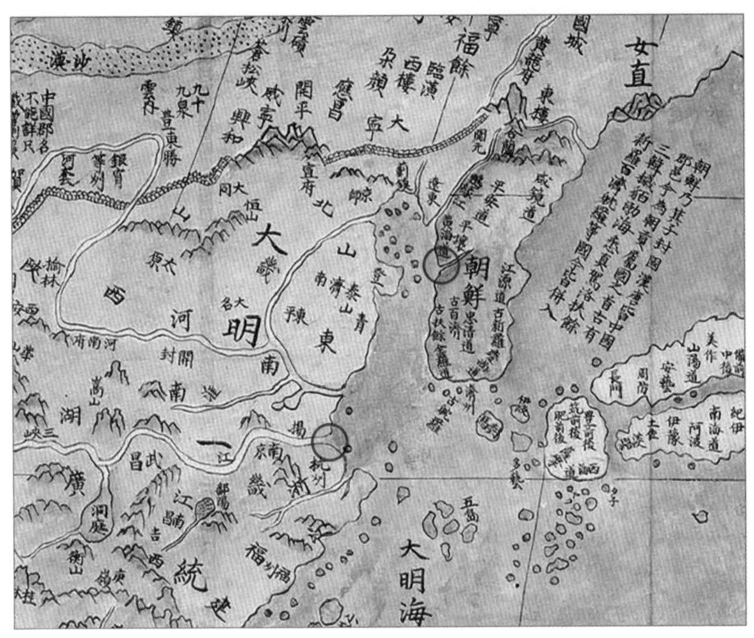

〈곤여만국전도〉에 표시한 마포나루와 상해 입구

골 집에서 신학교 시절 공부했던 〈곤여만국전도〉를 떠올리며 한강에서 상해로 가는 뱃길을 머릿속에서 몇 번이나 그려보았다. 한강 줄기를 따라 황해로 나서면 한동안 서쪽으로 나아가다가 키를 남쪽으로 돌릴 계획을 미리 세워두었던 것이다.

갑자기 서쪽으로 방향을 돌리라는 젊은 선주의 말에 물길잡이 사공이 놀란 표정을 지었다. 하지만 현석문은 그에게 걱정하지 말고 우 생원의 말대로 뱃머리를 돌리라고 담담히 말했다. 조선에서 조금씩 멀어지자 어느덧 섬은 보이지 않고 넓은 바다가 눈앞에 펼쳐졌다. 그러자 선원들뿐 아니라 교우들도 깜짝 놀라 서로 어디로 가는 것이냐고 물으며 웅성거리기 시작했다. 현석문은 태연한 목소리로 남해안에 가서 귀한 물건을 사 갖고 오려는 것이니 걱정 말라며 선원들과 교우들을 진정시켰다.

출항 첫날은 순풍이 불어와 항해하기에 어려움이 없었다. 문제는 이튿날부터 불거졌다. 평화롭던 바다에 비바람을 동반한 큰 폭풍우가 불어닥치기 시작했던 것이다. 황포돛은 내렸지만 배는 파도의 마루와 골을 오르내리며 크게 출렁였다. 언제 뒤집힐지 모르는 위기 상황이 벌어진 것이었다. 배 뒤에 밧줄로 연결하여 끌고 오던 종선 탓에 더욱 위험했다. 김대건 부제는 물길잡이 사공을 향해 외쳤다.

"종선을 끊어버리시오."

종선에는 식량이 실려 있었지만, 어쩔 도리가 없었다. 그래도 파도가 높아 배는 파도를 따라 크게 기우뚱거렸다. 그는 다시 한번 소리쳤다.

"두 돛대도 모두 베어버리고, 꼭 필요한 비상식량만 남기고 나머지 식량도 모두 바다에 던져버리시오. 무엇보다 배가 가벼워야 하오."

배가 가벼워지자 뒤집힐 위험은 덜었지만 거대한 파도 가운데서 폭풍우가 몰아치는 대로 휩쓸릴 수밖에 없었다. 망망대해에서 폭풍우를 만난 일엽편주 신세가 된 참이었다. 함께 타고 있던 교우들이 혼신의 힘을 다해 물을 퍼내지 않았더라면 그 와

중에 배는 침몰했을 것이다.

사흘째 되던 날, 폭풍우에 휩쓸린 배에서 먹지도 못하고 물을 퍼내던 교우들은 몸과 마음이 모두 극도로 쇠약해졌다.

그때 김대건 부제가 배 한가운데서 '바다의 별'을 상징하는 성모님 상본을 들어 보이며 외쳤다.

"여러 교우님들, 저는 '우 생원'이 아니라 조선 천주교회의 김대건 안드레아 부제입니다. 이제 우리는 남해안이 아니라 중국의 상해에서 우리를 기다리시는 주교님을 모시러 갑니다. 여기에 이렇게 우리를 보호하시고 우리에게 희망을 주시는 성모님이 우리 모두와 함께 계십니다. 두려워하지 마십시오. 그 어떤 것도 우리를 막을 수 없을 것입니다. 우리는 상해에 도착할 것이고, 우리의 주교님을 영접하게 될 것입니다."

옆에 있던 현석문도 거들고 나섰다.

"교우님들, 안드레아 부제님은 10년 전 모방 신부님이 계실 때 용인 교우촌에서 신학생으로 발탁되어 중국 오문으로 신품 공부를 하러 가셨다가 작년에 신품의 바로 아래 단계인 부제품을 받으셨습니다. 부제는 지금도 세례성사는 주실 수 있는 성품직으로, 이제 곧 신품을 받고 신부님이 되시어 우리 교우들의 영혼 구원 사업을 이끄실 분입니다. 그러니 우리는 천주의 안배와 섭리를 믿으면서 안드레아 부제님을 따라 상해로 가서 우리의 주교님을 조선으로 모셔 오게 될 겁니다."

김대건 부제와 현석문의 말에 교우들은 성호를 그으며 고개를 숙였지만, 선원들은 우리는 이제 죽은 목숨이라며 울부짖었다. 김대건 부제는 교우와 선원 들에게 일단 비상식량이라도 먹고 기운을 차리면 희망이 생길 거라면서 자신이 먼저 생쌀을 씹어 먹었다. 그는 며칠 동안의 폭풍우로 심한 몸살 기운이 있었지만, 자신이 아픈 모습을 보이면 교우와 사공 들이 더욱 두려움에 사로잡힐 것 같아 내색하지 않고 흔들림 없이 묵주기도를 바쳤다. 잠시 후 비상식량을 먹고 기운을 차린 물길잡이 사공이 김대건 부제에게 물었다.

"부제님, 저는 그동안 조선에 신부님이 안 계셔서 세례성사를 못 받았습니다. 그런데 현 생원님 말씀이 부제님도 세례성사를 주실 수 있다는데 사실입니까? 이렇게 폭풍우가 불어오니 영혼 구원을 받지 못하고 물고기 밥이 될까 두렵습니다."

"그렇소. 잘 생각하셨소. 그러나 최소한 몇 가지 기도문은 알아야 하오. 지금 받겠소?"

"예, 부제님. 제가 천주경과 성모경은 외웁니다."

물길잡이 사공은 십자성호를 그은 다음 천주경과 성모경을 외웠다.

"되었소. 그럼 대부는 현 가롤로께서 서주시오."

"예, 부제님."

"그런데 갖고 싶은 세례명이 있소?"

"그것까지는 아직 생각해보지 못했습니다."

"그럼 배에서 세례를 받으니, 배에서 내려 예수님을 따라나선 종도(사도) 베드로로 하는 게 어떻겠소."

"영광입니다요, 부제님. 저는 좋습니다."

"세례성사는 영적 표지인 '인호(천주님의 인장)'를 박아주기 위한 성사로, 원죄에서 해방되어 천주의 자녀로 다시 태어나며, 천주교회 안에서 한 몸을 이루어 그 사명에 참여하게 되오. 앞으로 살면서 그 사명에 참가하겠소?"

"예, 부제님."

김대건 부제가 그에게 약식으로 세례성사를 주자 신자들은 모두 박수로 천주의 자녀가 된 그를 환영했다. 그러나 기쁨도 잠깐, 다시 거센 파도가 몰려들더니 배의 키가 부러져서 파도 너머로 사라졌다. 키를 잃은 배는 비바람과 파도를 따라 정처 없이 떠밀려 다녔다. 얼마 후 비바람과 파도는 잦아들었지만 키도 부서지고 노도 잃었으니 더 이상 사람이 할 수 있는 일은 없었다. 김대건 부제가 신자들과 사공들을 바라보며 말했다.

"교우님들, 그리고 사공님들. 3일 밤낮을 파도와 싸우느라 많이 지치셨을 겁니다. 그러나 우리는 사람이 할 수 있는 모든 노력을 다했으니 이제부터는 천주님의 자비와 우리와 함께 계시면서 보호해주시는 복되신 성모님께 기댈 수밖에 없습니다. 그러니 두려워하지 마시고 모두들 눈을 붙이십시오."

그는 묵주기도를 바친 후 갑판 위의 신자들 옆에서 잠이 들었다. 깊은 밤이 지나고 아침이 되자 오랜만에 환한 햇빛이 비쳤다. 그가 눈을 뜨자 신자들도 한 명 두 명 기지개를 켜며 일어났다. 비는 완전히 그치고 바람도 제법 순해져 있었다. 다시 생쌀을 씹은 신자들과 사공들은 잠시 기운을 차리는 듯했다. 하지만 돛대도, 돛폭도, 키마저도 사라진 배 안에서 모두 망연자실한 표정으로 앉아 김대건 부제만을 바라보았다. 그때 며칠 전 세례성사를 받은 물길잡이 사공이 소목공에게 물었다.

"여보, 배에 남아 있는 나무로 키와 돛대를 만들 수 있겠소?"

이 말에 넋 놓고 있던 신자들이 정신을 차린 듯 폭풍우와 파도에 부서진 나무 조각들을 모아다 소목공 앞에 쌓아두었다. 교우들의 도움을 받아가며 소목공은 하루 만에 돛대 두 개와 키를 만들었다. 다시 배가 나아갈 수 있게 된 것이다.

출항 닷새째 되는 날 멀리 산이 보이는 중국 해안 부근에 이르렀다. 마음 같아서는 해안가에 배를 대고 여기가 어딘지 물어보고 싶었지만 물길잡이 사공은 물이 얕은 곳으로 갔다가 암초에 걸리기라도 하면 배가 파손될 것이라고 했다.

김대건 부제는 해안가에 있는 사람들을 향해 조난당했을 때 사용하는 흰 깃발을 흔들었지만 그들도 배가 없어 올 수가 없었다. 그때 멀리서 큰 배가 한 척 오는 게 보였다. 그러나 그 배는 갈 길이 바쁘다는 듯 그냥 지나쳐 갔다. 김대건 부제가 다시 깃발을 흔들고 역시 조난을 당했을 때 사용하는 북을 미친 듯이 울리면서 부르자 큰 배는 마침내 뱃머리를 돌려 옆으로 다가왔다. 김대건 부제는 두 배의 옆구리가 맞닿자 중국 배로 건너가 선장을 찾았다.

"안녕하시오. 이렇게 다시 와줘서 고맙소. 여기가 어디쯤이오?"

"여기는 산동반도 남쪽이오. 흰 두루마기를 입은 걸 보니 조선에서 온 것 같은데, 우리 배가 산동 배니까 산동으로 가서 관례에 따라 북경을 거쳐 조선으로 귀국하시오."

당시 중국과 조선 사이에는 조선 배가 중국에 표류할 경우에 처리하는 관례가 있었다. 그것은 타고 온 배는 부수고 선원들만 조선으로 돌려보내는 것이었다.

"물론 그 관례는 아오. 그러나 우리는 북경을 지나 귀국하면 벌을 받게 된다오. 그래서 상해에 가서 배를 고쳐 조선으로 돌아가려고 하니 부디 도와주시오. 보시다시피 우리 배가 바다에서 폭풍우를 만나 거의 부서질 지경이 되었소이다. 우리를 상해로 데려다줄 수 없겠소? 사례는 톡톡히 하리다."

"무슨 말인지는 알겠소. 보아하니 당신도 몰래 장사를 하는 장사치 같은데, 나도 상해에 가서 소금을 받아 산동 지방의 상점들에 넘겨주는 장사를 하오. 그런데 얼마 전 상해에서 소금을 싣고 산동반도로 가는 내가 여기서 다시 상해까지 당신 배를 끌고 갔다가 다시 산동으로 올라가려면 보름도 더 걸릴 것이오. 그리되면 나는 소금을 대주기로 한 상점에 제날짜에 가져다주지 못해 신용을 잃게 될 텐데…, 그럼 손해가 막심하오."

"선장, 우리 피차 은밀한 장사를 하는 장사꾼들이니 도와주시오. 만약 우리 배를 상해로 데려다주면 1천 파타카pataca(오문원澳門圓, 마카오 화폐 단위)를 주겠소."

당시 마카오 돈 1천 파타카는 산동 선장의 배처럼 큰 배 한 척도 살 수 있을 만큼 큰돈이었다. 물론 당시 김대건 부제에게는 1천 파타카라는 큰돈은 없었다. 그래도 그는 소금 밀매를 하러 가는 배가 장사를 손해 볼 뿐 아니라, 난파되어가는 조선 배를 불법적으로 상해로 데려다주는 데에 따른 위험도 감수해야 하는 것을 감안해서 큰돈을 제안한 것이다. 일이 성사만 된다면 상해에서 페레올 주교에게 부탁하여 값을 치를 요량으로 선장이 거절하기 힘든 거금을 제시했던 것이다. 오랫동안 중국인들을 겪으면서 얻은 지혜이자 배짱이었다.

"좋소. 1천 파타카라면 데려다주겠소. 내 당신이 무슨 장사꾼인지 묻지는 않겠지만, 틀림없이 비싼 물건을 취급하는 것 같소. 하하."

그는 선장의 말에 고개를 끄덕이며 미소를 지었다. 사람의 영혼보다 비싼 게 어디 있겠느냐고…. 김대건 부제가 흥정을 끝내고 돌아오자 모두들 그의 입이 떨어지기만을 기다렸다.

"교우님들, 천주님의 안배로 좋은 선장을 만났습니다. 그가 우리 배를 상해까지 끌고 가주기로 했습니다."

그의 말에 모두들 안도의 한숨을 내쉬며 십자성호를 그었다. 중국 배와 밧줄로 연결하는 작업이 끝나자 다시 항해가 시작되었다. 가는 길에 역풍을 만나고 다시 한번 폭풍우를 겪었지만 산동 배는 항해를 계속했다. 교우들은 연신 십자성호를 그으며 천주님과 성모님의 보호를 간구했다. 여드레가 지나자 폭풍우는 잠잠해지고 바다는 다시 평온해졌다. 그러나 이번에는 해적선이 나타났다. 해적들은 중국인 선장에게 외쳤다.

"조선 배만 털고 당신 배는 고이 보내줄 테니, 조선 배를 끌고 가지 마라!"

이번에는 김대건 부제가 큰 소리로 외쳤다.

"선장, 저 해적선을 부수시오!"

그 순간 선장은 김대건 부제가 약속한 1천 파타카가 더 중요하다는 듯 뱃머리를 해적선의 선측으로 돌리고 힘껏 돌진했다. 그러자 해적선은 중국 배를 향해 온갖 욕을 퍼부으면서 뱃머리를 돌렸다. 그때부터 이레를 더 항해하자 눈에 익은 오송 항구가 눈에 들어왔다. 김대건 부제가 환한 표정으로 교우들을 향해 말했다.

"교우님들, 이곳은 페레올 주교님을 만날 상해에서 매우 가까운 곳입니다. 모두 애쓰셨습니다. 천주는 찬미 받으소서!"

이에 교우들은 모두 십자성호를 그으며 천주의 안배와 성모님의 보살핌에 감사했다. 5월 28일, 마포나루를 떠난 지 스무여드레 만이었다.

33

상해에서 보여준 용덕

김대건 부제는 물길잡이 사공에게 영국 군함들이 정박해 있는 부근에 닻을 내리라고 했다. 산동 배는 그가 상해에 가서 돈을 갖고 올 때까지 조선 배 옆에 있겠다고 했다. 흰색 두루마기를 입은 사람들이 보이는 조선 배가 항구로 들어오자 부둣가에 있던 관헌들이 배 위에 서 있는 김대건 부제를 향해 부두로 올라오라고 소리쳤다. 그가 배에서 내려 그들에게 다가가자 거만한 말투로 물었다.

"차림을 보니 조선에서 온 것 같은데, 무슨 일로 왔소? 어떻게 온 것이오?"

"맞소, 우리는 조선 사람이오. 큰바람이 우리를 이곳에 흘러들게 하였소. 배를 수리하러 상해로 가려 하오."

김대건 부제가 배짱 좋게 큰 소리로 대답할 때, 근처에 있던 영국 군함에서 해군 장교 두 명이 종선을 타고 부두로 왔다. 그는 '이제 되었구나' 하는 심정으로 영국군 장교들에게 프랑스어로 말을 걸었다.

"장교님들, 우리는 조선 사람들입니다. 저는 조선 천주교 부제로, 몇 년 전에 남경에서 열린 영국과 청나라의 조약 체결식에 프랑스 해군 통역으로 참가했었습니다. 그때 친절한 영국군들의 안내로 남경 시내를 구경하기도 했습니다. 저는 프랑스인 주교님을 조선으로 모셔 가기 위해 상해로 가는 길에 이곳에 들렀습니다. 주교님께서 저에게 말씀하시기를 제가 도착한다는 사실을 영국 영사관에 알려놓고 보호를 부탁하시겠다고 하셨습니다."

"부제님, 알겠습니다. 저희가 무엇을 어떻게 도와드리면 될지 편하게 말씀하시죠."

"우선 저희를 저기 있는 중국인 관헌들로부터 보호해주십시오. 또한 제가 이곳에 도착했다는 사실을 영사관에 알려주시면 고맙겠습니다."

"알겠습니다, 부제님. 배에 가서 기다리고 계시면 저희들이 조치하겠습니다."

영국군 장교들은 중국 관헌들에게 영어와 중국말을 섞어 조선 사람들을 건드리지 말라고 으름장을 놓았다. 그러자 머쓱해진 그들은 김대건 부제를 노려보다 되돌아갔다. 이때 김대건 부제가 배로 돌아오자 교우들은 경이로운 눈으로 그를 바라보았다.

"교우님들, 우리 주교님께서 이미 영국 영사관에 우리가 도착하면 보호해주라고 말씀하셨습니다. 청나라는 몇 년 전 아편전쟁 때 영국 해군에 크게 패하고 굴욕적인 조약을 체결하면서 천주교를 탄압하지 않기로 했습니다. 그래서 이곳 관헌들은 영국 군인들에게 공손하고, 그들의 말을 들어주어야 합니다."

신자들은 영사관이 어떤 곳인지, 영국이라는 나라가 어디에 붙은 나라인지 알 길이 없었다. 그리고 조선이 꼼짝 못 하고 매해 동지사 사행단에 조공을 보내야 하는 대국 청나라가 영국이라는 나라와의 전쟁에서 패했다는 사실도 믿기지 않았다. 하지만 자신들의 눈앞에서 중국 관헌들이 아무 소리 못 하고 물러가는 걸 봤으니 믿지 않을 수 없었다. 그때 현석문이 물었다.

"부제님, 부제님은 도대체 몇 나라 말을 하시는 겁니까? 조선말, 나전말(라틴어), 중국말, 조금 아까의 그 말 등 제가 들은 것만도 네 나라의 말입니다. 정말 대단하십니다. 그러나 그렇게 되시기까지 만리타향에서 얼마나 고생이 크셨겠습니까. 생각하면 눈물이 날 지경입니다. 정말 고생하셨습니다. 안드레아 부제님…."

"아닙니다. 사실 공부는 저기 계신 최형 베드로 교우님의 아우인 최방제가 제일 잘했습니다. 그런데 천주님께서 무슨 뜻이 계셨는지 오문에 도착한 지 반년 만에 천국으로 부르셔서 정말 안타까웠습니다…."

그의 말에 최형은 눈시울을 붉히면서 고개를 돌렸다. 그때 아까 부두에 왔던 영국군 장교 두 명이 포도주와 고기를 들고 다가와서 내일 자신들과 상해에 있는 영국 영사관으로 함께 가자고 했다. 김대건 부제는 고기와 포도주를 신자들과 선원들에게 건넨 후 옷을 갈아입고 오송 항구의 관장을 찾아갔다. 오송 항구 관장은 이미 관헌으로부터 그가 조선 사람인데 영국 군인들과 그들 나라말을 하면서 친구처럼 친하게 행동했다는 사실을 보고 받았다. 그렇다고 오송 항구 관장으로서 환대할 수는 없는 일. 관장은 상해에 가서 배를 수리하여 조선으로 가겠다는 김대건 부제의 말에 정색을 하고 대답했다.

"당신의 설명은 잘 들었소. 그러나 나는 청나라와 조선 두 나라 사이의 오랜 관례에 따라 황제 폐하께 이 사실을 알릴 것이오. 그런 다음 당신들을 북경으로 보내서, 그곳에서 조선에 되돌려보내도록 하겠소."

"관장님, 저는 두 나라 사이의 관례를 모르지 않습니다. 하지만 육지로 해서 조선으로 돌아가고 싶지는 않습니다. 황제 폐하께 우리의 도착을 알리는 것도 원치 않습니다. 부디 북경 조정에 알리지 말아주십시오. 그러나 관장께서 황제 폐하께 보고를 하든 안 하든 제게는 별 상관이 없습니다. 배를 고치면 나는 조선으로 돌아갈 것이고, 만약 협조를 거절하면 영국과 프랑스인들이 나를 도와줄 것입니다. 그러니 우리가 상해에서 배를 수리하는 동안 방해나 어떤 불안 같은 것들을 겪지 않고 머무를 수 있도록 상해 관장에게 줄 편지나 한 장 써주시기를 부탁드립니다. 나는 내일 상해 영국 영사관의 초청을 받아 영국 해군들과 함께 갈 예정이오."

오송 항구의 관장은 김대건의 단호함과 배짱에 깜짝 놀랐다. 영국 군인과 영사관의 보호를 받고 있는 이라면 굳이 그를 건드려야 좋을 일이 없을 것 같다는 생각이 퍼뜩 들었다. 그는 미소를 지으며 상해의 관리에게 줄 편지를 써주었다. 당시 상해에서 사목 활동을 하던 고틀랑 신부는 예수회 소속 신부들에게 조선 선교를 향한 김대건 부제의 신앙심과 용덕 그리고 중국에서 관리를 대할 때 어떤 태도를 보였는지를 알리는 편지를 썼다. 예수회 선교사들이 참고로 삼게 하기 위해서였을 것이다.

> … 안드레아 부제는 주교님께 충실히 순종하여 배 한 척을 구입해서 왔습니다. 그러나 어떤 배였을까요? 우리 해군들 말마따나 그 배는 정말로 빈약한 배였습니다. 그것은 바다를 건너기 위해서가 아니라 연안이나 강에서 쓸 용도로 만들어진 것이었습니다. 그럼에도 불구하고 이 젊은 부제는 조악한 나침반에 의지하여 조선 사람을 푸대접하는 중국 땅으로 향했고, 선장이 된 부제는 영웅적인 믿음과 천주의 특별한 보호를 필요로 하게 되었습니다. 그는 산동 배 한 척을 만났고, 그 배의 선장은 거액을 약속받고 그들을 상해까지 데려다주기로 하였습니다. 산동 배의 보호로 조선 배는 지

난 5월 28일 오송항에 도착하였습니다. 그리고 그는 오송 항구 관장을 만나 '중국 관원들이 나에게 말썽을 일으킨다면 나도 그들에게 말썽을 일으킬 것입니다'라고 했습니다. 이것이야말로 중국인을 대하는 진짜 방법입니다. 그들에게는 청해서는 안 되고 명령해야 합니다. 오송 관장은 젊은 부제의 단호함에 놀라 그를 환대하고 상해로의 그의 여정을 조금도 방해하지 않았습니다 ….[10]

다음 날 아침, 김대건 부제는 걱정하지 말라고 교우들을 안심시키고는 두 명의 영국 해군이 준비해 온 작은 배를 타고 상해로 갔다. 김대건 부제를 만난 영국 영사는 페레올 주교와 마카오 파리외방전교회 대표부로부터 이미 연락을 받았다면서 중국인으로부터 보호해줄 터이니 아무 걱정 하지 말라며 그를 안심시켰다. 김대건 부제는 예수회의 고틀랑 신부와 연락을 취하고 싶다며 부탁을 했다. 영사는 고틀랑 신부를 잘 아는 중국인 교우를 소개해주겠다며 가마를 불러 김대건 부제를 그 교우의 집으로 안내하게 했다. 교우의 집에 도착한 김대건 부제는 인사를 나눈 후 고틀랑 신부에게 보내는 편지를 썼다. 자신이 페레올 주교님을 모셔 가기 위해 상해에 도착했는데, 사정이 생겨

10 고틀랑 신부가 예수회 소속 신부들에게 보낸 1845년 7월 8일 자 편지 발췌. 《성 김대건 안드레아 신부의 활동과 업적》, 2021 개정판, 337~341쪽.

급히 돈이 필요하다는 사연을 적은 편지를 그 교우에게 주며 고틀랑 신부에게 전해달라고 부탁했다. 그의 편지를 전해 받은 고틀랑 신부는 한달음에 달려왔다.

"안드레아 부제, 이게 몇 년 만이오?"

"고틀랑 신부님, 그간 평안하셨는지요? 남경조약 체결할 때 여기 상해에서 처음 뵈었고, 만주로 가기 전에 오송항에서 한 번 더 뵈었으니 3년 만입니다."

"맞소. 그때 그 프랑스 군함이 조선으로 가지 않아서 조선에 못 가게 되었다며 낙담하던 모습이 떠오르오. 그런데 부제가 되어 페레올 주교님을 조선으로 모시러 가기 위해 이곳에 왔다니 기쁘고 반갑소. 얼마 전에 마카오 대표부의 리브와 신부님으로부터 페레올 주교님이 그곳에 와서 조선으로 가는 군함이 있는지 알아보고 있다면서, 만약 안드레아 부제가 여기 도착하면 빨리 연락을 주고, 주교님이 올 때까지 편의를 봐달라는 연락을 받았소. 그런데 돈은 얼마나 필요하오?"

고틀랑 신부의 말을 듣고 나서 김대건 부제는 자신이 조선을 떠나 이곳에 당도하기까지의 사연을 털어놓았다.

"그렇군요, 아무튼 무사히 도착해서 다행입니다. 산동 배가 18일 동안이나 안드레아 부제 일행을 도왔고, 해적도 물리쳤다니 큰 신세를 진 건 사실이오. 게다가 안드레아 부제와 조선인 신자들을 여기로 데려오기 위해 산동의 거래처에 신용을 잃었다니 1천 파타카의 값어치는 충분히 한 것 같소. 하지만 그래도

1천 파타카는 너무 큰 돈이니 내가 중국식으로 좀 깎아보겠소. 하하."

"고틀랑 신부님, 고맙습니다."

"그럼 조선에서 전부 몇 명이 온 거요?"

"신부님, 저와 일곱 명의 신자 그리고 네 명의 사공이 조선에서 출발했습니다. 그중 한 명은 바다를 건너오다가 저에게 세례를 받았습니다. 게다가 그 신자들은 모두 치명자의 자손이거나 형제, 친척이라 믿을 만한 신자들입니다."

"우리 예수회 선교사들도 오래전부터 순교의 피를 많이 흘리면서 지금까지 왔는데, 조선에서도 다른 포교지에서와 마찬가지로 순교자의 피가 씨앗(혹은 이슬로 번역)이 되어 신자들의 마음속에 신심을 싹트게 하는 것 같습니다. 안드레아 부제, 이제 그 씨앗이 무르익어 추수할 때가 온 것 같습니다. 천주님께서 페레올 주교와 안드레아 부제의 바람과 거룩한 계획을 도와주시기를 기도하겠습니다. 천주는 찬미 받으소서!"

"고틀랑 신부님, 고맙습니다."

"안드레아 부제, 그럼 내가 지금 함께 온 교우들에게 가장 필요한 생필품을 사는 데 필요한 돈을 먼저 줄 테니, 오송항으로 돌아가 계시오. 그럼 내가 사제관에 가서 산동 배에 줄 적당한 돈을 마련하고, 마카오의 리브와 신부에게도 안드레아 부제가 잘 도착했다는 편지를 써서 빠른 배편을 찾아 보낸 후에 오송항으로 가겠소. 아무래도 내일은 힘들고 이틀 후에 들를 것 같소이다."

"고틀랑 신부님, 고맙습니다. 그럼 저는 이만 오송항으로 돌아가 교우들을 살펴보겠습니다."

고틀랑 신부는 김대건 부제와 함께 상해 부두에 있는 신자를 찾아가 그를 오송항으로 데려다주도록 부탁했다.

김대건 부제는 교우들에게 오기 전에 먼저 산동 배에 가서 선장을 만나, 이틀 후에 나의 법국인(프랑스인) 친구가 돈을 갖고 온다고 했으니 기다려달라고 했다. 선장은 김대건 부제가 영국 군인들의 보호를 받을 뿐 아니라 오송 항구 관장에게 큰소리치는 모습을 보았기 때문에 선선히 고개를 끄덕였다. 김대건 부제가 배로 돌아오자 교우들이 당황해하고 있었다. 이유를 물어보자 관리들이 찾아와 그들에게 많은 질문을 퍼붓더니 곧 직책이 높아 보이는 관복을 입은 이가 와서 배를 둘러보고는, 돌아가서 쌀 스무 말과 고기 스무 근을 보냈다고 했다. 알고 보니 도대道臺(중앙정부에서 파견한 지방장관)가 오송 항구의 관장으로부터 이 배를 타고 온 조선인이 영국 해군의 보호를 받는 인물이라는 보고를 받고서 김대건 부제를 만나기 위해 찾아왔다가 그가 자리를 비운 걸 알고는 선물을 보내온 것이었다. 그때, 김대건 부제가 배로 돌아온 걸 알아챈 오송 관장은 다시 부하들을 보냈다. 관리들이 조선 배로 오자 부두 주변으로 구경꾼들이 몰려들기 시작했다. 김대건 부제가 부두에 올라가자 관리들은 함께 온 교우들의 이름이나 나이 그리고 체류지 등등을 물었다. 이에 김대건 부제는 당당하게 요구했다.

"우리는 모두 조선 사람들이오. 배의 수리를 마치는 대로 이곳을 떠날 예정이니 다시는 당신 부하들을 보내 귀찮게 하지 마시오."

그러고는 교우들에게 중국 관리가 보내온 쌀과 고기를 올려달라고 하고는 관리들에게 단호하게 말했다.

"그리고 이건 필요 없으니, 도로 가져가서 높은 분께 돌려드리시오."

"그래도 이건 우리 도대께서 보내신 선물이오. 그분의 성의를 물리치지 말고 받아두시오."

"내가 내일 도대가 계신 곳을 방문해서 감사의 인사는 전할 터이니 염려하지 말고 가져가시오."

김대건 부제의 단호함에 망설이던 관리들이 선물을 싣고 돌아가자 곧이어 포졸들이 부두에 도열해 밤새 배를 감시했다. 김대건 부제는 고틀랑 신부가 체류하는 동안 쓰라고 준 돈에서 교우들과 선원들의 먹을거리를 사 와 오랜만에 풍족한 만찬을 들었다.

다음 날 그는 관리들에게 말한 대로 도대를 만나러 다시 상해로 갔다. 다행히 도대는 김대건 부제가 남경조약 때 세실 함장과 함께 왔던 통역사라는 걸 기억하면서, 그를 영국 및 프랑스인들과 긴밀한 관계에 있는 '귀인貴人'으로 여겼다. 거만하던 도대는 그때부터 친절해지면서 배를 다 고칠 때까지 상해에 머물러도 좋다고 했다. 김대건 부제는 도대에게 감사의 인사를 한 후, 부두에 사람들이 너무 많이 몰려와 불안하니 그 문제도 해결해달라고 요청했다. 이때부터 상해와 오송항의 관리들은 김대건 부제를 도대가 대접할 정도의 큰 인물로 생각하기 시작했다.

5월 30일, 고틀랑 신부가 김대건 부제와 조선인 교우들을 만나기 위해 오송항으로 찾아왔다. 김대건 부제가 교우들에게 상해에서 사목하시는 신부님이라고 소개하자 모두가 엎드려 큰절을 했다. 교우들의 인사를 받은 고틀랑 신부는 십자성호를 그으며 교우들을 강복한 뒤 김대건 부제에게 반가운 소식을 전했다.

"안드레아 부제, 지금 막 상해에서 마카오 리브와 신부와 페레올 주교에게 편지를 보냈소. 페레올 주교가 편지를 받는 대로 준비해서 출발하면 배가 역풍을 만난다 해도 늦어도 7월 말이나 8월 초에는 도착하실 수 있을 터이니, 그동안 배를 잘 수리하시오. 그리고 돈은 급하게 구하다 580파타카밖에 구하지 못했소. 나와 함께 산동 배에 가서 400파타카로 흥정을 합시다. 나머지 돈으로는 배를 수리하고 여기서 지내면서 필요한 물건들을 구입하시오. 그리고 안드레아 부제가 빌린 돈은 리브와 신부에게 받을 테니 걱정하지 마시오, 하하."

"고틀랑 신부님, 고맙습니다."

조선인 교우들은 고틀랑 신부와 알아들을 수 없는 말로 대화하는 김대건 부제를 다시 한번 경이로운 눈으로 바라보았다. 그는 교우들에게 신부님과 산동 배에 다녀오겠다고 이야기한 후 선장을 만나러 갔다. 고틀랑 신부와 김대건 부제를 만난 산동 배의 선장은 절반이라도 줘야 한다며 섭섭해했지만, 고틀랑 신부는 유창한 중국어로 그를 설득했다. 그런 다음 다시 조선의 교우들을 만나러 가자며 김대건 부제와 함께 배로 돌아왔다.

김대건 부제는 고틀랑 신부와 대화를 나누다 그가 순교자들에 대해 큰 관심을 보이자 한양에서 라틴어로 번역해서 가져온 〈순교자 보고서〉를 보여주었다. 보고서를 받아 들고 몇 페이지를 읽은 고틀랑 신부는 매우 감명 깊은 보고서라며 반드시 돌려줄 테니 자신에게 빌려달라고 간곡히 부탁했다. 고틀랑 신부에게 보고서를 빌려준 김대건 부제는 미사를 봉헌할 생각에 교우들에게 배 위를 정리하자고 했다. 그러자 현석문이 어렵사리 말을 꺼냈다.

"안드레아 부제님, 우리가 고해성사를 못 본 지 벌써 6년이 넘었습니다. 미사를 드리기 전에 신부님께 고해성사를 볼 수 있도록 말씀 좀 해주시겠습니까?"

김대건 부제는 교우들의 간절한 부탁을 고틀랑 신부에게 가감 없이 전했다.

"안드레아 부제! 참으로 훌륭한 교우들입니다. 그런데 교우들이 중국어가 가능합니까?"

"고틀랑 신부님, 필담이 가능한 교우는 있지만 여기 붓과 먹이 없으니 그건 힘들 것 같습니다."

"그렇다면 중간에서 안드레아 부제가 통역을 해야겠군요. 이런 경우에는 모든 잘못을 고해할 필요는 없고 큰 죄만 고해해야 한다고 설명해주시오."

김대건 부제는 교우들에게 고틀랑 신부의 말을 전한 후 먼저 자신이 고해를 했다. 그런 다음 고틀랑 신부 곁에 무릎을 꿇고 앉아 교우들의 고해를 통역했다. 그렇게 고해성사를 다 마친 뒤에는 배 위를 정리하고 무사히 도착한 은혜에 감사하는 미사를 봉헌했다.

김대건 부제는 황해를 건너는 동안 우여곡절이 있었지만 무사히 오송항에 도착했고, 영국 영사관의 도움으로 중국 관리들로부터도 핍박을 받지 않게 되었으며, 고틀랑 신부가 물심양면으로 도와주고 교우들의 영적 언덕이 되고 있는 것은 천주님의 자비와 성모님의 도움 때문이라고 생각했다. 이렇게 일이 하나둘 풀리는 것이 어쩌면 페레올 주교를 무사히 조선으로 모셔 가도록 하려는 천주의 섭리일지 모른다는 생각이 들자 자신도 모르게 가슴이 뜨거워졌다. 그는 눈시울이 붉어지며 나지막한 목소리로 읊조렸다. 천주는 찬미 받으소서!

이즈음, 마카오에서 조선으로 가는 프랑스 군함을 찾던 페레올 주교는 고틀랑 신부의 편지가 도착하기 전에 상해 영국 영사관으로부터 김대건 부제가 오송항에 무사히 도착했다는 연락을 받았다. 마침 얼마 전 조선 선교사로 임명된 다블뤼 신부도 마카오에 도착한 참이었다. 그는 다블뤼 신부에게 조선대목구장으로서 그토록 가고 싶었던 자신의 선교지 조선에 갈 수 있게 되었다며 함께 오송항으로 떠날 준비를 서둘렀다. 페레올 주교는 조선 교우들에게 나눠줄 상본과 십자고상, 묵주 등을 챙기고, 오송항으로 가는 배편을 찾기 시작했다. 그리고 김대건 부제에게 자신과 다블뤼 신부가 배편이 구해지는 대로 오송항으로 떠날 예정임을 알리는 편지를 영국 영사관으로 보냈다.

34

조선의 첫 사제 김대건 안드레아

7월 중순, 김대건 부제는 페레올 주교가 상해의 영국 영사관으로 보낸 편지를 받았다. 그가 페레올 주교뿐 아니라 새로 조선 선교사로 임명된 다블뤼 신부님도 함께 이곳으로 오실 예정이라는 소식을 교우들에게 전하자 교우들은 조선에 다시 사제를 모실 수 있게 되었다면서 십자성호를 그으며 기뻐했다. 그동안 타고 온 배에서는 막바지 수리 작업에 박차를 가하고 있었다. 본선은 소목공과 물길잡이 사공이 고틀랑 신부가 보내준 중국인 교우 목수들과 함께 새 목재를 구하여 얼추 수리를 마쳤고, 이제 종선을 만드는 중이었다. 김대건 부제는 소목공에게 예정했던 인원보다 한 명이 더 많아졌으니 본선의 갑판을 다시 한번 살피면서 덧댈 곳이 있으면 목재를 아끼지 말라고 당부했다. 그러고는 마카오 대표부 리브와 신부에게 그동안에 있었던 일들에 대해 설명하는 편지를 쓰고 고틀랑 신부에게서 돌려받은 〈순교자 보고서〉를 동봉해서 보냈다. 그리고 고틀랑 신부를 만나 페레올 주교와 다블뤼 신부가 도착하면 그가 사목하는 김가항 성당 사제관에서 묵을 수 있게 해달라고 부탁했다.

마침내 8월 초, 페레올 주교가 다블뤼 신부와 함께 오송항에 도착했다. 김대건 부제가 부두로 올라가 두 사제를 영접하자, 배에 있던 교우들은 북을 두드리며 장단에 맞춰 덩실덩실 어깨춤을 추었다.[11] 페레올 주교와 다블뤼 신부가 조선인 교우들이 기다리는 배에 오르자, 교우들은 갑판 위에 엎드려 큰절을 했다. 페레올 주교가 조선 교우들에게 주교 강복을 내리자 교우들은 십자성호를 그으며 다시 한번 엎드려 큰절을 했다.

"안드레아 부제, 얼마나 고생이 많았는가? 영국 영사관에서 부제와 조선의 교우들이 빈약한 배를 타고 기적같이 도착했다고 연락을 해 와서 어떤 배인지 궁금했는데, 이렇게 작은 배였다니 천주의 안배였다는 말밖에 나오지 않네. 천주는 찬미 받으소서!"

"주교님, 모두가 인자하신 천주님과 성모님의 보호하심 덕분입니다. 그리고 주교님께서 상해의 영국 영사관과 예수회의

11 다블뤼 신부가 프랑스에 있는 부모에게 보낸 1845년 8월 15일 자 편지에서 언급한 내용. 샤를 살몽 지음, 정현명(로사) 옮김, 《다블뤼 주교의 생애》, 대전가톨릭대학교출판부 천주교 대전교구 갈매못 성지, 2006, 243쪽.

고틀랑 신부님께 미리 연락해주셔서 큰 어려움 없이 배를 고치면서 지낼 수 있었습니다. 이제 배는 수리를 마쳤고, 종선도 거의 다 만들어갑니다. 떠나실 날짜를 알려주시면 준비하겠습니다."

"안드레아 부제, 이 배는 여기 양자강에서나 다닐 만한 쪽배인데, 올 때 그 고생을 했으면서 다시 이 배를 타는 게 두렵지 않소?"

"주교님, 저와 신자들은 다시 한번 파도에 맞설 각오가 되어 있습니다. 지금 조선의 신자 수는 적게 잡아도 1만 명으로 추산되고 있습니다. 그들은 매일같이 죽을 위험에 처해 있으면서도 신앙을 지키고 있지만 그들의 영혼을 이끌어주고 위로해줄 목자가 단 한 명도 없습니다. 시간이 지날수록 신자들의 영혼 사정이 어려워지는 상황입니다. 공경하올 주교님과 다블뤼 신부님, 하루빨리 조선 땅으로 가셔서 신자들의 영혼을 구원해주시기를 청합니다."[12]

페레올 주교는 고개를 끄덕이며 그의 손을 잡았다. 옆에 있던 다블뤼 신부는 잠시 눈을 감고 조선의 교우들을 위한 기도를 바쳤다. 그때 중국인 교우의 연락을 받은 고틀랑 신부가 마차를

12 김대건 부제가 페레올 주교에게 보낸 1845년 7월 23일 자 서한(《성 김대건 안드레아 신부의 서한》, 2020 개정판, 213~215쪽)과 페레올 주교가 리브와 신부에게 보낸 1845년 8월 28일 자 서한(《성 김대건 신부의 활동과 업적》, 개정판, 2021, 349쪽)을 재구성했다.

타고 도착했다. 그는 페레올 주교, 다블뤼 신부와 인사를 나눈 후, 함께 김가항 성당 사제관으로 떠났다. 이날 저녁 페레올 주교와 다블뤼 신부는 고틀랑 신부로부터 김대건 부제의 깊은 신앙에서 나오는 용맹함과 중국인 관리들을 대할 때의 용기 그리고 밀수를 하러 가던 산동 배 주인에게 거액을 제시해서 무사히 도착한 배짱을 칭찬하는 말을 들었다. 특히 조선에서 순교자들의 행적을 라틴어로 번역해서 가져온 꼼꼼함을 이야기하면서 입에 침이 마르도록 칭찬을 했다. 그러면서 자신은 그 내용에 너무 감동을 받아 〈순교자 보고서〉를 예수회 신부들과 공유하려고 필사를 했다고도 말했다.

이튿날부터 페레올 주교는 골똘히 생각에 잠겼다. 이제 지난 6년 동안 사제가 없던 조선에 들어가려고 하는 이때에 김대건 부제를 사제품에 올려서 함께 가고 싶었다. 그는 이미 지난해에도 김대건 부제가 사제가 될 자격을 충분히 갖췄다고 생각했었다. 다만 지난해에는 나이가 만 24세가 안 되어 연령 제한에 걸렸으나, 이제는 그 문제도 시간이 흐르면서 자연히 해결된 터였다. 그렇게 반나절을 생각하던 페레올 주교는 고틀랑 신부를 만났다.

"고틀랑 신부님, 상의드릴 일이 있습니다."

"예, 주교님, 말씀하시지요."

"이번에 조선으로 떠나기 전에 안드레아 부제를 사제품에 올리고 싶습니다. 그런데 우리 파리외방전교회 성당이 있는 만주 소팔가자까지 다녀오려면 너무 오랜 시간이 걸려서, 신부님께서 양해해주시면 김가항 성당에서 사제 서품을 하고 싶은데 어떠신지요?"

"페레올 주교님. 실은 저도 안드레아 부제가 사제품을 받고 조선으로 가면 좋겠다는 생각을 여러 번 했습니다. 그에게서 신자들을 사랑하는 마음과 양 떼를 이끄는 선한 목자의 행동을 볼 수 있었기 때문이었습니다. 그런데 주교님께서도 같은 생각을 하셨다니 조선 천주교인들에게는 큰 기쁨이 되고, 안드레아 부제에게도 위험한 포교지에서 자신의 임무를 잘 수행해나갈 힘을 더해줄 겁니다. 그런 경사스러운 일이라면 언제든지 저희 성당을 사용하셔도 됩니다. 파리외방전교회와 저희 예수회 그리고 모든 수도회는 천주님 안에서 한 형제들 아닙니까."

"고틀랑 신부님, 고맙습니다. 그러면 이번 주일은 너무 촉박하니까 다음 주일(일요일)인 8월 17일에 서품식을 하도록 도와주시기를 부탁드립니다."

"여부가 있겠습니까, 주교님. 잘 알겠습니다. 그러면 안드레아 신부의 제의祭衣는 제가 준비해서 조선인 첫 사제에게 선물하겠습니다. 사실 저는 안드레아 부제에게 빌렸던 〈순교자 보고서〉를 읽으면서 깊은 감명을 받았고, 제 신앙의 모습을 다시 한 번 돌아보는 계기가 되었습니다. 그래서 제의를 선물하면서 그 빚을 갚고 싶습니다. 하하."

"신부님께서 그렇게 말씀해주시니, 저의 사제 수품 결심이 틀리지 않았다는 확신이 듭니다. 고맙습니다. 하하."

"주교님, 그리고 새 신부가 관례에 따라 서품 다음 주일에 드리는 첫 미사는 저희 예수회 신부들이 맡아서 교육시키는 횡당橫堂 소신학교에 있는 성당에서 집전하게 해주시면 고맙겠습니다. 횡당 소신학교에는 서른세 명의 중국인 신학생들이 공부하고 있는데, 그들에게 조선 신학교 출신 사제가 첫 미사를 집전하는 모습을 보여주면 신앙적으로 큰 자극과 도움이 될 것 같습니다."

"고틀랑 신부님께서 안드레아 새 신부의 첫 미사까지 생각해주시니 정말 고맙습니다. 안드레아 신부에게도 뜻깊은 첫 미사 집전이 되리라 생각합니다."

페레올 주교는 고틀랑 신부에게 다시 한번 감사의 인사를 한 후 다블뤼 신부와 함께 오송항 부두로 와서 조선 배에 올랐다. 페레올 주교는 김대건 부제와 조선 교우들을 불러 모은 후 말했다.

"오랫동안 타국, 그것도 조그만 배에서 생활하느라 힘들었을 것이오. 그런데 이제 종선도 거의 완성되어가니 이달 말에 조선을 향해 출발하겠소."

페레올 주교의 말에 교우들은 십자성호를 그은 후 큰절을 했다. 그러고는 현석문이 교우 대표로 감사의 인사를 했다.

"주교님과 함께 떠나게 되었으니, 이제부터 모든 위험을 면하고 무사히 조선에 도착하리라 믿습니다. 고맙습니다."

그러나 페레올 주교는 알고 있었다. 이 조그만 배로 황해를 건너는 게 얼마나 무모하고 위험한 일인지. 그래서 그는 속으로 읊조렸다.

'천주께서는 이 순진함을 축복해주소서!'[13]

페레올 주교는 계속 말을 이었다.

"그런데 이번 항해에는 나와 다블뤼 신부 외에 한 명의 신부가 더해져 모두 세 명의 사제가 조선 땅으로 들어가 신자들의 구령 사업을 행할 것입니다."

김대건 부제와 교우들은 또 한 명의 신부가 함께 간다는 말에 깜짝 놀라며 누구인지 궁금하다는 표정을 지었다. 그러자 페레올 주교는 김대건 부제를 바라보며 말했다.

"새로운 한 명의 신부는 바로 안드레아 부제요. 나는 안드레아 부제를 다음 주일인 8월 17일에 김가항 성당에서 조선의 첫 사제품에 올릴 것이오!"

그 순간 김대건 부제는 통역을 하지 못하고 페레올 주교를 바라보았다. 조선인 교우들도 무슨 일인가 하고 페레올 주교와 그를 번갈아 바라보았다.

"주교님, 제가 감히 어떻게 조선의 첫 사제가 될 수 있습니까. 부족한 종이오니 거두어주시옵소서."

---

13 페레올 주교가 리브와 신부에게 8월 28일 보낸 서한. 《성 김대건 안드레아 신부의 활동과 업적》, 2021 개정판, 349쪽.

"안드레아 부제는 사제품에 오르기에 충분한 자격을 지녔다. 나의 말에 순명하라. 그리고 조선의 교우들에게 이 말을 통역하라."

김대건 부제는 조선인 교우들을 바라보았다. 그리고 떨리는 목소리로 "8월 17일에 부족한 제가 조선인으로 첫 사제품을 받게 되었습니다"라고 통역했다. 그 순간 조선인 교우들은 잠시 서로를 바라보다가 일제히 함성을 터트리며 페레올 주교에게 엎드려 큰절을 올렸다. 또 조선의 첫 사제가 될 김대건 부제에게도 큰절을 했다. 그러고는 북을 치며 "조선의 수선탁덕 首先鐸德(첫 번째 신부) 안드레아 신부 만세!"를 외치며 어깨춤을 췄다.

그날 밤 김대건 부제는 부두에서 컴컴한 바다를 바라보았다. 어둠 속에서 지나간 세월이 주마등처럼 눈앞을 스쳤다. 조선 땅에 신부가 안 계셔서 세례를 받지 못하시어 영혼 구원도 받지 못하신 채 세상을 떠나는 걸 안타까워하시던 할아버지, 모방 신부를 따라 한양으로 올라갈 때 뒤에서 눈물 짓던 어머니, 자신을 신학생으로 뽑아 마카오로 보내준 모방 신부, 자식을 천주교 신부로 만들기 위해 국외로 보냈다는 이유로 치명하신 아버지, 위험한 선교지로 떠나는 선교사는 죽음을 두려워하지 않는 용기와 믿음이 있어야 한다는 걸 강조하던 메스트르 신부, 만주 벌판을 가로질러 함경도 경원 땅까지 다녀오던 일과 의주를 통해 한양에 도착했지만 은이 교우촌을 떠도신다는 어머니에게 기별도 않고 떠나온 죄책감…. 어둠이 내린 부두에 앉아 있는 동안 성애골 교우촌 생활부터 지난 10년 동안의 신학교 생활이 꼬리에 꼬리를 물고 떠올랐다.

그러나 지금 이 순간 무엇보다 중요한 것은 조선 교우들의 영혼을 구원할 페레올 주교의 입국이었다. 그래서 천신만고 끝에 이곳에 도착한 게 아니었던가! 그럼에도 불구하고 조선의 첫 사제가 된다는 소식에 기쁨보다는 걱정이 앞섰다. 부족한 게 많은 자신이 사제로서 해야 할 일을 잘 해낼 수 있을까? 어둠이 깊어갈수록 그의 고민도 깊어만 갔다. 그날 밤 그는 검푸른 바다를 오랫동안 바라보며 부두에 앉아 있었다.

8월 17일, 김가항 성당에는 사제 서품식을 집전할 페레올 주교와 서품을 받을 김대건 부제 외에도 다블뤼 신부와 고틀랑 신부, 중국인 신부 한 명을 포함한 두 명의 예수회 신부, 열한 명의 조선 교우들과 사공들 그리고 김가항 성당의 중국인 교우들이 참석해 있었다.[14]

제의실 입구에서 서품식 시작과 사제단의 입당을 알리는 작은 종소리가 울렸다. 김대건 부제는 잠시 눈을 감으며 숨을 크게 들이마셨다. 성당 안에는 엄숙한 침묵이 감돌았다. 종소리가

14 다블뤼 신부가 파리 본부의 바랑 신부에게 보낸 1845년 8월 28일 자 서한. 《성 김대건 안드레아 신부의 활동과 업적》, 2021 개정판, 357쪽.

상해 김가항 성당(1980년대에 촬영한 모습)

◆ 김가항 성당은 김金씨 성을 가진 이들이 집성촌을 이루는 상해 부근의 김가항 마을에 있었다. 크기가 60평 정도에 불과했지만 당시 상해 인근에서는 최대 규모였다. 2001년 도시 개발로 철거되었으나, 2016년 천주교 수원교구에서 용인의 '은이성지'에 사전의 실측조사 자료를 토대로 성당 안 기둥과 들보 등 철거 부재部材 일부를 재활용하고 하얀 벽, 입구 위편의 '天主堂(천주당)'이라는 금색 글씨, 지붕을 덮은 작은 기와까지 똑같이 재현해서 복원했다.

그치자 서품식 주례인 페레올 주교와 선배 신부들이 성당 앞쪽 가운데에 있는 제대를 향해 발걸음을 옮겼다. 김대건 부제도 사제단의 뒤를 따라 조심스럽게 걸음을 옮겼다. 서품식이 시작된 것이다.[15] 이날의 미사 예절은 라틴어로 거행되었다. 김대건 부제는 제대 앞에 나아가 무릎을 꿇고 앉았다. 십자가를 메고 갈 마음의 준비가 되었기 때문일까, 제대 뒤의 십자가가 유난히 뚜렷하게 시야에 들어왔다. '천주님, 제가 언제나 예수님을 바라보며 살아가는 사제가 될 수 있도록 도와주소서….' 김대건 부제는 그리스도를 따라 치명의 화관을 두려워하지 않는 신부로 살겠다는 다짐을 하고 또 했다. 성당 안에서는 아무런 소리도 들리지 않았다.

페레올 주교가 엄숙한 목소리로 "안드레아 김!" 하고 불렀다. 이제부터 세상에서는 죽고 그리스도 안에서 살겠느냐는 물음이었다. 사제 서품식을 처음 참관하는 조선 교우들의 시선이 '부름'을 받은 김대건 부제를 향했다. 김대건 부제는 고개를 들었다. 허리를 세우고 일어나면서 큰 소리로 "앗숨Ad Sum(예, 여기 있습니다)!" 하고 외쳤다. 자신을 끊고 십자가와 함께하는 신부의 삶을 살겠다는 각오가 담긴 대답이었다.

페레올 주교는 김대건 부제의 머리에 손을 얹고 기도를 했다. 그가 예수 그리스도와 열두 사도로부터 이어지는 사제직을 올바르게 수행할 수 있는 성령의 은혜를 내려주시도록 천주님

15 서품식 순서는 제2차 바티칸공의회 이전의 파리외방전교회 서품식 순서를 참조해서 재구성했다.

께 청원하는 축성 기도였다. 기도가 끝나자 김대건 부제는 제대 앞에 엎드렸다. 페레올 주교와 사제단은 성인聖人들의 이름을 부르며 김대건 부제가 사제 생활을 잘할 수 있도록 도와달라는 '성인열품도문聖人列品禱文(지금의 성인호칭기도)'을 낭송하기 시작했다.

기도가 끝나자 김대건 부제는 제대 앞으로 한 걸음 더 나아갔다. 페레올 주교는 그의 양손에 기름을 바르고 머리에 안수를 했다. 안수가 끝나자 선배 신부들이 제의를 입혀주었다. 마침내 '그리스도의 대리자'인 신부가 된 것이다. '새 신부' 김대건 안드레아는 페레올 주교의 반지에 입을 맞추며 존경과 순명을 서약했다. 페레올 주교와 선배 신부들이 새 신부를 포옹했다. 한 식구로 받아들인다는 의미이자 사제단의 일치를 나타내는 전례적 표현이었다.

서품식 마지막 예절은 새 신부가 서품 미사에 참석한 모든 사람에게 내리는 첫 강복(축복)이었다. 그 순간, 김대건 신부는 자신이 신부가 되었다는 사실을 실감할 수 있었다. 엄숙한 마음 때문일까, 신자들을 향해 성호를 그으며 강복하는 그의 손이 가볍게 떨렸다. 신자들은 새 신부의 강복을 따라 이마, 가슴, 왼쪽과 오른쪽 어깨에 십자성호를 그으며 허리를 숙였다. 김대건 안드레아 신부가 강복을 마치고 중앙 통로를 향해 걸어 나오자 신자들은 박수를 치며 새 신부의 탄생을 축하했다. 조선 교우들의 눈에서 눈물이 흘렀다.

김대건 새 신부가 성당 문밖으로 나오자 페레올 주교와 다블뤼 신부, 고틀랑 신부가 축하 인사를 건넸다. 그는 다시 한번 선배 사제들에게 감사의 인사를 드린 후 조선인 교우들이 모여 있는 곳으로 가서 현석문의 손을 잡으며 인사했다.

"어르신, 은이 공소 시절 어르신께서 교리를 잘 가르쳐주셨기에 오늘 여기까지 왔습니다. 고맙습니다."

"안드레아 신부님, 아닙니다. 열다섯 살 나이에 의주 땅을 지나 변문에서 헤어지던 순간이 엊그제 같은데 이토록 의젓하게 신품을 받으시고 조선의 수선탁덕이 되신 모습을 보니 여한이 없습니다. 조선인 신부가 탄생했다니, 정말 꿈만 같습니다. 이 사실을 조선의 교우들이 알면 얼마나 기뻐할는지요…."

그때 옆에 있던 조선인 교우들이 그를 둘러싸고 "조선의 수선탁덕 안드레아 신부님, 경하드립니다"라며 어깨춤을 덩실덩실 추자 중국인 교우들도 다가와서 손뼉을 치며 조선인 새 신부의 탄생을 축하했다.

일주일 후, 김대건 안드레아 신부는 상해에서 30리(12km) 떨어진 곳에 있는 횡당 소신학교 성당에서 첫 미사를 집전했다. 미사를 드리는 동안 중국인 소신학교 신학생들은 조선인 신부의 탄생을 신기해했다. 그러면서 자신들도 열심히 공부해서 신품을 받겠다는 각오를 다지며 부러운 눈으로 김 안드레아 신부를 바라봤다. 그러나 천주교를 박해하지 않기 시작한 청나라 소신학교 학생들은 몰랐다. 아직도 박해가 계속되고 있는 조선인 첫 사제의 앞날이 어떤 길인지….

김대건 신부 서약서(라틴어 원본과 우리말 번역본)

Formula juramenti juxta Benedict. XIV

405 3

Ego Andreas Kim Sacerdos Coreanus praecepto ac mandato Apostolico super ritibus ac caere-
moniis Sinensibus, in constitutione Clementis Papae XI hac de re edita, qua praesentis jura-
menti formula praescripta est, contento, ac mihi per integram ejusdem constitutionis lectionem
apprime noto, plene ac fideliter parebo, illudque exacte, absolute ac inviolabiliter
observabo et absque ulla tergiversatione adimplebo, atque pro virib. enitar, ut a Christianis
Sinensibus, quorum spiritualem directionem quoquomodo me habere contigerit, similis obe-
dientia eidem praestetur. Ac insuper, quantum in me est, nunquam patiar, ut ritus
caeremoniae Sinenses in litteris pastoralibus patriarchae Alexandrini Macai datis die
quarta Novembris 1721 permissae ac a SS. D. N. Bened. XIV damnatae, ab iisdem
Christianis ad praxim deducantur. Si autem (quod Deus avertat) quoquo modo contra-
venerim, toties quoties id evenerit, poenis per praedictas constitutiones impositis me subje-
ctum agnosco et declaro. Ita tactis sacrosanctis Evangeliis, promitto, voveo et juro.
Sic me Deus adjuvet et haec sancta Dei evangelia.

Ego Andreas Kim hai kim, manu propria.

Ego infra subscriptus testor D. Andream Kim Sacerdotem
Coreanum in manibus meis emisisse juramentum cujus formula supra
scripta est. In cujus rei fidem subscripsi. Shang-hai, in Sinis, 30a die
augusti 1845

Josephus epus Bellinensis vic. ap. Coreae

베네딕토 14세의 회칙에 따른 서약서

조선인 사제인 저 김 안드레아는, 중국 의례에 대하여 규정한 클레멘스 11세 교황 헌장의 사도 규정과 명령에 대하여, 본 서약 형식이 규정되어 있는 대로, 그 헌장 전체를 최선을 다해 살피며, 온전하고 충실하게 지킬 것입니다. 또한 정확하고 절대적으로, 그리고 침범하지 않도록 준수할 것이며, 회피함 없이 이행할 것입니다. 또한 제가 중국인 신자들의 영적 지도를 어떤 식으로든 맡을 때, 중국인 신자들이 이 규정을 동일하게 따르도록 최선을 다할 것입니다. 특히, 알렉산드리아의 총대주교가 1721년 11월 4일 자로 마카오에서 보낸 사목 서한에서는 허락하였으나, 베네딕토 14세 교황 성하께서 단죄하시어 중국인 신자들이 멀리하도록 하신 중국 의례를, 저는 결코 인정하지 않을 것입니다. 만일 (천주님께서 외면하시는 것을) 어떤 방식으로든 거스른다면, 그런 일이 일어날 때마다 매번, 상기上記 헌장을 통하여 부과된 형벌을 [받을 것을] 인정하고 선언하는 바입니다. 저는 이렇게 복음서에 손을 얹고 약속하고, 서약하며 맹세하는 바입니다. 천주님과 천주님의 이 거룩한 복음은 저를 도우소서.

안드레아 김해 김金, 본인 자필自筆로 서명함

아래 이름을 기록한, 나는, 조선인 사제인 김 안드레아가 위의 형식에 따라 서약서를 작성하여 제 손에 보냈음을 증명합니다. 이 내용이 사실임을 서명합니다. 중국 상해에서 1845년 8월

벨리나의 [명의] 주교이며 조선대목구장
조제프 [페레올] 주교

자료 제공: 한국교회사연구소
번역: 가회동 성당 주임신부 윤종국

※'김대건 신부 서약서' 원본은 교황청 복음화성에 보관 중이다(문서번호 Fondo S. O. C. P. vol. 78, f 405).

8

사목 활동을 시작하다

35

다시 황해를 건너다

“앞을 잘 보시오. 이제 섬들을 거의 다 빠져나온 듯하오. 여기서 왼쪽으로 갑시다.”

1845년 9월 28일, 중국 상해에서 출발한 지 28일, 양자강 하류 어귀에 있는 숭명도 포구를 떠나 본격적으로 항해를 한 지 20일째였다. 제주도를 마주한 반도의 남쪽에 있는 한 섬에서 식량을 구한 라파엘호는 김대건 신부의 인도하에 나침반의 바늘이 가리키는 북쪽을 향해 나아갔다.[1] 황해를 건너올 때 만난 폭풍우

1 이 부분부터 라파엘호가 충청남도 “강경포구에서 조금 떨어진 외딴곳”인 전라북도 익산의 나바위에 도착해서 페레올 주교가 상경하기까지의 과정은 페레올 주교가 1845년 10월 29일 파리외방전교회 본부의 바랑 신부에게 보낸 편지(《성 김대건 안드레아 신부의 활동과 업적》, 2021 개정판, 373~381쪽)를 참고해서 재구성했다.

로 곳곳이 파손되었지만, 서양인 사제들이 타고 있는 배를 고치기 위해 오래 정박하기는 어려웠다. 그 바람에 항해를 하는 동안 내내 선원들과 교우들은 쉬지 않고 물을 퍼내야 했다. 라파엘호의 선장 김대건 신부는 제주도 북쪽에서 서해안으로 가기 위해 연신 나침반을 들여다보며 섬과 섬 사이를 빠져나가느라 비지땀을 흘렸다. 물살은 빨랐고 곳곳에 암초가 있었다. 배의 닻줄이 닳을 대로 닳아서 끊어지기 직전이었다. 하시라도 닻줄이 끊어지면 가까운 해변에 좌초시킬 수밖에 없는 상황이었다. 그래도 김대건 신부는 물길잡이 사공에게 '왼쪽', '오른쪽' 방향을 가리키며 전라남도 신의도를 지나 장산도, 안좌도, 암태도, 임자도마저 벗어나 막 넓은 바다로 나아가고 있던 터였다. 김대건 신부가 한숨을 내쉬며 갑판 위에 주저앉자 페레올 주교가 물었다.

"안드레아 신부, 이번에는 분명 제대로 길을 잡은 거요?"

"예, 주교님. 이 나침반을 보시면 분명 북쪽을 향해 올라가고 있는 게 보이실 겁니다. 큰 염려 마십시오."

이마의 땀을 훔친 김대건 신부는 나침반을 꺼내 보이며 페레올 주교를 안심시켰다.

"안드레아 신부, 그런데 배 상태가 몹시 안 좋소. 이대로 한양까지 갈 수 있겠소? 만약 닻줄이 끊어져 좌초라도 된다면, 선교지에 상륙도 하기 전에 모두 위험에 처할 텐데, 무슨 방법이 없겠소?"

"예, 주교님. 제가 교우들에게 물어보겠습니다."

김대건 신부는 정신없이 물을 퍼내는 교우들을 향해 말했다.

"교우님들, 천주님의 안배와 성모님의 보호 그리고 여러분들의 수고로 이제 섬들 사이를 거의 다 빠져나와 한양을 향해 북쪽으로 가고 있는 듯합니다. 혹 여기가 어디쯤 되는지 아시는 분이 계시는지요?"

상해로 갈 때 배 안에서 세례를 받은 물길잡이 사공이 말했다.

"지금 우리 배가 북쪽으로 가는 게 틀림없으면 여기가 전라도쯤일 겁니다. 여기서 조금 더 북쪽으로 올라가면 충청도와 전라도의 육지와 바다 사이를 흐르는 금강 줄기에 강경포구江景浦口로 들어가는 물길이 보일 겁니다. 금강의 강경포는 예로부터 100여 척의 배가 드나들 정도로 큰 포구이니, 그곳에 들어가면 배를 손볼 곳도 여러 집 있을 것 같습니다요."

그때 현석문이 사공의 말을 받았다.

"조금 더 올라가서 강경포구로 들어가는 물길이 보이면 천주님의 안배입니다. 얼마 전 그곳에 새로 입교한 교우가 몇 가구 있습니다. 제가 전에 갔었기 때문에 강경포구 부근에서 먼저 내려 수소문하면 찾을 수 있습니다."

"오, 듣던 중 반가운 소리입니다. 주교님께 말씀 올리겠습니다."

이 이야기를 전해 들은 페레올 주교는 안도하는 표정을 지으면서, 그럼 그곳으로 가자고 하며 깊은숨을 내쉬었다. 그러나 넓은 바다에는 맞바람이 불었고, 교우들은 번갈아 가며 줄곧 물을 펴내야 했다.

라파엘호는 10월 12일에야 강경포구로 들어가는 물길을 만났다. 그러나 이곳이 강경포구로 가는 물길인지 확실히 알 수가 없어 종선을 먼저 육지로 보내 물길이 맞는지, 강경포구까지 시간은 얼마나 걸리는지를 물었다. 물길을 제대로 찾았다는 걸 확인한 김대건 신부는 일행이 은밀히 하선할 수 있도록 배를 천천히 몰아 밤이 깊어서야 도착하게끔 했다. 금강 하구에 접어든 뒤 내륙으로 60리(24km)를 들어가자 강경포구가 보였다. 그는 사람이 북적이는 강경포구를 피해 그곳에서 약간 떨어진 황산포구黃山浦口 부근 나바위[羅岩]에 닻을 내렸다.

다행히 배가 육지 부근까지 닿은 터라 현석문이 먼저 내려서 무사히 교우들을 만났고, 얼마 후 두 명의 교우와 함께 페레올 주교와 다블뤼 신부가 입을 상복과 방갓을 준비하여 라파엘호로 돌아왔다. 교우들은 먼저 페레올 주교와 다블뤼 신부에게 절을 올리며 인사한 후 상복을 입혔다. 그런 다음 방갓을 쓰게 하고, 포선으로 얼굴을 가리는 걸 도와주었다. 그리고 두 발에 짚신을 신긴 다음 힘센 사공 두 사람이 등에 업고 뭍에 내려주었다. 4월 30일 마포포구에서 떠난 지 거의 반년, 상해를 출발한 지 43일 만이었다. 페레올 주교는 조선 선교사로 임명된 지 6년, 조선대목구장 주교로 서임된 지 2년 만에 '순교자들의 땅'인 자신의 포교지에 도착하자 감격에 겨워 십자성호를 그으며 천주께 감사의 기도를 올렸다. 그리고 얼마 후 파리외방전교회

〈대동여지도〉의 강경포구와 나바위

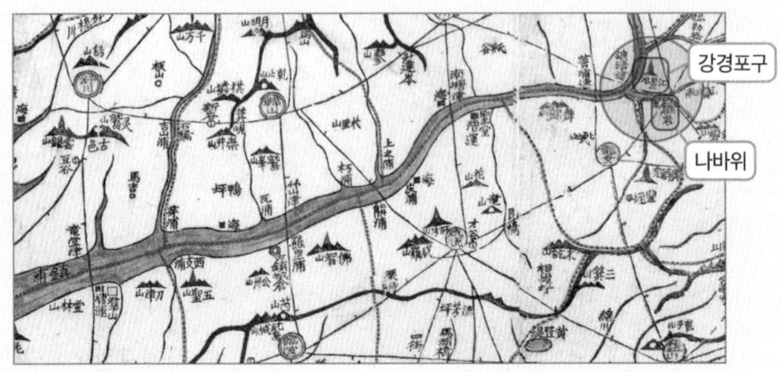

◆ 조선 시대 강경포구는 쌀을 비롯한 해산물 등의 집산이 활발하여 금강 유역에서 생산되는 농수산물을 전국으로 유통하는 중심지였으며, 경향 각지의 상품을 유입하여 금강 주변 지역으로 분배하는 역할도 하는 큰 포구였다.

라파엘호가 도착한 포구에 대해서는 두 가지 설이 있다. 하나는 '강경포구설'이고 다른 하나는 '강경포구 근처 황산포구 나바위[羅岩]설'이다. 이 전기에서는 페레올 주교가 바랑Barran(1797~1855) 신부에게 보낸 편지에서 "강경포구에서 약간 떨어진 외딴곳에 닻을 내렸다"고 전한 기록에 근거하여 '나바위설'에 따랐다. 현재 전북 익산시 망성면 화산리다.

본부에 조선에 도착했음을 알리는 편지를 썼다.

… 우리는 야음을 틈타 앞장서 가는 신자의 집으로 향하였습니다. 그 집은 흙으로 짓고 짚으로 지붕을 이은 초라한 오

두막 같은 집이었는데 방이 2개 있었고, 출입문도 되고 창문도 되는 높이 1미터짜리 문이 하나 있었습니다. 남자는 그 안에 서 있기가 힘듭니다. 관대한 집주인의 아내가 앓고 있었는데, 주인은 우리에게 숙소를 내어주기 위하여 아내를 다른 집으로 옮기게 하였습니다. 초가집에는 의자도 없고 책상도 없었습니다. 그런 고급품은 부잣집에나 있다고 합니다. 사람들은 거적을 깐 바닥에 앉는데, 그 밑에는 부엌의 화덕이 놓여 있어 아늑한 열을 유지해줍니다. 신부님, 저는 지금 무릎을 꿇고 쭈그려 앉아 이 편지를 씁니다. 상자나 내 무릎이 책상 노릇을 합니다. 나는 온종일 내 오막살이에 갇혀 있다가 밤이 되어야만 바깥 공기를 마실 수 있습니다….[2]

페레올 주교와 다블뤼 신부가 무사히 교우 집에 도착하자 김대건 신부는 6개월 동안 수고하며 생사의 고비를 함께 넘긴 사공과 선원 들에게 후한 수고비를 건넸다. 그러면서 그동안의 일에 대해서는 절대 함구해달라고 거듭하여 당부했다. 그런 다음 현석문과 최형, 이재의 등의 교우들은 남고 나머지 교우들은 집으로 돌아가서 기다리라고 하였다. 자신 역시 근처 교우 집에 머무르며 밤이 되면 페레올 주교와 다블뤼 신부를 찾아가 현재

---

2 페레올 주교가 1845년 10월 29일 파리외방전교회 본부의 바랑 신부에게 보낸 편지. 《성 김대건 안드레아 신부의 활동과 업적》, 2021 개정판, 377~379쪽.

조선 천주교의 상황을 자세히 설명하면서 앞으로의 일을 상의하였다.

"안드레아 신부, 조선에 당도하니 조선 천주교인들이 얼마나 큰 위험을 안고 살아가는지 조금은 짐작이 되네. 그리고 6년 전의 박해로 신자들이 사방으로 흩어져 깊은 산속으로 들어갔다고 하니 이제부터 다시 새롭게 출발해야 한다는 생각이 드네. 그러니 제일 먼저 믿을 만한 교우들을 여기저기 보내서 신자들이 어디서 교우촌을 이루고 지내는지 알아내야 할 것 같네."

"예, 주교님."

"다음으로는 다블뤼 신부가 조선말을 배울 수 있도록 조처해야 하네. 그래야 성사를 줄 수 있지 않겠나. 나는 조선 천주교인들의 영혼 구원을 위해 천주님께 다블뤼 신부의 목숨을 오래 보전해주시기를 기도하고 있네. 그러니 그가 고해성사를 줄 수 있을 정도의 조선말을 한시라도 빨리 배워야 하네."

"예, 주교님. 지금 여기 함께 있는 최형 베드로 교우가 그 일을 잘 해내리라 믿습니다. 최 베드로는 학식이 있어 모방 신부님 계실 때 복사를 하면서 문서를 정리하는 일을 많이 했습니다. 게다가 고향이 이곳에서 멀지 않은 곳이라 다블뤼 신부님과 함께 있으면서 조선말을 가르칠 적당한 교우촌을 찾을 수 있을 겁니다."

김대건 신부의 말에 페레올 주교는 고개를 끄덕였다.

"그렇다면 다행이네. 그럼 베드로 교우가 다블뤼 신부에게 조선말을 가르치라 하게."

"예, 주교님."

"안드레아 사제, 서양인 주교가 조선에 와 있다는 사실이 새어나가지 않을 만한 곳이 어디인지, 하루라도 빨리 그런 곳으로 옮겨 가야겠네. 지금 이곳은 외교인들이 많아 언제 발각되어 붙잡힐지 모르는 상황 아닌가. 나 한 사람이야 붙잡혀 순교하는 것도 영광이지만, 조선대목구의 주교로서 조선 천주교가 재건될 수 있도록 사목 활동을 준비하는 것 또한 중요한 일이 아닐 수 없네."

"예, 주교님. 그동안 여기 함께 있는 현석문 가롤로, 최형 베드로, 이재의 토마스와 상의해봤는데, 주교님은 제가 지난번 한양에 마련해둔 집에 계시는 것이 가장 안전할 듯합니다. 현재 그 집은 이의창李宜昌 베난시오라는 교우가 지키고 있는데, 제가 한양으로 올라가서 주교님의 안위 문제가 보장될 수 있도록 만전을 기한 후에 곧 기별을 드리겠습니다."

"한양이라면 조선의 수도인데…, 그곳에는 사람이 많을 텐데 그래도 안전하겠는가?"

"예, 주교님. 주교님이 계시는 곳이라면 아무래도 여러 사람이 드나들 수밖에 없습니다. 그렇다면 이런 한적한 시골에서는 오히려 외교인들의 눈에 띄기 쉽지만, 한양은 사람들의 왕래가 많은 곳이라 사람들이 자주 오가더라도 이상하다 여기는 사람이 없을 터이니 오히려 안전할 겁니다. 그런 까닭에 모방 신부님께서도 전에 한양에 주로 머무시면서 믿을 만한 교우들과 함께 지방에 있는 교우촌들을 사목 순방하셨습니다."

"안드레아 사제의 말을 들으니 한양으로 가는 게 옳을 성싶네. 이래서 조선의 사정을 잘 아는 조선인 사제가 필요한 거였네. 그래서 이번 겨울에는 꼭 최양업 토마스 부제가 메스트르 신부와 함께 조선에 들어왔으면 좋겠는데 천주님의 섭리와 안배에 기도할 수밖에 없네. 그러면 최 베드로가 다블뤼 신부와 함께 떠난 후에 안드레아 사제도 지체하지 말고 한양으로 떠나게."

며칠 후 다블뤼 신부가 최형과 함께 떠나자, 김대건 신부는 현석문에게 페레올 주교를 부탁하고 이재의와 함께 한양을 향해 발걸음을 옮겼다.

36

한양 돌우물골에서 사목 활동을 시작하다

11월 초, 페레올 주교는 한양 돌우물골 안가에 도착했다. 현석문과 나바위 부근 교우들과 함께였다. 페레올 주교가 집무실에 들어서서 자리에 앉자 현석문, 김 프란치스코, 집을 지키고 있던 이의창 베난시오 등 주요 교우 몇 명이 엎드려 절을 했다.

"모두들 고맙소. 교우들 덕분에 무사히 한양까지 올 수 있었소. 그러나 이제부터 시작이오. 우리 모두 천주의 안배하심을 믿고 조선 천주교회가 다시 일어서도록 전국 방방곡곡의 교우촌을 찾아가 신자들의 영혼을 위로하고 어루만져야 하오. 그리고 내년 초에 변문에 가서 메스트르 신부와 최양업 토마스 부제를 입국시키기 위해 김 프란치스코 교우가 다시 한번 수고해줘야겠소."

페레올 주교는 조선에서 천주교가 더 큰 결실을 거두도록 메스트르 신부와 최양업 부제를 가능한 한 빨리 데려오고 싶었다. 이 말에 김 프란치스코가 난처한 표정으로 어려움을 토로했다.

"주교님. 지금은 작년에 비해 의주에서 변문으로 가는 것도 힘들고, 변문에서 의주로 들어오는 것 역시 매우 어렵습니다. 아직도 조정에서는 양인 신부들이 들어올까 싶어 경계를 늦추지 않고 있습니다. 이제는 의주로 들어가는 주요한 길목마다 포졸들이 파수막을 짓고 오가는 사람들의 버선 속까지 샅샅이 뒤진다고 합니다. 의주보다는 함경도 경원을 통해서 모셔 오는 게 차라리 한두 번은 성공할 수 있을 듯합니다."

김대건 신부의 통역을 들은 페레올 주교의 표정이 어두워졌다. 변문을 수시로 오가던 김 프란치스코가 이리 말할 정도면 문제가 심각하다는 뜻이라는 걸 모르지 않았던 까닭이다. 그는 잠시 생각에 잠겼다 말을 이었다.

"그러면 내가 쓴 편지를 의주에 사는 연락원을 통해 소팔가자로 전달할 수는 있겠소? 그렇다면 내가 메스트르 신부와 최토마스 부제에게 내년 봄 함경도 경원에서 밀사들을 만나 들어올 준비를 하라고 편지를 쓰겠소."

"주교님, 편지는 제대로 전달하도록 성심을 다해 노력하겠습니다."

"좋소, 그럼 내일 편지를 줄 테니 수고를 해주시오."

"예, 주교님."

페레올 주교는 다음 날부터 김대건 신부에게 조선말을 배웠다. 김대건 신부는 지나간 반년의 세월이 어떻게 흘렀는지 알 수 없을 만큼 아득하게 느껴졌다. 함께 조선에 오지 못한 최양업 부제와 메스트르 신부님은 어떻게 지내시는지…. 김대건 신부는 마카오 대표부의 리브와 신부에게 조선 도착과 그동안의 상황을 알리는 편지를 써 내려갔다.

> 지극히 공경하올 리브와 신부님!
>
> … 저희는 여러 날 걸려 조선의 강경이라는 항구에 도착하였고, 천주님의 도우심으로 아무런 재앙 없이 교우들의 영접을 받았습니다. 페레올 주교님과 다블뤼 신부님은 주님 안에서 평안히 계시며 조선말을 공부하고 있습니다. 우리는 메스트르 신부님과 최양업 토마스 부제를 영입할 준비를 하고 있습니다. 아직 조선에는 박해 소문이 떠돌고 있지만, 교우들은 대체로 평온을 누리고 있습니다 ….[3]

김대건 신부는 틈나는 대로 중심 교우들과 번갈아 가며 한양에 있는 신자들의 집을 방문하고, 그곳에서 성사를 집전했다. 당시 한양에 사는 신자들은 대부분 외교인들과 섞여 살고 있었

3 김대건 신부가 1845년 11월 20일 한양에서 리브와 신부에게 보낸 편지. 《성 김대건 안드레아 신부의 서한》, 2020 개정판, 216~217쪽.

〈수선전도〉로 본 김대건 신부의 한양 사목 방문지

(1845년 12월과 1846년 1월)

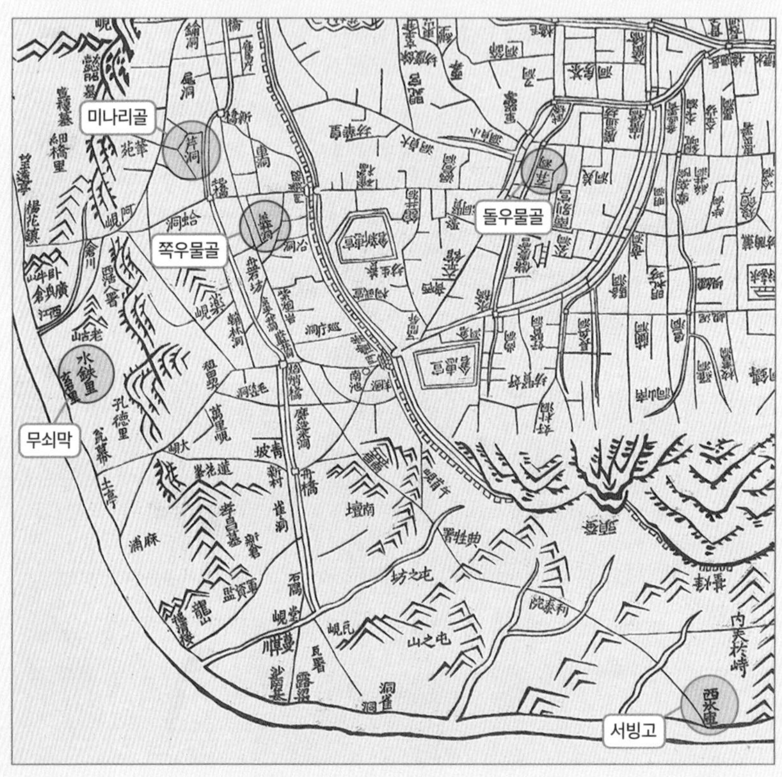

◆ 1883년부터 1887년에 걸쳐 한양에서 진행된 김대건 신부 시복 재판 때, 직접 김 신부를 만났던 생존자들이 선서를 하고 증언한 내용에 근거한 사목 방문지를 표시했다.

○ 돌우물골(석정동, 현재 을지로와 소공동 사이)
○ '미나리골'인 근동芹洞(지금의 서대문구 미근동渼芹洞)
○ 남대문 밖 '쪽우물골'(남정동藍井洞)
○ '무쇠막'(수철리水鐵里, 현재 마포구 신수동과 구수동에 걸쳐 있던 마을)
○ 서빙고西氷庫(현재 용산구 서빙고동)

다. 그런 까닭에 사목 방문을 할 때마다 확실히 믿을 만한 교인의 집에 신자들을 불러오는 형식을 취했다.

김대건 신부는 서소문 밖 미나리꽝 일대이던 '미나리골', 즉 근동芹洞(지금의 서대문구 미근동渼芹洞)의 김 회장 집에 교우들을 모아놓고 세례성사와 견진성사 그리고 고해성사를 집전했다. 무쇠솥이나 농기를 만들어 팔거나 나라에 납품하는 막幕(공방)이 모여 있는 노고산 아래의 '무쇠막'(현재 마포구 신수동과 구수동에 걸쳐 있던 마을)에 사는 심사민의 집과 남대문 밖 '쪽우물골'(남정동藍井洞, 현재 중구 봉래동 1가-남대문로 5가에 걸쳐 있던 마을)에 있는 나 베드로의 집에서도 인근에 사는 교우들을 불러 성사를 집전했다. 서빙고의 함 막달레나 집에서는 여자 교우들을 불러 성사를 집전하며 바쁘게 사목 방문을 다녔다.[4]

12월 중순이 되자 다블뤼 신부가 돌우물골 집에 도착했다. 그는 최형 베드로에게서 두 달 동안 집중적으로 조선말을 배웠다. 하지만 아직은 더듬더듬 겨우 몇 마디만 하는 수준이었다. 그러나 그는 페레올 주교에게 익숙하지 못한 조선말로 고해성사를 집전할 수 있는 권한을 줄 것을 간청했다. 만약 주교의 허락이 있다면 이듬해 초부터 신자 몇 명과 함께 사목 방문을 하겠노라고 했다. 페레올 주교는 좀 더 조선말을 배우라고 하면서

4 《성 김대건 안드레아 신부의 체포와 순교》, 제3장 시복 재판의 증언 기록, 2021 개정판, 319~321쪽.

도 하루라도 빨리 교우들에게 가고 싶어 하는 그의 열정에 고개를 끄덕이며 허락했다. 그러면서 다블뤼 신부에게 사목 방문을 하더라도 건강 관리를 하면서 조심해서 다니라고 했다.

1846년 2월, 음력설이 지나자 페레올 주교는 앞으로 올 선교사들의 보다 쉬운 새로운 입국로를 찾기 시작했다. 그는 지난해 1월 김대건 부제가 변문을 통해 의주로 들어간 뒤 산동반도에서 백령도를 오가는 뱃길이 있다는 사실을 알았다. 그러나 산동성 해안에 사는 천주교 신자가 없어서 더 이상 확인하지 못했다. 페레올 주교가 주목한 것은 바로 이 중국 산동반도에서 조선 서해의 백령도를 통한 뱃길이었다.[5]

페레올 주교는 백령도로 보내 산동반도와 연결되는 뱃길을 알아볼 사람은 신학교에서 지도학과 지리학을 공부한 김대건 신부가 적임자라고 생각하며 그를 불렀다.

"안드레아 신부, 혹시 백령도라는 섬을 들어봤소?"

"예, 주교님. 작년에 주교님을 모시러 상해에 갈 때 타고 간 배가 바로 조선 서해안의 연평도와 그 위에 있는 백령도로 조기잡이 하러 가는 배였습니다. 그때 배를 구하면서, 연평도와 백

---

5 페레올 주교는 마카오 대표부 리브와 신부에게 1845년 8월 28일 보낸 서한에서 "저는 백령도로 사람을 보내 사정을 제대로 알아보게 한 다음에 신부님께 그 결과를 알려드리겠습니다"라고 했다. 《페레올 주교 서한》, 천주교 수원교구, 2013, 315~317쪽.

령도의 조기잡이 철이 5월 초부터 두 달 정도라고 들었습니다."

"혹시 그때 중국의 산동반도에서 오는 배가 있다는 말은 못 들었는가?"

"그 말은 제가 묻지 않아서 듣지 못했습니다만, 교우들을 통해 알아보겠습니다."

"그럼 만나서 알아보게. 내가 작년에 소팔가자에서 알아보니 산동반도 맞은편에 있는 백령도라는 섬에 다녀오는 배가 있다고 들었네. 그러나 정작 산동에는 아직 교우들이 없어서 더 자세히 알아보지는 못했지만 산동에서 백령도를 다녀온 사람이 있다니 틀림없을 걸세. 그러니 이번 조기잡이 철이 되면 안드레아 신부가 백령도에 직접 가서 산동에서 오는 배가 있는지 좀 알아봐 주게. 그중에서 우리가 보내는 편지를 만주 소팔가자로 전하여 그곳에서 조선 선교사를 데려오는 일을 도와줄 믿을 만한 사람이 있는지도 좀 알아보고 오게."

"예, 주교님. 알아보고 말씀드리겠습니다."

"안드레아 신부, 자네와 또 한 가지 상의할 일이 있네. 조선대목구 재정을 좀 살펴야겠네. 작년에 이곳으로 올 때 내가 마카오 대표부에서 조선대목구에 할당된 운영비를 갖고 왔지. 하지만 언제 다시 마카오에서 오는 운영비를 받을 수 있을지는 알 수 없네. 그래서 작년에 안드레아 신부의 말을 듣고 상해에서 좋은 포목을 사 가지고 와서 강경에 있는 교우에게 좋은 값에 팔았던 것처럼, 조선에서 믿을 만한 교우들을 시켜 장사를 해서

운영 자금을 늘릴 방법이 있는지도 알아보게."

지난 몇 달 동안 돌우물골로 찾아와 교리도 듣고 성사도 보는 신자들이 늘어나면서 소요되는 쌀의 양이 점점 늘고 있었다. 그리고 다블뤼 신부의 경우 지방으로 사목 활동을 떠날 때 안전을 위해 서너 명의 교우들과 함께 다녔기 때문에 주막을 이용하는 비용도 계속 들어갔다. 박해를 피해 산으로 들어간 신자들의 사정이 뻔하니 재정의 궁핍은 어쩔 수 없는 현실이었다.

"예, 주교님. 제가 몇몇 교우들과 상의해보겠습니다. 그리고 작년에 강경에서 만난 구순오具順五라는 교우가 장사를 크게 하고 있으니 두루 알아보고 말씀드리겠습니다."

김대건 신부는 이때부터 현석문, 이재의, 김 프란치스코 그리고 돌우물골 집을 지켰던 이의창 등과 상의를 했다. 결론은 페레올 주교가 마카오에서 가져와 남은 금과 은을 강경의 구순오를 통해서 환전하고, 그 돈에서 황포돛배 한 척과 쌀 40섬(80가마니, 당시 6,400kg)과 교우촌에서 재배하고 이문이 많이 남는 남초南草(담배) 50척隻(말린 담뱃잎을 묶은 보따리)을 사서 교우들이 장사를 하기로 했다. 배는 마포에 사는 임치백林致伯(1803~1846)의 아들인 임성룡林成龍이라는 교우에게 맡겨 물품의 운송 수단뿐 아니라 훗날 백령도에서 사제들을 한양으로 입국시킬 때 사용하기로 했다.[6] 임치백은 당시에는 세례를 받지 않았지만 천

---

6 사공 엄수의 두 번째 문초와 선주 임성룡의 세 번째 문초에서 나온 대답. 《성 김대건 안드레아 신부의 체포와 순교》, 2021 개정판, 89~91쪽.

주교 교인들과 오랫동안 교류하면서 많은 선행을 베풀어 믿을 만했고, 아들 임성룡은 가끔 돌우물골 안가에 와서 교리를 듣는 예비신자였다.

37

10년 만에 어머니를 만나다

조선대목구 운영을 위한 구상이 마무리되자, 김대건 신부는 페레올 주교에게 한 가지 청을 올렸다. 지난해 한양에 왔을 때 경기도에 계신 어머니를 뵙지 못했으니 어머니에게 인사를 드릴 겸 경기도 지방을 중심으로 사목 순방을 하다가 부활절 무렵에 돌아오겠다는 것이었다. 페레올 주교는 그때쯤 메스트르 신부와 최양업 부제가 무사히 입국하여 한양에 도착하면 좋겠다고 하면서 김대건 신부에게 경기도 교우촌뿐 아니라 다른 지역도 순차적으로 순방해야 하니 조심해서 다녀올 것을 당부했다.

김대건 신부는 미사 제구를 보자기에 싸서 챙긴 후, 이의창 베난시오와 함께 길을 떠났다. 40대 중반의 이의창은 1801년 신유박해 때 함경도 단천으로 유배되었다가 사망한 기호남인

학자인 복암茯菴 이기양李基讓(1744~1802)의 손자였다. 예조참판을 지낸 이기양은 본관이 광주廣州 이씨李氏로 성호 이익의 문하였으며, 다산 정약용이 묘지명을 쓸 정도로 덕망이 높은 학인이었다. 또한 이의창의 부친은 조선 천주교회 초기 연구 모임에 참석한 적이 있는 이총억李寵億(1764~1822)의 동생인 이방억李龐億으로, 3대에 걸쳐 천주교를 믿는 양반가의 교우였다.[7] 김대건 신부는 부제 시절부터 신앙심이 좋고 학식이 풍부한 그를 깊이 신임했다. 그런 연유로 이번 교우촌 사목 순방 중 미사 때 복사를 서게 할 생각으로 동행한 것이다.

김대건 신부와 이의창은 동작나루를 건너 남태령을 넘었다. 어릴 적 청파에서 한덕골로 갈 때 지났던 이 익숙한 길을 걷자니 당시의 일이 어제 일처럼 생생히 떠올랐다. '그때는 할아버지와 아버지, 숙부 그리고 갓난쟁이 난식이를 등에 업은 어머니, 누님과 함께 갔었지…. 그런데 그동안 할아버지와 숙부는 내가 조선을 떠나기 전에 이미 돌아가셨고, 내가 떠난 후 누님은 출가했다지. 하지만 기해년에 자형 되는 이가 아버지를 관아에 고발하는 바람에 집안은 풍비박산이 나고, 아버지는 결국 위주치명을 하셨으니 그때 누님의 심정이 어떠했을까…, 지금은 어디서 어떻게 살고 계실까…. 그 일이 있은 후 어머니는 은이

7 이의창 가문에 대해서는 《성 김대건 안드레아 신부의 체포와 순교》, 2021 개정판, 71~73쪽.

교우촌에서 난식이를 데리고 동가식서가숙東家食西家宿하다가 지금은 은이 마을 위쪽 골배마실의 구석진 산골짜기 빈집에서 동생 난식이와 함께 사신다니 그 형편이 오죽하실까….'

"안드레아 신부님, 무슨 생각을 그리 골똘히 하십니까?"

"베난시오, 실은 내가 어릴 때 청파에서 살다가 이 길로 용인의 한덕골로 갔었다오. 그때 생각이 나서 잠시 넋을 놓고 걷게 되었소."

"신부님, 사실 저는 작년에 처음 한양에 오셨을 때 자당(어머니)을 뵈러 가실 줄 알았습니다. 그런데 연락조차 하지 말라 하셔서 무척 놀랐습니다."

"베난시오, 그때는 무사히 상해로 가서 페레올 주교님을 모시고 와야 한다는 생각밖에 없었소. 내가 조선에서는 신분을 감추기 위해 이렇게 흰색 두루마기를 입지만, 신학생 때부터는 검은색 옷을 입었소. 그건 세상에서는 죽었고 앞으로는 오직 천주를 위해서 살겠다는 뜻이오. 물론 세속과의 인연을 끊는다고 혈육의 정을 끊는 건 아니지만, 혈육보다는 천주님의 일을 먼저 하는 게 검은 옷을 입는 신학생들과 사제들의 삶이고 운명이오."

"아, 그렇군요. 언제 한번 그 검은 옷을 입으신 모습을 뵐 수 있으면 좋겠는데, 그런 날이 조선에도 올까요?"

"베난시오. 나는 우리 조선에서도 천주교를 마음 놓고 봉행할 수 있는 날이 머지않아 온다고 믿고 있소. 물론 그때가 언제일지, 내가 살아 있을 때일지 아니면 나도 앵베르 주교님이나 모방 신부님, 샤스탕 신부님처럼 위주치명을 한 후가 될지는 모른다오. 그 모든 것이 천주님의 섭리이기 때문이오. 하지만 그날이 꼭 올 것이라 믿소."

"신부님의 말씀을 들으니 그런 날이 반드시 오리라는 믿음이 생깁니다. 하지만 그동안 얼마나 많은 치명의 피가 흐를지 그게 걱정입니다…."

"베난시오, 〈요왕복음(요한복음)〉에 보면 '나는 양들을 위하여 목숨을 내놓는다'(10장 15절)라는 구절이 있소. 우리 천주교는 예수께서 십자가에서 치명 당하신 이후 로마 시대부터 치명자가 흘린 붉은 피가 씨앗이 되어 오늘날 전 세계에 걸쳐 수많은 신자가 생겨났소. 그래서 조선으로 오는 주교님들이나 신부님들은 치명을 최고의 영광으로 생각하고 있다오. 그동안 많은 교우와 주교, 신부님 들이 흘린 치명의 붉은 피가 우리 조선 천주교회를 번성케 하는 씨앗이 될 것이 틀림없소. 그러니 결국 우리 조선에서도 천주교를 마음 놓고 봉행하는 날이 올 것이고, 신자들이 또한 삼천리 방방곡곡에 넘쳐날 것이오."

"예, 신부님. 그날까지 신부님께서 무탈하셔서 지금 산속에서 성사 볼 날을 기다리는 교우들의 영혼을 위로해주셔야 합니다. 신부님은 양인 신부님과 달리 외모가 같은 우리 조선인이시니까 별문제 없을 것 같지만 말입니다. 하하."

"그래서 모방 신부님께서는 조선인 신부가 있어야 한다고 하셨던 게지요. 10년 전 모방 신부님께서 세 명의 신학생을 선발하여 오문에 보내셨던 까닭을 요즘 절감한답니다. 안타깝게도 그중 제일 공부를 잘하던 최방제가 먼저 세상을 떠났고, 그 다음으로 공부 잘하던 최양업 토마스는 아직 만주에 있지 않소. 토마스가 하루빨리 오면 큰 도움이 될 텐데…."

김대건 신부와 이의창이 주거니 받거니 이야기를 하는 사이 인덕원을 지나 주막이 모여 있는 너덜이 마을(판교)에 도착했다. 60리(24km)를 걸어왔기에 두 사람은 주막에서 국밥을 먹으면서 잠시 쉬기로 했다.

"베난시오, 이제 딱 절반을 왔소. 서둘러 가면 오늘 밤쯤이면 골배마실에 도착할 수 있을 듯하오. 하지만 깜깜한 밤중에 이 집 저 집 다니며 물을 수는 없는 일 아니오. 허니 오늘은 이대로 용인 읍치에 가서 하룻밤 묵읍시다. 그런 다음 내일 아침에 베난시오가 먼저 은이나 골배마실에 가서 어머니 계신 집을 알아봐 주시오. 나는 아무래도 어두운 밤에 가는 게 좋겠소이다. 은이 쪽에는 나를 기억하는 신자들이 있을 법도 하니 어둠이 내리면 소리 없이 다녀오는 게 좋겠소. 아무려나 소문나서 좋을 게 없지 않겠소."

"알겠습니다, 신부님. 제가 내일 아침 일찍 골배마실 쪽으로 가서 은밀히 알아 오겠습니다. 그런데 아우님 함자가 어떻게 되는지요?"

"난초 난蘭에 심을 식植 자를 씁니다. 아명은 공경할 경敬에 다섯 오五를 썼소. 정해년(1827년)생이니 아직 혼례는 안 치렀을 것 같지만 전혀 소식을 들은 바 없어 알 수가 없소이다."

"알겠습니다. 제가 내일 다녀오겠습니다. 만약 자당을 뵙게 되면 신부님께서 신품을 받고 오셨다는 말씀을 미리 드리는 게 좋을 듯합니다만…."

"예, 미리 귀띔해드리는 게 좋을 듯합니다. 그러나 제가 가더라도 절대 밖으로는 나오지 않도록 말씀 전해주세요."

"예, 신부님."

그날 밤, 김대건 신부는 어머니를 만날 생각에 잠을 제대로 이루지 못했다. 교우촌 부근에 계신다니 영혼 사정은 괜찮으시겠지만, 얼마나 가슴 졸이며 험난한 세월을 건너셨을지를 생각하면 마음이 아팠다.

골배마실은 용인 읍치에서 30리(12km)가 넘는 은이 윗마을, 일명 '상뜸이'에 있는 깊은 산골짜기에 위치했다. 예전에 살던 성애골만큼이나 깊은 골짜기라 낮인데도 인적이 없고, 산언덕에서는 금방이라도 멧돼지나 산짐승이 나타날 것 같은 곳이었다. 김대건 신부는 10년 전으로 세월을 거슬러 간 듯하여 울컥했지만, 신부가 사사로운 감정 때문에 교우 앞에서 눈물을 보일 수는 없는 일이었다. 이의창을 따라 골짜기로 한참을 들어가자 조그만 초가집이 눈에 잡혔다.

"신부님, 저기 저 집입니다. 자당께서 지금 안에서 기다리고 계십니다. 저는 여기서 혹시나 외교인들이 오지는 않는지 살피고 있겠습니다."

〈광여도〉로 본 골배마실(경기도 양지현 부분도)

◆ 골배마실은 김대건 신부가 어린 시절 살던 한덕골(성애골)에서 어은산을 넘어 다니던 은이 공소 부근에 있었다. 그는 1846년 3월부터 4월 중순까지 이 부근의 교우촌을 다니며 사목 순방했다.

10년 만의 모자 상봉을 방해하지 않으려는 배려였다. 그는 고개를 끄덕이며 천천히 초가집 앞으로 나아가다 문득 발걸음을 멈췄다. 그러고는 다시 한번 주위를 살핀 후 낮은 목소리로 아뢰었다.

"어머니, 재복이옵니다."

말을 마치자마자 안에서 문이 열렸다. 동생 난식이 촉촉해진 눈빛으로 문밖을 내다보며 그를 맞았다. 그가 방으로 들어서자마자 어머니 장흥 고 씨에게 큰절을 올리며 목멘 소리로 말했다.

"소자, 10년 만에 어머니를 뵈옵니다…."

"장하십니다. 드디어 신품을 받고 오셨네요. … 어미가 이날을 얼마나 기다렸는지 모릅니다…. 이제 이 어미는 당장 죽어도 여한이 없습니다. 그동안 얼마나 고생이 많으셨습니까…."

울음을 삼키면서 대꾸하는 동안 어머니는 연신 옷고름으로 하염없이 흐르는 눈물을 찍어냈다.

"고생이라니요. 어머님이야말로 고생하셨지요. 소자 만리타향 오문 땅에서 지내느라 아버님께서 위주치명을 하셨다는 소식을 3년이 지나서야 듣고 얼마나 가슴 아팠는지 모릅니다. 모진 곤욕을 치르신 어머니께서 아우와 함께 은이에서 고생하신다는 소식을 들었을 때는 창자가 끊어지는 것 같았습니다…."

'그리스도의 대리자'인 신부가 되었지만 10년 만에 만난 어머니 앞에서는 사람의 아들이었다. 그는 어머니에게 경어를 쓰지 말고 편하게 하시라고 말씀드렸지만, 어머니는 단호히 고개를 가로저었다.

"아닙니다, 신부님. 신부님이 10년 전 이 집을 나서실 때 나 신부님(모방 신부가 사용하던 조선 성씨)께서 이제부터는 천주님의 자식이라고 하셨습니다. 그러니 신부님은 어미 걱정일랑은 하지 마시고, 신자들의 구령 사업에 힘쓰셔야 합니다. 그리고 우리 모자도 이제는 여기 산골짜기에서 지낼 만하고 난식이도 장성하였으니, 모두가 천주님의 안배인 줄 압니다."

그제야 옆에서 눈시울을 붉히던 난식이 그를 향해 큰절을 올렸다.

"형님 신부님께 아우 문안드립니다. 그동안 머나먼 타국 땅에서 신품 공부하시느라 얼마나 고생이 많으셨는지요? 10년 만에 신품을 받으시고 조선의 수선탁덕이 되어 돌아오셨으니 감격스러울 따름입니다. 아버지께서 살아 계셨다면…."

동생도 그동안의 고생과 서러움이 북받쳐서였을까, 아니면 10년 만에 조선의 첫 번째 사제가 되어 돌아온 형을 만난 감격에 겨워서였을까, 그도 아니면 이리 영광스러운 모습으로 돌아온 형을 보지도 못하고 치명하신 아버지를 떠올려서였을까…, 난식은 말을 잇지 못하고 엎드린 채 끄억끄억 울기만 했다. 흐느끼는 아우를 안쓰럽게 바라보는 김대건 신부를 앞에 두고 어머니가 몸을 일으켰다.

"신부님, 어미가 해주는 따뜻한 밥 한 그릇 자셔야지요. 이제 밖에 있는 손님도 들어오시라 하세요. 먼 길 오셨으니 함께 자셔야지요."

"예, 어머님."

그는 조용히 밖으로 나가 먼 곳을 바라보는 이의창에게 다가갔다. 어머니가 상을 차리시니 들어가서 함께 들자고 권했다.

"신부님, 그동안 지친至親 간에 밀린 이야기들이 많으실 텐데 제가 함께해서야 되겠습니까? 저는 여기서 좀 더 기다릴 테니, 제 염려 마시고 자당과 더불어 편하게 말씀 나누세요."

"베난시오. 어머님은 오랫동안 천주님을 공경하신 분이시라 이미 나를 당신의 아들이 아니라 천주님의 아들이라 여기신답니다. 그러니 함께 식사하면서 이 근처 교우들 영혼 사정을 함께 여쭤보며 우리가 알아 온 동네가 맞는지 확인하고 떠납시다."

"예, 신부님. 그리 말씀하시니 더는 사양하지 못하겠습니다. 함께 들어가시지요."

방에 들어서니 상은 이미 차려져 있었다. 어머니는 어디서 구해 오셨는지 하얀 쌀밥을 고봉에 넘치도록 퍼 담아 내오셨다.

"어머니 그냥 드시던 대로 준비하셔도 되는데, 어디에서 이 귀한 쌀을 구해 오셨어요?"

"신부님, 그래도 아직 형편이 괜찮은 교우들이 몇 집 있답니다. 오늘 아침에 기별을 받고 구해 왔습니다. 어미가 꼭 해주고 싶었던 밥이니 편안히 많이 드세요. 손님 교우님도 많이 드시고요…."

어머니는 다시 목이 메는 듯 더 이상 말을 잇지 못했다. 그러자 김대건 신부가 자신의 밥그릇에서 절반을 덜어 어머니에게 드렸다. 이의창도 절반을 덜어 동생 난식에게 건넸다. 얼마 후 식사가 끝나고 상을 물리자 어머니는 소반에 숭늉을 담아 내오셨다.

"어머니, 여쭐 말씀이 있습니다."

"말씀하세요, 신부님."

"은이와 양지 쪽 교우들의 영혼 사정이 어떤지 알아야겠는데, 혹시 이 부근에 공소가 있는지요?"

"신부님, 지난번 기해년 군난 때 은이 공소와 굴암, 한덕골 공소는 포졸들이 하루가 멀다 하고 들이닥쳐 쑥밭이 되었습니다. 잡혀간 교우들도 있고, 운 좋게 산으로 도망간 교우들도 있지만, 모두 뿔뿔이 흩어졌습니다."

어머니는 잠시 말을 끊고 깊은 한숨을 내쉬셨다.

"그래서 지금은 은이 부근에 몇 집이 있고, 양지 음다라니에 교우촌이 만들어졌다는 말을 들었지요. 용인 쪽에는 교우들이 많아 공소가 있다는 말도 전해 들었습니다. 그러고는 골배마실에 몇 집, 회가마골에 몇 집이 있지만, 모두들 조심하느라 내색을 안 하며 숨어 지내기 때문에 영혼 사정이 말이 아닙니다…."

그때 아우 난식이 말을 거들었다.

"제가 작년에 한덕골 북쪽에 있는 회가마골로 품을 팔러 간 적이 있습니다. 거기서 일하시는 분들이 대부분 옹기촌에서 오신 교우님들이라 거기에 가면 교우촌 사정을 좀 살피실 수 있을 듯합니다."

"혹시 그때 만났던 교우들 이름이나 성을 알 수 있겠느냐?"

"예, 공주에서 온 '박 도마(토마스)'라는 분이 회장으로 계신데, 거기서는 '공주 박 영감'이라 부릅니다. 제 이야기를 하면 얼른 말을 트실 수 있을 겁니다."

"그래, 고맙다. 네 덕분에 교우들을 수월하게 만날 수 있겠구

나. 어머니, 따뜻한 밥 맛나게 잘 먹었습니다. 허나 송구스럽게도 오늘은 이만 일어나야 할 듯합니다. 다음에 이 부근에 다시 올 터이니 그때 다시 연락드리겠습니다. 당분간은 제가 다녀갔다는 말을 아무에게도 하지 말아주십시오."

"신부님, 그건 염려 마십시오. 이렇게 얼굴이라도 보고 손이라도 잡아보니 꿈인지 생시인지 모르겠습니다. 부디 조심 또 조심하세요…."

"예, 어머니. 어머니께서도 천주의 안배를 믿으시고 편히 지내고 계십시오. 오늘은 제가 성사를 못 봐드리지만, 어머님과 동생에게 강복을 드릴 테니 이 앞으로 오세요."

김대건 신부는 어머니와 동생이 고개를 숙이자 머리 위로 십자성호를 그으며 강복을 하였다. 그가 문을 열고 나가려 하자 어머니가 간절한 눈빛으로 뒷모습을 보며 말했다.

"신부님, 다음에 오시거들랑 하룻밤 주무시고 가세요."

"예, 어머니. 바쁜 일 정리되면 와서 하룻밤 자고 갈 테니, 오늘 이렇게 훌쩍 다녀간다고 너무 섭섭하게 생각지 마시고 건강하게 지내세요. 그리고 아우는… 어머니를 잘 부탁한다."

"예, 신부님."

골배마실 집에서 나온 김대건 신부는 이의창에게 말했다.

"베난시오 덕분에 어머니를 잘 뵙고 가오."

"신부님도 별말씀을 다 하십니다. 그래도 자당께서 기뻐하시는 모습을 뵈니 저도 마음이 좋습니다. 그러면 이제 회가마골로 가시려고요?"

"그래야지요. 거기서 박 도마라는 교우를 만나보면 이 부근 교우촌이나 교중 사정을 알 수 있을 듯합니다."

김대건 신부와 이의창은 다시 주막에 들었다가 이튿날 회가 마골을 향해 발걸음을 옮겼다.

38

경기도 교우촌을 다니며 신자들에게 성사를 베풀다

마음이 급했던지 회가마골 근처에 도착했을 때는 아직 날이 밝았다. 김대건 신부와 이의창은 근처에서 어두워지기를 기다리다가 땅거미가 질 때쯤 마을로 들어가 '공주 박 영감 댁'을 물었다. 마을 사람은 그와 이의창을 위아래로 훑어보았다. 이의창이 한양에서 물건을 주문하러 온 참인데 도착이 늦어서 그렇다고 사정을 하니 그제야 박 도마의 집으로 안내해주었다.

"혹시 골배마실 사는 김난식을 아시는지요?"

이의창의 말에 박 도마는 경계의 빛을 나타내며 퉁명스럽게 대답했다.

"전에 며칠 일하다가 간 이인데, 잘은 모르오. 왜 그러시오? 혹시 그자가 무슨 몹쓸 짓이라도 했습니까?"

"아, 아닙니다. 이분이 김난식의 형님 되시는 분이십니다."

그 말에 박 도마는 깜짝 놀라며 되물었다.

"혹시 천주학을 하오?"

"예, 천주를 공경하는 교우이니, 안심하셔도 됩니다."

"참말이오?"

그때 김대건 신부가 갖고 있던 묵주와 십자고상 그리고 성모상본을 꺼내어 보여주자, 이의창이 나섰다.

"박 도마 어르신, 이분은 김난식의 형님으로 중국에서 10년 동안 신품 공부하신 끝에 신품을 받고 오신, 조선의 첫 번째 신부님이신 김대건 안드레아 신부님이십니다."

그 순간 박 도마는 깜짝 놀라며 되물었다.

"김난식의 형이 신품 공부하러 중국으로 건너갔다는 얘기는 들었습니다만, 조선인 신부님이시라니 도무지 믿기지가 않습니다…."

"지금은 자세히 설명할 수 없으나, 이분이 중국에서 신품을 받고 오신 김 신부님임에는 틀림이 없소. 가져오신 미사 제기를 보면 믿으시겠소?"

이의창은 가져온 보자기를 풀러 미사 제기를 보여주었다. 그러자 박 도마는 김대건 신부를 향해 큰절을 했다.

"김 신부님, 몰라뵈었습니다. 심히 불편을 끼쳐 송구합니다. 이 죄인을 용서하십시오."

김대건 신부가 빙그레 웃으며 말했다.

"그게 어디 박 도마의 잘못이겠소. 잦은 군난을 겪다 보니 이렇게 조심하고 또 조심하는 건 당연한 일이오. 오히려 이런 신중한 모습을 보니 마음이 놓이오."

"김 신부님, 조금만 기다리십시오. 제가 가서 교우들을 불러오겠습니다. 여기는 교우촌이라 걱정하지 않으셔도 됩니다."

잠시 후 교우들은 뜻밖에 신부가 찾아왔다는 소리에 한걸음에 달려왔다. 와서 보니 양인 신부가 아니라 조선인 신부가 빙그레 웃고 있으니 더욱 깜짝 놀랐다. 이의창이 교우들을 향해 설명했다.

"교우님들, 이분이 10년 전 한덕골에 계시다 나 신부(모방 신부)께서 신학생으로 뽑아 만리타향 오문으로 신품 공부를 하러 떠나셨다가 몇 달 전에 신품을 받고 돌아오신 김대건 안드레아 신부님이십니다. 이제 조선에도 조선인 신부가 있고, 교우님들은 조선말로 성사를 보실 수 있게 되었습니다."

그의 설명에 교우들은 엎드려 절을 하며 감격의 눈물을 흘렸다.

"박 도마 교우님 덕분에 교우님들을 만나 반갑습니다. 그동안 큰 군난이 여러 차례 있었지만, 오직 천주를 공경하는 마음으로 이렇게 깊은 산중에 교우촌을 이루고 교우들끼리 서로 의지하며 사는 모습을 보니 반갑고 또 고맙습니다. 천주님은 찬미받으소서."

김대건 신부가 교우들을 바라보자 박 도마가 다급한 표정으로 물었다.

"김 신부님, 그동안 영혼 사정이 위태하여 염려되었는데 지금 고명(고해)을 바쳐도 되겠는지요? 나 신부님과 정 신부(샤스탕 신부)님께서 위주치명을 하신 후 성사를 보지 못했습니다. 헤아려주십시오."

박 도마의 말에 김대건 신부는 가슴이 먹먹했다. 영혼 사정이 이럴 줄을 짐작하지 못한 바는 아니었지만, 신부를 보자마자 고해성사를 통해 영혼 구원을 받고 싶어 하는 양들을 마주하며 앞으로 더욱 열심히 발품을 팔아야겠다는 각오를 새롭게 다졌다. 그는 방 안을 둘러보며 말했다.

"여기 한쪽에 고해 발(신부와 신자 사이의 가림막)을 드리워야겠지만 아쉬운 대로 종이나 볏단이라도 가져와 임시로 고해 발을 만들고 벽에 십자고상을 걸 수 있게 해주시오."

그의 말에 교우들이 서둘러 준비를 마치자 박 도마가 말했다.

"김 신부님, 그럼 저부터 고명을 바치겠습니다."

"그럼 다른 교우들은 마당에서 기다려주시오."

교우들이 마당으로 나가자 박 도마는 고명을 했다. 김대건 신부가 죄 사함을 내리자 박 도마는 '휴우' 하고 안도의 한숨을 내쉬며 말했다.

"김 신부님, 이제 제 영혼이 죄 사함을 받았으니, 저는 당장 죽어도 여한이 없습니다…."

박 도마의 이 말에 성사를 받지 못하고 돌아가신 할아버지와 삼촌이 떠올라 김대건 신부는 가슴이 아렸다. 회가마골 교우들은 고해성사를 정성으로 바친 후, 밤이 깊었음에도 미사를 드려달라고 했다. 이들의 청을 흔쾌히 받아들인 김대건 신부는 이의창에게 밖에 나가 제대로 삼을 만한 큰 바위를 찾아보라고 하였다. 그러자 교우들도 너나없이 함께 따라나섰다. 잠시 후 마땅한 너럭바위를 찾아냈고, 교우들은 횃불을 준비했다. 김대건 신부와 이의창이 미사 준비를 하자 동네 아낙들이 자신들도 미사에 참례하고 싶다는 듯 먼발치에서 서성거렸다. 당시에는 남녀가 함께 미사에 참례하려면 남녀 사이를 가로막을 병풍이나 광목 가림막이 있어야 했다. 그렇다고 여교우들을 위해 또 한 번의 미사를 드리기에는 시간이 너무 늦었던 터라 이의창에게 다음 방문 때는 광목 가림막을 가져와서 함께 참례할 수 있게 하겠다는 말을 전하라고 일렀다. 그런 다음 김대건 신부는 회가마골 교우촌에서 미사를 드렸다.

미사를 마치자 교우들이 그를 다시 박 도마의 방으로 모셨다. 동네 아낙들이 삶은 감자를 양푼 가득 내왔다. 그때부터 김대건 신부와 이의창이 감자로 허기를 때우며 이 부근에 흩어진 가련한 교우들이 어디서 어떻게 사는지와 그들의 영혼 사정을 알고 싶다고 묻자 박 도마가 기다렸다는 듯이 말했다.

"김 신부님, 지금 교우들은 옹기 굽는 점말(점촌店村, 옹기촌)에 많습니다. 산에 붉은 진흙이 보이고 근처에 나무만 있으면 가마를 지어 옹기를 구울 수 있기 때문입니다. 그렇게 구운 옹기를 팔러 장터를 도는 옹기장사꾼들이 교우들 사이의 연락을 맡습지요. 이들은 어떤 지방에 군난이 일어났는지, 그 진상은 어떠하고 어떤 지방이 더 안전한지, 피해를 입은 교우촌에 살던 신자들은 어디에 숨어 있는지, 언제쯤 신부님이 다시 조선에 오실지와 같은 내용을 서로 나눕니다. 그래서 흩어져 사는 교우들끼리 서로 소식을 전하며 연락을 취할 수 있답니다."

"경기도에도 점말이 있소이까?"

이의창이 물었다.

"이천 쪽에 제가 아는 점말이 있습니다. 내일 날이 밝으면 제가 모시고 가겠습니다. 점말 교우들은 수지 맞았습니다. 하하."

"그럼 박 도마 교우가 수고 좀 해주시오."

"그럼입죠, 신부님. 허면 밤이 늦었으니 오늘은 누추하지만 이 방에서 주무시고 내일 아침 조반을 드신 뒤에 저와 함께 떠나시지요. 여기서 이천까지는 80리(32km) 길이지만, 이천에서 점말까지는 또 20리(8km)를 더 가야 하니 길이 멉니다. 아침에 떠나면 밤이 되어야 도착할 터이니, 제가 여기 교우 중 발 빠른 사람에게 내일 새벽에 먼저 떠나도록 이르겠습니다. 그이가 먼저 출발하면서 가는 길에 주변도 살피고 점말 교우들에게 신부님 영접할 준비도 해놓도록 당부하겠습니다."

"그렇게까지 신경을 써주니 고맙소. 그럼 미리 가서 고해 발을 만들 수 있는 광목과 벽에 십자고상을 걸 수 있는 흰색 벽지나 천을 준비하라고 일러주시오. 미사를 드릴 적당한 바위도 봐 주시고요."

"예, 김 신부님. 신부님께서 방문하신다는 소식을 들으면 점말 교우들이 얼마나 기뻐할지 눈에 선합니다. 제 욕심 같아서는 신부님과 날이 밝도록 말씀도 나누고, 교리도 듣고 싶지만 피곤하실 테니 저희들은 이만 물러가겠습니다."

박 도마와 교우들이 물러가자 김대건 신부와 이의창은 이곳을 찾은 보람이 있다며 미소를 지으면서 잠자리에 들었다. 다음 날, 김대건 신부는 박 도마의 안내로 무사히 이천 점말의 사목 방문을 마쳤다. 점말을 나오는데 박 도마가 물었다.

"김 신부님, 이제 어디로 가실 예정이신지요?"

"용인에 공소가 있다는 말은 들었지만, 어디에 있는지 알아보려고 하오."

"김 신부님, 용인의 검은정이(검은쟁이, 용인시 처인구 이동면 묵리)에 믿음 좋은 가정이 있습니다. 내포에서 오랫동안 신앙생활을 하다가 온 함평 이씨 후손 집입니다. 오래전에 안성의 미리내에서 살다 왔는데, 그 집 큰아들인 이민식李敏植(1829~1921) 빈첸시오가 앞으로 신품 공부를 하고 싶다며 장가도 가지 않을 정도로 믿음이 좋습니다. 저의 집사람이 가끔 그 집에 들러 빈첸시오의 어머니인 김 막달레나를 만나는데, 빈첸시오가 열일곱 살이지만 스무 살도 넘은 청년처럼 기골이 장대하다고 하고, 이 부근 공소와 교우 들을 잘 아니 길잡이로 데리고 다니시는

김대건 신부의 경기도 사목 방문지와 기록

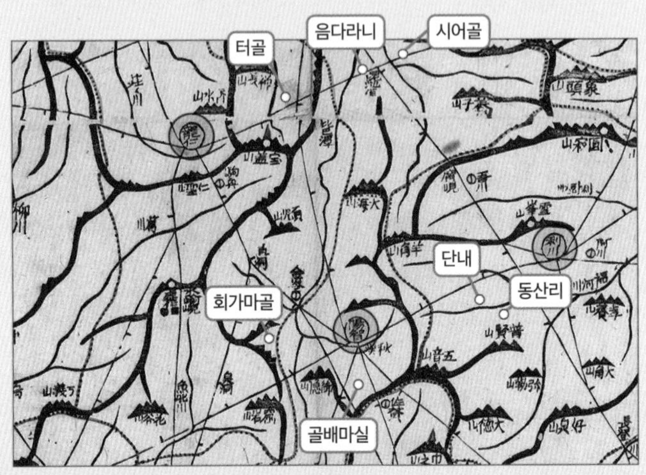

◆ 김대건 신부는 1846년 3월부터 4월 중순까지 경기도 골배마실(은이 상뜸이)을 중심으로 이천, 용인 지방을 다니며 신자들을 만나고 성사를 집전했다. 이때 사목 방문 장소 중 현재 알려진 곳은 양지 터골(현재 용인시 처인구 양지면 제일리), 음다라니(응달안리, 용인시 처인구 양지면 대대리), 회가마골(굴암산 위쪽), 이천의 단내(호법면)와 그 아래 동산밑(동산리), 시어골(광주시 도척면) 등이다.

경기도 이천 단내면 출신으로 병인박해 순교자인 정은鄭溵(바오로, 1804~1867)의 후손인 정규량鄭圭良(레오) 신부가 집안의 신앙 내력을 저술해 1931년에 펴낸 필사본 《정씨가사鄭氏家史》에는 김대건 신부가 사목 방문할 때의 모습이 생생하게 서술되어 있다.

김대건 신부는 이천 동산밑(동산리)을 거쳐 단내 정은의 집을 여러 차례 방문했다. 성사를 주러 다닐 때는 밤 시간을 이용했다. 미사 짐도 없이 이천 동산밑에 들렀다가 단내에 도착해, 정은의 집 대문 밖에서 "정 생원, 정 생원" 하며 불렀다. 그리고 함께 온 복사는 "김 신부님께서 성사를 주시러 오셨으니 주저하지 말고 빨리 나오시오"라고 했다. 이에 식구들은 이웃들이 눈치챌까 쉬쉬하며 김 신부를 방으로 모시고 성사 받을 준비를 했다고 한다. 그것은 벽에 깨끗한 종이를 붙이고 그 위에 숨겨놓았던 십자가를 정성스럽게 걸어두는 것이었다. 김대건 신부는 정은의 집에서 10여 명의 고해자들에게 고해성사를 준 후 떠났다. 신자들이 집 밖으로 나와 전송하려 하면 진심으로 만류하면서 "내가 이렇게 밤을 타서 교우들을 찾아다니는 것은 내 조심도 하며, 교우들에 대한 외인 이목耳目도 조심하기 위하여 이렇게 밤에 다니는 것이니 부디 나오지 말고 집 안에 조용히 있으시오"라고 만류했다.

_〈가톨릭신문〉 1998년 7월 5일 자 〈성 김대건 신부 사목 발자취를 찾아서〉, 2021년 5월 30일 자 〈단내 성가정 성지〉 참조

김대건 신부는 체포되었을 당시 교우들에 대해서는 단 한 마디도 하지 않았다고 기록에 전한다. 실제로 그가 여러 번 다녀갔던 이천 단내의 정은 바오로는 당시 무사했다. 그러나 정은은 병인박해마저 피하지는 못하고 체포되어 광주 유수부의 치소治所가 있던 남한산성 감옥에서 순교하였다.

게 어떠실지요?"[8]

"검은정이라면 제가 살던 한덕골에서 멀지 않은 곳인데, 그런 청년이 있다니 천주의 안배입니다."

김대건 신부와 이의창이 밝은 표정을 짓자 박 도마는 서둘러 이민식 빈첸시오의 집을 향해 걸음을 옮겼다. 이때부터 이민식

8 이민식 부분은《교회와 역사》2015년 4월호와 5월호(제479, 480호 교회사연구소발행)에 수록된 천주교순교자유적답사회의 〈이민식 빈첸시오의 삶과 신앙행적(1, 2)〉에 근거해서 재구성했다.

빈첸시오는 김대건 신부, 이의창에게 양지와 용인 지역의 공소와 교우들 집을 안내했다. 이민식은 김대건 신부에게 신품 공부에 대해 많은 질문을 하면서 자신도 꼭 신부가 되겠다는 각오를 여러 번 내비쳤다. 김대건 신부는 그때마다 열심히 기도하라면서, 적당한 때에 페레올 주교에게 소개해야겠다는 생각을 했다.

김대건 신부가 이의창, 길잡이 이민식과 함께 경기도 이천, 양지, 용인 등을 다니며 교우들에게 성사를 주면서 성무 활동을 시작한 지 두 달이 될 무렵인 4월 9일경, 그는 이민식과 헤어졌다. 그리고 어머니 집에서 이틀가량 묵은 뒤 부활절에 앞서 한양으로 복귀하기 위해 길 떠날 채비를 했다. 그때 어머니가 간절한 목소리로 말했다.

"신부님, 여기서 내일 부활 첨례瞻禮(지금의 '주님 부활 대축일 미사')를 보시고 가시면 안 되나요?"[9]

당시 부활 첨례는 천주교에서 가장 큰 전례였지만, 어머니는 이제까지 부활 첨례를 직접 참례한 적이 없어 부탁한 것이었다.

"예, 어머니 그렇게 하겠습니다."

어머니는 아들의 흔쾌한 대답에 얼굴이 환해지며 조금 망설이다 물었다.

"신부님, 한 가지 부탁을 더 드려도 될까요? 그동안 이 어미

---

9 《성 김대건 안드레아 신부의 체포와 순교》, 제3장 시복 재판의 증언 기록, 2021 개정판, 323쪽 임 루치아 증언.

를 도와준 가까운 여교우 몇 명을 불러 함께 봉헌했으면 하는데, 그래도 될는지요? 그동안 진 신세를 갚을 길이 없어서 늘 마음이 무거웠…."

김대건 신부는 채 말을 맺지 못하는 어머니의 손을 잡았다.

"그렇게 하세요, 어머니. 어머니를 도와주셨던 교우님들이면 저도 감사의 인사를 드리고 싶습니다."

"신부님, 어려서도 생각이 깊으시더니, 천주의 아드님이 되신 후에도 이렇게…."

"어머니, 혈육의 정을 어찌하겠습니까. 늘 기도 중에 어머니와 아우를 생각하고 있습니다."

그때부터 동생 난식은 방을 깨끗하게 단장하기 시작했고, 어머니는 종종걸음으로 10리, 20리 떨어진 곳에 있는 교우들의 집을 찾아다니며 환한 얼굴로 아들 신부의 부활 첨례에 참례하러 오라는 말을 전했다.

부활절 아침, 김대건 신부는 정성을 다해 부활 첨례를 봉헌했고, 어머니와 임 루치아를 비롯한 몇몇 어머니 친구 교우들은 감격의 눈물을 흘렸다. 다음 날 아침 김대건 신부는 어머니께 인사를 드렸다.

"어머니, 제가 이제 한양으로 갑니다. 이제 가면 언제 다시 뵙게 될지 지금으로서는 기약할 수 없습니다. 주교님이 결정하시겠지만, 제가 경기 관내를 잘 파악하고 있으니 이쪽을 중심으로 사목 활동을 맡게 되리라 생각됩니다. 그러니 다음에 뵐 때까지 건강하게 지내시면서 늘 천주님과 성모님께 의탁하십시오."

"예, 신부님. 어미는 지금처럼 잘 지낼 터이니 부디 몸조심하시면서 신자들 구령 사업에 애써주세요. 저는 천주님과 성모님께 기대어 무소식을 희소식으로 알고 잘 지내고 있겠습니다."

"예, 어머니. 그리고 난식이는 지금처럼 어머니 잘 모시고…."

"예, 형님 신부님, 여기 걱정은 마시고 부디 몸조심하세요."

4월 13일, 김대건 신부는 어머니와 동생을 바라보며 오랫동안 기도를 한 다음 손으로 십자성호를 그으며 강복을 준 후 한양을 향해 발걸음을 옮겼다. 아무도 몰랐다. 이것이 마지막 인사가 될 줄은….

39

백령도 뱃길을 열어야 한다

"오, 안드레아 신부, 어서 오게. 그동안 수고 많았네."

김대건 신부가 한양 돌우물골 안가에 도착하자 페레올 주교가 반갑게 맞았다. 김대건 신부는 페레올 주교에게 인사를 올리면서 그사이 돌우물골 안가에 도착했을 것으로 기대했던 최양업 부제와 메스트르 신부를 찾느라 두리번거렸다. 이를 알아차린 페레올 주교가 낭패감이 어린 표정으로 김대건 신부에게 사정을 전했다.

"앞서 경원으로 갔던 밀사들이 메스트르 신부와 최양업 부제를 만나지 못하고 그냥 돌아오고 말았다네."

"아…."

만주 소팔가자에 머물며 조선 입국을 기다리던 메스트르 신부와 최양업 부제는 의주의 연락책을 통해 페레올 주교의 편지를 받았다. 훈춘을 거쳐 함경도 경원까지 와서 밀사들과 함께 한양으로 내려오라는 내용이었다. 이에 메스트르 신부와 최양업 부제는 김대건 신부가 부제 시절 작성했던 〈훈춘 기행문〉에 의지하여 3월 초쯤 훈춘에 도착했다. 그러나 메스트르 신부의 외모를 보고 수상하게 여긴 만주 관헌에 의해 두 사람은 체포되고 말았다. 다행히 프랑스와 중국 사이에 맺어진 황포조약으로 이틀 만에 석방이 되긴 했지만, 더 나아가지 못하고 소팔가자로 되돌아가야 했다. 그런 연유로 경원으로 이들을 맞으러 갔던 밀사들이 허탕을 치고 되돌아온 것이었다. 페레올 주교는 메스트르 신부와 최양업 부제가 조선 입국에는 실패했지만, 신변에는 큰 문제가 없으리라 생각하고 앞서 구상했던 백령도 뱃길 개척을 서둘기로 했다. 이를 위해 김대건 신부를 불러들였던 것이다.

"안드레아 신부, 다시 한번 큰 수고를 해야겠네."

"예, 주교님. 말씀하십시오."

"다음 달에 조기잡이 철이 시작될 때 백령도에 다녀오게. 내가 소팔가자로 보내는 편지를 서너 통 쓸 것이니, 지도를 잘 그리는 안드레아 신부는 배를 타고 가면서 한양에서 백령도까지 가는 뱃길과 주변 지형을 자세히 그린 그림을 함께 보내게."

"예, 주교님. 말씀대로 따르겠습니다. 이제 우리 조선대목구도 배를 마련하였으니, 내일 임치백 부자를 만나서 준비를 시키겠습니다. 그리고 백령도에 간 길에 조기를 사다가 장사에 능한 교우들에게 맡겨 팔도록 하면 어떨는지요? 이문을 꽤 남길 수 있을 것입니다."

"안드레아 신부, 산동 배를 찾아 이야기를 나누려면 시간이 제법 걸릴 텐데, 그사이에 조기가 상하면 어쩌려고 그러는가? 만약 안 팔리면 조기를 상하지 않게 보관했다 마포포구로 가져올 방도가 있는가?"

"예, 그럴 경우 보통 바닷가에서는 날생선을 소금에 절여 말려서 가져옵니다. 연평도 조기는 마포포구에서 비싸게 팔리니까 임치백에게 맡기면 수입이 제법 괜찮을 듯합니다."

"안드레아 신부! 사목 활동하랴, 조선대목구의 재정도 신경 쓰랴 그대 손이 미치지 않는 것이 없구먼. 이 정도면 조선대목구의 부감목副監牧을 해도 되겠소. 차제에 안드레아 신부를 조선대목구의 부감목으로 임명할 테니, 앞으로도 열심을 다해 조선 포교지에서의 임무를 수행하기 바라네."[10]

"주교님, 저에게는 당치 않은 말씀입니다. 저는 아직 나이도 어리고 부족한 게 많습니다. 곧 메스트르 신부님이 오실 터이니 그때까지 기다려주시기를 청하옵니다."

---

10 '부감목'은 감목구(대목구) 주교의 유고 시 그 임무를 대리할 수 있고, 평상시에는 실무적인 일을 맡아서 수행하는 위치다. 김대건 신부는 체포되어 순교하기 전 마지막 서한인 '김대건 신부의 회유문' 끝부분에 부감목으로 추정되는 '부감 김 안드레아'라고 서명했다.《성 김대건 안드레아 신부의 서한》, 2020 개정판, 238쪽.

"안드레아 신부, 조선에서 부감목은 조선인 신부가 맡아 실무적인 일을 처리하는 것이 맞을 듯하네. 그리고 이건 내가 작년 말부터 생각했던 바이니, 더는 사양 말고 열심히 임무를 수행하게."

페레올 주교는 1845년이 마무리되기 며칠 전인 12월 27일 프랑스 파리외방전교회 바랑 신부에게 한양에서의 사목 활동을 보고하는 서한을 보내면서 "만약 조선에서 박해가 다시 일어나면 김대건 신부를 중국으로 보내, 그곳에서 조선과의 연락망을 복구하게 하면서 조선 천주교를 다시 일으켜 세우는 임무를 수행하게 하겠다"고 밝힐 정도로 신임하고 있었다.[11] 그는 김대건 신부가 부제 시절부터 입국로를 개척하기 위해 위험을 두려워하지 않았고, 사제가 된 후 한양에 와서도 사목 방문과 교우촌의 현황을 파악하는 사목적 열정을 보인 점을 높이 샀다. 여기에 더해 조선대목구의 재정 확보를 위해 동분서주하는 모습에서 김대건 신부가 앞으로 조선대목구의 큰 기둥이 될 재목이라고 생각했던 것이다.

5월 13일, 김대건 신부와 이의창은 임치백의 아들 임성룡이 선장을 맡은 배를 타고 마포포구를 빠져나갔다. 이 배에는 이들 외에도 선원 엄수嚴秀, 노언익盧彦益, 안순명安順命, 박성철朴性哲,

---

11 《페레올 주교 서한》, 천주교 수원교구, 2013, 375쪽.

마포포구를 떠나 백령도에 도착한 뱃길(〈대동여지도〉)

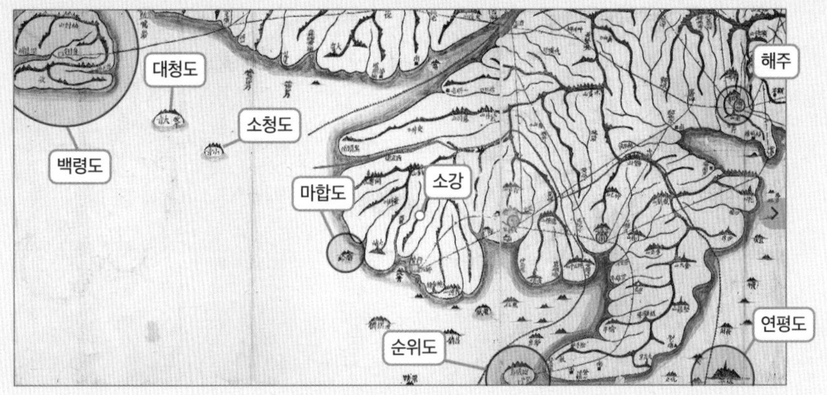

◆ 김대건 신부와 이의창 그리고 선원들은 조깃배를 타고 강화도를 지나 연평도, 순위도, 소강성터, 마합도, 소청도, 대청도를 거쳐 백령도로 갔다. 그리고 돌아오는 길에 순위도 등산진에서 체포되었다. 등산진은 순위도 아랫부분에 있는 황해 도서 방어진 중 하나였다. 순위도는 현재 북한 지역이다.

김성서金性西 등이 타고 있어 모두 여덟 명이 함께 출항하였다.[12]

---

12 1846년 5월 13일 마포포구 출발부터 6월 5일 체포까지는, 김대건 신부가 체포 후 감옥에서 페레올 주교에게 쓴 1846년 8월 26일 자 편지(《성 김대건 안드레아 신부의 서한》, 개정판 2020, 222~225쪽)와 《성 김대건 안드레아 신부의 체포와 순교》(2021 개정판) 중 제1장 조선의 관변기록 41~97쪽의 문초 답변 기록을 교차 비교해서 허위진술이나 착오로 인한 진술이 아니라 신빙성 있는 진술을 중심으로 재구성했다.

김대건 신부는 갑판 위에 앉아 한강에서 강화도로 가는 뱃길과 주변 경관을 예의 주시하더니 종이 위에 그려나갔다. 배가 한강을 빠져나와 강화 앞바다에 이르자 그는 오는 길에 그린 그림들을 갑판 위에 놓고 살폈다. 그 순간 갑자기 바닷바람이 불어 그림을 그린 종이가 바다로 날려갔다. 그러자 그는 이내 새 종이를 꺼내 계속 주변 경관을 그렸다. 항해는 순조로웠고, 배가 연평도에 도착한 것은 5월 25일이었다. 이미 파시가 시작되어 연평도 앞바다는 조깃배들로 뒤덮여 있었다. 김대건 신부와 임성룡은 연평도에서 조기 39두름(한 두름은 스무 마리)을 산 다음, 이틀 후인 5월 27일 순위도 등산진에 도착해서 조기 장사를 시작했다. 그러나 아무도 사는 사람이 없어 등산진에 머물며 소금을 사서 사공에게 조기를 소금에 절여 굴비로 엮어 바람에 말리도록 했다.

다음 날 아침 김대건 신부와 사공들은 땔나무를 사기 위해 장연의 터진목(장연군 서대면 대진포)으로 향했다. 그때 사공 한 명이 김대건 신부에게 '서면에 있는 소강성터[蘇江城址]에 가면 연평도부터 순위도와 백령도까지 보인다'고 귀띔하자 김대건 신부는 서면에서 잠시 멈추어 쉬게 하고는 소강성터로 올라갔다. 배 안에서부터 열심히 섬들을 그리는 모습을 본 사공이 그에게 전망이 좋은 곳을 알려준 것이었다. 얼마 후 그가 내려오자 다시 백령도로 향했다. 마합도, 소청도와 대청도를 지나 백령도 근해로 접근하자 중국 산동에서 온 100여 척가량의 당선

唐船(중국 배)들이 조기를 잡고 있는 게 보였다. 그 모습을 본 김대건 신부는 이의창을 바라보며 빙그레 미소를 지었다. 김대건 신부는 백령도 부근에 닻을 내렸다. 백령도에서 김대건 신부는 이곳까지 와서 조업하는 중국인들과 접촉하며 메스트르 신부와 파리외방전교회에 백령도 뱃길을 알리기 위해 노력했다. 이때의 일들을 김대건 신부는 자신이 보낸 편지에 이렇게 적었다.

… 산동 배들은 해안 아주 가까이에까지 와 있었습니다. 그러나 선원들은 섬에 내릴 수 없었습니다. 해변 높은 곳과 산꼭대기에서 관헌들이 그들을 감시하기 위해 보초를 서고 있었기 때문입니다. 인근 섬들에서 조선인 군중이 구경하러 중국인들한테로 모여들었습니다. 저도 직접 밤에 종선을 타고 그들한테 가서 배 주인과 이야기를 나눌 수 있었습니다. 그리고 그에게 주교님 편지들을 전하였습니다. 또 저는 베르뇌 신부님, 메스트르 신부님, 리브와 신부님과 소팔가자의 두 중국 교우에게 편지 몇 장을 써 보냈고, 거기에 황해 해안의 섬들과 바위와 그 밖에 주의해야 할 것들에 대한 설명과 함께 배를 타고 오면서 그린 지도地圖 두 장을 첨부해 보냈습니다. 백령도는 중국인들의 중개仲介를 조심해서 이용한다면 선교사들을 입국시키고 편지를 전달하는 데 매우 유리할 것으로 생각됩니다. 그들은 해마다 음력 3월 초쯤에 고기잡이하러 거기에 모이고, 음력 5월 말경에 돌아갑니다.

주교님, 우리는 주교님의 명령을 이행한 후 다시 떠나 순위도로 돌아왔습니다. 그때까지 저의 여행은 그 징조가 좋아 보였고, 그래서 순조롭게 끝날 것으로 기대했습니다. 그런데 해변에 내려놓았던 생선이 아직 마르지 않아 순위도에서 우리의 체류가 길어지게 되었습니다….[13]

백령도에서 일을 마친 김대건 신부 일행은 6월 1일 순위도 등산진으로 돌아왔다. 조기 말리는 작업이 더뎌지면서 특별히 더 할 일이 없자 함께 온 일행이 일부 흩어졌다. 먼저 이의창이 지난 7년 동안 박해를 피해 숨어 지내던 집에 맡겨둔 돈을 찾으러 가겠다며 먼저 배에서 내려 한양으로 가기를 청했다. 이어 사공 노언익도 볼일이 있다고 해서 두 사람이 먼저 배에서 내렸다.

6월 5일, 등산登山 첨사僉使 정기호鄭基鎬가 부하들과 함께 김대건 신부와 남은 일행이 타고 있던 배로 왔다. 청나라 배들이 너무 많이 와서 그들을 살피는 절차에 필요하니 김대건 신부의 배를 징발하여 사용하겠다며 끌고 갈 준비를 했다. 당혹스러운 상황이었으나 김대건 신부는 이의창이 이따금씩 했던 "양반은 체통을 지켜야 한다"는 말을 떠올렸다. 그러고는 군졸들에게 호통을 쳐서 이들을 물리치려 했다.

---

13 김대건 신부가 감옥에 있던 1846년 8월 26일, 페레올 주교에게 보낸 편지. 《성 김대건 안드레아 신부의 서한》, 2020 개정판, 223쪽.

"감히, 네놈들이 죽으려고 환장을 한 모양이로구나. 백주 대낮에 양반의 배를 끌고 가겠다니, 썩 물러나지 못할까?"

자못 대담하게 호통을 쳤다. 이로 인해 배를 끌고 가려는 포졸들과 배를 지키려는 사공들 사이에 실랑이가 벌어졌다. 갑자기 떨어진 호통에 등산 첨사는 양반으로 보이는 김대건 신부는 잡아갈 수 없으니 포졸들에게 선장인 임성룡을 관아로 끌고 오라고 이르고는 앞장서서 현장을 떠났다. 김대건 신부가 뒤에서 '무슨 짓이냐'고 소리쳤지만 소용없는 일이었다. 관아로 돌아간 등산 첨사는 임성룡을 직접 취조했지만 대답이 신통치 않자, 다시 포졸들을 보내 다른 사공들을 마저 잡아 오라고 지시했다. 이번엔 갑판 위에 있던 사공 엄수가 끌려갔다. 등산 첨사는 엄수에게 김대건 신부가 어느 집안 양반인지, 정체가 무엇인지를 취조하다가 서학 죄인일지 모른다는 단서를 포착하였다. 그날 밤, 서른 명 남짓한 포졸들이 떼로 몰려와 배의 갑판으로 올라가 김대건 신부에게 달려들었다. 그들은 김대건 신부의 머리털을 잡아 한 움큼 뽑아내면서 포승줄로 묶었다. 그때부터 발로 차고, 주먹으로 때리고, 매질을 했다. 포승줄에 묶인 김대건 신부가 해변에 이르자 포졸들은 아예 옷을 벗기더니 다시 때리고 비웃고 조롱하며 등산진 관아로 끌고 갔다.

그러는 동안 남아 있던 선원들은 야음을 틈타 슬그머니 노를 저어 달아났다. 한양에 급히 연락을 하기 위해서였다. 등산진 관아에는 횃불이 사방에 밝혀져 있었다. 섬사람들은 조용하던 마을에 큰 구경거리라도 생겼다는 듯 관아 담장 안팎에 가득 모여들었다. 포졸들이 김대건 신부를 마당에 꿇렸으나, 그는 이내 허리를 곧추세우며 등산 첨사 정기호를 정면으로 바라보면서 생각했다.

'당황하지 말자. 어차피 올 시간이 아니던가!'

9

순교자가 된 조선의 첫 사제

40

그렇소. 나는 천주교인이오!

등산 첨사 정기호는 동헌 한가운데 높은 의자에 앉아 마당에 꿇린 김대건 신부를 한참 동안 내려다보고만 있었다. 육모방망이를 든 포졸들도 김대건 신부가 진짜 양반인지 아닌지 알 수가 없어 엉거주춤한 자세로 첨사의 신문이 시작되기를 기다렸다. 만약 포구에서 호령하던 것처럼 이자가 진짜 지체 높은 양반이라면 큰 낭패라는 표정이었다. 내색을 하지 못할 뿐 걱정이 되기는 등산 첨사도 매한가지였다. 믿는 구석이 있지 않고서야 첨사에게 '이놈, 저놈' 하고 호령할 리 만무했다. 만약 한양에 연줄이 닿는 명문 양반가의 자손이라면 황해 변방에서 섬을 지키는 첨사 자리도 무사치 못할 수 있는 노릇이었다. 당시 변방의 첨사는 3품 무관직으로 주로 양반가의 서자들에게 돌아가는 자리였다.

마침내 등산 첨사가 자못 부드러운 목소리로 첫마디를 떼었다.[1]

"당신은 호패號牌를 차고 있지 않으니, 본관이 상고相考를 할 수가 없어 이리 묻겠소. 성명은 무엇이며, 나이는 몇 살이고, 어느 지방 출신이오?"

"이름은 김가 대건이요, 나이는 이제 25세입니다. 본래 중국 광동廣東 사람이오."

첨사는 그가 중국 광동 출신이라는 말에 깜짝 놀랐다. '그렇다면 이자는 중국인이란 말인가?' 중국인들은 범월犯越해도 좋게 타일러 돌려보내는 것이 관례였기 때문이다.

"이미 잡아 온 선원들의 자복에 따르면 그중 한 놈의 조모祖母가 천주학쟁이라던데, 당신도 그러하오?"

"그렇소. 나는 천주교인이오!"

등산 첨사의 표정이 굳어졌다. '조선인도 아닌 중국인인 데다 천주학쟁이라….' 가장 두려워했던 조선의 명문 양반가의 자손이 아닌 이상 더 이상 예의를 차릴 필요가 없었다. 구경하던 사람들 사이에서도 "중국 천주학쟁이래" 하면서 웅성거림이 차

---

1 체포부터 순교까지는 김대건 신부가 체포된 후 감옥에서 페레올 주교에게 쓴 1846년 8월 26일 자 편지(《성 김대건 안드레아 신부의 서한》, 2020 개정판, 225~234쪽), '김대건 신부가 교우들에게 보내는 마지막 회유문'(앞의 책 235~238쪽), 《성 김대건 안드레아 신부의 체포와 순교》(2021 개정판), 중 '제1장 조선의 관변기록' 41~231쪽의 문초 답변 기록, 《조선왕조실록》 헌종 12년(1846) 조를 교차 비교하여 허위진술이나 착오로 인한 진술이 아니라 신빙성 있는 진술이라 판단되는 내용을 중심으로 재구성하였다.

층 커졌다.

"어허, 이런 발칙한 자를 봤나. 그럼 조선에는 언제, 무슨 일로 왔고, 등산진까지는 왜 온 것인지 그 까닭을 숨김없이 고하라!"

"나는 갑진년(1844년) 11월, 조선 지방을 돌아보고자 의주에서 강을 건너 맴돌다 한양에 이르렀소. 그러다 황해도의 산천을 유람하고자 마포로 나가 배를 잡으려 하였는데, 임가(임성룡)의 배가 행상하기 위해 마침 황해도로 간다 하여 뱃삯을 후하게 치르기로 하고 그의 배를 타고 온 것이오."

등산 첨사는 포졸들에게 명했다.

"이자의 말이 몹시 기괴하고 수상하니 행장을 수색하라!"

포졸들이 그의 옷과 짐을 살피자 언문 책자와 비단 주머니 등이 나왔다. 등산 첨사가 짐에서 찾은 것들을 내보이며 김대건 신부에게 물었다.

"이것들은 무엇이냐?"

"언문 책자는 천주교의 긴요한 말을 기록한 책이오. 비단 조각 하나에 그려진 인물은 성모와 어린 예수의 상像이요, 다른 하나에 그려진 모습은 예수의 성심상聖心像이니, 이를 몸에 지니며 항상 공경하여 받드는 뜻으로 삼는 것이오."

"천주교는 우리 조선에서 왕명으로 금지하는 사교인데 무엇 때문에 그걸 믿는가? 그 교敎를 버리면 당신 나라로 돌려보내 주겠소."

등산 첨사는 자칫 일이 커져 등산진 수비 실책을 문제 삼을까 싶어 이 중국인 천주학쟁이가 배교를 하겠다면 조용히 중국으로 돌려보낼 작정이었다. 그러나 김대건 신부의 답은 의외로 단호했다.

"나는 천주교가 참되기에 믿는 것이오. 천주교는 천주를 공경하도록 나를 가르치고, 나를 영원한 행복으로 인도해주오. 나는 천주교를 배교하기를 거부하오!"

등산 첨사는 다시 화가 났다.

"배교하지 않으면 곤장을 쳐 죽이겠소."

첨사는 임의로 외국인인 김대건 신부에게 곤장을 쳐 죽일 수 없다는 걸 알면서도 엄포를 놓은 것이다. 그러나 김대건 신부도 이에 지지 않고 당차게 맞섰다.

"좋을 대로 하시오. 그러나 나는 절대로 내 천주를 배신하지 않을 것이오. 내 교의 진리를 듣고 싶으면 들어보시오. 내가 공경하는 천주는 천지 신인 만물의 조물주이시고, 상선벌악賞善罰惡을 하시는 분이오. 그러므로 사람이라면 누구나 그에게 공경을 드려야 마땅하오. 이보시오, 첨사 양반. 천주님의 사랑을 위해 고문을 받게 해준다면 감사한 일이오. 그리고 내 천주께서 당신을 더 높은 벼슬에 오르도록 하여 그 은혜를 갚아주시기를 기원하겠소."

첨사는 어이가 없다는 듯 헛웃음을 터뜨렸다. 주변에 모여든 사람들도 비웃음을 날렸다. 이쯤 되자 첨사는 자신이 김대건 신부를 교화하여 중국으로 되돌려보낼 수 없음을 깨달았다. 첨사는 황해도 감사에게 보고를 할지 아니면 중국으로 추방할지 판단이 안 서 일단 포졸들에게 일러 칼(죄인에게 씌우던 형틀)을 씌워 옥에 가두라고 했다. 포졸들이 여덟 자(240cm) 길이의 칼을 대령하자 김대건 신부는 스스로 자신의 목에 끼웠다. 포졸들은 그의 손과 발을 포승줄로 단단히 묶은 후 일으켜 세워 감옥으로 끌고 갔다. 걸음을 걸을 수 없어 질질 끌려온 김대건 신부는 목에 쓴 긴 칼 때문에 앉지도 서지도 못했다. 그가 감옥 안에서 서성이자 섬 주민들이 몰려와 그에게 욕을 하며 조롱을 했다. 그러한 상황에서도 그는 '형제 여러분, 이제 나는 여러분을 위하여 고난을 겪으며 기뻐합니다. 그리스도의 환난에서 모자란 부분을 내가 이렇게 그분의 몸인 교회를 위해 내 육신으로 채우고 있습니다'(〈콜로새서〉 1장 24절)라는 바오로 사도의 말씀을 떠올렸다. 그는 옥에 갇혀서도 섬 주민들에게 천주를 믿어야 영혼이 구원받고 지옥의 영원한 벌(영벌永罰)을 면하고 하늘나라의 영원한 복락(영복永福)을 누릴 수 있으니 천주교를 믿고 봉행하라고 권면하였다.

이튿날 아침, 등산 첨사는 다시 김대건 신부를 불렀다. 어제 포졸들이 그의 보따리에서 중국식 물건들을 찾아내었던 터라 이자가 중국인이 확실하면 되돌려보내고 이 사건을 덮고 싶어 다시 부른 것이었다.

"당신은 중국의 어느 지방 출신이오?"

"나는 광동 지방의 오문澳門(마카오)에서 자란 천주교인이오. 호기심에서, 또 나의 종교를 전파하고 싶어서 이 해역에 오게 되었소."

등산 첨사는 '천주교를 전파하고 싶어서 왔다'는 그의 말에 황해도 감사에게 보고하지 않을 수 없다고 판단했다. 김대건 신부는 다시 옥에 갇혔고, 더 이상의 신문은 없었다. 등산 첨사 정기호는 그동안의 신문과 진술 기록 그리고 언문 책자와 주머니 등 압수품을 봉투에 넣고 '등산진에서 잡힌 범월犯越 사학邪學 죄인 김대건 등을 잡아 조사한 상황과 그가 진술한 내용을 굳게 봉해 보냅니다. 병오丙午 5월(음력)'이라 쓴 다음 황해도 감사가 있는 해주 감영으로 보냈다.

다시 옥으로 돌아온 김대건 신부는 자신을 만나러 한양의 돌우물골 안가에 온 적이 있는 임성룡과 엄수에게 고문을 참기 힘들더라도 우리들의 체포 소식이 한양으로 전해질 때까지는 안가의 위치를 발설하지 말라고 당부했다.

그는 등산진에서 배를 타고 도주한 사공들이 하루빨리 마포 포구에 도착해 페레올 주교와 다블뤼 신부 그리고 현석문 등 중심 교우들이 무사히 피신할 수 있기를 간절히 바랐다.

6월 10일, 등산진 감옥에 투옥된 지 닷새가 지난 날이었다. 해주 감영에서 온 수십 명의 포졸들이 김대건 신부와 두 사공을 감옥에서 끌어내 죄인을 호송하는 함거檻車(사방을 널빤지로 막은 수레)에 태웠다. 섬 주민들은 등산곶으로 건너가는 배를 타는 포

등산진에서 해주 감영으로

◆ 〈1872년 지방지도〉에 있는 〈해주 감영도〉다. 김대건 신부는 등산진에서 체포된 후, 강진, 옹진을 거쳐 해주 감영으로 이송되었다. 순위도에서 강진까지는 30km, 강진에서 옹진은 20km, 옹진에서 해주까지는 40km다.

구까지 줄을 지어 따라왔다. 함거에 올라탄 김대건 신부는 조용히 눈을 감고 천주의 뜻이 이 땅에 널리 전파될 수 있다면 기꺼이 자신의 목을 내어줄 마음의 준비를 하고 있었다.

41

50회의 신문을 견뎌내다

김대건 신부와 임성룡, 엄수를 실은 함거는 황해도 강진, 옹진을 거쳐 해주 감영에 도착했다. 220리(88km)의 시골길을 덜컹거리며 밤낮없이 서둘러 오느라 기진맥진했지만 황해도 감사 김정집金鼎集(1808~1859)은 곧바로 문초를 시작했다. 김정집은 등산 첨사 정기호와는 가격家格과 품계를 비교할 수 없는 종2품 문관이었다. 경주 김씨인 그는 열아홉 살 때인 순조 27년(1827년)에 문과에 합격해 벼슬길에 올랐고, 스물여섯 살에는 사은사謝恩使의 서장관書狀官으로 북경에 다녀온 후 좌승지와 성균관 대사성을 역임하였다. 그런 다음 사건이 있기 전해 1월에 황해도 감사에 제수되었다. 그는 황해도 감사 이후에도 이조 참판, 개성 유수, 평안 감사, 예문관 제학 등을 역임한 이른바 명문

가 출신이었던 것이다. 김정집이 근엄한 목소리로 물었다.

"죄인 김대건은 청나라 사람인가?"

김대건 신부는 잠시 눈을 감고 심호흡을 했다. 이 정도 시간이 지났으면 돌우물골 안가에 연락이 닿아서 페레올 주교와 다블뤼 신부 그리고 열성 교우들이 무사히 피했을 것으로 생각하고 조선 사람임을 밝힐 때가 되었다고 판단했다.

"아니오, 나는 조선에서 태어났소. 그러나 광동 지방의 오문(마카오)에서 자랐고 천주교인이오. 나는 나의 종교를 전파하고 싶어서 이 해역에 오게 되었소."

김정집은 그가 진짜 천주교인인지 파악하기 위해 천주교가 어떤 종교인지에 대해 하나둘씩 묻기 시작했다. 김대건 신부는 그에게 영혼의 불멸不滅함과 지옥과 천당, 천주의 존재와 사후의 행복을 위해 그분을 공경할 필요성에 관해 이야기했다. 김정집이 점잖은 목소리로 말했다.

"죄인이 하는 말이 옳고 합리적이긴 하지만 임금이 천주교인이 되는 것을 허락하지 않는다. 그럼 조선에 와서는 천주교를 전파하기 위해 어디서 어떤 활동을 했느냐?"

김대건 신부는 그가 묻는 말에 대답하면 교우들과 포교지를 위태롭게 할 수 있다고 판단하여 아무 대답도 하지 않았다. 참사관參查官(조사하는 관원)으로 감사 옆에 있던 해주 판관 박현규朴顯圭가 성난 목소리로 추궁했다.

"죄인은 어서 사실대로 고하라. 만약 말하지 않으면 여러 가지 형벌로 고문을 할 것이다."

김대건 신부는 마음대로 하라며 형구刑具들이 있는 곳으로 달려가서 그것들을 감사 발밑으로 집어 던지며 말했다.

"나는 준비가 다 되었으니 자, 치시오. 나는 당신들의 고문이 두렵지 않소."

포졸들이 감사 부근에 흩어진 형구들을 동헌 마당으로 가져오자 해주 판관 박현규가 큰 소리로 꾸짖었다.

"네 이놈! 누구나 감사 대감에게 고할 때는 자신을 '소인小人'이라 칭하는 것이 관습인 줄 모르더냐?"

"그게 무슨 말이오. 나는 '대인大人'이고 '양반'이오. 나는 그런 말은 모르오."

김대건의 대답은 중국식이었다. 김정집은 고개를 갸우뚱했다. 조선말이 어눌하고 중국식 표현을 사용하는 것이 진짜 중국인일지 모르겠다는 생각이 들었다. 그는 김대건 신부를 감옥에 가두라고 한 후, 해주에서 중국말을 할 줄 아는 이를 수소문했다.

다음 날 아침, 황해도 감사는 김대건 신부를 감옥에서 끌어내 역학譯學 김용남金龍男을 통해 중국말로 신문에 나섰다. 그는 중국말을 조선말보다 잘하는 김대건 신부가 천주교를 전파하기 위해 조선에 들어온 중국인인 것 같다는 생각이 들었다. 그리고 그가 조선인이라고 둘러대는 건, 이미 조선에 들어와 있는 중국 천주교 무리를 보호하기 위한 거짓말인 것 같았다. 생각이 그렇게 미치자 7년 전인 기해년에 외국의 천주교 무리들을 다스린 일이 떠올랐다. 그는 만일 그렇다면 큰일이라고 생각하며 급히 조정에 '이양인異壤人(외국인) 김대건을 엄하게 더 반핵盤覈(자세히 신문함)하는 일'이라는 제목으로 장계狀啓를 올렸다. 그러고는 계속해서 김대건 신부와 임성룡, 엄수를 신문하기 시작했다.

6월 13일, 황해도 감사 김정집의 장계를 읽은 열아홉 살의 헌종憲宗(1827~1849, 재위 1834~1849)은 대왕대비 순원왕후純元王后(순조妃)가 수렴청정할 때 있었던 기해년의 일을 떠올리며 이렇게 하교했다.

"이 장계의 말을 보니 큰 변괴다. 기해년(1839년)에 사교邪教를 다스린 지 오래되지 않았는데 또 이렇듯 외국인이 몰래 넘어왔다고 하니, 어찌 통원함을 이기겠는가. 필시 데려와 머물러 있도록 한 무리가 있을 것이니 깊이 핵실할 방도를 묘당廟堂(비변사)으로 하여금 속히 아뢰고 처리하게 하라."

임금의 명이 떨어지자 다음 날 비변사에서는 이 문제를 논의하고, 헌종에게 그 처리 방안을 다시 아뢰었다.

"자세히 조사하여 은밀히 접한 자를 없애지 않는다면 어떤 모양의 화기禍機(재앙이나 재난이 일어날 소지가 있는 기틀)인지, 어느 곳에 숨었는지 알 수 없습니다. … 그 조사는 해주 감영에서 전임할 수 없으니 포도청에 분부하여 교졸校卒을 보내 옥에 갇혀 있는 모든 놈을 잡아 올려 엄히 조사하여 사정을 밝히게 하십시오."

비변사의 의논을 들은 헌종은 논의대로 즉시 시행하도록 윤허하였다. 비변사의 명을 받은 포도청에서는 긴박하게 움직였다. 좌포도청에서 세 명의 군관이, 우포도청에서도 네 명의 군관이 각각 배정되었음을 비변사에 알렸다. 이에 비변사에서는 "즉시 위에 적은 죄인들을 함께 칼과 수갑을 채우고 장교와 나졸을 정하여 쉬지 않고 압송하라"고 지시하였다. 해주 감영의 옥에 갇혔던 김대건 신부와 두 명의 사공이 바야흐로 한양 포도청으로 이첩될 순간이 다가온 것이다.

좌우 포도청에서 군관들이 내려오는 사이, 해주 감영에서는 김대건 신부와 임성룡, 엄수를 형틀에 묶고 혹독한 고문을 가하면서 문초했다. 그러나 김대건 신부는 "천주를 위해서 죽겠다"는 말만 반복할 뿐이었다. 임성룡과 엄수는 매질과 고문을 이겨내지 못하고 돌우물골 안가의 위치와 드나들던 교인들의 인적사항 그리고 김대건 신부가 중국 배들과 연락하면서 그중 한 배에 서한들을 전달한 사실까지 실토하였다. 다행이라면, 임성룡과 엄수가 페레올 주교와 다블뤼 신부의 존재에 대해서만은 끝까지 함구했다는 사실이었다. 황해도 감사는 김대건 신부가 보낸 편지를 되찾아 오기 위해 즉시 포졸 한 부대를 풀어 중국 배들이 있는 쪽으로 보냈다. 하지만 중국 배들은 조선 배를 타고 온 포졸이 보이면 줄행랑을 놓아서 편지를 찾는 일이 쉽지만은 않았다.

황해도 감사 김정집은 김대건 신부가 자백을 하지 않자 네 번째 신문을 한 후 다시 한번 장계를 올렸다. 그러나 포도청 포졸들이 돌우물골 안가에 도착했을 때는 이미 집이 텅 비어 있었다. 등산진에서 탈출한 사공들을 통해 김대건 신부가 체포되었다는 소식이 돌우물골 안가로 전해지자 현석문은 페레올 주교와 다블뤼 신부를 충청도의 수리치골(충남 공주시 신풍면 봉갑리 국사봉 일대의 골짜기에 위치한 교우촌)로 피신시켰고, 자신과 주요 교우들은 두 집에 나눠서 은거하던 중이었다.

해주 감영에 도착한 좌우 포도청 군관들은 김대건 신부와 임성룡, 엄수를 중죄인으로 다뤘다. 그들을 중죄인에게만 쓰는 홍사紅絲로 졸라매었고, 목에는 행차칼(行枷, 일명 도리칼)을, 손에는 추杻라 불리는 목수갑을 채운 다음 머리에는 거무스름한 천자루(몽두蒙頭)를 씌웠다. 해주에서 한양 포도청까지는 400리(160km), 한양에서 대전까지의 거리였다. 잰걸음으로 걸어도 2~3일이 걸리는 먼 거리를 앞을 잘 볼 수 없고 숨도 제대로 쉬기 어려운 상태로 함거를 타고 가는 일은 그 자체로 고난의 길이었다. 길 양옆에는 '중국인 사학 죄인'을 구경하러 나온 사람들로 북적였고, 나무나 지붕 위에 올라간 사람도 있었다. 그중 일부는 돌을 던지면서 욕을 하기도 했다.

김대건 신부가 우포도청에 도착한 것은 6월 21일이었다. 보고를 받은 헌종은 좌우 포도청에서 합동 신문을 하도록 윤허했다. 이때부터 김대건 신부와 임성룡, 엄수는 우포도청 마당에서 의자에 나란히 앉아 매질과 고문을 당하기 시작했다. 김대건 신

〈수선전도〉로 본 우포도청 위치

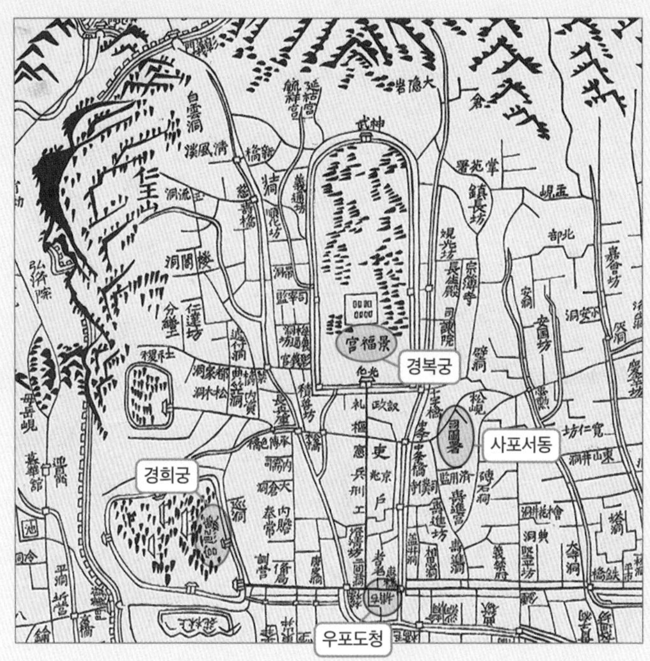

◆ 아래쪽 붉은색이 우포도청이다. 중부 서린방 혜정교 남쪽으로 현재 광화문 네거리 남쪽의 오른쪽이며, 광화문우체국 앞에 표지석이 있다. 좌포도청은 오른쪽으로 중부 정선방 파자교 동북(과거 서울 종로구 단성사 일대, 현재 종로3가역 9번 출구 인근)에 있었다.

당시 우포도청에는 김대건 신부 외에도 임성룡, 엄수를 비롯해 훗날 체포된 현석문, 김임이, 정철염, 한이형, 우술임, 이간난이 이곳에서 신문받았다. 위쪽 초록색이 경복궁, 왼쪽 초록색이 경희궁이고, 파란색은 현석문이 숨어 있다 체포된 사포서동이다.

부는 첫 번째 신문에서 중국인 행세를 했다. "중국 광동성 오문현 사람으로 성은 '우于'이고 이름은 '대건大建'이며, 천주학을 학습하였다"면서 "장성한 뒤에 여러 나라의 산천을 유람하고자 돌아다니다가 조선에 왔지만, 특별히 이끌어 인도하거나 함께 다닌 사람이 없었으며, 일정한 거처는 없었다"라고 대답했다. 두 번째 신문에서는 "우씨는 매우 드문 성이라, 김씨가 조선에서 흔하다고 하므로 '김씨'로 변성變姓했다"고 대답했다. 세 번째 신문에서는 "언문 책자 및 비단 조각에 그린 인물과 예수 성심상은 천주를 공경하여 봉행하는 뜻이다"라고만 반복할 뿐 조선 천주교와 관련된 일은 입 밖에 내지 않았다. 이때 등산 첨사 정기호가 중국 배에서 압수한 김대건 신부의 한문 편지와 강화도에서 백령도까지의 뱃길과 주변 환경을 그린 지도, 페레올 주교의 프랑스어 편지 뭉치가 황해도 감사를 통해 비변사에 도착했다.

다음 날인 6월 23일, 헌종은 창덕궁 중희당重熙堂에서 대신과 비국당상(비변사의 당상관)을 접견했다. 영의정 권돈인權敦仁(1783~1859)이 김대건 신부의 신문 상황과 편지에 대해 보고했다.

"전하! 죄인 김대건의 일은 진실로 하나의 변괴이며, 사술邪術을 숭상하는 일이 사그라지지 않고 흉악한 무리가 갈수록 더욱 늘어나니 참으로 놀랍고 한탄스럽습니다. 만약 주선하고 인도하는 놈과 주재하여 맞아들인 부류가 없었다면 어찌 이국만리異國萬里의 종적으로 어려움 없이 국경을 넘어 여러 해를 한양에서 숨어 지내고, 여러 도道를 두루 다니며, 중국 배에 편지를 전하고도 이같이 전혀 거리낌이 없을 수 있겠습니까. 비록 황해도에서 조사한 것만 보더라도 대건이 완악함을 믿고 독한 성미로 신문에 복종하지 않으니 더욱 통탄스럽고 악랄합니다. 어제 해주 감영에서 장계로 납부한 서찰은 모두 서양 편지로 참으로 무슨 말인지 알지 못하겠으나, 애초부터 집안 식구에게 소식을 전한 것이 아니라, 모두 도당徒黨과 주고받은 것입니다. 하물며 편지 안에 들어 있는 지도를 언문으로 풀었으니 그가 우리나라 풍속에 익숙하다는 것을 알 수 있습니다. 그 한 사람에 그치지 않으므로 만약 바닥까지 조사하여 근거지를 타파하지 않으면 또 얼마나 되는 대건과 같은 자가 어느 땅에 숨어들지, 어느 모양의 변괴가 연이어 일어날지 알 수 없으니 어찌 두렵지 않겠습니까."

"몇 해 전 서양인의 옥사(기해박해)를 끝내 다 다스리지 못하여 오늘날 이러한 일이 있게 되었으니 대단한 변괴다. 하물며 중국 배에 지도를 그려 보낸 것은 진실로 헤아리기 어렵다. 포도청에 엄히 신칙하여 각별하게 속속들이 조사하여 근거지를 타파하도록 하는 것이 좋겠다."

헌종의 말에 권돈인은 계속해서 보고했다.

"대건은 외국인이므로 문답에 어려움이 있을까 염려되어 역관을 보냈습니다. 김가가 우리나라 말을 잘 알아 통역이 필요 없었으므로 역관은 돌아갔습니다. 전해 듣기를 김가가 우리나라 사람과 비슷하다고 했는데, 이 말 또한 꼭 그런 것은 아닙니다."

"과연 그대로 믿을 만한 것은 아니다. 몇 해 전에 서양인 세 놈이 나왔을 때 우리나라 사람으로 들어간 자가 있는지 없는지 알지 못하였다."

기해박해(1839) 때 세 명의 소년이 중국으로 천주교를 공부하러 간 일은 당시 밝혀진 일이었다. 그러나 기해박해 때는 헌종이 어려 대왕대비 순원왕후가 수렴청정을 할 때여서 당시 상황을 정확히 모르고 있었던 것이다. 헌종은 김대건이 그린 백령도 뱃길과 주변 경관 지도를 살펴보면서 말했다.

"지도에 산 이름을 언문으로 단 것은 필시 그 외국인이 우리나라 언문을 이해하고 있는 것이 아니겠는가."

"김가가 이미 우리나라 말에 익숙하니 또한 반드시 우리나라 언문도 알 것입니다. 그 옆에는 한문도 달려 있습니다."

헌종이 다시 지도를 본 후 말했다.

"과연 한문이 옆에 달려 있구나. 이놈이 이미 우리나라 사람과 비슷한데, 무엇 때문에 중국 배와 소식을 주고받았겠는가?"

"몇 해 전 서양인 옥사 때 이미 (유)진길, (정)하상 무리와 연락하여 서로 이어져 있었으니 이 또한 어찌 소굴과 서로 통하는 자가 없다고 할 수 있겠습니까?"

"포도청에 엄히 신칙하여 각별히 자세하게 조사하여 기어이 근본 소굴을 타파하는 것이 좋겠다."

"전하, 포도청에서 합좌合坐(함께 신문)하여 단서가 차차 드러나게 될지는 아직 알 수 없지만, 각별히 조사하여 기어코 사정을 밝혀내 그 늪 구덩이를 허물어 뿌리가 끊어지게 할 것입니다."

이때부터 좌우 포도청 군관들과 포졸들은 눈에 불을 켜고 신자들을 잡으러 다녔고, 우포도청에서의 매질과 고문의 강도도 높아졌다. 사흘 동안 열 차례의 신문이 이어졌다.

"죄인은 어느 나라 사람이고 조선에 와서 누구와 무슨 일을 벌였는지 낱낱이 아뢰어라."

"나는 중국 광동성 사람이오."

"저놈을 매우 쳐라!"

"네— 이—!"

추상같은 호령이 떨어지면 형졸들은 사정없이 내리쳤다. 두 발목과 두 무릎을 꼭 묶어놓고 정강이를 삼모장으로 힘껏 내려치기 시작하면, 처음에는 피부가 터지고 붉은 피가 주르르 흘러내렸다. 김대건 신부는 아픔을 못 견뎌 비명을 지르면서도 네 번째, 다섯 번째 신문에서도 버텼다. 천주를 위해 칼을 받고 붉은 피를 내뿜으며 순교하면 영광이라고 생각하면서 계속 '중국 광동 사람'이라며 이를 악물고 버텼던 것이다.

그러나 여섯 번째 신문에서부터는 조금씩 실토하기 시작했다. 용인에 살던 '김재복'으로 열다섯 살 때 광동 오문현에 가서 천주교를 공부하다 고국을 사모하는 마음이 날로 깊어져 의주를 거쳐 주막에서 만난 '이'가 성을 가진 사람과 한양에 와서 중국에서 가져온 돈으로 돌우물골에 집을 사서 기거했다

김대건 신부의 〈순교자 보고서〉 중 형벌 부분

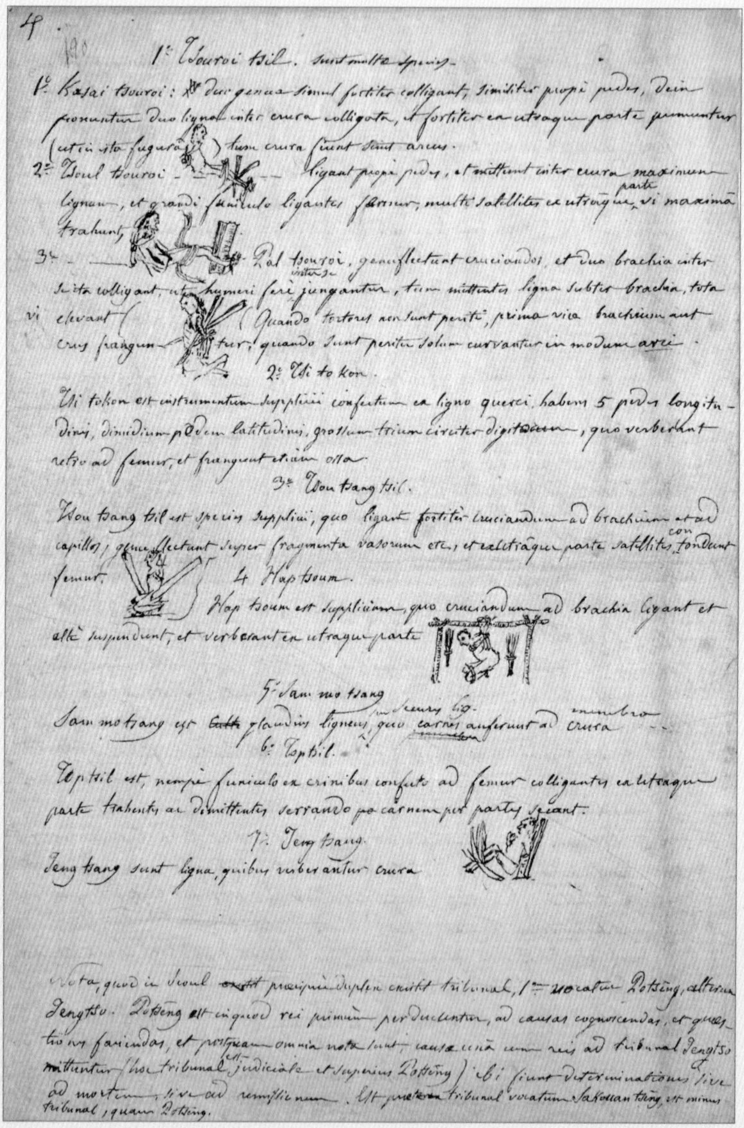
4

1° Tsouroi tsil. sunt multæ species

1° Kasai tsouroi: duo genua simul fortiter colligant, similiter propè pedes, dein ponuntur duo ligna inter crura colligata, et fortiter ex utraque parte premuntur (ut in ista figura) tum crura fiunt sicut arcus.

2° Tsoul tsouroi — ligant propè pedes, et mittunt inter crura maximum lignum, et grandi funiculo ligantes femur, multi satellites ex utraque parte vi maximâ trahunt,

3° — Pal tsouroi, genuflectunt cruciandos, et duo brachia inter se ita colligant, ut humeri ferè jungantur, tum mittentes ligna subter brachia, tota vi elevant (Quando tortores non sunt periti, prima vice brachium aut crus franguntur, quando sunt periti solum curvantur in modum arcûs.

2° Tsi to kon.

Tsi tokon est instrumentum supplicii confectum ex ligno querci, habens 5 pedes longitudinis, dimidium pedem latitudinis, grossum trium circiter digitorum, quo verberant retro ad femur, et frangunt etiam ossa.

3° Tsou tsang tsil.

Tsou tsang tsil est species supplicii, quo ligant fortiter cruciandum ad brachium et ad capillos, genuflectunt super fragmenta vasorum etc., et ex utraque parte satellites contundunt femur.

4 Hap tsoum.

Hap tsoum est supplicium, quo cruciandum ad brachia ligant et altè suspendunt, et verberant ex utraque parte

5° Sam mo tsang

Sam mo tsang est gladius ligneus, quo carnes auferunt ad crura

6° Tsp tsil.

Tsp tsil est, nempè funiculo ex crinibus confecto ad femur colligantes ex utraque parte trahentes ac dimittentes serrando carnem per partes secant.

7° Teng tsang.

Teng tsang sunt ligna, quibus verberantur crura

Nota, quod in Seoul præcipuè duplex existit tribunal, 1um vocatur Potsseng, alterum Tengtso. Potsseng est in quod rei primum perducuntur, ad causas cognoscendas, et quæstiones faciendas, et postquam omnia nota sunt, causa unà cum reis ad tribunal Tengtso mittuntur (hoc tribunal est judiciale et superius Potsseng) ibi fiunt determinationes sive ad mortem, sive ad remissionem. Et præterea tribunal vocatum Sakossan tseng, est minus tribunal, quam Potsseng.

1. 주리질에는 세 가지가 있습니다.

① 가위주리: 두 무릎과 발목을 묶은 다음, 두 개의 막대기를 정강이 사이에 끼워 양 끝을 반대로 비틉니다.

② 줄주리: 발목을 묶고 굵은 나무를 정강이 사이에 끼운 후, 줄로 허벅다리를 엇갈리게 묶어서 양쪽에서 잡아당깁니다.

③ 팔주리: 뒤로 묶은 양팔 사이에 주릿대를 넣고 비틉니다.

2. 치도곤: 가장 크고 두꺼운 나무 곤장으로, 볼기를 때립니다.

3. 주장질: 사금파리 위에 무릎을 꿇게 한 다음, 양쪽에서 몽둥이로 다리를 두들겨 패는 형벌입니다.

4. 학춤: 양팔을 뒤로 엇갈리게 묶어서 높이 매달고, 양쪽에서 때리는 형벌입니다.

5. 삼모장: 세모난 몽둥이로, 다리를 때리거나 문지르면 살점이 떨어져 나갑니다.

6. 톱질: 털로 켠 줄로 다리를 돌려 감고, 양쪽에서 당겼다 놓았다 하며 살을 찢습니다.

7. 형장: 나무 몽둥이로, 정강이 등을 때려 신문합니다.

고 자백했다.

일곱 번째 신문에서는 몸을 숨기고 살다 보니 모친을 찾을 겨를이 없어 생사를 모르고, 중국에 함께 간 '최'가는 각자 헤어져 생활해서 있는 곳을 알지 못한다고 했다. 여덟 번째 신문에서는, 마카오의 '하'가의 집에 머물렀던 게 여러 해라 그리운 마음에 서찰을 보내 안부를 물으려고 한 것뿐이며, 산천을 그린 그림은 자신이 약간 그림 그리는 법을 알았으므로 지나가는 길에 그림을 그렸을 뿐으로, 이는 천주교 하는 사람들의 습관이라고 둘러댔다. 열 번째 신문에서는 돌우물골 집에서 '이'가와 함께 살았지만, 그 이름과 내력은 물어보지 않아 모른다며 자세한 말을 하지 않았다. 하지만 문초하는 이가 배교하라고 호령을 하면 단호하게 대답했다.

"임금 위에 천주님이 계시는데 그분이 자신을 공경하도록 명하시므로, 그분을 배반하는 것은 임금의 명령이 정당화할 수 없는 범죄요."

헌종은 3일 후인 6월 26일, 포도청에서 비변사를 통해 올린 진술 내용을 보고 다음과 같이 하교하였다.

"(돌우물골 집에 함께 살다가) 도망간 '이'가(이재의)와 (큰돈을 환전해준) 강경의 '구'가(구순오)는 별도의 기찰포교와 기한을 정해 틀림없이 체포하도록 하라. 김대건이 중국 배에 편지와 지도를 부쳐 보낸 것은 심히 헤아리기 어렵다. 필시 이유가 있을 것이니, 다시 더 확실하게 문초하여 알아내도록 하라."

병오박해의 시작이었다. 이때부터 김대건 신부에게는 더 혹독한 형벌이 시작되었다. 첫 번째 재신문에서 그는 "산천을 그린 것은 특별히 다른 뜻이 없습니다. 제가 이미 본국으로 귀국하였으니, 중국에서 알고 지내던 교우 중에서 혹시 이를 보기를 원하는 사람이 있을까 하여 제가 본 산천을 그려 편지와 함께 부쳤을 뿐입니다. 저의 중국 교우 중에서 간혹 '이제 천주교가 중국은 말할 것도 없고 모든 나라에서 대부분 금하지 않는데, 오직 조선만이 한결같이 엄금하니, 배 세 척 정도에 천주교 책을 싣고 가서 기어이 전교하겠다'라고 하는 사람이 있으므로 제가 만류하였습니다"라고 말했다. 그리고 돌우물골 안가에 함께 있던 이재의에 대해서도 당시 사용하던 가명인 '이재용'이라 칭하면서 "만일 의주에서 달리 인도해준 사람이 있다면 어찌 사실대로 말하지 않겠습니까"라며 둘러댔다.

다시 몽둥이가 날아오고, 두 무릎과 발목을 동시에 묶고 두 개의 나무막대로 정강이를 활처럼 휘게 하는 '가위주리', 발목을 묶고 굵은 밧줄로 넓적다리를 엇갈리게 묶은 다음 양쪽에서 잡아당기는 '줄주리' 등의 형벌이 계속되었다. 하지만 그는 계속 엉뚱한 대답으로 일관했다. 그리고 "정체를 밝히라"는 여섯 번째 재신문에서는 눈을 부릅뜨고 당당하게 말했다.

"저는 비록 외로운 종적蹤迹이지만, 다른 나라에 들어간 후 학술에 능통하여 신부로 추천되었으므로 다른 이에게 공경을 받았습니다. 여러 나라를 두루 돌아다니면서는 그 방언을 잘 이해하여 여러 나라의 통역관이 되었으니, 저를 다른 나라 사람들이 홀대하지 못하였음은 가히 알 수 있을 것입니다."

그러자 아까 말한 '배 세 척'이 무슨 말인지 똑바로 고하라며 다시 주리를 틀었다. 이에 그는 "제가 말씀드린 가운데 세 척의 배라고 한 것은, 대大 영국과 프랑스 나라 사람들이 광동에 많이 사는데, 조선과 통상을 하고 천주교 서적을 싣고 나가려고 하였으므로 제가 힘을 다해 만류한 것입니다"라고 하며 오히려 양이洋夷의 배를 언설로 막았다고 주장하기도 하였다. 가까이 지낸 신자들을 고발하라고 독촉하면 "그것은 이웃을 사랑하라는 사랑의 의무와 천주의 계명을 어기는 것"이라며 입을 다물었다. 다시 몽둥이가 날아오고 주리를 틀면 김대건 신부는 비명을 지르다가 오직 한 가지 말만 외치고 기절하곤 했다.

"저의 사정은 앞서 말씀드린 것과 같을 따름이니, 오직 빨리 죽기를 원합니다!"

재신문에서 나온 답변을 포도청이 비변사에 보고하자, 비변사에서 이를 다시 헌종에게 고했다.

"간교한 정황과 편지를 전한 은밀한 사정을 여러 번 두루 힐문하였으나 끝내 바른대로 말하지 아니하였고, 오히려 세 척의 배를 만류하였다며 공을 자랑하려는 간사한 계책입니다. 다만 한 번 죽기를 원할 뿐 형장刑杖을 겁내지 않는다고 하니 잠시 엄히 가두고, '이'가와 '구'가 등이 체포되어 오기를 기다려 깊이 다스릴 것입니다."

이에 헌종은 "잠시 모든 죄인을 체포하여 두루 깊이 문초하기를 기다리고, 기찰 정탐의 절차는 기한을 정하여 엄하고 급히 하되, 감히 조금이라도 장난처럼 쉬는 양으로 하지 말라"고 하교했다.

며칠 후, 황해도 감사로부터 중국 배에서 김대건이 보낸 편지 몇 통을 더 찾아 급히 올려 보낸다는 장계가 도착하였다.

"큰 봉투 안에는 한문 편지 봉투, '삐뚤삐뚤하게 쓴' 편지 봉투, 지도 한 장이 들었는데, '육 어른 대전 친전'이라고 쓴 봉투에는 '안의 중요한 소식이 잘 도착되기를 기원한다', 또 한 봉투에는 '상해 새 나루터의 육태순태기원행' '안에 이름 썼음', 또 하나에는 '두 노대야 대전 친전' '안에 중요한 소식이 잘 도착되기를 바란다', 또 한 봉투에는 '태장하가 합쳐지는 덕흥이라 부르는 곳의 백가점' '이름은 안에 있음'이라고 썼고, 큰 봉투 위에는 '봉함' '순풍을 타고 서로 만나기를 바랍니다'라고 쓰여 있었습니다. … 변괴가 거듭되어 놀라운 마음뿐입니다. 다행인 것은 차제에 외국인과 통하는 길이 드러나, 이로 인하여 흉악하고 추하게 얽힌 무리들을 단절시킬 수 있고, 이제부터 제거해버릴 수 있기에, 편지를 굳게 봉하여 비변사로 올리며 연유를 급히 장계하는 일입니다."

우포도청에서는 김대건 신부에게 다시 문초를 시작했다. 이번에는 외국인과 통하는 길을 파악하기 위해 열네 번에 걸쳐 모진 형벌을 가했다. 그동안 거의 매일 형벌을 가해 이제는 조금만 심하게 형벌을 가해도 기절하는 상태가 되어 깨어나기를 기다리기를 반복했던 것이다. 그런 상황에서도 김대건 신부는 "서양 글자 편지도 내가 썼고, 서양 글자를 써보라면 써 보이겠다"고 했다. 그는 페레올 주교의 존재를 숨기기 위해, "이 편지는 철필로 쓴 것인데 철필이 없다니 깃털 붓을 주면 똑같지는 않지만 비슷하게는 써주겠다", "서양 편지를 읽어달라니 내가 쓴 편지이니 읽기 어렵지 않다. 그러나 서양 언문이 우리나라의 음과 같지 아니하니 어떻게 이해하여 듣겠는가. 나는 중국에 있을 때 김안덕金安德으로 행세하였으므로 날짜를 쓴 아래에 안덕의 음차인 '안드레아'로 쓴 것이니, 다른 사람이 쓴 게 아니라 내가 쓴 것이다", "내가 중국에서 나올 때 장 노선생이 재물을 도와주겠다고 하였는데 '맡은 일' 운운한 것은 곧 물건을 구하는 것을 말한 것이고, 재물은 금년 개시開市가 열릴 때 편한 대로 부쳐주거나 그렇지 않으면 3월 중에 산동 어선이 백령도에 올 때 보내달라는 뜻이다"라고 둘러대었다. 포도청에서는 원하는 대답이 나오지 않자 계속 가혹한 형벌을 가하며 신문을 이어갔다. 김대건 신부는 혼신의 힘을 다해 다시 한번 눈을 부릅떴다.

"서양 나라 법은 천하에 널리 펴고자 하므로 신부를 다른 나라에 보내고 도와줍니다. 이전에 조선에 나온 서양 신부 세 명이 차례로 죽임을 당했는데, 이제 또 저를 보내고 비용을 아까워하지 아니하니, 제가 죽으면 당연히 주교와 신부가 들어올 것입니다. 그러므로 천주교를 금하는 것은 소용없는 일입니다."

당돌하기 그지없는 대답과 동시에 몽둥이세례가 날아들었고, 김대건 신부는 다시 혼절했다.

6월 30일, 포도청에서는 그동안의 신문 내용을 요약하고, 시험 삼아 쓰게 한 글씨와 그리게 한 그림을 비변사에 올렸다.

"김대건의 서찰과 그림은 그가 쓰고 그린 것이니, 그가 모두 자복하였으며, 글자의 획이 같지 아니한 것은 철필로 쓴 것과 깃털 붓으로 쓴 것이 다르다는 데로 돌렸습니다. 영국과 프랑스의 배는 말이 궁하여 허망해진 데서 나온 것으로, 신부가 연이어 나온다는 것 또한 어찌 용이하겠습니까? 여러 차례 엄히 문초하였는데도 입을 다무니, 엄히 가두어두고 시험 삼아 쓰게 한 글씨와 그림을 봉하여 올립니다."

비변사에서 올라온 글씨와 그림을 본 헌종은 고개를 갸웃거리며 하교했다.

"지금 시험 삼아 쓰게 한 글씨와 그림 석 장은 그 서투름과 익숙함이 서로 같지 않다. 압수된 서찰의 말뜻은 의심스러운 자취가 있을 뿐만 아니라 또한 연조年條가 서로 다른 곳이 없지 아니하니, 다시 되풀이하여 깊이 문초하면서 캐묻도록 하라. 그리고 배에 같이 탔고, 한문 편지를 대신 써줬다는 '이'가(이의창)에 대해서는 엄히 더 자세히 캐어묻고, 별도로 속히 기찰 정탐하도록 포졸들에게 기한을 정해 독촉하라."

헌종의 엄명이 떨어지자, 포도청에서는 보름에 걸쳐 김대건 신부에게 형벌을 가하며 문초했지만 새로운 대답은 역시 없었다. 그때 비변사에서 헌종에게 급히 배알을 청했다.

"전하, 조금 전 포도청에서 '돌우물골 집'에서 도망한 여러 놈을 쫓아 체포하던 중 김대건과 함께 있던 '이재용'을 체포했다고 합니다."

"과연 잡았다고 하였느냐?"

헌종이 희색이 가득한 얼굴로 권돈인에게 되물었다.

"이가라는 놈이 먼 곳에 있던 것이 아니었습니다. 놈을 장동壯洞의 옛 사포서동司圃署洞에서 체포하였는데, 그 호패를 보니 이재영李在永이라고 적혀 있었습니다. 이는 아마도 기해년에 유진길, 정하상 등을 조사하여 가둘 때 변성명하여 도피하면서 혹은 '이재용'이라 칭하거나 '재영'이라 칭한 듯합니다. 알아보니 본래의 성명은 현석문이라고 하였습니다."

"이는 속히 합좌하여 거행하는 것이 좋겠다. 나머지 한 놈은 아직 잡지 못하였는가?"

"강경에 사는 구순오는 낌새를 알아채고 바로 작은 배에 올라 바다로 나가 간 곳을 알지 못하여 아직도 잡지 못했다고 합니다."

"계속해서 단단히 타일러서 속히 잡는 게 좋겠다."

당시 돌우물골에 있다가 김대건 신부의 복사를 하고 백령도까지 왔던 이의창과 의주에서 함께 내려온 이재의와 현석문은 모두 변성명을 했었다. 그런 상황에서 김대건 신부가 진짜 이름을 밝히지 않아 포도청과 비변사에서도 세 명의 진짜 이름을 파악하지 못하고 있었다. 그러니 임금인 헌종 역시 그들의 정체를 정확히 파악하지 못하는 것은 당연한 일이었다. 그런 까닭에 현석문을 김대건 신부와 함께 백령도에 다녀온 '이'가인 줄 안 것이다.

현석문과 함께 숨어 있던 교우들이 체포되면서 그들에게도 역시 혹독한 형벌이 가해졌다. 하지만 그 누구도 페레올 주교와 다블뤼 신부의 존재에 대해서는 발설하지 않았다. 조선 천주교의 미래를 위해서는 주교와 신부가 있어야 한다는 걸 알기에 모두들 목숨을 걸고 그 비밀을 지킨 것이다.

포도청에서는 김대건 신부에게 중국 그리고 서양과의 연결고리를 대라며 계속해서 형벌을 가했다. 하지만 그의 입은 굳게 닫힌 채였다. '배교하라'고 주리를 틀면 비명을 지르면서도 '천주의 존재와 단일성, 영혼의 불멸함과 천주를 흠숭할 필요성'을 설교했다. 이토록 혹독한 형벌을 받고도 의지를 꺾지 않는 김대건 신부의 모습에 형졸들조차 고개를 저었다.

우포도청에서 온갖 형벌을 당한 지 한 달이 되어가던 7월 19일의 문초에서 김대건 신부는 현석문이 이재영이고, 나머지는 이재용(진짜 이름 이재의)과 이의창이라고 자백했다. 이 보고를 받은 헌종은 "이제 옥사獄事(중대한 범죄를 다스리는 일)가 이미 오래 지났는데도 말과 글로 지어내니 의혹이 갈수록 심해지게 되었다"고 하면서, "나머지 죄인들도 빨리 잡아들이라"고 독촉하였다. 당시 조선의 형전인 《대전회통大典會通》에는 '대사大事인 사죄死罪는 한 달을 옥에 가둘 수 있다'는 결옥일한決獄日限이 규정되어 있었다.[2] 물론 천주교가 관련된 일에는 지켜지지 않는 조항이었지만, 김대건 신부의 신문은 한 달이 되었을 때 아무리 신문을 해도 더 이상 말할 것 같지 않다며 어느 정도 마무리되었다.

---

2 차기진, 〈조선 후기 천주교 박해 과정에서의 포도청의 역할과 천주교 순교사 연구〉, 《교회사학》(Vol. 10, 2013), 수원교회사연구소 발행, 135쪽.

42

스승 신부들에게 마지막 편지를 쓰다

혹독했던 한 달 동안 온갖 형벌로 온몸이 만신창이가 된 김대건 신부의 육신은 날짜가 지나면서 조금씩 회복되기 시작했다. 한편 포도청에서는 관련된 신자의 숫자가 기해박해 때에 훨씬 못 미치자, 천주교 세력이 거의 자취를 감추는 것 같다며 긴장을 풀기 시작했다. 김대건 신부에 대한 감시도 그에 따라 조금 느슨해져서 옥사 밖에 있는 교우들이 은밀하게 음식을 넣을 정도가 되었다. 옥졸을 잘 구슬려 음식 바구니가 오가게 되자 그 안에 은밀하게 숨긴 채 편지를 주고받을 수 있었다. 이렇게 전해진 편지를 통해 김대건 신부는 페레올 주교와 다블뤼 신부가 무사히 피신해 있다는 사실을 확인하고 가슴을 쓸어내렸다.

이러한 편의는 얼마 전까지 좌변포도대장左邊捕盜大將으로

있다가 7월 초에 도성을 방어하는 총융청摠戎廳의 최고직인 종2품 총융사摠戎使로 영전된 이응식李應植(1787~1864)의 호의 덕분이었다.[3] 이응식은 1805년(순조 5년) 무과에 급제한 후 전라우도수군절도사全羅右道水軍節度使, 금위별장禁衛別將, 어영대장御營大將, 우변포도대장右邊捕盜大將을 거쳐 1846년에 좌변포도대장에 임명되었다가 총융사가 된, 대대로 무관직을 역임한 조선 후기 대표적인 무반 집안 출신이었다.

그는 김대건 신부를 신문할 때 그가 열다섯의 나이로 만리타향에까지 흘러가 라틴어와 프랑스어, 중국어를 공부한 사연, 통역으로 프랑스 군함을 타고 필리핀, 대만을 거쳐 영국 해군과 청나라 사이의 아편전쟁에서 청나라 군대가 속수무책으로 무너지며 굴욕적인 '남경조약'을 체결하는 걸 참관했다는 사연 그리고 지난 몇 년 동안 조선으로 들어오기 위해 함경도 경원까지 갔다가 의주를 거쳐서 겨우 들어왔다는 자백을 들으며 "가엾은 젊은이! 어려서부터 고생이 많았군!"이라고 하며 동정과 연민을 보였었다. 그렇다고 형졸들에게 형벌을 살살 하라고 하지는 않았지만, 김대건 신부가 외국의 여러 나라 말을 할 줄 안다는 사실에 주목했다. 이응식은 전라우도수군절도사를 비롯해 삼도

3 이응식의 존재는 김대건 신부의 첫 번째 '시복 재판'(1883~1887) 증언자 중 최 베드로가 "당시의 포장(포도대장) 이응식이 김 신부의 고귀함과 품위에 감동하여 목숨을 구하려 하였다"는 증언에서 파악된다.《성 김대건 안드레아 신부의 체포와 순교》, 2021 개정판, 331쪽.

수군통제사三道水軍統制使 겸 경상우도수군절도사慶尙右道水軍節度使까지 역임했기 때문에 지난해 6월 영국 해군의 사마랑호가 제주도와 거문도 부근에 출몰한 일을 떠올리며 주변 나라 사정에 밝고 여러 나라 말을 할 줄 아는 김대건 신부가 조선에 도움이 될 수 있을지 모르겠다고 생각했다. 그는 중국을 통해 들여온 영국에서 만든 세계지도를 조선말로 번역해보라며 그에게 가져다주었다.

지도를 건네받은 김대건 신부는 번역을 마친 후, 마테오 리치의 〈곤여만국전도〉에서 본 대로 각 대륙에 색을 칠하기 위해 이응식에게 여러 색깔의 안료를 가져다주면 채색 지도로 만들어주겠다고 했다. 그는 이제 조선도 우물 안 개구리에서 벗어나야 한다는 심정으로 정성스럽게 채색을 마쳤다. 채색 지도를 본 이응식은 깜짝 놀랐다.

"참으로 놀라운 재주를 가졌구나. 이걸 한 장 더 만들면 주상전하께 올리면서 너를 구명할 방도를 찾아보겠다."

김대건 신부는 그의 말을 믿지는 않았지만, 천주교에 조금씩 호의를 보이는 그의 부탁을 기꺼이 들어주었다. 며칠 후 이응식이 다시 나타났다.

"네가 채색한 지도를 비변사에 올렸더니 대신들이 서양의 나라들에 대해 네가 아는 대로 글로 써서 올리라는 명을 내리셨다. 할 수 있겠느냐?"

"예, 해드리겠습니다."

1817년 메르카토르 투영법으로 영국에서 제작한 세계지도

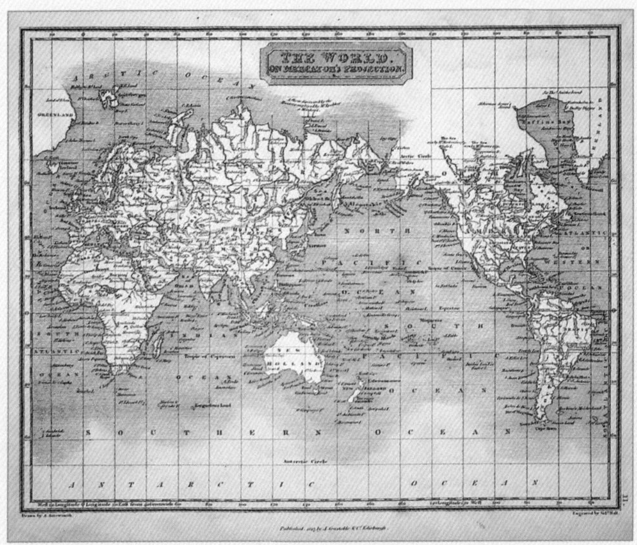

◆ 김대건 신부는 감옥에서 영국 지도를 번역하고 채색했다고 밝혔다. 흑백으로 인쇄된 영국 지도는 중국을 통해 조선으로 들어왔기 때문에 1840년 이전의 영국 지도였을 것이다. 위의 지도가 연대적으로 가장 근접한 흑백 지도다. 당시 영국 지도는 1569년 네덜란드의 메르카토르 Gerardus Mercator(1512~1594)가 창안한 지도제작법인 '메르카토르 투영법Mercator projection'을 사용해서 제작했다. 항해용 지도로 많이 사용되었고, 인쇄술이 발전하면서 벽지도로 제작된 도법이다.

※WORLD MAP 1817 Title The world on Mercators,
Publisher: A. Constable, Edinburgh, 1817

김대건 신부는 그 일을 하면 당분간 지필묵(종이, 붓, 먹)을 자유롭게 사용할 수 있겠다는 생각에 역시 기꺼이 하겠노라 대답했다.

다음 날부터 김대건 신부는 소신학교 인문학 과정 때 배운 세계 지리와 역사에 대해 적어나가기 시작했다. 한편으로는 신자들이 들여보내는 음식 바구니에 편지를 써서 내보내면 의주에서 변문으로 연락을 하는 교우에게 전달될 수 있는지를 물었다. 며칠 후, 가능하다는 내용을 암호처럼 쓴 답신이 들어왔다. 7월 30일(음력 6월 8일), 김대건 신부는 자신의 처형이 멀지 않았다고 생각하며 마카오로 보낼 편지를 써 내려갔다.

예수 마리아 요셉

지극히 공경하올 베르뇌 신부님, 메스트르 신부님, 리브와 신부님, 르그레즈아 신부님께

지극히 공경하올 신부님들에게 한 장의 편지를 보내게 되니 결례가 되는 것 같습니다. 그러나 이곳의 환경과 공경하올 신부님들에 대한 생각과 애정이 이렇게라도 하지 않을 수 없게 합니다. 음력 3월경에 페레올 주교님의 뜻을 따라 백령도로 항해하였습니다. 거기에 중국 어선들이 와 있었고, 그 어선들을 통해 신부님들에게 보내는 여러 편지를 보냈습니다. 그것들은 그 후 조선 포졸들에게 압수되었습니

다. 그 편지들은 라틴어와 한문으로 쓰여 있었습니다. 돌아오면서 두 명의 교우들과 함께 체포되었습니다. 우리를 포승줄로 함께 묶고 수도로 이송하였습니다. … 지금은 포졸들이 교우들을, 특히 페레올 주교님의 복사인 이(재의) 토마스를 체포하기 위해 사방에 파견되었습니다. 주교님과 신부님이 잡힐까 봐 두렵습니다. 그렇게 되면 큰 박해가 될 것입니다. 저는 편지들 때문에 많은 문초를 받았습니다. 함께 갇혀 있는 교우들에게 저는 고해성사로 힘을 북돋우고 있고, 또 두 예비 교우에게 세례를 주었습니다. 여기에 우리는 열 명이 있습니다. 다른 감옥에는 아마 일고여덟 명이 갇혀 있을 것입니다. … 지금은 천주님의 안배가 없으면 조선에 선교사들을 영입하고 보호할 대책과 방법이 없을 것입니다. 후에 교우들이 선교사들을 영입하러 가지 못하게 될지라도 신부님들이 영국 배로 오도록 도와주시기 바랍니다. 이만 줄입니다. 공경하올 신부님들께 마지막으로 인사드립니다.

지극히 공경하올 베르뇌 신부님 안녕히 계십시오.

지극히 공경하올 메스트르 신부님 안녕히 계십시오.

지극히 공경하올 리브와 신부님 안녕히 계십시오.

지극히 공경하올 르그레즈아 신부님 안녕히 계십시오.

미구에 천당에서 영원하신 성부 대전에서 다시 만나 뵙기를 바랍니다. 저를 대신하여 다른 모든 신부님께도 인사를 드려주십시오.

지극히 사랑하는 나의 형제 토마스, 잘 있게. 천당에서 다시 만나세. 나의 어머니 (고) 우르술라를 특별히 돌보아주도록 부탁하네.

저는 그리스도의 힘을 믿습니다. 그분의 이름 때문에 묶였기 때문입니다. 천주님께서 형벌을 끝까지 이겨낼 힘을 저에게 주실 것을 기대합니다. 천주님, 우리를 불쌍히 여기소서, 우리를 불쌍히 여기소서. 우리의 환난을 굽어보소서. 주께서 만일 우리의 죄악을 살피신다면 주여, 누가 감히 당할 수 있으리까!!! 지극히 공경하올 신부님들 안녕히 계십시오.

무익하고 부당한 종, 그리스도를 위하여 묶인 조선의 교황 파견 선교사 김 안드레아 올림.

감옥 안에서, 1846년 7월 30일

산동 어선들은 백령도로 음력 3월에 왔다가 음력 5월에 돌아갑니다.

마지막까지 김대건 신부는 편지의 말미에 백령도를 통한 입국로 개척에 도움이 될 내용을 남겼다. 편지는 무사히 감옥 밖으로 전달되었다. 김대건 신부는 이때부터 순교의 날을 기다리면서 프랑스, 영국, 로마 등의 나라에 대한 지리와 역사를 아는 대로 써 내려갔다.

김대건 신부의 서한, 19번째 편지 중 두 번째 장

(감옥 안에서, 1846년 7월 30일)

Timent aliquo modo me occidere
propter allatam rationem.
Nunc, nisi Deus providerit, non
via ad missionarios intrad
esset valde bonum ut Consul Gal
Patrum, et scribat illi, ut imp
tam facile seu despecte occidere
imperator Sinarum Regi Corean
Licet postea Christiani impediti non poter
dent, Patres et per naves Anglicas
Finio scribere: Saluto Patrem
Praesul Berneux; Salve, Pater
Salve Rme Legregeois; Spero mox
Salutent, rogo, pro me omnes alios
videbimus nos in caelo, tibi commendo
ego autem me credo virtuti Christi
Deus me sustinebit usque in finem
miserere nostri, Deus, miserere nostri,
vaveris, Domina Domine qui sustinebi
[illegible] ind. [illegible] Andreas [illegible]

...r Gallo; sed iterum non timent

Coreanis

...christianis ~~Christianis~~ remedium a...

...dos atque conservandos

...quat imperatorem Sinarum de nece...

...t jubeat regem ~~chr~~ Coreanum non...

pacem

et Christianis libertatem. Si ita

...llerit obediet

...re ad Missionarios recipiendos, oper...

...t.

~~...~~ pro ultimâ vice, salve, Illu...

...aistre; salve, Pater mi Rever^me^ Libois

...vicem

...visuros in coelo apud aeternum Pat...

...m. Vale, mi frater amantissime Thoma...

...iamur curam matris meae Ursulae.

...o cujus nomine sum vinctus, spero, quod...

...mensis fortem

...ictionem nostram; si iniquitates nostras...

...valete Illi ac reverendissimi...

...in ... pro Christo vinctus. 1846 Lunae 6 dia...

그러던 8월 9일, 세실 사령관이 이끄는 프랑스 군함 세 척이 충청도 홍주 외연도外煙島(충청남도 보령 앞바다에 있는 섬)에 나타났다. 세실 사령관은 1839년 기해박해 때 조선 조정이 앵베르 주교와 모방·샤스탕 신부 등 프랑스인 선교사 세 명의 목숨을 앗아간 것에 대해 항의하며, 내년에 다시 와서 답을 듣기를 원한다면서 앞으로 프랑스 사람을 가혹하게 해치는 일이 있으면 큰 재앙을 면치 못할 것이라는 경고가 담긴 한문 서한을 남기고 다음 날 떠났다. 당시 세실 사령관은 조선의 재상과 면담하고 프랑스 사제 세 명에 대한 해명을 요구할 계획이었지만, 한강 입구를 발견하지 못하자 외연도에 들러 주민들에게 서한을 남기고 떠났던 것이다.[4]

외연도 주민의 연락을 받은 충청도 감사 조운철趙雲澈은 프랑스 배에 통역으로 탔던 중국인 신부와 외연도 주민이 필담으로 문답한 내용과 세실 사령관의 서한을 베껴 장계를 올렸다.

"대불랑서국大佛朗西國 수사 제독水師提督 흠명 도인도여도 중국각전선 원수欽命到印度與到中國各戰船元帥 슬서이瑟西爾(세실)는 죄 없이 살해된 것을 구문究問하는 일 때문에 알립니다. 살피건대 기해년에 불랑서인佛朗西人인 안묵이安默爾(앵베르 주교)·사사당沙斯當(샤스탕 신부)·모인慕印(모방 신부) 세 분이 있었습니다. 이 세 분은 우리나라에서 큰 덕망이 있다고 여기는 인사인

---

4 《성 김대건 안드레아 신부의 체포와 순교》, 2021 개정판, 241쪽.

데, 뜻밖에 조선에서 살해되었습니다. 대개 이 동방東方에서 본수本帥는 우리나라의 사서士庶를 돌보고 지키는 직분이 있습니다….”[5]라고 시작하는 세실 사령관의 서한과 함께 온 충청감사 조운철의 장계를 받은 조정은 발칵 뒤집혔다. 이때부터 조정에서는 김대건 신부를 선처해서 이듬해에 프랑스 군함이 왔을 때를 대비해야 한다는 온건파와 프랑스가 허세를 부리고 돌아갔을 뿐 기해년에도 아무 일이 없었으니 굽힐 필요가 없다는 강경파가 묘당에서 격하게 갑론을박을 벌였다. 이때 이응식이 김대건 신부를 찾아왔다.

“프랑스 것으로 생각되는 군함 세 척이 외연도 근처에 나타나 ‘프랑스 황제의 명령에 의해 왔다’고 하면서 기해년(1839년)의 프랑스 사제 세 명의 죽음에 대해 해명하지 않으면 조선에 큰 불행이 있을 것이라고 위협하고 있다는 장계가 올라왔다고 한다. 이 배들이 온 이유를 아느냐?”

“지금 어떤 프랑스 군함이 왔는지는 아무것도 모릅니다. 그러나 프랑스인들은 이유 없이 어떠한 해도 입히지 않을 것이기 때문에 전혀 두려워할 것이 없습니다. 프랑스가 강국이지만 그 정부가 아량이 있다고 생각합니다.”

“그들은 기해년에 세 명의 프랑스인이 죽었을 때도 우리 조선에 어떠한 해도 입히지 못하지 않았느냐. 혹 허세만 부리고

5 《헌종실록》 헌종 12년 7월 3일 기사.

돌아가려는 것 아니겠느냐?"

"…."

김대건 신부는 할 말이 없었고, 이응식은 알겠다며 돌아갔다. 김대건 신부는 페레올 주교에게 이 사실을 알려야겠다고 생각했다. 물론 프랑스 함대가 아직 조선 해안에 있는지 아니면 그냥 돌아갔는지는 모르지만 지금의 상황을 정확히 알리는 것이 필요하다는 생각에서였다. 그는 며칠 전에 썼다가 아직 밖으로 내보내지 못한 편지 말미에 프랑스 함대가 조선 해안에 온 내용을 썼다.

지극히 공경하올 주교님께

주교님께서는 우리가 하직한 이후로 서울에서 일어난 일들을 알고 계실 것입니다. 여행 준비가 되자 우리는 닻을 올리고 순풍을 타고 연평延坪 바다에 무사히 도착하였습니다. 당시 바다는 많은 어선으로 뒤덮여 있었습니다. … 조정에서는 주교님의 복사인 (이재의) 토마스와 또 몇몇 주요 인물들을 반드시 붙잡으려 합니다. 포졸들은 약간 지쳐 있는 듯하고, 그래서 교우들을 찾아내는 데 열이 좀 식은 것 같습니다. 주교님과 다블뤼 신부님께서는 저의 사형 이후까지 숨어 계시기 바랍니다. … 높은 사람이 프랑스 것으로 생각되는 군함 세 척이 외연도外煙島 근처에 정박하였다는 소식을 제게 전하였습니다. … 실제로 프랑스 선박들이 조선에 왔는지 주교님께서는 그 사실을 아셔야 할 것입니다.

제 어머니 (고) 우르술라를 주교님께 부탁드립니다. 10년이 지나 며칠 동안 아들을 볼 수 있었으나 다시 곧 아들과 헤어져야 했습니다. 부디 슬퍼하실 어머니를 위로해주십시오. 정신적으로 주교님의 발아래 엎드려 지극히 사랑하올 저의 아버지이시며 지극히 공경하올 저의 주교님께 마지막으로 인사를 드립니다. 베시 주교님께도 마찬가지로 인사드립니다. 다블뤼 신부님께 안부 전해주십시오. 천국에서 다시 뵙겠습니다.

예수 그리스도를 위한 포로이며 사제인 김 안드레아

감옥 안에서, 1846년 8월 26일

추신: 8월 29일. 저는 프랑스 배들이 조선에 왔다는 확신을 오늘 얻었습니다. 그들은 우리를 쉽게 석방시킬 수 있을 것입니다. 그러나 그들이 위협만 하고 그대로 돌아가 버린다면 (조선) 포교지에 큰 해를 끼치고 또한 저는 죽기 전에 무서운 형벌에 처하게 될 것입니다. 주님! 모든 일을 좋은 결과로 이끌어주소서!

김대건 신부는 사흘 전만 해도 페레올 주교에게 마지막 인사를 했다. 그런데 프랑스 배들이 조선에 온 것이 확실하다는 소식을 들은 지금은 석방되리라는 희망을 가지고 함께 옥에 갇힌 신자들에게 말했다.

"우리는 사형을 당하지 않을 겁니다."

"어떤 근거로 그리 말씀하십니까?"

"프랑스의 배들이 조선에 와 있습니다. (페레올) 주교님과 안(다블뤼) 신부님이 틀림없이 우리의 처지를 그들에게 알리실 겁니다. 나는 그 함장을 알고 있습니다. 그가 틀림없이 우리를 석방시켜줄 것입니다."[6]

그러나 김대건 신부는 몰랐다. 세실 사령관이 이끄는 프랑스 함대가 이미 외연도를 떠났다는 사실을. 페레올 주교는 김대건 신부가 감옥에서 보낸 편지를 받고 세실 사령관에게 편지를 썼지만, 교우촌에 몸을 숨기고 있는 주교가 그 편지를 전달할 방법은 없었다.

---

6 페레올 주교는 1846년 11월 3일, 충청도 수리치골에서 프랑스 파리외방전교회 본부의 바랑 지도 신부에게 보낸 서한에 김대건 신부가 자신에게 보낸 편지 내용을 포함시켰다.《성 김대건 안드레아 신부의 체포와 순교》, 2021 개정판, 239~241쪽.

43

조선 천주교 신자들에게 보내는 편지

9월 5일, 헌종은 창덕궁의 중희당重熙堂에 나아가 영의정 권돈인에게 물었다.

"불랑국佛朗國의 글을 보았는가?"

"예, 전하. 보았는데, 그 서사書辭에는 자못 공동恐動(위험한 말을 하여 두려워하게 함)하는 뜻이 있었습니다. 또한 외양外洋에 출몰하며 그 사술邪術을 빌려 인심을 선동하며 어지럽히는데, 이것은 이른바 영길리英咭唎(영국)와 함께 모두 서양의 무리입니다."

"김대건의 일은 어떻게 처치할 것인가?"

"김대건의 일은 한 시각이라도 용서할 수 없습니다. 스스로 사교邪敎(천주교)에 의탁하여 인심을 속여 현혹하였으니, 그 한 짓을 밝혀보면 오로지 의혹하여 현혹시키고 선동하여 어지럽히려는 계책에서 나왔습니다. 그리고 사술뿐만 아니라 그는 본래 조선인으로서 본국을 배반하여 다른 나라 지경을 범하였고, 스스로 사학邪學(천주교)을 칭하였으며, 그가 말한 것은 마치 공동恐動하는 것이 있는 듯하니, 생각하면 모르는 사이에 뼈가 오싹하고 쓸개가 흔들립니다. 이를 안법按法(법으로 누름)하여 주벌誅罰하지 않으면 구실을 찾는 단서가 되기에 알맞고, 또 약함을 보이는 것을 면하지 못할 것입니다."

"처분해야 마땅하다. 이재용李在容의 일로 말하더라도 추후에 들으니, 이재용은 실제로 그런 사람이 없고 바로 현석문玄錫文이 이름을 바꾼 것이라 하는데, 이제 현석문이 이미 잡혔으니, 이른바 이재용을 어느 곳에서 다시 잡겠는가?"

"이른바 이재용이 성명을 바꾸고 성안에 출몰한다 하는데, 추포追捕하는 일은 진위眞僞가 가려지지 않았으니, 포청捕廳의 일이 또한 말이 되지 않습니다."

"처분이 있어야 마땅하다."

"전하, 한번 사술邪術이 유행하고부터 점점 물들어가는 사람이 많고, 이번에 불랑선佛朗船이 온 것도 반드시 부추기고 유인하였기 때문이 아니라 할 수 없으니, 모두 내부의 변입니다."

영의정 권돈인은 프랑스 군함이 온 것이 김대건 신부가 유인한 탓이라고 말했지만, 헌종은 머리가 아프다며 대답을 하지 않은 채 용상에서 일어났다. 김대건 신부에 대한 최종 처분은 나오지 않았지만 시간문제였다.

이응식은 어쩌면 석방될지 모른다는 희망을 품고 있는 김대건 신부를 찾아갔다.

"조만간 형이 집행될 것 같네. 수일 내로 세계 지리와 역사에 대한 글을 마무리하고, 마음도 정리하게."

김대건 신부는 알려줘서 고맙다는 인사를 전했다. 그런 다음 천천히 허리를 곧추세우며 십자성호를 긋고 눈을 감았다. 지난 열흘 동안 살 수 있을지 모른다는 희망을 품었던 자신이 부끄럽기 그지없었다.

"천주님, 입으로는 우리가 언제까지 안 죽고 사는 것도 아닌데, 천주를 위하여 있는 힘을 다하다가 위주치명 하면 그보다 더 큰 행복이 또 어디 있느냐고 말하던 저였습니다. 그러나 막상 치명의 순간이 다가오자, 천주님이 아닌 세실 사령관에게 매달렸습니다. 신자들에게는 만사를 천주님께 맡기고 굳은 신념과 용맹한 마음을 주시기를 자주 기도하라고 하였던 제가 먼저 천주님의 손을 잡지 않았으니, 이 죄인을 용서하여 주시옵소서. 제가 위주치명 해도 아직 조선에는 페레올 주교와 다블뤼 신부님께서 계시는데도 제가 꼭 필요할 거라며 살고 싶다는 변명을 하였으니, 천주는 이 죄인을 용서하소서…."

그는 밤이 늦도록 참회의 기도를 올린 후 마음을 가다듬었다. 다음 날 아침 그는 붓을 들었다. 부족한 자신을 믿고 따르며 사랑해주었던 교우들에게 마지막 인사를 하기 위해서였다.

김대건 신부의 마지막 회유(필사본)

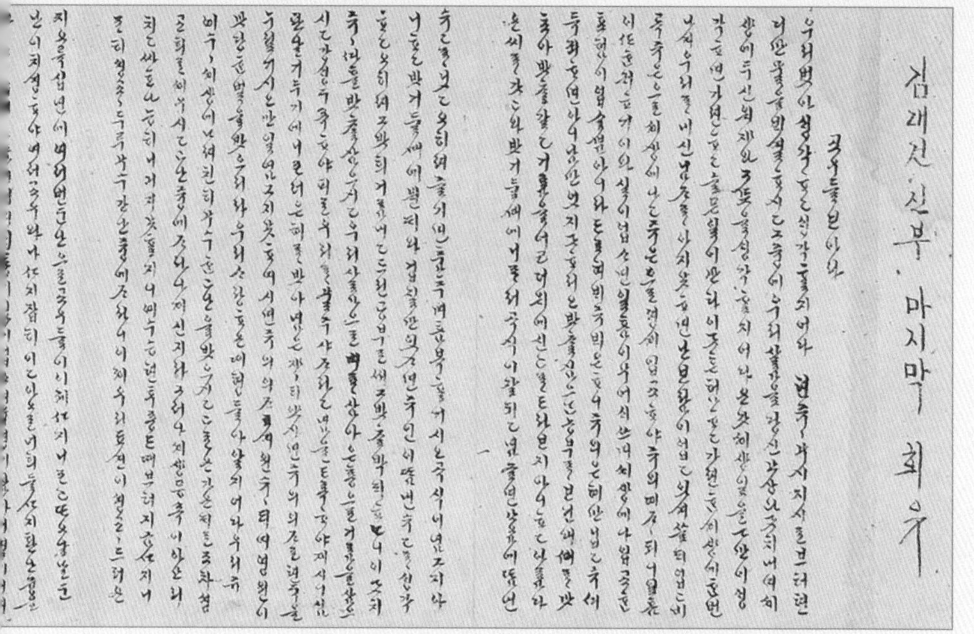

김대건 신부, 마지막 회유

◆ 이 서한은 김대건 신부의 서한 중에서는 유일하게 한글로 쓰인 것이다. 원본은 유실되었고, 이 필사본은 오늘까지 전해지는 가장 오래된 필사본으로 1885년에 로베르A. P. Robert 신부가 필사한 것이다.

교우들 보아라.

우리 벗아! 생각하고 생각할지어다.

천주께서 무시지시無始之時로부터 천지 만물을 배치하시고, 그중에 우리 사람을 당신 모상模像과 같이 내어 세상에 두신 목적과 뜻을 생각할지어다.

온갖 세상일을 가만히 생각하면 가련하고 슬픈 일이 많다. 이 같은 험하고 가련한 세상에 한 번 나서 우리를 내신 임자를 알지 못하면 태어난 보람이 없고 살아도 쓸데가 없다. 비록 주님의 은혜로 세상에 태어나고 주님의 은혜로 영세 입교하여 주의 제자가 되니, 그 이름이 또한 귀하거니와 실천이 없으면 그 이름을 무엇에 쓰겠는가? 세상에 태어나 입교한 효험效驗이 없을 뿐 아니라, 도리어 주를 배반하고 그 은혜를 배반하니, 주님의 은혜만 입고서 오히려 주님께 죄를 짓는다면 아니 태어남만 못하다.

밭을 심는 농부를 보면, 때를 맞추어 밭을 갈고 거름을 넣고, 더위에 수고를 아끼지 않고 아름다운 씨를 가꾸어, 추수할 때에 이르러 곡식이 잘되고 영글면, 마음의 땀 낸 수고를 잊어버리고 오히려 기뻐 춤추며 탄식할 것이요, 곡식이 익지 않고 밭 거둘 때에 빈 대와 껍질만 있으면, 주인이 땀 낸 수고를 생각하고 오히려 그 밭에 거름 내고 들인 수고로써 그 밭을 박대할 것이다. 이처럼 주께서 땅으로 밭을 삼으시고 우리 사람으로 벼를 삼아, 은총으로 거름을 삼으시고 강생구속降生救贖하여 (구속의) 피로 우리에게 물을 주시어, 자라고 영글도록 하셨으니, 심판 날 거두기에 이르러 은혜를 받아 영근 자 되었으면 주님의 자녀로 천국을 누릴 것이요, 만일 영글지 못하였으면 주의 자녀로서 원수가 되어 영원히 마땅한 벌을 받으리라.

우리 사랑하올 형제 자매들이여 알지어다.

우리 주 예수께서 세상에 내려 친히 무수한 고난을 받으시고 괴로운 가운데로조차 성교회를 세우시고 고난 중에 자라나게 하신지라. 그러나 세상 풍속이 아무리 치고 싸우나 능히 이기지 못할지니, 예수 승천 후 사도[宗徒] 때부터 지금까지 이르러 성교회가 무수히 가난함 중에 성장하였으니, 이제 우리 조선에 성교회가 들어온 지 오륙십 년에 여러 번 박해로 교우들이 지금까지 이르고, 또 오늘날 군난窘難이 치성熾盛하여 여러 교우와 나까지 잡히고, 아울러 너희들까지 환난患難을 당하니, 우리 한 몸이 되어 애통한 마음[哀痛之心]이 없겠으며, 육정肉情에 차마 이별하기 어려움이 없으랴.

그러나 교회의 가르침에 말씀하시되 '작은 털끝이라도 주께서 돌아보신다' 하고 '모르심이 없이 돌보신다' 하였으니, 어찌 이렇다 할 군난이 주의 명[主命]이 아니면 주님의 상이고 주님의 벌[主賞主罰] 아니겠는가? 천주의 거룩한 뜻을 따르며, 온 마음으로 천주 예수의 대장의 편을 들어, 이미 항복 받은 세속·마귀를 물리칠지어다.

이런 황망한 시절을 당하여, 마음을 늦추지 말고 도리어 힘을 다하고 역량을 더하여, 마치 용맹한 군사가 병기를 갖추고 전장에 있음같이 하여 싸워 이길지어다.

부디 서로 우애友愛를 잊지 말고 돕고, 아울러 주 우리를 불쌍히 여기시어 환난을 물리칠 때까지 기다려라. 혹, 무슨 일이 있을지라도 부디 삼가고 극진히 조심하여 주님의 영광만을 위하고[爲主光榮] 조심을 배로 더하고 더하여라.

여기 있는 자 이십 인은 아직 주님의 은혜로 잘 지내니 설혹 죽은 후라도 너희가 그 사람의 가족들을 부디 잊지들 말라.

할 말이 무궁한들 어찌 지필紙筆로 다 하리. 그친다.

우리는 미구에 전장에 나아갈 터이니, 부디 착실히 닦아 천국에 가서 만나자. 사랑하는 마음 잊지 못하는 신자들에게, 너희 이런 어려운 시기를 당하여 부디 마음을 허투루 먹지 말고 주야로 주님의 도움을 빌려, 삼구三仇(세 가지 마귀)를 대적하고 고난을 참아 받아, 주님의 영광을 위하고 너희들의 영혼 대사大事를 경영하라.

이런 환난 때에는 주의 시험을 받아, 세속과 마귀를 쳐 덕공德功을 크게 세울 때니, 부디 환난에 눌려 항복하는 마음으로 주님을 섬기고 구원받는 일[事主救靈事]에 물러나지 말고 오히려 지나간 성인 성녀의 자취를 만만코 다스려 성교회의 영광을 더하고 천주의 착실한 군사와 의로운 자녀가 됨을 증거하고, 비록 너희 몸은 여럿이나 마음으로는 한 사람이 되어, 사랑을 잊지 말고 서로 참아 돌보고 불쌍히 여기며, 주의 자비하신 때를 기다려라.

할 말이 무수하되 거처가 타당치 못하여 못 한다. 모든 신자는 천국에서 만나 영원히 누리기를 간절히 바란다. 내 입으로 너희 입에 대어 사랑을 친구親口하노라.

(조선대목구) 부감 김 안드레아

세상 온갖 일이 주님의 명령 아닌 것이 없고[莫非主命], 주님의 상벌 아닌 것이 없다[莫非主賞主罰]. 그러므로 이런 환난도 또한 천주께서 허락하신 바이니, 너희는 감수하고 인내하여 주님을 위하고 오직 주님께 슬피 빌어 빨리 평안함을 주시기를 기다려라.

내가 죽는 것이 너희 육정과 영혼의 일에 어찌 거리낌이 없겠는가? 그러나 천주께서 오래지 아니하여 너희에게 나보다 더 착실한 목자를 주실 것이니, 부디 서러워 말고 큰 사랑을 이루어, 한 몸같이 주님을 섬기다가 사후에 한가지로 영원히 천주 대전에 만나 길이 누리기를 천만천만 바란다.

잘 있거라.

김 신부 사정 정표情表

붓을 내려놓은 김대건 신부는 할 말을 다 했다는 듯 '휴우' 하고 크게 숨을 내쉬었다. 이 정도면 조선 천주교회를 위해 자신의 역할을 다했다는 생각도 들었다. 자신이 치명의 화관을 받아도 페레올 주교와 다블뤼 신부가 있으니 전에처럼 실목지환失牧之患을 당하지 않는 현실도 그의 마음을 한결 가볍게 했다. 그리고 조선인 신부는 최양업 부제가 입국하면 될 일이다. 메스트르 신부님도 조선어를 잘하니 이제 조선 천주교회의 앞날은 걱정하지 않아도 될 것 같다. 김대건 신부는 자신도 모르게 가슴이 활짝 펴졌다.

9월 15일,[7] 헌종은 희정당熙政堂에서 대신과 비국당상을 만났다. 영의정 권돈인이 불랑서佛朗西 오랑캐의 편지에 대해서는 더 이상 잘못된 소문이 퍼지지 않을 거라며 김대건 신부 건을 다시 논의에 부쳤다.

"전하, 김대건의 일은 지난번에 즉시 처분하라는 명을 받았습니다. 그러나 아직 판결이 없어 신은 감히 전하의 뜻이 어느 곳에 있는지 알지 못하겠습니다."

"마침 이 말을 하려고 했다. 짐이 어떤 처분을 내리는 것이 좋겠는가?"

---

7 이날 하루의 이야기는 《승정원일기》와 《일성록》 1846년 9월 15일(음력 7월 25일) 조를 재구성했다. 《성 김대건 안드레아 신부의 체포와 순교》, 2021 개정판, 217~221쪽, 231쪽.

권돈인이 먼저 대답했다.

"전하, 이 일로 외간에서는 여러 가지 논의가 없는 것이 아닙니다. 혹자는 '법을 집행하는 데는 빠르고 늦음이 없으며, 불랑서 오랑캐의 정황 또한 헤아리기 어려운 점이 많다. 앞으로 닥칠 일을 기다려 동정을 살피고 법을 집행해도 늦지 않다'라고 합니다. 이 또한 심원한 계책에서 나온 것이니 신도 그르다고 생각지는 않으나, 다만 국가의 체면에서 나라를 배반한 역적이자 사술의 우두머리이니 돌아보건대 어찌 잠시라도 용서할 수 있겠나이까. 그러나 신의 한마디 말로 급히 결정하는 것은 불가합니다. 대신과 재상 들에게 하문하시어 처리하시는 것이 옳은 줄로 아뢰니다."

"한 번 서양에 들어갔으니 그 죄는 이미 죽음으로도 용납할 수 없다. 만약 살려두면 또다시 잇달아 들어가는 자가 있게 될 것이다."

이날 헌종의 목소리는 단호했다. 프랑스 군함들이 물러간 후 다시 올 징후가 없는 데서 오는 자신감이었을 것이다. 이때부터 신하들은 모두 헌종의 옥음玉音(임금의 음성)에 한목소리로 대답했다.

"신 등은 모두 다른 의견이 없습니다."

그러자 헌종이 물었다.

"어떻게 처결하는 것이 마땅한가?"

이번에도 권돈인이 나서 근엄한 목소리로 단죄했다.

"그 죄는 대역부도大逆不道(다른 나라와 몰래 도모하여 반역을 도모하는 죄)에 해당하니 전에 이 같은 죄인을 군문軍門으로 보낸 사례가 이미 많습니다. 지금 또한 이 예에 의거하여 처리하는 것이 좋을 듯합니다. 전하, 김대건이 천주교에 물든 죄는 나라를 배반한 법률로, 실로 잠시라도 용서할 수 없습니다. 연석에 오른 대신과 여러 재상 들의 논의가 모두 다른 말이 없으니, 포도청에 가둬둔 김대건을 군문으로 내보내 효수梟首(죄인의 목을 베어 높은 곳에 매다는 처벌)하여 대중을 일깨우시는 것이 어떠합니까."

"그렇게 하라."

헌종의 대답은 간명했지만, 그 말의 무게는 무거웠다.

44

자, 치시오. 나는 준비가 되었소!

9월 16일 아침, 좌우 포도대장이 헌종을 알현했다.

"본청에 가두어두고 있던 김대건을 어영청御營廳으로 내보내겠다는 뜻을 감히 아룁니다."[8]

군문효수형을 할 때는 어영청 군사들을 이용했기 때문이다.

"알았다."

이번에는 어영청 대장大將이 고했다.

"죄인 김대건을 많은 군인과 백성이 모인 사장沙場(모래사장이 있던 새남터)에서 효수경중梟首警衆(머리를 높은 막대에 걸어 올려놓아

---

8 《승정원일기》 1846년 9월 16일(음력 7월 26일) 자에 의하면 김대건 신부의 순교 길은 우포청에서 어영청을 거쳐 새남터로 갔다. 《성 김대건 안드레아 신부의 체포와 순교》, 2021 개정판, 231쪽.

백성들에게 경종을 울리게 하는 형) 하겠다는 뜻을 감히 아룁니다."

"알았다."

헌종의 말에 좌우 포도대장과 어영청 대장은 빠르게 움직이기 시작했다. 호송은 우포청에서부터 시작되었다.

"철컥."

포졸들이 김대건 신부가 갇힌 옥문을 열었다. 그는 기다렸다는 듯 당당하게 일어서서 옥문을 나섰다. 신자들은 낯빛을 흐리며 그를 향해 십자성호를 그었다.

"교우님들, 이제 세상에서는 마지막입니다. 너무 걱정들 하지 마시고, 우리 천당 가서 다시 만납시다!"

"신부님!"

신자들은 말을 잇지 못하고 눈물만 흘렸다.

"만사를 천주 성의에 맡기고 굳은 신념과 용맹한 마음을 주시기를 자주 기도들 하십시오."

이날만은 포졸들도 윽박지르지 않고 기다렸다.

"자, 이제 떠납시다."

"신부님!"

그는 신자들의 울음소리를 뒤로하고 포도청 마당으로 나왔다. 가을이라 하늘은 맑았다.

"천당 가기 좋은 날이구나."

잠시 푸른 하늘을 보던 김대건 신부는 함거를 타고 종묘 부근 어영청에 도착했다. 여기서부터는 군문효수의 관례대로, 자주색 겹저고리에 중국 무명천으로 만든 홑바지로 갈아입혔다. 그러고는 형이 집행되는 새남터로 이송하기 위해 그를 들것에 앉혔다. 두 다리를 두 막대기에 붙잡아 매고, 두 손은 등 뒤로 결박하였다. 그런 다음 머리털은 풀어서 의자 앞에 묶었다.

어영청 군사들은 김대건 신부가 앉은 들것을 들고 소의문(서소문)을 향해 떠났다. 길 양옆으로는 구경 나온 백성들로 북적였지만, 그의 표정에는 슬픔도 두려움도 없었다. 이때 구경 나온 사람들 중에는 교우들도 여럿 있었고, 그들은 새남터까지 따라갔다.[9]

김대건 신부는 당고개(堂峴, 용산구 신계동 248-1번지 일대인 문배산 기슭의 고개)에서 다시 한번 숨을 고른 후 새남터 백사장에 도착했다. 형장인 백사장에는 약 100여 명의 군사들이 어깨에 총을 메고 있었다. 조금 후 군사들 속에서 나팔 소리가 울리자 수십 발의 총성이 울리더니 어영청 대장이 나타났다. 군사 몇 명이 백사장에 긴 창을 꽂자, 창 꼭대기에서는 붉은색과 남색 깃발이 펄럭였다. 군사들이 그 주위를 원을 만들어 둘러쌌고, 김대건 신부를 들것에서 끌어내려 백사장 가운데로 데리고 와 어영청 대장 앞에 무릎을 꿇렸다. 대장이 그의 죄상을 낭독하며 군문효수형에 처한다고 선언하자 김대건 신부는 모인 사람들을

---

9 박순집 베드로, 박 클라라, 변 아나스타시아 등이 목격자다.《성 김대건 신부의 체포와 순교》, 2021 개정판, 335~337쪽.

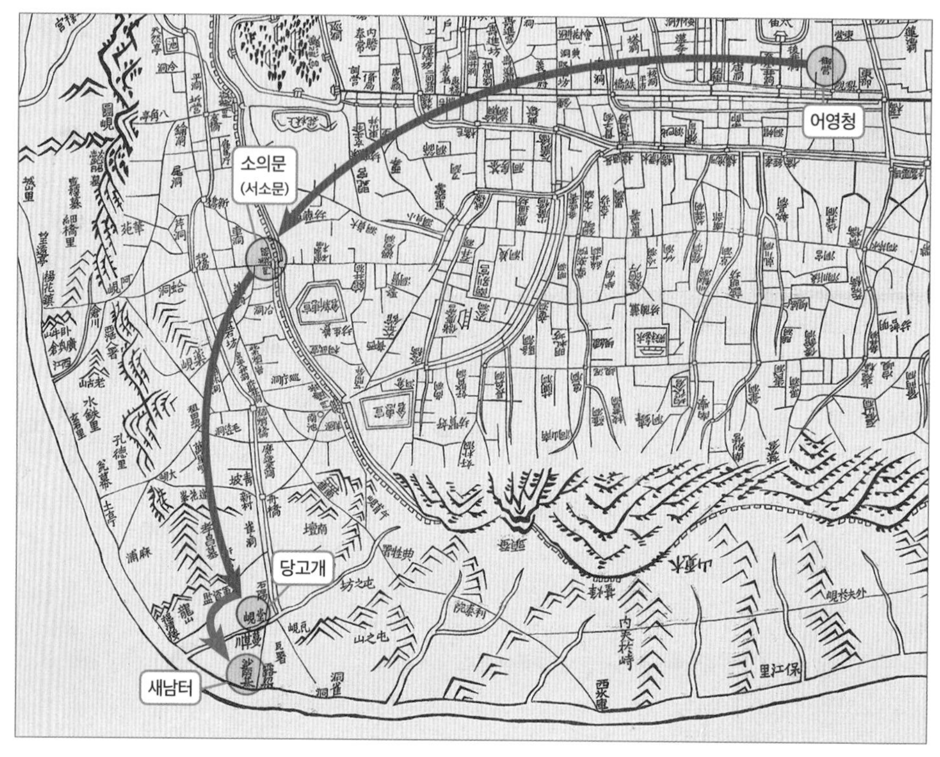

어영청 – 소의문(서소문) – 당고개 – 새남터로 가는 길

향해 큰 소리로 말했다.

"나는 이제 마지막 시간을 맞이하였지만, 여러분들은 내 말을 똑똑히 들으십시오. 내가 국경을 넘어 양인들과 교섭한 것은 천주교를 위해서였고, 천주님을 위해서였으며, 나는 그분을 위해 죽는 것입니다. 이제 영원한 생명이 시작되려고 합니다. 여러분이 죽은 뒤에 행복해지기를 원하면 천주교를 믿으십시오."[10]

김대건 신부가 말을 마치자 희광이들이 그의 웃옷을 벗겼다. 그리고 양쪽 귀를 화살로 뚫고 화살을 그대로 매달아두었다. 머리를 풀어헤친 얼굴에 물을 뿌리고 그 위에다 횟가루를 한 줌 뿌렸다. 그런 다음 두 사람이 그의 겨드랑이에 긴 막대기를 꿰어 자신들의 어깨에 얹어 둥그런 형장 둘레를 빠르게 세 번 돌았다. 김대건 신부는 천국으로 가는 춤을 추듯 즐거운 표정을 한 채 빠른 걸음으로 희광이들을 따라 돌았다. 그 후 희광이들은 그의 무릎을 꿇리고 머리채를 새끼로 매어 백사장에 박아놓은 창 자루의 뚫린 구멍에 꿰었다. 그리고 반대쪽에서 그 끝을 잡아당겨 머리를 쳐들게 했다. 김대건 신부가 큰 칼을 든 희광이들에게 물었다.

"이렇게 하면 제대로 되었소? 마음대로 칠 수 있겠소?"

"아니오, 이렇게 몸을 조금 돌리시오."

"이렇게 하면 되겠소?"

"그렇지, 이제 됐소."

"그럼 치시오. 나는 준비가 되었소. 나는 이제 천당에 올라가 지금처럼 당신들을 보게 될 것이오. 여러분도 천주교인이 되어 나와 함께 있도록 하시오."

지상에서의 마지막 말이었다. 이때부터 군영의 북소리를 따라 희광이들은 서로 싸움하듯 칼을 휘두르며 김대건 신부의 주

---

10 《성 김대건 신부의 체포와 순교》, 2021 개정판, 249쪽.

위를 빙빙 돌다가 한 명이 번쩍하고 목을 향해 큰 칼을 휘둘렀다. 그런 뒤 다음 희광이가 다시 번쩍, 번쩍, 마침내 마지막 희광이도 칼날을 번뜩이며 힘껏 내리쳤다. 그의 목이 잘리면서 머리가 백사장으로 떨어졌다. 1846년 9월 16일, 조선의 첫 번째 사제 김대건 신부의 나이 불과 25세였다.

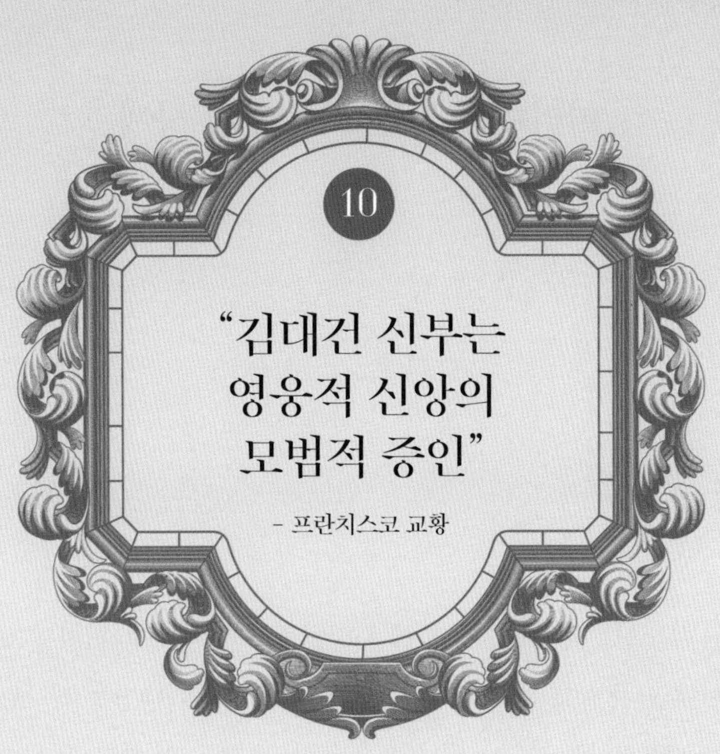

10

"김대건 신부는 영웅적 신앙의 모범적 증인"

– 프란치스코 교황

45

미리내에 잠든 조선의 첫 사제

김대건 신부의 목이 백사장에 뒹굴자 한 군사가 그의 머리를 소반에 받쳐 어영청 대장 앞에 대령했다. 어영청 대장은 찡그린 눈으로 신원을 확인한 후 사흘간 군문軍門에 높이 매달 것을 명했다. 그는 그길로 조정에 형 집행 완료를 보고하기 위해 말에 올라 숭례문을 향해 달렸다. 형장에 있던 군사들은 기다란 통나무 세 개의 밑동을 백사장에 단단히 묻고, 위쪽 끝을 엇갈려 묶어 삼각대를 만들었다. 그런 다음 그 꼭대기에 김대건 신부의 풀어진 머리털을 묶었다. 김대건 신부의 머리가 하늘을 향해 매달리자 인파 속에서 지켜보던 신자들은 몰래 눈물을 흘리며 '예수 마리아'를 마음속으로 수없이 되뇌었다. 군문효수는 사흘 동안 지속되었고, 그 사흘 밤낮을 군인들이 지켰다.

사흘 후, 그의 효수된 머리가 삼각대 끝에서 내려오자 군졸들은 땅을 파고, 잘린 머리와 함께 시신을 매장했다. 그런 뒤에도 새남터를 지키던 군사들은 떠나지 않았다. 이번에는 김대건 신부를 모방 신부에게 신학생으로 추천하고, 오랫동안 그와 생사고락을 함께했던 현석문이 군문효수형을 받을 차례였던 것이다. 한양에 있던 천주교인들은 다시 한번 가슴이 찢어지는 듯했고, 현석문도 새남터의 백사장을 피로 물들이며 군문효수형에 처해졌다. 그런 다음 역시 사흘 뒤 김대건 신부와 같은 구덩이에 매장되었다.

1846년 6월 5일 순위도 등산진에서 김대건 신부가 체포되며 시작된 병오박해는 석 달 보름 만인 9월 20일(음력 7월 30일)에 마무리되었다. 모진 고문과 죽음의 위협 속에서도 김대건 신부가 끝까지 함구하고, 이미 여러 차례 군난을 당해온 신자들이 모두 최선을 다하여 그나마 희생을 최소화할 수 있었다.

박해가 끝나자 새남터 형장에는 더 이상 군졸이 보이지 않았다. 천주교 신자들은 다시 조심스럽게 움직이기 시작했다. 11월 초순(음력 9월), 한양에 사는 교우들인 박 바오로, 한경선, 나창문, 박 클라라, 김 마리아, 서 야고보, 신치관, 이 사도 요한 등이 모였다. 조선의 수선탁덕인 김대건 신부의 시신을 그대로 백사장에 방치할 수 없다며 이장移葬하기로 의기투합했다. 얼마 후, 박 클라라의 집에 모인 교우들은 밤이 깊어지자 두세 명씩 짝을

지어 삽과 지게 그리고 홑이불을 챙겨 새남터로 향했다. 신자 중에 김대건 신부가 땅에 묻히는 걸 눈여겨본 이가 있어 그가 묻힌 곳을 찾기 위해 횃불을 밝힌 후 조심스럽게 삽질을 했다. 얼마 후 구덩이에서 두 구의 시신을 찾아냈다. 그때 한 신자가 김대건 신부의 한쪽 손에 어릴 때 개에 물린 자국이 있다며 그 자국을 찾았다.[1]

"이분이 김 신부님이 틀림없습니다."

그가 시신을 특정하며 손에 남아 있는 상처를 가리켰다. 신자들은 모두 십자성호를 그은 다음 시신을 들어내서 홑이불로 감싼 후 지게에 올렸다. 신자들은 구덩이를 다시 메운 후 그곳에서 멀지 않은 와서瓦署(기와, 벽돌을 공급하던 관공서) 옆 문패부리(혹은 문배부리)로 가서 임시로 매장하였다. 일단 시신을 찾아 옮기는 것이 중요했기 때문이었다.

신자들은 다음 날 다시 와서 그 시신을 파내어 둔지산 언덕 왜고개에 묻었다. 이곳은 앵베르 주교가 생전에 서소문 밖 형장과 당고개에서 처형된 순교자들을 위해 구입한 공동 묘역으로 이미 많은 순교자가 잠들어 있는 곳이었다. 신자들은 정중하게

---

1 김대건 신부의 '시신 발견과 이장移葬' 과정은《성 김대건 안드레아 신부의 체포와 순교》(2021 개정판), 341~375쪽의 '시복 재판의 증언 기록'과 '김대건 신부 유해 이장 및 조서 관계 기록' 그리고《교회와 역사》2015년 5월호(제480호 교회사연구소 발행)에 수록된 천주교순교자유적답사회의 〈이민식 빈첸시오의 삶과 신앙행적(2)〉에 근거해서 재구성했다.

김대건 신부 시신 이동도

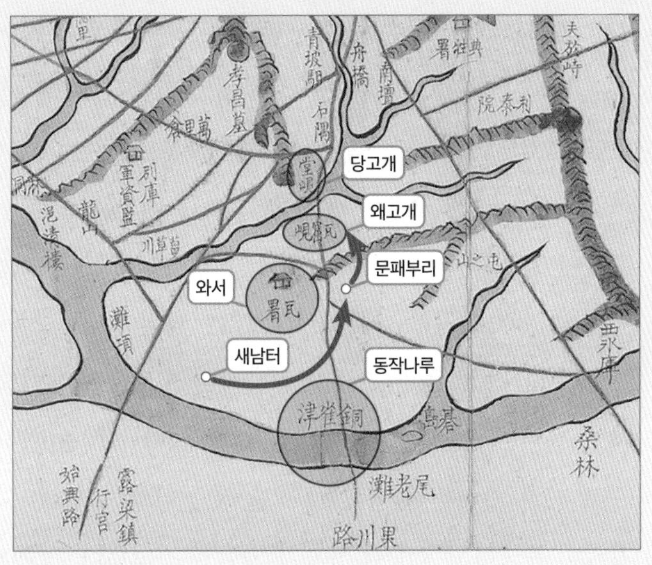

◆ 새남터 → 왜고개 밑 문패부리에 임시 매장 → 왜고개(와현)에 매장 → 훗날 노량나루, 과천을 거쳐 미리내로 이장

장례의식을 거행한 후 봉분 앞에 조그만 표지를 남겨놓았다.

김대건 신부의 순교 소식은 충청도 수리치골에서 은신하고 있던 페레올 주교에게도 전해졌다. 그는 비통한 마음으로 프랑스 파리외방전교회 신학교 지도자인 바랑 신부에게 김대건 신부의 순교를 알리는 편지를 썼다.

> … 친애하는 신부님, 이 젊은 조선인 사제를 잃은 것이 내게 얼마나 가혹한 일이었는지 신부님은 쉽사리 헤아리실 수 있을 것입니다. 나는 그를 아버지가 아들을 사랑하듯 사랑하였으므로 그의 행복만이 그를 잃는 데 대한 위로가 될 수 있습니다. 그는 자신의 나라에서 사제품에 오른 첫 사람이자 지금까지 유일한 사람입니다. 그는 열렬한 믿음, 솔직하고 진실한 신심, 놀랄 만큼 훌륭한 언변으로 대번에 신자들의 존경과 사랑을 얻었습니다. 성무를 행하는 데 있어서 그는 우리의 기대를 넘어섰으니 몇 해 동안만 수행했더라면 지극히 유능하고 소중한 사제가 되었을 것입니다. 그에게는 어떤 일이라도 맡길 수 있었는데, 그의 성격과 태도와 지식이 성공을 보장해주었습니다. 조선 포교지가 처해 있는 지금의 상황에서 그의 죽음은 엄청나고 회복할 수 없는 손실입니다….
>
> 1846년 11월 3일[2]

김대건 신부의 장례 소식은 신자들의 입에서 입으로 전해졌

2 《성 김대건 안드레아 신부의 체포와 순교》, 2021 개정판, 251~253쪽.

다. 마침내 그 소식은 검은정이에 사는 이민식과 미리내 공소 회장인 최형과 박상호에게까지 전해졌다. 최형과 박상호는 이민식을 불렀다.

"빈첸시오, 여기 미리내 공소가 있는 땅이 자네 땅이 틀림없는가?"

"예, 아버님과 숙부께서 모두 선종하셔서 장자인 제가 땅의 임자입니다."

"그 땅이 어디부터 어디까지인가?"

"지금 공소 주변 임야(미산리 산 108-1 12,700평)와 외곽의 주변 임야(미산리 산 110-1호 29,500평)인데, 저에게 땅문서도 있습니다."

"그렇다면 잘됐네. 자네가 김대건 신부님과 특별한 인연이 있었으니, 김 신부님을 여기 미리내로 옮겨 모시면 어떻겠나?"

이민식은 생각할 것도 없다는 듯 얼른 대답했다.

"김 신부님을 이곳으로 이장할 수 있다면 저로서는 영광스러운 일입니다. 그런데 그리하면 한양의 교우들이 섭섭해하지 않을까요?"

그의 말에 최형이 대답했다.

"그건 염려 말게나. 내가 한양에 올라가 중심 교우들과 상의하겠네. 그곳은 앵베르 주교님께서 준비해두신 공동 묘역이긴 하지만 언제 어떻게 될지 모르는 곳이라 아무래도 여기가 조선의 수선탁덕을 모시기에는 좋을 듯하니 반대하는 교우가 없을 걸세."

"예, 어르신. 그럼 저는 어르신과 함께 한양으로 가서 김 신부님의 이장 준비를 하고 있겠습니다."

이민식은 최형과 함께 한양으로 향했다. 그리고 얼마 후 이민식은 한양의 신자들과 함께 김대건 신부의 묘소가 있는 왜고개 공동 묘역으로 가서 표지석을 찾았다. 이민식은 관을 지게에 지고 양성(안성) 미리내를 향해 걷기 시작했다. 그러나 시신이 담긴 관을 큰길로 옮길 수는 없는 일이라 숲이 우거진 옛 산길을 이용하느라 닷새 만에 미리내 공소에 도착했다.

이민식과 신자들은 미리내 공소 회장인 최형과 박상호가 미리 준비해준 구덩이에 조심스럽게 관을 안치한 후 십자성호를 그었다. 봉분 위로 함박눈이 내리는 깊은 겨울이었다.

46

에필로그

훗날 이민식 빈첸시오가 오기선 신부(1907~1990)에게 밝힌 운구 경로는 '노량나루-남태령-과천-인덕원 고개-하우현 고개-판교 너덜이 고개-분당 태재 고개-오포 삼거리-삼막골 말치 고개-태화산-양지 한터 음달안-은이고개-검은정이-시궁산 오두재-미리내'다.

이민식 빈첸시오는 묘역 부근의 땅을 조선 천주교회에 기증해 오늘의 '미리내 성지'가 만들어지는 데 공헌했고, 김대건 신부 곁에 안장되었다. 페레올 주교는 자신이 선종하면 김대건 신부 옆에 함께 있고 싶다는 유언에 따라 그의 곁에 묻혔다. 김대건 신부의 어머니 고 우르술라도 아들 곁에 안장되었다.

성 김대건 안드레아 탄생 200주년 미사에 보내는 프란치스코 교황의 메시지 전문

로마 한인 공동체 귀중

사랑하는 여러분,

김대건 안드레아 성인의 탄생 200주년을 기념하는 이 기쁨의 날, 저의 이 메시지가 사랑하는 대한민국의 모든 교우들에게 닿기를 바랍니다.

이 기쁜 기념일은 영웅적 신앙의 모범적 증인이며, 한국 백성들이 박해와 고통을 겪었던 어려운 시기에도 지칠 줄 모르고 복음을 전하는 사도였던 김대건 안드레아 성인을 보내주신 하느님 아버지를 향해 우리의 기도를 올려드릴 기회가 됩니다.

동료들과 함께 성인께서는 하느님의 사랑이 미움을 이기기 때문에, 선이 항상 승리한다는 것을 기쁜 희망으로 드러내 보여주셨습니다(마르 1,21). 오늘날에도 하느님과 비슷하게 그분의 모습으로 창조된 인간의 아름다운 얼굴을 망가뜨리는 악의 수많은 현현顯現 앞에서 세례를 받은 모든 사람들은 자신들이 받은 사명의 중요성을 재발견해야 합니다. 그 사명은 다름 아닌, 세례를 받은 사람은 어디서나 평화와 희망의 일꾼, 착한 사마리아 사람처럼 사랑과 도움 혹은 단순하게 형제애의 눈길 한 번이 필요한 이들의 상처에 몸을 숙여 다가갈 준비가 되어 있는 일꾼으로 살라는 부르심을 받는다는 것입니다.

이와 관련하여, 저는 이 기회를 빌려 가장 가난한 나라들을 위한 코로나19 백신 나눔 운동을 아낌 없는 마음으로 지원해주신 한국 교회 공동체 전체에 진심으로 감사드립니다. 그리스도의 몸에서 가장 약한 지체들을 향한 여러분의 섬세한 관심은 우리가 다른 사람들을 섬기도록 격려하는 동시에 가장 작은 이들을 위한 일에 더 크게 헌신하라는 강한 초대가 되기도 합니다. 고맙습니다.

사랑하는 벗들이여, 저는 '모든 형제들'이라는 회칙에서 다음과 같이 말하였습니다. "한 국가의 사회적 평화 건설에는 끝이 없습니다. 오히려 이는 모든 이의 노력이 필요한 쉼 없는 과업입니다"(232항). 저는 모든 분들이 더 밝은 미래를 위한 상호 존중적이고 건설적인 대화를 지속해 나가시기를 격려드리며, 한반도에서의 화해를 위해 최선을 다해 헌신하시고 계신 분들 모두가 새로운 다짐으로 앞으로도 계속하여 평화의 선한 장인匠人이 되시길 기원합니다.

복되신 동정 마리아와 한국 순교자들의 전구를 청하며, 마음을 다하여 여러분 한 분 한 분께 특별한 교황 강복을 내립니다. 그리고 저를 위해 기도하시는 것을 잊지 말아주십시오.

프란치스코
로마 라테라노 성 요한 대성전에서,
2021년 8월 21일

김대건 신부는 1984년 5월 6일 교황 요한 바오로 2세에 의해 백만 천주교인이 모인 여의도 광장에서 시성諡聖되었다. 2021년, 프란치스코 교황은 성 김대건 안드레아 신부 탄생 200주년 기념일인 8월 21일, "박해와 고통을 겪던 시기에도 지칠 줄 모르고 복음을 전하는 사도였던 김대건 안드레아 성인은 영웅적 신앙의 모범적 증인"이라는 메시지를 발표했다.

역사적 사실에 바탕을 둔 정본 전기定本傳記

가톨릭에서는 성인 전기학Hagiography이 매우 일찍부터 발전해 오고 있었습니다. 그러나 한국에서의 성인전은 주로 서양 선교사들이 남겨놓은 내용을 번역하거나, 시복 시성 과정에서 나온 자료를 바탕으로 정리한 정도의 수준이었습니다. 전기傳記는 역사적 사실을 바탕으로 세부 묘사에 있어서는 작가의 상상력으로 생생하게 인물을 복원해내는 문학 유형입니다. 역사적 고증이 더 잘될수록 그 인물이 지금 우리에게 주는 메시지는 강렬하게 다가옵니다.

2년여 전, 우리나라 대표 전기 작가로 간송 전형필 등 문화 인물뿐 아니라 김수환 추기경님, 이태석 신부님 등 가톨릭 사제들의 전기를 쓰신 이충렬 작가님께서 2021년 김대건 신부 탄생

200주년을 기념하는 희년禧年에 맞춰 정본 전기를 쓰고 싶다며 한국교회사연구소에 자료 협조와 감수 작업을 요청했습니다. 이 작가님과는 이미 김수환 추기경님 전기 작업 때 협업을 한 적이 있어 이번에도 그동안 연구소에서 수집 정리한 자료를 공유하기로 결정했습니다. 아울러 그동안 공백으로 남아 있던 소년 시절과 마카오 유학 시절의 신학 수업까지도 잘 정리해서 김대건 신부님의 삶을 오롯이 복원하는 '정본 전기'가 될 수 있으면 좋겠다는 말씀도 이 작가님께 드렸습니다.

이충렬 작가님은 2년이 넘는 집필 기간 동안 저에게 수시로 메일을 보내셔서 사료 확인을 하셨습니다. 시간이 지날수록 자료 수집의 양이 엄청나게 늘어감을 느꼈고, 논문 한 편 한 편, 마카오 신학교 시절의 스승 신부님들 편지 자료에서 김대건 신학생 관련 부분을 한 줄, 한 줄 찾아내서 꼼꼼하게 확인하시는 모습을 보며 김대건 신부님의 정본 전기가 탄생할 것 같다는 느낌을 받았습니다. 이충렬 작가님은 방대한 자료를 꼼꼼하게 확인하고 정리하느라 예정했던 김대건 신부 탄생 200주년을 기념하는 희년에 맞춰 출간하지 못할 것 같다며 안타까워했지만 저는 시간에 쫓기기보다는 '정본 전기'다운 김대건 신부님 전기가 나오는 것이 더 중요하다고 말씀드렸습니다.

올해 초 이 작가님이 저에게 초고를 전달하며 사실관계에 어